미스

꽃

다발

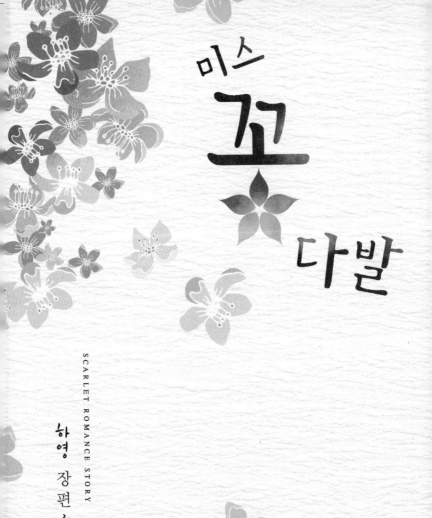

미스

꽃

다발

SCARLET ROMANCE STORY

하영 장편소설

Contents

프롤로그

"물 좀 줘."

내일이면 즐거운 주말이라는 생각에 무거운 몸을 이끌고 침대에 누우려던 현수가 밤늦게 찾아온 불청객 때문에 잔뜩 얼굴을 찌푸리고 있었다.

그런데 한술 더 떠 물까지 달란다.

오늘은 또 무슨 일로 씩씩거리며 찾아온 건지 알 수 없지만 분명한 건 별거 아닌 일일 거라는 거였다.

탁 소리가 나도록 탁자에 물을 내려 놓자 단숨에 들이켠 미라가 연신 손부채질을 하며 호흡을 골랐다.

"무슨 일이야? 지금이 몇 시인 줄은 아냐? 애는 어쩌고 이리로 와?"

"애 자는 거 봤고, 그 인간 들어온 거 보고 온 거야."

"여기가 너희 부부 화풀이 장소냐? 왜 툭하면 이리로 튀어?"

현수가 입은 티는 너무 오래 입어 벌써 가슴골이 보일 정도로 늘어나 있었다. 그만큼이나 오래된 칠부 바지는 색이 바래져 원래 색을 가늠하기도 힘들어 보였고 그것도 모자라 대충 묶은 머리가 산발을 하고 있는 모양을 보고 미라가 눈을 좁혔다.

"그거 버리랬지. 좀 버려라. 몇 년째야? 어떻게 올 때마다 그 모양새야? 아무리 여자가 혼자 살아도 꾸며야 한다고 몇 번을 말해?"

"시끄럽고. 무슨 일이냐고."

벌써 12시가 넘어간 시간이었다. 오늘 하루도 꽤 피곤한 시간들이었기에 당장 잠이 들어도 모자랄 판에 팔자 편한 미라의 넋두리를 듣고 싶은 마음은 없었다.

"오늘 나 회사 갔었어. 그이 만나려고."

"그런데?"

분명 미라가 왔으면 자신도 알았을 텐데 들은 적 없는 이야기다.

"로비에 있다가 회사 여직원들 말을 들었어. 우리 그이가 아무래도 이상하다고. 모 여직원하고 그렇고 그런 사이 같다고. 같이 있던 애도 틀림없다고 그랬어."

이건 또 뭔 개 풀 뜯어 먹는 소린지.

절로 한숨이 나는 것을 참으며 현수가 미라를 바라보았다.

남은 말이나 뱉어 보라고.

"너 알지? 그 여직원이 누구야? 너도 그 회사 다니니까 알 거 아냐. 말해. 그이랑 그렇고 그런 사이라는 년이 누구냐고. 숨기지 말고 다 말해. 나 마음의 준비 하고 왔다고."

아이고, 없던 두통이 생기는 것 같아 이마를 짚으며 현수가 혀를 찼다.

벌써 소설 두어 권은 쓰고 나온 모양인데, 불쌍한 실장님.

마른하늘에 날벼락이라고 와이프와 딸내미 보러 간다고 신나게 퇴근해 뜬금없이 닦달을 당했을 상사를 생각하니 벌써 불쌍해져 왔다.

"알지. 그년이 누군지. 알고말고."

현수의 말에 미라의 눈에 기어이 눈물이 흘렀다. 옷깃을 잡은 손에 힘이 들어가며 목덜미에 혈관이 일어선다.

이러다 애 잡겠네.

"나야."

"나야가 어떤 년인데? 어디 부서야?"

떨리는 목소리로 물어 오는 말에 현수는 그저 헛웃음이 나왔다.

"나라고, 빙구야. 그렇고 그런 사이라는 소문의 주인공이 나란 말이야. 이제 대답이 됐냐?"

"뭐? 너? 설마……! 어떻게 네가…… 네가 어떻게 그럴 수가 있어? 내 친구라는 년이 어떻게 친구의 남편을……!"

"미친! 정신 안 차려? 그냥 나랑 친하게 지내고 늘 같이 지내니 그런 소문이 도는 거라고. 개인적인 일도 많이 터놓는 사이고. 네 신랑이신 내 상사께서는 항상 나에게 자신의 휴대폰에 저장하신 마나님과 따님의 사진을 보여 주며 미친 사람처럼 웃으시지. 다른 사람에게 자랑할 수 없으니까 내게만 그러셔서 그런 소문이 도는 거라고. 다들 너와 나 사이는 모르잖아. 빙구냐?"

알아들을 줄 알았는데 또다시 비련의 여주인공 역할을 자처하시는 친구님 때문에 결국 현수의 말투가 날카로워지고 있었다.

"얘는…… 내가 언제. 그렇구나. 난 또."

"또 뭐? 가. 나 좀 쉬자. 황금 같은 주말이 시작되는 이 시간에 너랑 이런 말도 안 되는 이야기나 풀고 있어야 하냐?"

"늦었잖아. 나 그냥 자고 갈게."

"미친."

막 한마디 더 하려는 찰나 휴대폰이 울려 현수의 입을 막았다. 역시나 웬수의 남편님이자 자신의 상사다.

이놈의 회사를 때려치우고 싶은 마음이지만 올라오는 한숨을 꾹 눌러 삼키며 전화를 받았다.

"네, 실장님. 네, 네? 아, 네. 알겠습니다. 한두 번인가요. 이제 이력이 납니다. 네."

"누구야?"

"누구겠니? 추우니까 전화하면 나오란다, 네 신랑께서. 이런 인간도 와이프라고 끔찍하게 아끼시니 진짜 제 눈에 안경이라니까."

"지지배, 말을 해도 꼭. 네가 우리 중매인이었거든."

그랬다. 현수를 만나러 찾아온 미라를 보고 첫눈에 반해 쫓아다닌 건 한 실장이었으니까.

"내가 원한 건 아니었어. 시끄럽고, 전화 오면 얼렁 나가라. 서영이 데리고 오신단다. 애까지 엄마 잘못 만나 이게 무슨 고생이야?"

"서영이는 왜 데려와? 그 인간."

뚫린 입이라고 제 신랑 욕하는 소리에 현수가 결국 긴 한숨을 내뱉었다.

"그럼 애 혼자 두냐? 것도 이제 막 두 돌 된 걸? 적어도 애 두고 이 시간에 싸돌아다니는 엄마라는 인간보다 훨씬 낫지 않냐?"

"넌 도대체 누구 친구야?"

"오늘부로 네 친구 사양하지. 전화 온다. 가 봐라. 안 나간다."

"칫, 암튼 미안해. 다시 보자 친구야. 간다."

휴대폰에 대고 아양을 떨며 나가는 친구를 보며 현수가 잽싸게 문을 잠갔다.

솔로로 32년을 살고 있는 친구에게 저런 꼴을 보이며 나가야 하는지.

암튼 이제 방해할 사람은 없으니 잠이나 자야겠다.

황금 같은 주말, 현수는 아주 깊은 잠을 자는 잠자는 숲 속의 공주님이 될 생각이었다.

전쟁 같은 월요일을 위하여.

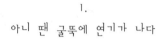

1.
아니 땐 굴뚝에 연기가 나다

시간은 참 빠르게 흘러간다. 더구나 그게 주말이라면.

월요일. 현수의 하루 시작은 항상 똑같았다.

자명종 소리에 일어나 빠른 샤워와 기본만 하는 화장, 유니폼처럼 정해진 검은 정장으로 마무리하고는 긴 머리를 곱게 빗어 머리 뒤로 단단히 묶었다.

전신 거울을 보며 앞뒤를 정리한 현수가 시간을 확인하고 옷에 맞춰 검은 백과 굽 낮은 검은 구두를 신고, 베이지색 롱 코트를 손에 걸친 채 집을 나섰다.

언뜻 보면 장례식장이라도 가는 사람 같지만 눈이 부시게 하얀 블라우스 덕에 커리어우먼이라는 티가 확 났다.

현관을 잠그며 다시 한 번 손목시계를 확인하니 넉넉하다.

이 정도면 토스트 하나와 커피 한 잔을 사서 들고 갈 수도 있을 것 같았다.

주말을 제외하면 늘 똑같은 일상.

그럼에도 현수는 별 불만을 느끼지 않았다. 오히려 아무 할 일도 없는 주말이 가끔은 버거울 때가 있었다.

피로는 주말에 풀어 줘야 한다는 변명을 스스로에게 주지시키며, 잠으로 시작해 잠으로 끝나는 주말도 딱히 새로울 것 없는 일상이었다.

그 일상을 깨트리는 친구 미라가 반가워지는 미친 증상을 보이는 걸 보면 가끔 정신이 돌기도 하나 보다.

"행복에 겨워 널을 뛰는 년."

친구라는 인간에게 지어 준 별명을 뇌까리며 현수가 급하게 지하철을 향했다.

콩나물시루 같은 지하철 속에서 현수가 가만히 통장 잔고를 확인했다. 어느 정도 여유가 되니 이제 작은 경차라도 하나 마련할까 했지만 곧 고개를 저었다.

마음은 굴뚝같지만 솔직히 운전할 자신이 없었다. 그래서 벌써 10년이나 묵은 운전면허증을 지갑에 넣어 신분증 대신 쓰고 있었다. 덕분에 그녀의 면허증은 그린면허증이 되었다.

역을 나서자 차가운 바람이 훅 불며 숨을 막히게 한다. 아직 11월인데 기온은 한겨울처럼 느껴졌다. 옷깃을 세우고 종종걸음으로 회사 로비로 들어서는 순간 온몸에 느껴지는 훈기에 겨우 어깨가 펴졌다.

안내 데스크의 경비 아저씨를 지나치며 목 인사를 하는 현수의 모습은 일반 회사원 그 이하도, 그 이상도 아닌 평범한 직장인이었다.

"아차! 내 정신 좀 봐."

막 인사를 끝내고 엘리베이터 앞에 서 있던 현수가 다급히 왔던 길을 되돌아 다시 회사를 나섰다.

분명 시간이 남아 토스트와 커피라도 한 잔 들고 올 참이었는데 차가운 바람에 잊어버렸다. 그건 상관이 없는데 꽃집을 잊어버리다니.

고개를 흔들며 버릇처럼 시간을 확인하고 부리나케 단골인 꽃집을 향했다. 이미 준비해 놓았을 꽃을 들고만 나오면 될 뿐이지만 오가는 시간 때문에 출근 시간이 빠듯해져 버렸다.

커다란 꽃다발 덕에 앞이 제대로 보이지 않았지만 알바로 시작한 이 회사 근무 기간만 10년인 그녀에게 그리 문제 될 것은 없었다.

마치 앞이 잘 보이는 사람처럼 거침없이 엘리베이터 앞에 서서 대기하는 현수 앞에선 굵은 머스크 향이 느껴졌다.

가만히 기억을 더듬던 현수가 곧 꽃다발을 든 채 몸을 틀어 인사를 했다.

"안녕하십니까? 전무님."

커다란 꽃다발이 옆에 서서 인사를 하니 평상시 표정 없기로 유명한 윤 전무의 얼굴에 의아함이 어렸다.

"요즘은 꽃다발도 말을 하는군."

이 인간이 웬일이래? 농담을 다 하고.

"죄송합니다. 원래 제 일이라. 비서실의 김현수입니다."

그러나 속마음은 드러내지도 않고 딱딱한 음성으로 말을 건네니 더 이상의 대꾸는 돌아오지 않았다.

이 회사에서 이런 향을 풍기는 사람은 회장의 큰아들 윤찬영 전무 이외에는 없었다.

유난히 냄새에 민감한 현수기에 그 향기만으로 사람을 구분하기도 했다.

그녀와 윤 전무 뒤로 조금씩 사람들이 모였지만 엘리베이터 문이 열렸을 때 아무도 선뜻 올라타지 못했다. 다들 어려워하는 눈치가 역력해 전무의 뒤를 따라 엘리베이터를 탄 현수는 그들을 위해서 과감히 문을 닫아 버렸다.

"아직 사람들이 타지도 않았어."

"그런가요? 앞이 안 보여서요. 죄송합니다."

항상 북적이던 엘리베이터에 달랑 두 사람만 있어 커다란 꽃다발을 들고도 편하게 올라갈 수 있으니 오늘은 윤 전무에게 고마워져 목소리도 부드럽게 나왔다.

뭐, 엘리베이터 못 탔다고 현수를 원망할 사람은 없을 테니까. 아니, 오히려 그녀에게 고마워하고 있을 터였다.

그런데 이 인간은 왜 쓸데없이 일찍 출근해 아랫사람들 눈치나 보게 하는지 모르겠다. 알아서 좀 느긋이 출근하면 좋을 것을.

문제는 이 윤찬영이라는 인물이 일중독이라는 것이었다. 거기다 미래의 오너가 될 확률이 다분하니 다들 눈치 보기 바빴다.

전무의 사무실은 회장의 사무실보다 낮은 층이라 그가 먼저 내리니 꽃향기 속에 그의 진한 머스크 향이 머물렀다.

윤찬영. 서른여덟. 현 회장의 장남.

재벌 3세? 재벌 2세라고 해야 할까?

구멍가게 같은 작은 전파사를 중견 전자회사로 키운 건 현 회장의 아버지 고(故) 윤석만 회장이었다. 그 중견 전자회사를 지금의 대기업으로 올려놓은 사람이 현 윤대영 회장이니까 재벌 2세가 맞으려나.

그에게 2남 1녀가 있는데 그중 큰아들 윤 전무는 전처가 낳은 아들이었으며 남은 두 자녀는 지금의 회장 부인이 낳았다.

그러나 그 사실을 아는 사람들은 그리 많지 않았다. 그래서 대부분의 사람들은 현 회장 부인이 그의 생모라고 생각했다. 특별히 비밀은 아닌 모양이지만 그렇다고 떠들고 다닐 일도 아니라 아는 사람만 알고 있는 것 같았다.

계모 밑에서 자라서인지 차갑고 냉정한 외모만큼이나 그 성질도 만만치 않는다는 평판이었다. 뭐 일은 잘하니 아무도 뭐라 내색은 안 하지만 꽤나 차가운 성격인 건 사실이었다.

180이 넘는 키 때문에도 사람들이 위압감을 느끼는데, 사내치고는 꽤 큰 눈에 서리를 담고 다녀 그 앞에 서면 다들 기가 죽는 모양이었다.

그래도 사내 여자 직원들 사이에 그는 선망의 인물이었다.

한 번의 이혼쯤이야 재벌이라는 타이틀이 붙으면 아무런 문제도 되지 않는 모양인가 보다.

그를 향해 신데렐라를 꿈꾸는 여직원들이 꽤 많은 모양이지만 잘생긴 외모 밑에 숨겨진 차가움에 현수는 고개를 절레절레 저었다.

가만, 이번에 또 다른 아들이 입사한다고 들었다. 형제의 난이 일어나는 건가?

관둬라. 나랑 뭔 상관이 있다고.

여전히 감도는 머스크 향에 절로 회사 윗사람들의 동향을 상기하던 현수가 얼른 머리에서 털어 내 버렸다.

자신이야 일하고 월급만 잘 받으면 그뿐이었다.

연봉이 좋은 편이라 삼사 년만 더 일하면 모은 돈과 퇴직금으로 작은 가게라도 낼 수 있으리라. 이왕이면 부모님이 하셨던 파스타 가게를 하고 싶었지만 생각만 하고 있을 뿐이었다. 언제까지 남의 비위나 맞추며 살 수는 없는 노릇이니까 이제부터라도 천천히 앞날을 준비해야 했다.

독신주의는 아니지만 결혼을 생각하고 있지도 않았다. 사실 원하지 않게 독신주의가 되었다는 말이 맞았다. 그러니 혼자 살려면 자금이라도 탄탄해야 서럽지 않은 법이다. 기댈 데 없는 이가 자신 아니던가.

"꽃 배달입니까?"

혼자 생각에 빠져 엘리베이터 문이 열리는 것도 몰랐나 보다. 눈앞에 한 실장이 반가운 얼굴로 서 있었다.

"네, 실장님. 일찍 출근하셨네요."

"서영이가 아침부터 울고불고 난리라서."

급히 꽃다발을 내려놓고 회장실의 화반을 가지러 다녀오는 사이 한 실장이 입이 찢어져라 하품을 하며 눈을 비비고 있었다.

"애 엄마는요?"

"주무셨지요. 우유 먹이고 달래 놓고 깨우고는 왔는데 전화해 봐야겠어요."

준비실로 들어가 휴대폰을 열고 작은 음성으로 속삭이는 실장의 모습을 보니 다시 한 번 결혼이란 제도에 회의가 느껴졌다.

처음 비서실에 근무할 때 한 실장은 완벽한 인간으로 보였다. 하나의 실수도, 오차도 없이 기계처럼 움직이는 칼 같던 인간은 사라지고 그저 남편과 아이 아빠의 모습으로만 보이니. 그래도 저리 좋다는데 어쩔 수 있나.

"지지리도 복 받은 년."

그래서 항상 현수의 입에서 나오는 욕의 대상자는 한 실장의 사모님이신 주미라 되시겠다.

"좋은 아침입니다. 어휴! 추워. 벌써 겨울이 왔어요. 올겨울 따뜻하다더니 일기예보를 믿은 내가 바보지."

들어오자마자 사무실을 시끄럽게 만드는 이 비서를 보며 현수는 고개를 까닥여 화답을 하고 부지런히 화반에 꽃꽂이를 하고 있었다.

싱싱한 분홍 장미를 목까지 댕강 잘라 가운데 끼워 놓고 글라디올러스와 안개꽃으로 넓게 퍼지게 만들자 화사한 꽃 장식이 책상을 가득 메웠다. 그 모양을 보며 고개를 갸웃거리곤 가운데 분홍 장미를 몇 개 더 꽂아 넣었다.

제법 예쁘고 품위 있게 나왔다.

"와, 예뻐요. 어쩌면 대리님은 못하시는 일이 없으세요? 따로 배우셨어요?"

"응."

"아, 그렇구나."

한편 비서실 3년 차 민지에게 가장 알 수 없는 사람 중에 하나가 바로 앞에 앉아 화반을 바라보며 가늠하고 있는 김현수 대리였다.

유니폼처럼 늘 똑같은 옷차림에 빈틈없이 올린 머리. 검은 뿔테 안경만 쓰면 영락없는 여기숙사 사감같이 보일 듯했다. 매사 딱 부러지고 자기가 맡은 일은 어떤 상황이든 어그러진 적이 없을 정도로 정확했다.

그럼에도 회사 내 직원들과 교류가 거의 없는 인물이기도 했다.

빡빡하게 묶어 올린 머리 때문에 인상도 사납고 차가워 보였다. 그러나 실장님과 대화하는 와중에 웃는 모습을 보고 환해지는 그 얼굴에 놀랐다.

160인 자신이 하이힐을 신어 그녀와 같은 공기를 마시고 있는 걸 보면 적어도 키가 165를 넘는다는 말이었다.

마치 여학생이 처음 학교 갈 때 다려 입는 교복처럼 주름 한 점 없는 검은 정장은 맞춘 것처럼 그녀의 몸을 감싸며 본인은 모르겠지만 예쁜 선을 고스란히 보여 주고 있었다.

조금만 꾸미면 모든 남성의 시선을 받을 텐데 김 대리는 세상에서 가장 관심 없는 종자가 남자라는 듯 누구에게도 눈길을 주거나 웃음을 보이지 않았다. 그녀가 딱딱하지만 미소를 보이는 사람은 오직 한 실장과 회장님뿐이었다.

그 때문에 사내에서 은근히 한 실장과 그렇고 그런 사이라는 소문이 돌고 있었다. 업무 이외에 같이 있는 시간도 많았고 밖에서도 따로 만나는 눈치이긴 했다.

그래도 저 외모를 지니고 만나는 사람이 한 실장이라니.

둘이 같이 서면 그림이 나오지 않았다. 한 실장도 얼굴이야 나쁘지 않지만 숱 적은 머리카락 덕에 이마가 넓어 보인다. 아마 시간이 지나면 점점 넓어지지 않을까 싶었다.

더구나 결혼 3년 차로 아이까지 있는 사람이었다. 불륜이라니, 그런 생각만으로도 웃음이 나왔다. 칼날 같은 성격에 빈틈이라곤 없는 김 대리가 그럴 위인으로 보이지 않았다.

회사에 괜찮은 사람들 중에 은근 김 대리에게 접근했다가 된서리를 맞은 적도 꽤 있는 걸 보면 그들이 내는 소문이겠지 싶어진다.

"뭐 해? 이거 회장님실 가져다 두라니까."

너무 깊은 생각에 빠져 있었나 보다. 어느새 자신을 향해 도끼눈을 뜨고 있는 김 대리의 눈빛에 움찔한 이 비서가 잽싸게 화반을 들고 회장실을 향했다.

그런 이 비서를 흘겨보며 현수는 한숨을 내쉬었다. 비서실의 대리라고는 하지만 사실 잡무 담당이었다. 대외 수행비서인 한 실장이 회장님을 따라다니는 동안 사내에서 모든 스케줄과 환경 정리를 하는 것이 그녀의 몫이었다.

그러다 보니 하루가 정신없이 지나고 벌써 점심시간이었다. 한 실장이야 회장의 식사 약속에 따라갈 테니 구내식당을 향하는 시간은 아마도 실장님과 회장님이 나가는 시간이 될 것이었다.

오늘은 이 비서부터 보낼 생각이었다. 비서실은 비워 둘 수 없어 돌아가며 식사를 했다.

분명 약속 시간이 다가오는데 웬일로 호출 받아 들어간 한 실장님과 회장님이 꼼짝을 안 하고 좀체 회장실 밖으로 나오지를 않았다.

옆에서 빠르게 분첩을 두드리는 이 비서를 보며 현수가 창밖으로 시선을 돌렸다. 점심시간만 되면 모든 일을 제치고 외모에 신경 쓰는 이 비서를 보면 신기하기는 했다. 그저 밥 한 끼 먹으러 구내 식당 가는 것뿐인데 뭔 멋을 그리 내는지.

아침도 굶어 배가 고파 오는데 웬만하면 약속 장소로나 가실 것이지 왜 안 나오는지 오늘따라 짜증이 나려고 하는 것을 참으며 대신 책상을 정리하고 있었다.

"김 대리, 잠깐 나 좀 볼까? 그리고 민지 씨는 나 대신 오늘만 회장님하고 같이 움직여요."

드디어 문이 열리더니 한 실장이 나와 뜻밖의 말을 하고는 이 비서를 회장님께 붙여 내보냈다.

무슨 일인지 모르지만 꽤 심각한 일 같았다. 보통은 한 실장이 못 움직이면 현수가 그 역할을 대신했다. 겨우 3년 차인 이 비서를 보내는 건 처음 있는 일이었다. 허둥지둥 따라나서는 이 비서의 얼굴에도 당혹감이 역력했다.

"무슨 일 있습니까?"

"그게…… 나도 참 기가 막혀서. 아무튼 좀 앉죠. 현수 씨."

둘만 있으면 한 실장은 현수에게 '김 대리'가 아닌 이름을 불렀다. 그건 와이프 친구를 대하는 그만의 예의였다. 그러지 말라고 해도 그는 자신에게 은인이라며 현수를 꽤 깍듯이 대했다. 그런 와이프도 예쁘다고 쩔쩔매는 모습이 좀 웃기긴 했지만 친구로서는 고마웠다.

처음 그를 봤을 때 들었던 수더분하다는 생각은 단 오 분 만에 사라졌다. 매사 정확하고 입이 무거운 사람으로 회장의 믿음을 받을 수밖에 없는 인물이란 걸 금방 알 수 있었다.

현수가 이 자리까지 오는 데 많은 도움과 배움을 준 사람도 한 실장이었다. 이런 사람을 팔불출로 만든 걸 보면 미라의 실력도 보통은 넘으리라.

"누가 문 이사에게 투서를 한 모양이에요."

"투서요? 무슨?"

이건 또 뭔 말이래. 투서라니. 그리고 그 투서란 게 자신과 무슨 상관이 있단 말인가.

"현수 씨랑 나랑…… 아무튼 허! 참, 기가 막혀서."

"에?"

이거 어디서 많이 듣던 말 같은데.

"그걸 바로 회장님께 말씀 올린 모양입디다. 아무튼 그 인간 입도 싸."

머릿속을 정리할 틈도 없이 한 실장의 말이 이어졌다.

"그래서요?"

"사정 설명을 드렸죠. 그래서 회장님도 웃어넘기시기는 했는데 그래도 불미한 소문은 잠재우는 게 좋다고."

"저더러 사표를 내라는 건가요?"

저절로 목소리가 떨려 나왔다.

아직은 빠른데, 목표한 돈이 모여지지 않았다. 이만한 월급 주는 곳을 구하는 것도 쉽지는 않았다. 더구나 이런 소문을 달고 그만두면 직장 구하기는 하늘의 별 따기가 되어 버린다.

"무슨 말을요. 사실도 아닌 일로 왜 현수 씨가 사표를 내요."

화들짝 놀라는 한 실장을 보니 안심이 되었다. 안정을 찾고 나자 슬슬 화가 난다.

"도대체 어떤 인간들이 그런 소문을 내고 다녀요? 제가 뭘 했다고?"

"그러니까요. 그런데 회장님께서는 아무래도 그 소문 도는 게 걸리시는 모양이에요."

"어쩌라는 건가요?"

짜증에 목소리가 올라가자 한 실장이 일순 주저하며 현수의 눈치를 봤다.

"저기…… 그러니까……."

"한 실장님. 실장님답게 말씀하세요. 저보고 어쩌라는 건가요?"

"휴……. 저번 주, 윤 전무님 비서인 안영미 씨가 퇴사한 건 알죠?"

알고말고. 깐깐한 윤 전무 밑에서 3년간 고생한 안 비서는 결혼 발표와 동시에 사표를 제출했다.

퇴사 전 3개월 동안 후임을 물색했지만 결국 윤 전무 마음에 드는 비서가 없어 아직 그 자리가 공석인 건 누구나 아는 사실이었다.

여러 여직원이 도전했다가 눈물만 쏙 빼고 뛰쳐나온 것 또한 공공연한 비밀이었다. 그렇잖아도 이쪽 비서실에서도 사람을 구하고 있었다.

"회장님께서 당분간 그 자리를 현수 씨가 메워 주셨으면 하세요."

"그러니까 저더러 윤 전무님 비서로 가라는?"

"아주 잠시예요. 후임이 정해질 때까지만. 그리고 그동안 이런 소문도 없어질 거라고 생각하시는 모양이에요."

잘리지는 않은 모양인데 기분은 참 더럽다. 회장님 비서에서 전무 비서는 분명 강등이었다. 그것도 있지도 않은 일 때문에.

"그런데요. 제가 전무님에게 가는 건 문제가 아닌데 이렇게 가면 소문이 진짜라고 생각하는 인간들이 넘칠 텐데요."

"저도 그 말씀 드렸죠. 그랬더니 문제없다고 하시네요. 전무실 비서가 공석인 건 사실이고 그래서 꽤 불편해하시니까 이쪽에서 전무님 배려 차원으로 차출해 보내 드리는 형식이라고."

말이 좋아 차출이지. 이걸 소문을 인정한다는 말로 받아들이는 인간들이 또 쑥덕거릴 기리를 만들어 주는 꼴이었다.

거기다 윤 전무가 어떤 사람이던가. 비서에게 지랄맞게 군다는 소문이 자자한 인간이었다.

거기서 못 견디면 나가라는 말이리라. 잠시라는 말을 믿을 현수가 아니었다.

제길, 월요일 아침부터 이게 웬 날벼락인지.

사표를 던져? 그러자니 자존심이 상한다. 이런 엉뚱한 소문 때문에 자신의 커리어를 망친다는 건 결코 용납할 수가 없었다. 그렇다고 변명을 하는 것도 자존심이 가로막았다.

좋아, 간다고. 지랄맞아 봐야 지가 얼마나 지랄맞겠어. 어디 한번 붙어 보지 뭐.

"현수 씨?"

별반 표정 변화가 없는 현수의 얼굴이 붉으락푸르락하는 것을 보며 괜히 한 실장의 등 뒤로 한기가 흘렀다. 여자가 한을 품으면 오뉴월에도 서리가 내린다는 말이 왜 떠오르는지 알 수가 없었다.

조용하고 차분한 모습 속에 감춰진 건 용암같이 뜨거운 다혈질 성격임을 이미 아내인 미라를 통해 알고 있었다.

한 번도 본 적 없지만 널뛰는 미라의 성격을 단번에 잡아 버리는 걸 보면 보통은 아니리라 생각은 하고 있었다. 그러나 직접 김 대리의 표정이 시시각각 변하는 걸 보는 건 생각보다 사람을 긴장하게 만드는 힘이 있었다.

"내일부터 그쪽으로 출근하면 되나요?"

"그게…… 그쪽에 비서가 없는 관계로 지금부터 그쪽으로 가서 정리를 해 줬으면 하세요."

"지금요?"

아주 번갯불에 콩을 볶아 먹네. 그러나 이미 결심한 일 망설일 것도 없었다.

"그러죠. 그럼 전 제 짐 좀 정리할게요. 그동안 제가 사무실을 보고 있을 테니 실장님은 식사하고 오세요."

"아니, 저."

"괜찮아요. 잠시뿐인데요, 뭐. 간단한 짐만 챙겨 가고 남은 건 제 사물함에 두고 갈게요. 제가 회사를 관두는 것도 아니고 잠깐 출장 간다고 생각하죠. 어서 다녀오세요."

아무렇지도 않게 그를 내모는 김 대리를 보며 한 실장은 고개를 들 수가 없었다. 왜 그런 소문이 돌았는지 그가 더 잘 알고 있었다.

사랑하는 와이프에 대한 이야기와 눈에 넣어도 아프지 않은 딸내미 자랑을 할 사람이 필요했고 회사 내에 그럴 수 있는 사람은 오직 김 대리뿐이었다.

비서실에 근무하다 보니 여기저기 귀띔을 바라는 인간들이 많아 일 이외에는 일체 다른 부서와의 만남을 자제해서 회사 내에 친하게 지내는 사람도 없었다.

그의 성격 때문에 윗사람들에게 건방지다고 미움도 꽤 받았다.

회장의 신임이 두터울수록 회사 내에서 외로워지는 것도 사실이었다.

그 와중에 김 대리에게는 편하게 대할 수 있어 좋았는데, 이런 식으로 자신의 행동 때문에 그녀가 불이익을 당하는 것 같아 괜히 미안해졌지만 방법이 없었다.

"곧 사람 구해 내려 보낼게요. 그때까지만 고생하세요."

"저 사형당하러 가나요? 그저 회장실에서 전무실로 바뀔 뿐인데 웬 걱정이세요. 식사나 하러 가세요. 나중에 제가 집으로 놀러 갈게요. 그때 봬요."

몰아내듯 한 실장을 내보낸 현수가 문을 닫고 천천히 책상을 정리하기 시작했다. 작은 상자에 개인 물품을 챙기면서 이를 갈았다.

성질 같아선 더러운 소문의 진원지를 찾아 당당히 뒤집어엎은 뒤 사표를 던지고 싶었지만 목구멍이 포도청이라 참고 있었다.

"참자, 참아. 딱 3년만 참자. 내가 3년 뒤에는 무슨 일이 있어도 이 회사 때려치우고 만다."

박박 이를 가는 현수의 모습은 평소 냉철하고 딱딱한 비서실 검은 얼음이라 불리는 김 대리가 아니었다.

2.

사표냐, 아니냐. 그것이 문제로다

"오랜만이에요."

"그렇군. 잘 지낸 얼굴은 아니군."

아담한 식당 창문 밖으로 이제 막 가을의 티를 벗고 있는 나무들이 보였다. 그 나무들만큼이나 허허로운 표정의 여인이 앞에 앉은 남자를 보며 슬픈 미소를 보였다. 그러나 사내의 얼굴에는 어떤 표정도 없어 마치 앞에 있는 여인과 아무 상관도 없다는 듯 무심해 보인다. 목소리마저도 건조했다.

"변함이 없네요, 당신은."

"사람이 변하면 죽을 때라더군."

"그 이상한 유머도 여전하네요."

싱긋 짓는 미소가 참 아름다운 여인이었다.

"들어왔다는 소식은 들었어. 그런데 연락을 할 줄은 몰랐어."

"인사는 해야죠. 그래도 우리 한때는 부부였는데."

그랬다. 앞에 앉은 영인은 그와 5년을 부부로 산 사람이었다. 부부라고 하나 그 속을 알 수 없었고, 알려고 하지도 않았다. 처음부터 정략결혼이었고, 그에게 부부의 정이란 의미가 없는 단어였다.

"좀 바빴어요. 제시간에 잠을 못 자니 꼴이 이러네요."

자신의 얼굴을 만지며 그녀는 다시 편하게 웃어 보인다.

필요하니 결혼했고, 이혼해 달라니 이혼해 주었다. 그녀가 떠나는 이유도 궁금하지 않았다. 그에게 한영인이라는 여인은 그저 인생에 스치는 많은 사람 중에 부부라는 이름으로 잠깐 머물던 사람이었다.

"아버님은 잘 계시더군."

"네, 그렇더군요. 뭐, 절 보지는 않지만."

어깨를 으쓱이는 모습은 눈에 익었다. 그의 질문에 대답으로 오는 것은 네 또는 아니요, 것도 아니면 그 으쓱거리는 버릇이었으니까.

"개인전 때문에 잠시 들어왔어요. 당분간은 여기 머물 거예요. 아무래도 당신에게는 알려야 할 것 같아서. 제가 개인전을 열면 당신 이름도 거론될 테니까요."

찬영의 앞에 개인전 소개 책자를 내민 영인은 향기로운 커피 향을 음미하며 입에 머금었다.

차가운 남자. 영인에게 찬영은 그런 남자였다. 처음 그를 만났을 때를 기억한다.

한창 벚꽃이 날리던 오월의 어느 날 아버지의 강압으로 나간 맞선 자리에서 만난 그는 스트라이프 정장으로 깔끔하게 멋을 낸 잘생긴 청년이었다.

첫눈에 그 아름다움에 반했다는 말이 맞을 것 같다. 또렷한 이목구비에 선이 얇은데도 남자다워 보이는 얼굴과 다른 누구에게서도 본 적 없는 아름다운 눈. 그 눈이 그녀를 똑바로 향하고 있었다.

얇은 쌍꺼풀이 먼저 눈에 들어왔다. 뒤이어 차가운 빙정 같은 눈동자에 충격을 받았다.

기억이 있는 어린 시절부터 그림을 그려 온 그녀였다. 그래서 자신을 향하는 차가운 눈동자에 아무런 감정이 없음을 진즉에 알아차렸다.

아무리 그린 듯 아름다운 미소를 머금고 있지만 그 미소에 속을 만큼 순진한 여자는 아니었다.

그래도 욕심이 났다. 그의 아름다움에. 노력하면 그가 자신을 다른 눈으로 보리라 아니, 그렇게 보게 하리라 마음먹었었다. 얼음 같은 눈동자가 온기로 반짝이며 자신을 보게 만들고 싶었다.

그게 자신의 욕심임을 깨닫는 데 5년이라는 세월이 걸렸다.

아무리 곁을 맴돌아도 그는 그녀를 보아 주지 않았다. 부부라고 하나 남 같은 시선을 견디던 나날들.

잠자리를 자주 하지 않아 소식이 없는 거라 위로하던 어느 날 기다리다 지쳐 혹시나 하고 병원을 찾았던 그녀는 자신에게 문제가 있어 임신을 할 수 없다는 진단에 절망했다.

마치 마네킹을 품듯 차가운 잠자리에 진저리를 치던 그녀였지만 그를 닮은 아이 하나만 가지고 싶다는 욕심으로 견뎠던 영인이었다. 결국 그마저도 가질 수 없다는 절망감에 그녀는 마침내 그의 손을 놓아 버렸다.

아무리 발버둥 쳐도 그에게 아무것도 될 수 없음을 깨달아야 했다. 그리고 그의 손을 놓은 날부터 겨우 숨을 쉴 수 있게 된 것을 알았다.

욕심을 버리자 눈이 뜨이는 것 같았다. 미국으로 건너가 그동안 손에서 놓았던 그림을 그리며 안정을 찾았고, 제법 인정도 받는 화가로 자리 잡았다.

무작정 이혼을 통고하고 도망가 버린 그녀를 아버지는 아직도 용서하지 않았지만 영인에게는 숨을 쉬고 살 수 있는 방법이 그것뿐이었다.

"그림이 좋군. 한번 들르지."

"그러실래요? 마음에 드는 그림이 있으면 말씀하세요. 선물로 드릴게요."

"그럴 필요 없어. 마음에 들면 내가 사면 되니까."

"우리 사이라면 선물 하나쯤 드릴 수 있어요. 이제는 편하게 받을 수 있잖아요."

"그런가?"

찬영이 새삼스러운 눈으로 영인을 보았다. 많이 피곤해 보이기는 하지만 얼굴에 생기가 흐르는 것이 보였다.

예전의 머뭇거리는 모습도 말투도 보이지 않았다. 그를 편하게 대하는 모습도 싫지 않았다. 생각해 보면 미안한 게 많은 여인이 아니던가. 여자를 믿지 못하는 자신 때문에 상처를 입은 사람이었다.

처음 만났을 때의 화사함이 시들어 가던 시간들을 떠올리며 그가 슬며시 미소를 지었다.

"그 미소에 반했었어요. 그러니 함부로 웃지 말아요."

"응?"

"신경 쓰지 말아요. 아무튼 오늘 볼일은 다 본 것 같네요. 전 개인전 준비로 가 봐야 해요. 다음에 나 미국 가기 전에 밥이나 함께 해요. 시간 내 줄 거죠?"

"그러지. 갈 때 거기 주소도 알려 줘. 출장 가면 얼굴이나 보자."

"좋네요. 당신하고 이렇게 편하게 지낼 수 있다는 게. 일어나죠."

영인과 헤어지고 회사로 들어서는 찬영의 기분도 나쁘지 않았다.

자신의 곁을 떠나 화사해지고 당당해진 모습을 보면서 씁쓸해하는 것이 옳겠지만, 정작 그녀에게 미안한 마음이 더 많았던 그로서는 도리어 어깨에 메여 있던 짐을 하나 내려놓아 가벼워진 것 같았다.

사무실을 들어서던 그는 비어 있던 비서 의자에 다른 얼굴이 앉아 있음을 보았다.

급히 입에 물었던 샌드위치를 뒤로 감추며 여자는 재빠르게 일어나 묵례를 한다.

"누구?"

"앞으로 전무님을 모시게 될 김현수라고 합니다."

새로 온 비서인 모양이었다. 그래도 여태 비서로 왔다던 여자들보다는 나아 보였다.

깔끔한 검은색 정장에 하얀 블라우스가 먼저 눈에 들어왔다. 파리가 앉으면 낙상이라도 할 듯 곱게 틀어 올린 머리와 단정한 이목구비가 깔끔하고 몸가짐으로 보아 능력도 있어 보였다. 그러나 사람은 겪어 보지 않으면 모르는 법이다.

뭐 며칠 일해 보면 알겠지, 하고 생각한 그가 고개를 끄덕이고 사무실로 들어서던 순간 왠지 이름과 목소리가 익숙하다는 것을 알았다.

김현수라, 어디서 들었던 이름인데. 흔한 이름이라서 그렇게 느끼는 걸까?

"아! 그 꽃다발?"

오늘 아침 커다란 꽃다발에게 인사를 받았던 기억이 떠올랐다. 그리고 덩달아 김현수라는 이 여자, 아버지의 비서였다는 것도 생각이 났다.

"꽃다발이 아니라 김현수입니다. 그냥 김 비서라고 부르시면 됩니다."

오늘부터 자신의 비서라는 여자의 말을 무시한 채 찬영이 성큼 그녀의 책상 앞으로 다가섰다.

"회장실 비서가 왜 내 사무실로 온 거지? 강등인가? 아니면 지원?"

눈치 하나는 빠르네.

현수가 무덤덤한 표정 속에 숨은 마음을 감추며 고개를 저었다.

"지원은 분명 아닙니다. 차출이라고 해 두죠."

"강등이군. 그쪽에서 무슨 실수를 한 건가? 문제 있는 사람은 나도 싫은데."

이 인간이 진짜. 가뜩이나 속 복잡한데 불을 지른다.

그러나 평상시 연습한 그대로 현수는 무표정한 얼굴로 그를 똑바로 응시한 채 또박또박 답변을 주었다.

"제가 일하는 도중 언제라도 불편하시거나 마음에 안 드시면 말씀해 주십시오. 바로 이 사무실을 비워 드리겠습니다."

그녀의 대답이 마음에 들었는지 아니면 기분이 상한 건지 모를 표정으로 그녀를 노려보던 찬영이 고개를 까닥이고는 자기 사무실로 향했다.

그가 문을 닫자 겨우 숨을 내쉰 현수가 들고 있던 샌드위치를 쓰레기통에 던져 버렸다.

밥 한 끼 먹기가 무슨 전쟁 같은 하루였다. 이젠 아침에 이어 점심까지 굶을 판이니 말이다. 먹기 위해 돈을 버는데 먹는 것까지 눈치를 보다니 꽤 서럽다는 생각에 울컥했지만 곧 마음을 가다듬었다.

언제 한 번이라도 자신의 생각대로 일이 돼 가던 때가 있었던가? 사방에 돌부리를 깔아 놓고 살아가는 인생이었다. 이 정도쯤이야 껌도 안 되는 일이었다.

아직 업무 파악이 안 돼 정신없이 사무실 안의 서류와 그동안 스쳐 간 비서들의 메모를 확인하던 차였다.

뭐 그래도 한 사무실을 셋이서 쓰다가 혼자 이 공간을 쓴다고 생각하면 나쁘지 않았다. 아니 생각보다 근사하다. 혼자 있을 때는 긴장을 풀 수도 있으니까.

— 꽃다발, 들어와.

막 남은 메모지를 정리하며 필요한 것을 다시 메모하던 현수의 귀에 호출 소리가 들렸다.

이 인간이 진짜. 정말 해 보자는 건가?

마치 전쟁터에 나가는 사람처럼 옷차림을 정리하고 매끄러운 머릿결을 다시 한 번 더 정리한 현수가 작은 노트와 펜을 들고 전무의 사무실 문을 열었다.

아쭈!

긴 다리를 책상에 얹은 채 서류를 들춰 보고 있는 전무의 모습은 드라마에 나오는 거만한, 그리고 싸가지 없는 상사의 모습을 그대로 옮겨 놓은 듯했다.

하긴 젊은 나이에 전무라지만 그것도 임시직이었고 곧 부사장으로 승급할 거라는 소문이 파다했으니 거만한 것도 어쩔 수 없는 부분이리라.

타고나길 금수저를 물고 태어난 인간과 그 앞에 정자세로 서 있는 자신과는 분명 차이가 나는 인생이었다.

뭐 이 인간이 금숟가락을 물든 개뼈다귀를 물든 상관이 있을까. 현수는 일 잘하고 월급만 받으면 그만이었다.

이 회사를 위해 목숨 걸 정도로 애사심이 넘치는 사람도 아니고 단지 그녀가 사표를 던질 때까지 이대로 유지하면 그만이라는 생각뿐이었다.

USM전자는 적어도 월급만큼은 탑 급이니까 그만큼 자신의 능력을 제공하면 그뿐이었다.

"업무 파악은?"

"아직 인수받은 것이 없어 파악 중입니다."

나 여기 온 지 겨우 1시간 됐다, 인간아, 라는 말을 삼키며 정중하게 대답을 했다.

"그래? 인사과 연락해서 직원 기록부 하나 보내 달라고 해."

처음부터 끝까지 반말이다. 그래도 현수의 표정에는 변함이 없었다.

"누구의 기록부를 보내 달라고 할까요?"

"꽃다발 거."

꽃다발?

이를 갈며 현수가 다시 한 번 자신의 이름을 강조해 알려 주었다.

"제 이름은 김현수입니다. 다시 한 번 말씀드려야 합니까?"

서류를 보고 있던 찬영의 얼굴에 얼핏 미소가 비쳤다. 처음으로 찬영을 향해 반응을 보이는 새로운 비서를 보며 슬며시 입가에 미소가 지어지는 건 왜인지. 그러나 미소를 숨기며 그가 자세를 바로 잡고 그녀를 똑바로 바라보았다.

회장실에 가면 자주 보던 얼굴이었다. 그때야 관심 없이 본 거라 기억에 가물거리게 남아 있지만 그럼에도 꽤 유능하다는 소문은 익히 들었다.

그런데 왜 자신에게 아버지가 부리던 비서를 보내신 걸까?

사람을 부리는 데 까다로운 건 아니었다. 그러나 비서는 오롯이 자신의 사람이어야 했다. 자신의 일을 누구보다 잘 알아야 할 이가 비서 아니던가.

그래서 믿을 만한 사람을 찾는 중이었다. 그런데 회장실의 비서가 떡하니 앉아 있으니 의심스러울 수밖에 없었다.

누가 보낸 건지. 이유는 뭔지 알아야 했다.

"제 기록부가 필요하시다면 여기서 말씀드릴 수 있습니다. 그래도 필요하시다면 지금 가져오겠습니다."

오호, 정면 돌파라.

깐깐한 얼굴로 눈을 마주 보며 대답하는 모습은 마음에 들었다. 여태 비서라고 올라온 인간들은 그와 눈을 마주치는 것조차 어려워

했었다.

"그래? 그럼 묻지. 여기로 내려온 이유는?"

"차출된 거라고 말씀드렸습니다만."

"더 정확한 이유를 원해. 수많은 비서들 중에 왜 하필 회장실 비서지? 그것도 대리가?"

"그만큼 전무님의 위상이 높으시니까요."

"아부인가?"

"진실입니다만."

목소리 톤에도 변함이 없었다. 똑바로 응시하는 눈동자의 흔들림도 없었다. 그럼에도 의심을 거둘 찬영이 아니었다.

조만간 찬수가 신입사원으로 입사할 예정이었다. 미국에서 자신이 밟았던 코스를 그대로 밟고 귀국한 그의 의붓동생.

반이나마 피를 나눈 동생이라지만 또한 그만큼 그의 가장 쟁쟁한 경쟁자이기도 했다.

찬수가 싫은 것은 아니었다. 형이라고 그를 따르는 녀석을 미워하지는 않았다. 단지 그 녀석의 고상한 어머니가 문제일 뿐이었다.

"난 전적으로 믿을 사람이 필요해. 그런데 김 대리는 의심스럽거든. 왜 하필 회장실에서 내려 보낸 거지? 누구의 지시지?"

"믿고 안 믿는는 전무님의 자유십니다. 그러나 분명한 건, 전 한 번도 비서로서의 직업윤리에 어긋나는 생각이나, 행동을 한 적이 없다는 점입니다. 그리고 절 이쪽으로 보내신 분은 회장님이십니다. 왜 보내신 건지는 직접 물어보시면 아실 거고요. 제 입으로는 말할 가치도 없으니. 어쩔까요? 제 사원기록부 가져올까요?"

당당한 현수를 보며 찬영의 눈동자가 더욱 차가워졌다. 손깍지로 턱을 받친 그가 그녀를 향해 고개를 끄덕였다.

"그건 잠시 미루지. 봐야 근속 기록이나 나올 테니까. 우선 업무 파악은 미루고 대기하도록. 김 대리 말대로 직접 확인할 테니까."

"알겠습니다. 그럼 이만."

로봇처럼 딱딱한 묵례를 끝으로 현수는 문소리도 내지 않고 사무실을 나섰다. 문이 닫히기 전에 전화기를 드는 윤 전무의 행동을 의식하며 현수가 입술을 깨물었다.

'징그러운 인간. 그러니 사람이 남아나질 않지. 맘대로 생각하라지. 정말 사표를 내야 하나. 치사해서 원.'

의자에 앉아 간신히 분을 삭이는 현수와 달리 통화를 끝내고 수화기를 내려놓는 찬영의 입가에 묘한 비웃음이 어렸다.

"소문이라, 아무튼 여자들이란."

회사 내의 일과 관련된 말 이외에는 관심이 없는 그였다. 일개 사원들의 뒷소문까지 신경 쓸 사람도 아니거니와 그에게 그런 말을 전할 이도 없었다.

그러나 아니 땐 굴뚝에 연기 나랴, 라는 속담이 진실이라는 것은 살며 깨닫고 있었다. 그래도 덕분에 앞으로 비서로 같이 지낼 사람이 그 누군가의 끄나풀이 아니라는 건 알았으니 수확이라면 수확이었다.

회장님의 말을 그대로 믿는 것은 아니었지만 비서의 사생활은 어디까지 비서의 몫이었다. 그 사생활이 그에게 피해를 주지 않는다면 무슨 상관이겠는가.

그럼에도 저 깐깐하고 도도한 모습의 여자가 그렇고 그런 소문의 주인공이라는 것은 뜻밖이었다. 하긴 그런 짓을 하는 사람이 딱히 어떤 모습이라고 정해 놓은 것은 아니니 누구라도 해당될 수 있다는 말과 같았다.

잠깐 시간을 두던 그가 다시 비서를 불러들였다.

신분 확인은 끝났으니 능력을 확인할 차례였다. 유능한 비서로 알고 있지만 그건 자신의 평가는 아니었다.

그가 원하는 비서는 차나 나르고 심부름이나 하는 존재는 아니었다. 그와 함께 움직이며 그의 또 다른 귀가 되어야 한다.

그는 지금 비서가 아닌 보좌관을, 그것도 그만을 위한 보좌관을 고르고 있는 중이었다.

＊　＊　＊

정말 징그러운 한 주였다. 그동안 자신의 직업이 편한 것은 아니라고 생각했지만 딱히 나쁘다는 생각도 없었다.

다른 커리어우먼처럼 야욕이 넘치는 것도 아니고, 원하는 일을 할 때까지 자금을 모으는 일이라 여기며 더러워도 참고 치사해도 참았다. 그런데 지금 현수는 인생 최대의 고비에 봉착했다.

사느냐, 죽느냐 그것이 문제로다, 하고 외친 햄릿만큼은 아니지만 사표냐, 아니냐의 기로에 서 있음은 분명했다.

그래서 지금도 작지만 편안한 원룸에 앉아 작은 상 하나 펼쳐 놓고 통장 잔고를 확인하며 이를 박박 갈고 있는 중이었다.

지랄맞은 상사를 처음 모신 건 아니었다. 쪼잔한 인간부터 정신 없는 인간까지. 그러나 이런 식의 재수 없는 인간은 처음이었다.

어디 하나 틈이라도 있으면 확 욕이라도 하겠는데 이 인간 능력은 또 소문만큼, 아니, 소문보다 더 월등했다.

날카로운 눈매만큼이나 너무나 똑똑한 두뇌가 사람을 여러모로 짜증나게 한다는 것을 이제야 알다니, 아직 인생을 알려면 멀었구나 느끼게 할 정도다.

첫날은 그녀에게 아무것도 시키지 않은 채 퇴근을 시켰다. 올라오는 서류에 손도 못 대게 하고, 전화도 바로 자기 사무실로 돌려놓고 받을 정도기에 곧 쫓겨나겠구나 싶어 우두커니 한나절을 지내고 회사를 나섰다.

"내일부터는 바쁠 테니 신발은 굽 낮은 걸로 신고 오도록."

그녀에게 퇴근하라는 말 뒤에 따라온 말이었다.

원래 낮은 굽을 신고 다니는 그녀였다. 작은 키가 아니어서 힐을 신으면 모시는 분이나 찾아오는 윗사람을 내려다보게 되어 늘 굽 낮은 편한 구두를 신었으니 문제 될 것은 없었지만, 저 말은 다른 뜻을 나타내는 것이었다. 앞으로 자신과 계속 일을 할 거라고 돌려 말하는 부분에 놀란 건 진심이었다.

그리고 다음 날부터 그의 말대로 평소 낮은 굽을 신고 다녀서 다행이라고 절실하게 느껴야 했다. 이 인간은 어디를 가든 그녀를 달고 다녔다. 메모지와 펜은 기본이고 작은 녹음기까지 챙겨 그가 만나는 사람부터 순찰하는 모든 곳의 대화를 메모하고 녹음해야 했고, 돌아와서는 그 모든 것을 정리해 서류로 올려야 했다.

회장실에서는 사무실 근무였기에 회장님 일정과 올라온 서류를 정리하는 것이 대부분이었다. 차 심부름이나 소소한 일은 이 비서가 있어 솔직히 굉장히 편하게 일했다는 말이 맞았다.

하지만 그 편함을 얻기 위해 그녀가 쌓아 온 커리어가 시간만으로 생긴 것은 아니었다.

그만큼 회장실의 비서는 그저 얼굴과 몸매가 예쁘다고 배정받는 곳이 아니었다.

다른 직위의 상사를 모셔도 그녀는 항상 사무실 일이 주 업무였다. 이렇게 그림자처럼 따라다닌 적이 없어서 당황스럽고 지치긴 했지만 어차피 일이라고 생각하면 못 할 것도 없었다. 더구나 잡생각을 할 틈이 없으니 좋은 점도 있었다며 스스로를 위로했지만 그건 그녀만의 생각이었다.

가끔 직원이나 상대하는 거래처 사람이 남자일 때, 그는 묘한 눈으로 그녀를 바라보며 엄한 눈을 하곤 했다. 그럴 때마다 속에서 열불이 나고 소문일 뿐이라고 해명하려는 말이 목구멍까지 치밀곤 했다.

그러나 이 인간이 자신을 어떤 식으로 오해하고 있는지 알 수 없으니 할 말도 없었다. 그리고 해명할 어떤 일도 없는데 무슨 말을 한단 말인가.

그렇게 한 주를 보내고 주말을 맞으면서 사표 생각이 간절해지는 건 지쳐서만은 아니었다.

"이 인간은 내가 제 욕하는 걸 들었나? 법적으로 쉬는 날에 왜 전화질이야?"

갑자기 울리는 휴대폰 소리에 번호를 확인하던 현수가 이를 갈았다.

깔끔한 글씨로 써져 있는 사이코, 윤 전무였다.

— 여권은 있을 거고, 2박 3일 일본 출장이니까 준비해서 오후 9시까지 공항으로 나오도록.

제 할 말만 하고 끊어진 휴대폰을 보며 현수가 이를 갈았다. 엄연히 주말은 쉬라고 있는 날이었다. 이런 날까지 부려 먹으려는 윤 전무 대신 애꿎은 쿠션만 얻어터져야 했다.

한편 제 할 말만 하고 휴대폰을 끊은 찬영이 다시 들고 있던 서류에 집중했다.

김현수는 소문만 빼면 자신이 원하던 비서였다. 말귀 빠르고 눈치 또한 빨랐다. 여자기에 더 세심하고 스치고 지나가는 허점도 제법 잘 찾아낸다.

본인은 모르겠지만 처음 그녀를 대동하고 나갔던 날 하루 일과의 대화와 녹취록을 정리해 올린 것을 보니 전반적으로 세심한 솜씨였고 그가 원하는 부분은 더욱 상세하고 정확하게 정리되어 있었다.

인사과에 들러 사원기록부를 확인하고 나니 더욱 마음에 들었다.

특히 언어에 능해 영어는 기본이며 일어와 중국어에 능통했고 러시아어도 어느 정도 소화할 수 있는 인물이었다.

당분간 그의 수족이 되기에는 부족이 없었다. 조만간 남자 보좌관으로 바꿀 생각이지만 마땅한 사람을 찾을 때까지 김 대리 정도면 수월하리라.

그를 압박해 오는 사람은 회장님도, 배다른 동생 찬수도 아닌, 바로 현 회장 부인 박 여사였다.

싫다고 하는 찬수를 억지로 자신과 같은 길을 걷도록 만든 사람이었다. 여동생 재경을 쟁쟁한 정치가 집안으로 시집보낸 이유가 재경이의 행복만을 위해서는 아니리라.

밖으로 보기에는 철저히 고고하고 우아한 여자였다. 전처의 자식을 자신의 자식마냥 품고 아끼는 자애로운 모성을 보여 주는 여자.

오직 그만이 그녀의 실체를 알고 있었다.

그리고 찬수를 위해서라면 무슨 짓이든 할 수 있는 여자라는 것도 알고 있었다. 그러나 사실 모두 그녀를 위해서라는 말이 맞았다. 그 여자에게는 자식도 이용가치가 있을 때나 자식이었다.

찬수와 재경에게는 딱히 감정이라고 할 것도 없었다. 항상 다가오려는 의붓동생들이 귀찮을 뿐이었다. 그에게 그들은 그의 동생들이 아닌 그 여자의 핏줄이었으니까.

적어도 그들에게 그녀는 아름답고 고고한 엄마였다. 그런 엄마를 벌레 보듯 하는 그를 이해하라는 건 분명 무리였다.

3.
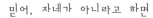
믿어, 자네가 아니라고 하면

"이게 뭐 하는 짓인지."

현수는 지금 일본 유명한 산맥 중 하나인 나스 산맥에 와 있었다. 관광이라면 좋겠지만 좋아하지도, 알지도 못하는 운동 중 하나인 골프 코스에 서 있었다. 그것도 어울리지도 않는 정장 차림에 얇은 코트 하나 걸치고, 열심히 막대기 들고 공 치는 인간들을 따라다니는 중이었다.

도쿄 가까운 곳이라 한국과 기온이 비슷하리라 여겨 옷차림에 별반 신경 쓰지 않았었다. 적어도 장소만 알려 줬어도 조금은 두텁게 입고 왔을 것을.

이놈의 골프장은 왜 산꼭대기 가까이 있는 것인지. 하얀 입김 내뱉으며 뭐 좋다고 눈에 잘 보이지도 않는 작은 공을 따라 걸어 다니는지 알 수 없지만 그녀가 할 수 있는 일이 없었다. 닥치고 따라다니는 수밖에는.

속으로야 수백 번 욕을 하면서도 현수는 열심히 그들의 대화에 귀를 기울였다.

이번 전무의 기획이 무엇인지 대충은 파악할 수 있었다. 회사가 커지면서 조금씩 다른 쪽으로 손을 뻗는 것은 알고 있었지만 솔직히 감흥은 없었다. 비서실을 통과하는 많은 서류들을 일일이 살피는 것은 현수의 일이 아니었다.

이미 전국적으로 이 그룹에 속하는 전자마트가 수놓아져 있었다. 반도체에서도 선두를 달리고 있는 USM전자는 국내가 아닌 세계를 상대로 경쟁을 벌이고 있었다. 그와 동시에 하나둘씩 계열사가 생겼다.

일본의 유명한 VVIP를 상대하는 고급 휴양지로 유명한 라이언 CC를 눈여겨보는 걸 보면 이번에 레저 쪽 영역을 넓히는 모양이었다. 국내에도 이미 회사 소속의 호텔과 콘도와 함께 컨트리클럽을 소유하고 있었다.

그런데 왜 이 일을 윤 전무가 담당하고 있는 걸까?

아무리 회사 내 일에 관심이 없어도 권력투쟁이 암암리에 벌어지고 있음을 모르지 않았다.

심중을 내비치지 않는 회장님은 언제나 사람 좋은 미소를 보이지만 결코 만만한 사람은 아니었다. 그런 사람이라면 작은 회사를 이토록 대단한 회사로 키울 수도 없음이었다.

그리고 작금의 현 회장 부인 박 여사. 그녀는 나이와 다르게 화려한 미모를 고상한 옷차림에 감추고 회장만큼이나 화사한 미소로 사람을 대하지만 윤 전무만큼이나 차가운 눈동자가 결코 따스한 사람이 아니라는 걸 충분히 알려 주었다.

회사 내 최대 주주야 당연 회장님이지만 다음 주주가 회장 부인이라는 건 모르는 사람이 없었다. 하긴 회사를 이만큼 키워 내는 데 박 여사의 배경이 도움이 된 것도 사실이니 그녀의 당당함은 어쩌면 당연한 것이었다. 지금은 그저 회사 계열의 갤러리를 운영하며 연줄을 쌓고 있었다.

　그러고 보면 재벌로 산다는 것도 쉬운 일은 아니었다. 넘치는 돈만큼이나 복잡한 일들이 많아 보였다. 아무도 없는 자신이 참 편안하고 자유롭게 느껴질 정도로.

　"춥나?"

　"네."

　코끝과 귓불이 빨개진 현수를 힐끗 본 찬영이 그녀의 대답에 고개를 끄덕였다.

　"준비가 허술하군."

　이게 말이야? 소야?

　"말씀하신 도착지를 보고 한국과 같은 날씨라고 생각했습니다. 설마 산꼭대기를 구경하게 될 줄은 생각도 못 했습니다. 생각이 모자라 죄송합니다."

　그러나 현수는 변함없는 목소리로 사과를 하고 고개를 숙였다. 그렇다고 다 자신의 탓이라고는 말할 수 없었다. 분명 잘못은 윤 전무에게도 있었으니까.

　"거의 끝나 가니 올라가면 온천욕이라도 해. 그럼 몸이 풀릴 테니까."

　"알겠습니다."

　병 주고 약 주고 다 하는구나.

제 할 말만 다 하고 등 돌려 같이 골프 치는 상대방을 향해 편하게 경치를 감상하는 말 따위를 내뱉는 주둥이를 찢어 버리고 싶었지만, 입술을 깨물어 떨림을 감추고 고개를 숙일 뿐이었다.

해외여행은 가 본 적이 없었다. 사실 일본도 처음이었다. 영어와 일어와 중국어를 하고 러시아어도 공부해 대충 알아듣고 말하는 수준이지만 불행하게도 현수는 단 한 번도 말이 통하는 곳들을 가 본 적이 없었다.

이런 식으로 해외여행을 하게 될 줄도 몰랐다. 사실 옷만 제대로 갖춰 입었으면 그림 같은 풍경에 감동했을 수도 있었다.

적어도 곰팡이가 피려는 여권을 써먹을 수 있으니 고맙다고 해야 하나.

골프채를 휘두르면서도 찬영은 틈틈이 비서를 살폈다.

이곳에 도착한 시간은 늦은 밤이었다.

비서에게는 어떤 언질도 주지 않은 채 밤을 지내고 오전 골프 약속을 진행 중이었다.

11월 초라 아직은 춥지 않은 날씨지만 이곳은 산 정상에 가까운 곳이었다.

덕분에 바람이 꽤 매서웠다. 따뜻한 골프웨어를 챙겨 입은 자신에게도 차가운 바람인데 얇은 코트와 정장 차림의 비서에게는 버거운 날씨이리라.

그럼에도 빨개진 볼을 그대로 바람에 드러내 놓고도 추운 기색 하나 없었다. 벌써 입김이 하얗게 보이는 곳에서 그녀만 전혀 추위와는 상관없다는 듯 그림자처럼 그를 따르고 있었다.

산꼭대기 구경이라······.

자신의 옷차림에 문제가 있는 것은 그의 탓이라고 못 박는 말에 슬그머니 웃음이 나오는 것을 간신히 참았다.

그녀와 상사와 비서로 지낸 시간은 일주일, 그러나 일 이외의 말은 해 본 적이 없었다.

그녀가 온 뒤로 그의 책상은 항상 정리되어 있었고 불편한 점도 없었다. 어떤 면에서는 전에 같이 일하던 안 비서보다 더 손발이 맞는 것 같았다.

그녀는 그에게 뭐가 필요한지 귀신같이 알고 준비해 놓았다. 시찰을 갈 곳에서 필요한 서류를 말하기 전에 구비해 놓은 걸 보고 왜 그녀의 평이 좋은지 알 수 있었다.

특별히 수다스럽지도 않았다. 대화는 거의 네, 아니면 알겠습니다, 또는 준비하겠습니다 정도였다. 누군가의 방문은 철저히 그의 의사를 물어본 후 그의 방문을 열어 주었다.

"景色がいいところです.(경치가 좋은 곳입니다.)"

"そうですね. ほんとうに美しいです.(그렇군요! 정말 아름다워요.)"

라이언CC의 대표인 다께다 상의 음성에 현실로 돌아왔다.

"ところがそばにおられる女性の方は寒そうですね. ここは山の上なので, 風が冷たいです.(그런데 옆에 계신 여자분은 추워 보입니다. 여기는 산 위라 날씨가 찹니다.)"

"寒さに强い女性です. たまには寒さをよく感じない幸運を持った人がいます.(추위에 강한 여성입니다. 가끔 추위를 못 느끼는 행운을 가진 사람이 있지요.)"

찬영의 대답을 들으며 현수가 치를 떨고 있었다. 분명 자신이 한 말에 보복으로 던지는 말이라는 것을 모르지 않았다.

저 인간이 진짜!

이를 악물어 간신히 떨리는 것을 참고 있던 현수가 찬영의 말에 눈알을 굴렸다. 원래 저밖에 모르는 인간이 아니던가. 사내에서도 싸가지 없는 걸로 유명했다. 그에게 깨지지 않은 사람이 없을 정도였다.

다른 생각은 다 지워 버리고 녹음기가 제대로 돌아가고 있는지 확인한 후 일어라고는 전혀 모르는 사람처럼 똑바로 앞만 보았다.

그가 상대하는 사람이 아닌 그를 따라 같이 나온 사람들의 말을 주목해 들었다. 보통 소문은 그들에게서 나오는 법이라는 걸 누구보다 잘 알고 있었다. 그녀가 바로 그 위치에 있기에.

서로를 소개하는 자리에서 처음부터 현수는 한국말을 썼다. 그리고 찬영은 그녀가 일어는 할 줄 모른다는 듯 일일이 그들의 말을 해석해 주었다.

분명 그녀가 일어에 능통함을 알고 있을 그였다. 그럼에도 이런 행동을 한다면 그 뜻은 분명했다. 다른 말들을 모으라는 뜻이렷다.

거의 골프는 막바지에 다다랐다. 보아하니 일본 대표 쪽이 이기고 있는 듯 보인다. 그것도 상대방에 대한 배려가 아닌 필요에서겠지 싶어진다.

어떤 일이든 지고는 못 배길 성격으로 보이는데 사업을 위해서라면 이런 골프쯤은 쉬이 져 주나 보다.

아무튼 다 끝나니 다행이었다. 마음은 벌써부터 온천으로 향하고 있었다.

이곳의 온천은 꽤 유명했다. 살면서 일본 온천에 몸을 담글 일이 생기다니. 그것도 내 돈은 들이지도 않고. 그러고 보면 이번 출장이 나쁘지만은 않았다.

이래서 사람들이 온천, 온천 하나 보다. 유황 냄새가 조금은 거슬렸지만 하루 종일 추위에 떨던 몸을 뜨겁게 느껴지는 물에 담그니 그야말로 하늘에 떠 있는 것 같았다.

편안한 가운으로 갈아입고 긴 머리를 말리는데, 머리가 많이 길었다는 걸 느낀다. 당장 한국에 가면 미용실부터 가야 할 것 같았다. 매일 틀어 올리고 지내다 보니 얼마나 길었는지 깨닫지도 못했었다. 원래 머리숱이 많아 불편했는데, 거기에 길이까지 더하니 무겁기까지 했다.

드라이어로 대충 젖은 머리를 말리는데 또 휴대폰이 울렸다. 확인하니 상사라고 불리는 사이코 윤 전무였다. 혼자만의 즐거운 주말을 온통 망쳤다고 원망하기에는 온천이 너무 좋아서 용서해 주려는 찰나였다.

더구나 혼자만의 자유 시간이 반가워 살짝 그녀가 머무는 호텔 구경이나 나갈까 욕심내려는 참인데 웬 전화질인지. 욕을 한 사발을 하면서도 목소리에는 그 기색을 감추고 휴대폰을 받았다.

"네?"

— 방으로 와.

짧게 끊는 말에 대꾸를 하려던 현수의 말은 뚝 끊어지는 휴대폰 속으로 사라져야 했다.

진짜 정이 안 가는 인간이었다. 어쩌면 하는 짓마다 이렇게 미운

짓만 골라 하는지, 그것도 재주라면 재주다 싶어진다.

거울을 보니 이제 막 샤워하고 나온 모습 그대로였다. 이런 모습으로 상사를 만나러 가야 하는 건지 한숨이 나왔다. 어쩔 수 없었다. 짧은 시간 안에 최대한 갖추고 가는 수밖에.

코끝에 묻어나는 향기에 찬영이 눈썹 끝을 올렸다. 하루 종일 그를 따라다니며 주변의 상황과 그들의 대화를 전하던 김 대리에게서 여태 맡아 본 적이 없던 향기가 흐르고 있었다.

아무 생각 없이 자료 정리를 위해 그녀를 불러들이면서 그런 모습으로 올 거라고는 생각도 못 했다. 바로 샤워를 한 듯 젖어 있는 머리카락을 대충 묶고 하루 종일 입었던 옷을 입은 채 그의 문 앞에 서 있는 여자는 분명 김 대리였지만 또, 아닌 것처럼 보이기도 했다.

화장기 없는 얼굴은 평상시 그녀의 얼굴과 다르지 않았다. 그런데 다르다. 딱히 어디가 다른지 모르지만 분명 다르게 느껴졌다.

그러나 그의 생각은 오래가지 않았다. 우선 눈앞의 산적해 있는 일거리가 먼저였다.

그녀의 보고를 듣고 서류를 뒤적이는 그의 옆에서 현수도 돕고 있었다.

"커피입니다."

정신없이 서류를 살피는 그의 탁자 위에 하얀 커피 잔이 올라왔다. 그가 즐겨 마시는 하와이산 코나였다.

"정리는 다 된 건가?"

어깨를 펴며 서류를 내려놓은 찬영의 눈길이 그제야 현수를 향했다. 그 순간 그녀의 어디가 달라졌는지 깨달았다.

눈이었다. 얼굴의 반을 차지하는 것처럼 보일 정도로 큰 눈이었다. 얇은 쌍꺼풀 선 아래 흰자보다 더 많은 자리를 차지한 검은 눈동자가 특이했다.

그래서인지 호텔방의 눈부신 조명 아래 반짝이는 눈동자는 인형눈에 오닉스를 박아 놓은 것처럼 보였다.

툭 불거진 하얀 이마는 동그스름했고 이제 막 마르기 시작해 나풀거리는 머리카락이 부드러운 곡선을 그리며 달걀형 얼굴을 감싸고 흘러내려 딱딱한 모습을 모두 없애고 있었다. 이러니 다른 사람처럼 보일 수밖에.

"네, 더 시키실 일이 없으면 이만 제 방으로 갈까 합니다만."

커피 잔을 내려놓고 정자세로 서 있지만 회사에서 보았던 모습과는 느낌이 달랐다. 딱딱하고 사무적인 모습임에도 사무직 여성이 아닌 여자로 보여진다. 화장기 없는 얼굴과 느슨해진 머리스타일로 물렁하고 순진해 보이기까지 했다.

딱딱한 말투와 고자세도 그대로였다. 그럼에도 그녀에게 평상시의 차가움은 느껴지지 않았다. 그가 허락하면 바로 자신의 방으로 돌아가겠다는 의사를 분명히 하는 그녀의 눈은 평상시 그를 대하는 눈과 다르지 않았지만 그는 분명하게 그녀가 짜증을 내고 있음을 알 수 있었다. 그래서 더 잡고 싶다는 생각이 슬그머니 떠올랐다.

"좀 앉지. 내가 자네를 올려다봐야 하는 건가?"

그의 대꾸에 속으로 '그럼 지가 일어서든가.' 하고 구시렁대면서도 현수는 그의 말대로 찬영의 앞에 마주 앉았다.

"그 소문 말이야. 사실인가?"

커피 잔을 입에 대고 한 모금 마신 그는 평상시와 달리 느긋해 보였다. 커피 향을 음미하며 질문을 던지는 음성조차도 부드러웠다.

"무슨 소문 말씀이신지요?"

문을 열고 들어오면서 그의 달라진 모습에 흠칫한 건 사실이었다. 완벽한 슈트 차림의 그만 봐 왔는데 넥타이를 풀고 와이셔츠 단추 몇 개 푼 것만으로 사람이 달라 보여 당황했었다.

흐트러진 머리 때문에 딱딱한 이미지가 단숨에 부드러운 사내로 바뀌어 다른 사람을 보는 건가 싶기도 했다.

그러나 모습은 편해 보였지만 성질은 여전했다. 현수에게 지시하는 목소리는 변함이 없었다. 그가 지시한 일을 모두 끝내고 일어서려다 탁자 가득 널려진 서류 더미를 보며 피곤해하는 모습에 저도 모르게 안쓰러워 그가 즐겨 마시는 커피를 내려 주었다. 자신의 할 일은 끝났으니 고생하는 그에게 서비스 차원으로 거기까지만 하고 현수는 자신의 방으로 가려는 참이었다.

그런데 이런 질문을 받을 줄은 몰랐다. 그 소문을 몰라서 되묻는 것은 아니었다. 단지 무슨 말을 해야 하는지 생각할 시간이 필요해서였다.

"자네를 나에게까지 강등시킨 그 유명한 소문 말이야."

"전무님께서는 소문을 믿으십니까?"

"아니 땐 굴뚝에 연기가 나지 않는다는 건 알지."

믿으신다? 기가 막혀서.

"가끔 불을 안 땐 굴뚝에도 연기는 납니다."

"아니다?"

"아니라고 하면 믿으실 겁니까?"

도대체 왜 이런 질문을 받고, 대답을 해야 하는지 자존심이 상했지만 현수는 똑바로 그를 응시했다. 적어도 그녀는 하늘 아래 한 점 부끄러운 짓을 한 적이 없으니까.

"믿어, 자네가 아니라고 하면."

뜻밖의 대답에 현수의 눈이 커졌다.

현수는 누군가 자신을 믿어 준다는 것이 이렇게 가슴을 울리게 하는 일인지 처음 느꼈다. 소문 따위에 신경 쓰지 않는다고 스스로에게 주문을 걸고 있었지만 억울하고 분한 것은 어쩔 수 없었다. 그런데 윤 전무의 믿는다는 한마디에 그동안의 억울함이, 분노가 한꺼번에 몰려오는 것 같아 잠깐 숨이 막혀 온다.

간신히 제 호흡을 찾은 현수가 떨리는 손끝을 재빨리 주먹으로 감추며 고마움의 표시로 고개를 숙였다.

"오늘 하루 고생했어. 날씨가 추워서 더 힘들었을 텐데, 다음에는 좀 더 신경 쓰도록 하지. 그만 가서 쉬도록."

"고생하셨습니다. 좋은 밤 되십시오."

살짝 떨리는 음성은 찬영의 착각만은 아닐 것이다.

현수가 나가고 그가 다시 커피 향을 음미하며 잔을 비웠다. 믿는다는 말은 사실 거짓이었다. 단지 그녀의 능력이 필요해 충성할 이유를 주고 싶었을 뿐이다.

당분간은 그녀만 한 인력을 구하기 어렵다는 걸 같이 일하며 깨달았다. 그래서 어느 정도 자신의 사람으로 만들어야겠다는 생각에 한 말이었다.

그런데 왜 그녀의 커지는 눈에, 떨리는 손끝에, 흔들리는 목소리에 자신이 죄책감을 느껴야 하는 걸까?

아니라면 다행한 일이었다. 부하 직원의 사생활을 딱히 지적하는 성격은 아니지만 수족같이 부릴 사람의 도덕성에 문제가 있다면 그에게도 꽤 큰 위협이 될 수 있었다. 그러나 진심은 그녀의 대답에 안심하고 있었다. 그리고 그 말이 거짓이 아니라는 것도 믿을 수 있었다. 왜인지는 모르지만 찬영은 분명 알 수 있었다.

* ❊ *

올겨울은 따뜻하다더니 웬걸, 12월 초입부터 찬바람이 얼굴을 때리며 기승을 떨기 시작했다.

전무실로 출근한 지도 벌써 한 달이 넘어가고 있었다.

그동안 특별한 일을 꼽으라면 찬영에 대한 현수의 생각이었다.

그저 막연히 회장 아들이고 머리 좋은 싸가지로 여겼는데, 역시 사람은 겪어 봐야 아는 법이었다.

매사 공사가 철저한 인물이었다. 젊은 나이에 전무까지 올라온 건 회장 덕을 본 것만은 아니었다. 날카로운 눈매만큼이나 빈틈이 없는 그는 모든 사람들 앞에서 그 잘난 머리를 자랑하며 기죽게 만들곤 했다. 당하는 사람들이 연배가 있어 불쌍하다는 생각을 잠시나마 했다가도 당할 만하다고 고개를 끄덕이는 스스로를 느끼고 얼른 고개를 젓기도 했다.

사실 혼쭐나는 임원들은 다 이유가 있었다. 어영부영 넘어가려는 인물들을 그냥 둘 위인이 아니라는 걸, 한 달 일한 자신도 아는데 그동안 같이 일해 온 그들은 왜 모르나 싶어진다.

오늘은 윤 전무를 따라가지 않아도 되어 식당에 내려온 현수가 오랜만에 한 실장을 만났다.

"서영이 감기는요?"

"잘 안 떨어지네요. 내일부터 회장님 따라 사흘간 지방순시인데 걱정이에요."

"애 엄마 있는데 걱정은 왜 하세요?"

이런 팔불출을 보고 어떻게 그런 소문이 나는 건지.

"그 사람도 감기 걸렸어요. 둘 다 아픈데 어째요?"

"휴……. 제가 가 볼게요, 됐죠?"

"그럼 너무 미안해서. 부탁해도 될까요?"

"네, 걱정 마시고 다녀오세요."

"감사합니다, 감사합니다."

환하게 웃는 한 실장을 보니 저도 모르게 웃음이 나왔다.

사내 소문은 여전했다. 암암리에 여전히 그녀와 한 실장 사이가 어쩌고저쩌고하면서 속삭이는 걸 모르지 않지만 그렇다고 그와 멀리 지낼 생각도 없었다.

"같이 앉아도 될까?"

익숙한 음성에 고개를 드니 윤 전무가 식판을 들고 그녀의 옆에 서 있었다.

"그럼요. 어서 오세요, 전무님."

윤 전무를 확인한 한 실장이 벌떡 일어서서 인사를 한다. 더불어 현수도 일어서 살짝 묵례를 했다.

분명 바이어와 식사가 잡혀 있었다. 그런데 왜 이 인간이 구내식당에 얼굴을 보이는지 알 수가 없었지만 지가 앉겠다는데 어떻게 말리겠는가.

"무슨 이야기를 그렇게 재미나게 합니까?"

"그냥 일상적인 일들이지요."

찬영의 말에 대답한 이는 한 실장이었다.

"두 분이 친한 줄 몰랐습니다."

"같은 사무실에서 같이 일했으니까요. 그렇잖아도 김 대리 빈자리가 꽤 큰 편입니다."

"네, 덕분에 내가 운 좋은 사람이 되었습니다."

농담인지 진담인지 모를 말을 툭 내뱉고는 상대방에게 신경도 안 쓰고 식사를 하는 찬영을 보며 현수가 눈알을 굴려 천장을 한번 바라보았다.

윤 전무가 오니 한 실장은 회사 내에서 보여 주는 본래의 딱딱하고 거리를 두는 사람으로 변해 있었다.

이 인간은 상사와 밥 먹는 것이 아랫사람에게는 곤욕이라는 걸 알기나 하는지. 지금은 점심시간이었다. 근무시간 중에서 유일하게 자신만의 시간을 가질 수 있는 황금 같은 시간이었다.

날씨가 추워 오늘 옥상으로 산책 가는 것은 제쳐 두었다. 편하게 사무실에 올라가 커피나 한 잔 하려는데 과연 가능할지 모르겠지만 밥은 편하게 먹어야 한다고 생각하는 현수였다.

"식사 끝나면 잠깐 면담 좀 하지."

입가심으로 물로 입을 헹구는 현수를 향해 고개도 돌리지 않고 찬영이 명령을 한다.

"알겠습니다."

절로 이 가는 소리가 나오려는 것을 참으며 현수가 대답과 함께 일어서 식판을 치우고 식당을 나섰다.

아예 대놓고 부려 먹고 있었다. 회장실 비서로 있을 때가 이토록 그리운 적이 없었다. 이 인간은 어디를 가든 그녀를 달고 다녀 숨 쉴 틈 없이 움직여야 했고, 하루가 어떻게 지나가는지도 모르고 한 달을 넘겼다.

그러고 보니 제시간에 퇴근한 적도 없는 것 같았다. 상사가 퇴근이 늦으니 비서도 같이 기다릴 수밖에. 곧 죽어도 먼저 가라는 말은 안 한다.

그나마 일본 출장 건 이외에 주말을 반납하는 일은 없었으니 감사해야 하는 건가?

여전히 식사 중이신 상사를 한번 노려봐 준 현수가 식당을 나섰다.

면담이라……

곧장 사무실로 올라온 현수가 그가 즐기는 커피를 내리면서 손가락을 까닥이며 지난 한 달을 곰곰이 따지고 있을 때 사무실 문이 열리며 기다리던 주인공이 들어왔다.

"들어와!"

휴우, 어쩌겠는가. 상사가 부르시는데 가 봐야지.

찬찬히 커피를 따라 작은 쟁반에 받쳐 들고 그를 따라 들어갔다. 책상 위에 커피를 내려놓고는 아랫배에 두 손을 가지런히 모으고 그 앞에 섰다.

"앉아. 난 누구든 날 내려다보는 건 별로니까."

너 잘났다.

"말씀하십시오."

속마음을 감추고 그의 말에 따라 책상 앞에 놓여 있는 탁자 옆 소파에 앉은 현수를 찬영이 묵묵히 바라만 보고 있었다.

현수 역시 그의 눈을 피하지 않고 똑바로 마주 보고 있었다. 사무실 안의 정적은 작게 울리는 시계 소리만 키우고 있었다.

"사내에 소문이 여전한 건 알고 있지?"

"네."

또 그 말인가? 분명 자신이 아니라고 한다면 믿는다고 했었다. 그래서 그에게 감동받았던 기억이 생생하다.

"그런데 한 실장하고 그런 모습 보이면 소문에 부채질하는 거라고는 생각 못 하나?"

"전 부채도 없을뿐더러 실장님하고 거리를 둘 이유도 없습니다. 그런 사이가 정확히 어떤 사이인지는 모르지만 오랜 시간 같은 사무실을 쓰며 얼굴을 익힌 사람들끼리 모르는 척하는 것이 더 웃기지 않습니까?"

찬영이 듣기에도 틀린 말이 아니었다. 도리어 모르는 척 외면하고 지낸다면 소문을 진짜라고 생각할 인간들이 널렸음을 그도 모르지 않았다. 그러나 한 실장을 향해 환하게 웃는 그녀의 모습은 눈에 거슬렸다. 자신과 일하면서 한 번도 보여 준 적이 없는 얼굴.

그녀의 커다란 눈동자와 부드러운 얼굴선이 그의 착각이라고 느껴지게 만들던 차가운 비서로서의 행동들을 겪으며 그냥 잊어버렸다. 단지 그의 옆을 지킬 때마다 그녀에게 풍기는 향기가 가끔 그날 밤 순진하고 말갛게 보이던 한 여자를 떠오르게 만들 뿐이었다.

그런데 오늘 그 여자가 현실에서 한 실장을 보며 웃고 앉아 있었다. 그 모습에 왜 자신이 짜증이 나는지 알 수 없었다.

고저 없는 말투, 마치 녹음기를 틀어 놓은 듯 감정 없는 말투가 그의 비서로 있는 김현수의 특기였다. 어떤 상황에서도 당황하는 법이 없었다. 그가 무엇을 원하고 무엇을 듣기를 원하는지도 마치 누군가 알려 주기라도 한 듯 정확히 짚어 내는 똑똑한 머리까지 가졌다.

그래서 욕심이 난다. 정말 자신의 사람으로 만들고 싶어지는.

"소문이 잠잠해지면 다시 회장실로 가는 건가?"

"글쎄요. 그거야 인사과 소관이니까요."

"일이 힘드나?"

그걸 말이라고? 죽어라 쫓아다니고 매사 정신 똑바로 차리고 행동해야 하는데 안 힘들겠니?

"늘 하던 일입니다. 특별히 힘들 일은 없습니다."

목구멍이 포도청이라고 말은 다르게 나갔다.

"계속 여기서 일해 볼 생각은?"

"네?"

이건 또 웬 날벼락? 한 달 동안도 진이 빠지는구먼.

"난 지금 비서를 말하는 게 아니야. 나는 보좌관을 원해. 앞으로 쭉 나와 손발 맞춰 일할 사람이 필요하지. 오로지 내 말만 듣고, 내가 내리는 오더만 수행하는."

무슨 뜻일까? 지금도 차나 나르고 서류나 정리해 올려 주는 비서와는 다른 일을 하고 있었다.

"전무님 직속의 보좌관이라면 정확히 어떤 일을 말씀하시는 겁니까?"

"내가 혼자인 건 알지? 앞으로 김 대리는 실장으로 승진할 거고, 더불어 내 모든 일정을 따라다니며 내가 원하는 역할을 수행하게 될 거야. 아주 자잘한 일부터 대외적인 일까지."

실장이라, 매력적인 제안이지만 그 속에 감춰진 말은 그냥 쉬이 넘어갈 수 없는 것이었다.

말이 보좌관이지. 그야말로 그의 노예가 되라는 말이었다.

지금도 제때 퇴근하기 어려운 판인데 그의 말을 받아들이면 거의 모든 시간을 그를 위해 투자해야 한다는 말이었다.

"월급은 물론 그 외 수당도 모두 챙겨 줄 거야. 능력만큼 대우해 주는 게 내 모토니까."

돈 문제가 나오자 현수의 머리가 빠르게 돌아가기 시작했다. 그녀가 계획한 날은 3년. 어쩌면 3년에서 1년으로 줄어들 수도 있음이었다.

일 년만 죽어라 고생하면 당당히 웃으며 이 인간의 눈앞에 사표를 던질 수도 있을 것 같았다.

"생각할 시간은 주시는 겁니까?"

"물론이야. 이건 정말 나만의 사람이 된다는 약속이 전제니까. 앞으로 모든 사람과의 관계에서도 마찬가지고."

"알겠습니다. 생각해 보고 빠른 시간 안에 답변 드리지요."

"그래, 그럼 가서 일 보도록."

조용히 문을 닫고 나온 현수가 머릿속에서 계산기를 두드리고 있었다.

현수가 나가고도 닫힌 문을 바라보는 찬영의 눈매가 날카로웠다.

손가락으로 자신의 책상을 두드리는 모습에서 무엇인가 심각한 생각에 잠겨 있음을 알 수 있었다.

탐나는 인재였다. 자신이 원하는 보좌관이 될 소질도 충분했다. 그러나 그 외에는 아는 것이 없었다.

오랜 시간 회장실에서 근무했기 때문에 이 회사가 어떤 식으로 돌아가는지 알고 있는 건 분명했다. 한 실장만큼이나 입이 무거운 사람이라는 것도 일단은 알고 있었다. 희한할 정도로 회장실에 대한 소문은 회사 내에 어떤 것도 없었다. 이번에 난 소문이 유일한 것이었다.

단지 그녀가 한 실장의 사람인지는 확실하지가 않았다. 아까도 분명 그녀가 웃으며 환한 얼굴을 보여 주던 사람은 회장이 신뢰하고 있기로 유명한 비서실 한 실장이었으니까.

아니라고 했으니 믿어 준다 했다. 그리고 믿고 있었다. 방금 식당에서 한 실장과 같이 있는 모습을 보기 전까지는. 한 실장을 향해 환하게 웃으며 스스럼없는 대화를 하는 그녀를 보며 괜히 부아가 치밀었다. 그리고 사람을 의심하는 버릇이 고개를 드밀고 있었다.

사람을 쉬이 믿는 성격이 아니었다. 그동안 그를 통해 많은 것을 얻으려는 사람부터, 자신의 것을 부당하게 뺏으려는 사람까지, 수많은 사람들을 보아 왔다.

빈틈만 있으면 물고 뜯으려는 사람들 사이에서 편하게 이 자리까지 올라온 것은 아니었다.

사주의 아들이라고 하나 아버지와의 사이가 딱히 좋은 것도 아니었다. 그의 능력이 어느 정도에 미치지 못했다면 이미 내쳤을 사람이 아버지였다.

가만히 손에 있는 그녀의 이력서를 살펴보았다.

나이 서른둘, 만으로 서른하나. 가족사항이 특이했다. 가족란에 아무것도 없었다. 등본상에도 딱 한 사람, 본인만 있을 뿐이었다.

학력도 성적도 좋았다. 그녀는 이 회사 재단의 장학금을 받고 대학을 다니면서도 내내 이 회사에서 아르바이트를 했으며 졸업 후 곧바로 이 회사에 입사해 비서실 근무를 시작했다. 말 그대로 이 회사가 키워 이 회사를 위해 쓰이는 인물로 보인다.

그녀를 보좌관으로 두게 된다면 생각보다 더 쓰임새가 많을 것 같았다. 남자가 할 수 있는 일이 있다면 여자기에 할 수 있는 일도 있었다.

그에게 가장 큰 약점이 있다면 한 번의 이혼, 그리고 아직 혼자라는 점. 그러나 찬수 역시 아직 결혼 전이었다. 박 여사께서 사방으로 며느릿감을 찾고 있는 모양이지만 중요한 건 찬수 역시 아직은 혼자라는 것이었다.

복잡하기는 현수도 마찬가지였다. 회장실 비서로 근무할 때와 전무 비서로 근무하는 것은 천지 차이였다. 지금도 그동안 현수가 하던 일과는 다르게 회장실에서 한 실장이 하는 일을 하고 있었다. 더구나 전무는 업무의 양이 많아 일이 끝나면 샤워하고 퍼져 잠들기 일쑤였다.

매력적인 제안이기는 하나 전무의 제안은 모든 회사 내 일들은 자신에게 보고하고, 또 전무의 일은 어느 한 곳에도 흘러 들어가면 안 된다는 말과 상통했다.

전적으로 그의 사람이 되라는 제안에 거부감을 느끼지는 않았다. 딱히 회사 일에 관심이 있는 것도 아니고, 오너가 누가 되든 월급만 잘 주면 불만이 없는 사람이 현수였다.

모시는 사람이 회장에서 전무로 바뀐다고 그녀에게 피해가 오는 것도 없었다. 그러나 한 가지 분명한 건 여태 친하게 지내는 한 실장과는 거리를 두어야 한다는 말이었다. 어쩌면 한 실장을 통해 회장실의 분위기까지 알아내야 할 수도 있음이었다.

문득 자신이 너무 깊이 들어가는 것은 아닌지 의심이 생겼다. 그래 봐야 보좌관이라는 이름이 달라질 뿐 하는 일은 여태 하던 것과 다를 것도 없을지 모르는데 혼자 상상의 나래를 펴는 것은 아닐까.

사실 한 실장을 만나도 회사 일은 전혀 이야기하지 않았다. 그건 그녀가 전무실 비서로 발령이 나면서부터 둘 사이의 암묵적인 약속이었다.

서로 모시는 분이 다르니 당연한 일이기도 했고 직업적인 윤리에 매사 정확한 한 실장의 성격이기도 했다.

"너 언제 회장실로 가?"

철없는 한 실장님의 사모님은 아예 아이까지 데리고 와서 그녀의 작은 집을 점령하고 있었다. 저 인간에게 우선 집 키부터 빼앗아야 하겠다는 생각이 절실해지는 순간이었다.

"서영이 감기는 나은 거야? 날씨도 추운데 뭐 하러 와?"

"약 먹이고 있어. 그 사람도 없는데 혼자 있기 무서워서."

얼쑤, 32평 아파트가 넓다고 해도 이제 막 걸어 다니며 사방 헤집는 아이를 보면 그리 무섭지만은 않을 건데 핑계도 가상하다.

"몰라, 안 갈 수도 있고."

"왜? 잠시라며. 아주 잘린 거야?"

잘리긴 누가 잘렸단 말인가. 말을 해도 참 예쁘게 하시는 실장 사모님 되시겠다.

"내가 왜 전무실로 발령이 났는지는 알지? 그런데 실장님하고 둘이 근무하는 꼴을 봐 줄 거 같니?"

"사실도 아니잖아. 나도 가만히 있는데 왜들 난리래. 그리고 우리 신랑은 나 말고 여자라고는 모르는 사람인데 그렇게들 사람 보는 눈이 없을까?"

한 달 전 울고불고 찾아왔던 인간이 누군지 상기시키고 싶었지만 한숨으로 치워 버리고 이제 막 그녀의 책상에 올라서려는 서영이를 당겨 안았다.

향긋한 아이의 냄새와 따뜻함이 그녀의 몸에 그대로 흡수되어 마음을 안정시키는 것 같았다. 정말 예쁜 아이였다. 이러니 한 실장이 정신을 놓고 자랑질이지.

"이모, 저거, 저거."

아이가 가리키는 건 저번 일본 출장 가서 사 온 작은 일본 도자기 인형이었다.

"안 돼, 공주님. 저건 깨져서 위험해. 대신 이거 가지고 놀자."

주황색 기린이 달린 열쇠고리를 건네주자 눈을 반짝이며 환하게 웃더니 그대로 입으로 가져간다.

"얘, 이거 빨아도 되니? 안 쓰는 물건이라 깨끗하긴 한데 그래도 별로 안 좋을 건데."

"뺏으면 울어. 그냥 두고, 넌 이 사진이나 봐. 울 엄마가 너 보여 주래. 그리고 날짜도 잡으시란다."

"또?"

"울 엄마 목표가 올해 너 시집보내는 거였어. 그런데 벌써 일 년 다 지났다고 자책 중이셔. 그래서 이제부터라도 열심히 뛰시겠단다. 아주 대단한 중매쟁이 나셨어. 어쩔래?"

사진 속의 남자는 평범한 외모에 안경을 쓰고 똑바로 카메라를 주시하고 있었다.

"약사란다. 우리 동네에서 약국을 한대. 나이는 서른다섯이고 그 약국 하는 건물이 그 집안 거라고 사는 건 문제없다는데. 나름 나쁘지 않잖아. 엄마가 네 사진 보여 주니까 그쪽에서는 보겠다고 이미 승낙했다는데?"

어머님이 보라고 하면 나가야 했다. 그러나 그 시간은 자신이 정해 알려 주어야 한다. 그저 알겠습니다, 하는 말만 전달하는 순간 회사로 쳐들어오실 분이었다. 갑자기 회사로 오셔서 점심이나 먹자고 불러내 선 자리에 그녀를 드민 일도 꽤 있었다.

"나 자리 옮겨서 시간이 날지 모르겠다. 상황 봐서 날짜하고 시간 정해 알려 드린다고 말씀 드려 줘."

"얼굴이나 좀 보재. 어째 얼굴 보기 힘드냐고, 서운하다고 나 붙잡고 징징거린단 말이야. 내 엄마 맞아? 누가 보면 네 엄마인 줄 알 거야."

얼굴이 불퉁해진 미라를 보며 현수가 희미하게 미소를 지었다.

원래 정이 많으신 분이었다. 미라와는 대학 때 자취하던 집의 주인집 딸과 자취생으로 만났다.

전문대를 다니는 딸과 명문대를 다니는 현수를 비교하며 한숨을 내쉬던 미라의 어머니는 마치 현수가 자신의 딸인 양 자랑하고 다니시며 미라의 속을 긁어 한동안 미라의 미움을 받아야 했었다.

제대로 사람 노릇이나 할지 걱정이던 딸이 현수 덕에 유명한 회사의 비서실장과 연애하고 결혼해 사모님 소리를 듣게 되자 이제는 아예 은인으로 취급 중이시다.

그러나 어머님은 모르지만 현수도 받은 것이 많았다.

고모가 죽고 누구도 챙겨 주지 않는 그녀의 생일을 챙겨 주신 것도 그분이셨고 졸업식 날 꽃다발을 들고 와 환하게 웃으며 그녀를 가운데에 세워 놓고 당당히 사진을 찍었던 것도 미라의 부모님이었다.

아웅다웅하시지만 하나밖에 없는 딸을 소중히 여기고 때마다 두 분만의 여행을 다니시며 노후를 즐기는 정이 많으신 부부였다.

"조만간 찾아뵐게. 나도 뵙고 싶고. 그런데 연말이라 시간이 애매해. 네 신랑도 바쁘잖아. 나도 마찬가지야."

"하긴, 네 직업이 네 맘대로 시간을 낼 수 있는 것도 아니니까. 그래도 부럽다. 나도 연말 송년회니 신년회니 하고 싶어. 애만 보고 있으려니 좀이 쑤셔서 원."

"시끄럽고, 자고 갈 거야? 그럼 자. 나 피곤해. 내일도 바쁠 거라고."

"그렇게 바빠? 그이 말로는 그 전무라는 사람 일벌레라고 하던데. 이혼남이라면서? 늙어 이혼하면 어쩌려고 그런다니."

역시 한 실장이었다. 회사 일은 와이프에게도 뱉지 않는 모양이었다. 하긴 아무리 사랑하는 와이프라고 해도 얼마나 수다스러운지는 누구보다 잘 알 테니까.

"남의 걱정 마시고 너나 잘하세요."

"그래도 조심해. 이혼한 늙은 남자는 의외로 지저분하다더라."

미라는 아무도 없는데도 누군가 듣기라도 하는 듯 작은 목소리로 속삭이며 인상을 썼다. 심각한 미라의 얼굴을 보면서 왜 웃음이 나오는 건지.

친구의 말을 그대로 녹음해 윤 전무에게 들려주면 어떤 얼굴을 할지 궁금해져 결국 현수의 웃음보가 터졌다.

갑작스런 현수의 웃음에 열쇠고리와 씨름을 하던 아이가 재빨리 그녀 곁에 와서 품에 안겨 애교를 떤다. 그런 서영이를 품에 안으면서도 현수의 웃음소리는 한동안 멈춰지지 않았다.

4.
이상한 나라의 신데렐라

"어디를 간다고요?"

지금 들은 말을 제대로 해석한 건지 헷갈려 현수가 저도 모르게 되묻고 있었다.

"귀가 멀었어? 오늘 기업인 송년파티 있어."

"그런데요?"

"파트너 동반이야."

"그래서요?"

"진짜 귀가 먹었어? 준비하라고. 오늘 내 파트너는 김 실장 자네 니까."

참, 회사 생활 오랜만에 당황스러운 일이 생겼다.

될 수 있으면 회사 창립기념일이나 송년회도 준비위원으로 빠져 뒤에서 숨어 있던 사람이 자신이었다. 그런데 기업인 송년파티라 니? 그것도 이 남자의 파트너로?

"제 일은 아닌 줄 아는데요?"

"자네 일 맞아. 파트너라고 다 그렇고 그런 사이라는 고정관념을 지니고 있는 건가? 옷만 제대로 차려입고 내 팔짱 끼고 있다고 입장이 달라지는 건 아냐. 자네는 내 보좌관으로 가는 거니까."

"그럼 이 옷 이대로 가도 됩니까?"

그녀와 대화를 하면서도 찬영은 여전히 서류에 주목하고 있었다. 그러다 현수가 꺼낸 말에 그제야 관심을 갖고 그녀를 훑어보았다.

"여자다운 옷은 없나?"

"저 지금 치마 입고 있습니다만?"

"웃자고 하는 말인가?"

"사실을 말씀드리는 겁니다."

흔들림 없는 목소리에 찬영이 잠시 탁자를 검지로 두드리며 생각에 잠겼다.

"오후 스케줄은?"

"특별한 스케줄은 없으십니다."

"지금 생겼어. 따라와."

서류철을 덮고 코트를 챙기는 찬영을 보며 현수가 다시 눈알을 굴렸다.

제멋대로인 인간.

그녀가 그의 보좌관이 되겠다는 승낙을 하자 곧 그녀의 직책은 실장이 되었다. 그리고 그녀의 옆에 작은 책상이 하나 놓이더니 이제 막 입사한 새내기 남자 비서 한 명이 자리를 잡았다.

마녀 같은 실장과 얼음장 같은 전무를 보며 항상 얼어 있는, 아직은 사회 초년생인 덩치만 듬직한 손 비서를 향해 고개만 까딱이고 현수도 코트를 들고 황급히 그를 쫓아 사무실을 나섰다.

"이걸 입으라는 겁니까?"

무작정 따라오라던 그는 그녀가 와 본 적도 없는 드레스숍을 찾아왔다. 도대체 이곳에서 무슨 일을 한다는 것인지 알 수 없어 가만히 서 있는 그녀를 무시한 채 그는 마음대로 여자 옷을 뒤적이기 시작했다. 그러너니 옷 한 벌을 들어 그녀에게 내밀며 입어 보라 명령을 했다.

그가 골라 준 옷은 딱히 화려하진 않았지만 꽤 여성스럽고 나풀거리는 전혀 현수의 취향은 아닌 원피스였다.

"옷 없다며? 그러니 준비해 줄 수밖에. 머리까지 손보기 뭐하니 그냥 풀면 되겠네. 우선 풀고 입어 봐."

"이건 월권입니다. 전 제가 입고 싶은 옷을 입을 자유가 있습니다."

"월권? 내가 하는 일이 자네와의 데이트로 보이나? 그리고 내가 지금 주는 옷이 선물인 줄 알아? 이건 유니폼이야. 지금 난 자네와 일 때문에 가는 거라고. 그곳이 웃고 떠드는 일반 파티처럼 보이나? 하긴 가 본 적이 없을 테니. 그러니 배워. 앞으로 자주 동반하게 될 테니까. 그리고 시간외수당도 제대로 지급될 거야."

제길, 대꾸할 말이 없었다. 말 그대로 그의 보좌관으로 참석해 분위기와 주요 상황들을 체크해야 한다는 말이었다.

팔자에 없는 파티까지 나가야 하나 싶어 한숨이 나왔지만 할 수 없는 일이었다. 어차피 해야 하는 일이라면 이번에 제대로 배워 두면 그만이었다. 배우는 건 꽤 재주가 있는 편이니까.

"알겠습니다."

"옷은 렌탈이야. 청구서는 회사로 돌려놨으니까 걱정 말고."

가지라고 해도 싫다고 할 판이었다. 가슴 선이 너무 깊이 파여 브래지어는 아예 쓸모없는 물건이 되는 옷을 가져다 어디에 쓴단 말인가. 그가 내밀 때는 몰랐는데 막상 입어 보니 너무 많은 노출을 요하는 물건이었다.

한숨을 쉬며 틀어 올린 머리를 내렸다. 머리카락으로라도 가려야 할 것 같았다. 미용실을 간다 하고는 바빠서 못 간 것이 오늘따라 고마워졌다. 덕분에 등 뒤로 밀려오는 한기는 머리카락이 막아 주고 있었으니까. 자, 이제 밖으로 나가 그가 골라 준 유니폼이 마음에 드는지 확인을 받아야 한다.

현수가 긴 머리카락에 감사하고 있을 때 간만에 눈을 감고 잠시 휴식을 취하던 찬영은 탈의실의 커튼이 열리는 소리에 눈을 뜨고 어색하게 치맛단을 정리하며 나오는 자신의 보좌관을 보았다.

머리를 풀면 저런 모습이군.

딱딱하고 차가운 보좌관의 모습은 없었다. 검고 긴 머리를 풀어 허리 가까이까지 늘어뜨린 현수는 꽤 어려 보였다. 평상시 그녀의 모습을 떠올리면 꽤 놀라운 모습이었다. 그리고 예전에 일본에서 보았던 커다란 눈동자가 잔뜩 불만을 품고 그를 향하고 있었다.

말없이 그녀의 모습을 살피던 그가 그녀의 구두를 보고는 참지 못하고 웃음을 터트렸다.

구두까지는 생각을 못 했다. 검은 단화는 지금 입은 원피스와는 전혀 어울리지 않았다. 마치 아이가 어른 흉내를 내는 듯 보일 정도로.

"이 옷으로 합니까?"

"아니, 아까 준비한 옷에 맞는 신발도 같이 해서 입혀요."

드레스숍 직원이 깍듯하게 인사를 하고 손에 들고 있던 옷과 함께 부지런히 빨간색 힐을 들고 와 그녀에게 내밀었다.

마지못해 받아 들고 다시 탈의실로 향하는 현수의 입에서 나오는 작은 한숨을 들으며 찬영이 빙그레 미소를 짓는다.

여자에게 옷을 사 준 기억이 없었다. 아내였던 영인에게도 선물 준비는 비서를 시켰는데 왜 여기서 자신의 보좌관이 옷을 입고 나오는 것을 기다리고 있는지 잠깐 의문을 품었다. 하지만 찬영은 옷을 다 갈아입고 탈의실을 나서 그의 앞에 서 있는 현수를 보자 그 답을 알았다.

그녀의 이런 모습이 내심 궁금했었나 보다. 불편한 듯 치맛단을 끌어 내리려 애쓰는 모습은 여성스럽진 않았지만 붉은색이 이렇게 잘 어울리는 여자는 본 적이 없었다.

차이나풍의 원피스는 그녀의 몸매를 고스란히 내보이고 있었다. 온통 붉은색의 천이 꼼꼼히 그녀의 몸을 감싸고 있었지만 그래서 더욱 눈이 간다.

아까와는 달리 급하게 틀어 올린 머리에서 몇 가닥 흘러내린 머리카락 덕분에 하얀 피부가 돋보였고, 굽 높이가 꽤 되는 빨간 하이힐 덕에 모델이라고 해도 손색이 없어 보일 정도였다.

생각보다 더 잘 어울려 그도 눈을 뗄 수가 없었다. 그만큼 자신의 보좌관은 화려하게 빛나고 있었다.

불편해 보이는 현수와는 달리 그는 매우 흡족해하고 있었지만 그는 다시 고개를 저었다. 분명 잘 어울리지만 너무 눈에 띄고 몸매가 거슬릴 정도로 드러났다.

다시 직원을 향해 손짓으로 다른 옷을 가리켜 그 옷과 현수를 탈의실로 보낸 찬영이 그녀를 따라갔다가 나오는 직원을 잡고 작은 주문을 했다.

살짝 미소를 짓는 직원의 얼굴이 무엇을 뜻하는지 알지만 상관없이 그는 탈의실에서 시선을 돌리지 않았다.

"옆에 붙어 있다가 사람들이 무슨 말을 하는지 잘 새겨들어. 특히 화장실에 가면 거기 있는 여자들 말 놓치지 말고 들어 둬. 표정은 좀 맹하게 지어."

별 기가 막힌 주문을 하는 찬영을 향해 현수가 입술을 깨물었다. 가뜩이나 몸에 붙는 베트남 전통 의상인 아오자이 모양을 본뜬 원피스가 거치적거리고 있었다.

아이보리색 원피스는 잠깐 입었던 차이나 드레스보다는 얌전한 스타일이지만 몸매가 드러나기는 마찬가지였다. 아이보리 실크에 은색 실로 알 수 없는 문양을 수놓아 점잖지만 반대로 섹시해 보이기도 했다.

살면서 이런 스타일의 옷은 입어 볼 생각도 없었고 또 입을 일도 없었다. 그에 맞는 은색 반짝이는 백을 들고 살짝 틀어 올린 머리에 같은 은색 장신구만으로 멋을 내니 마치 우아한 귀족 같았다. 누구든 그녀를 그의 보좌관이라고 생각할 사람은 없으리라.

그래도 너무 튀는 드레스가 걱정이었는데 주위를 둘러보니 자신의 옷차림은 그나마 얌전하고 평범해 보였다.

있는 인간들은 이렇게 노는 모양이었다. 직장인들의 송년회야 고

깃집에서 다가오는 새해를 위해 건배하고 술 한 잔씩 돌리며 웃고 떠들며, 거기에 더해 노래방에서 고래고래 소리를 지르며 스트레스를 푸는 정도일 텐데, 이곳은 딴 세상이었다.

뭐, 잠깐이지만 이상한 나라의 앨리스가 어떤 기분일지 동감하는 기분이랄까?

어차피 자신은 구경꾼이며 염탐꾼이었다. 그래, 이 비싼 옷까지 입히며 달고 왔을 때는 그만큼의 실적을 내라는 말일 데니 일을 해 주면 그뿐이었다.

살면서 이런 곳에 와 볼 일이 몇 번이나 될지 모르니 화려한 파티를 구경하고 수당은 수당대로 받으니 나쁘지 않았다. 그런데 멍한 표정은 어떻게 지어야 하는 건지 걱정스러웠다.

잠깐 고민을 하던 현수가 눈을 동그랗게 뜨고 두리번거리며 주변을 연신 힐끗거렸다.

"뭐 하나?"

"멍한 표정을 짓는 겁니다만."

"쿡!"

지금 이 남자가 웃은 건가?

눈을 동그랗게 뜬 현수가 고개를 돌리고 헛기침을 하는 상사를 향해 고개를 갸웃거렸다.

웃음기 없는 얼굴에 똑같은 표정을 하던 여자가 옷을 바꿔 입고 머리스타일을 바꾼 것만으로도 놀라운 변화를 보이고 있었다. 매일 검은 정장만 입어 다른 옷을 입은 그녀는 생각해 본 적이 없었다.

거기에 다른 날과 달리 눈을 동그랗게 뜨고 입을 살짝 벌리니 반짝이는 분홍 입술이 깨물어 주고 싶을 정도로 귀여워 보인다는 걸 알고나 있는지 궁금해진다.

"잘하고 있어. 그렇게 아무것도 모르는 사람처럼 두리번거리고 다녀. 사람들은 그런 사람 앞에서 편하게 말하거든."

"그런 편견이 언제나 일을 망친다는 걸 모르는 걸 보면 여기 모인 사람들은 똑똑한 편은 아닌 모양입니다."

"다는 아니야. 그러나 꽤 많은 사람들이 편견을 옳다고 믿고 살지. 그건 여기 모인 사람들뿐만은 아닐 거야."

고개를 숙여 현수의 귓가에 속삭이는 그의 목소리에 갑자기 그녀의 등 뒤로 작은 떨림이 흘러내렸다. 뭔가 사람을 움찔하게 만들고 또 간지럽게도 하는 느낌. 그리고 그 길을 따라 그의 전용 향기인 머스크 향이 옮겨 오는 것 같았다.

그러고 보니 자신의 옷차림에 신경 쓰느라 그의 외모에 관해서는 무심했었다.

은색 상의에 검은 양복바지가 근사하게 어울렸다. 반짝이는 검은 구두가 주변을 환하게 밝히는 조명을 받아 윤기가 흐른다. 단정한 머리 모양까지 어디 하나 빠지지 않았다. 파트너에 대한 예의로 그녀를 향해 웃는 미소가 아름답다고 느끼며 혼자 놀랐다.

새삼스러운 눈으로 그를 살피던 현수가 얼굴이 붉어지고 쓸데없이 심장이 뛰어 당황하고 있었다. 그러고 보니 이 남자 굉장히 근사한 외모를 하고 있었다.

"지금 표정 아주 좋아."

잠깐 그에게 넋을 잃었나 보다. 곧 정신을 차린 현수가 고개를 끄덕여 인사를 했다. 생긴 것까지 잘생겨서 사람을 심히 피곤하게 하는 남자였다. 윤찬영이라는 남자는.

"감사합니다, 노력 중입니다. 그런데 제가 누구냐고 물으면 뭐라고 답해야 합니까?"

"그냥 내 파트너라고 해. 설명은 내가 대충 둘러댈 테니까."

"절 회사에서 보신 분들도 계십니다만."

"못 알아볼 거야. 다음에 다시 봐도 못 알아본다는 데 십만 원 걸지."

"전 도박은 안 합니다."

"어려우시겠어. 자, 이제 저기서 놀아 볼까?"

팔을 내미는 그를 보며 현수가 만들어진 표정이 아닌 정말 멍한 눈으로 그의 팔을 보았다.

"팔짱 껴. 오늘 자네는 내 파트너야. 잊지 말라고."

정말 별짓을 다 시키고 있었다. 그래, 파트너 노릇도 보좌관의 일이라니 열심히 할 수밖에.

살짝 그의 팔에 자신의 팔을 얹는데 손끝이 떨리는 것이 느껴졌다. 떨림을 감추려 일부러 팔 전체에 매달리듯 팔짱을 끼자 찬영 특유의 향기에 심장이 더 뛰어 미치겠다. 그러나 심호흡으로 표정을 가다듬은 현수가 찬영과 발을 맞춰 이제 막 무르익기 시작한 기업인 송년회의 파티에 발을 디뎠다.

멍한 표정으로 웃고 있는 건 정말 현수의 성격에 맞는 일은 아니었다. 며칠은 밤을 새우고 일을 한 것처럼 피곤해지고 있었다.

술잔에는 술 대신 물을 담아 들고 그의 옆에 서서 웃기만 한 지 벌써 두 시간째.

서로 안부를 묻고 현재 돌아가는 경제니 정치니 하는 주제로 웃고 떠드는 말들 속에 별다를 것은 없었다. 연배로 보면 찬영은 젊은 편이었다. 그가 이 모임에 초대를 받은 것은 회사의 전무가 아닌 회장의 큰아들이라는 위치 때문인 듯했다.

그래서일까? 이쪽으로 다가오는 어른들이 유난히 그의 앞으로 여자들을 들이민다.

그 덕분에 현수를 쳐다보는 눈길에는 호기심과 당혹, 그리고 궁금함이 가득했다. 잠시의 휴식을 위해 그에게 양해를 구하고 찾아온 화장실도 결코 편안한 곳은 아닌 모양이었다.

"누구신지?"

"저 말인가요?"

모르는 척 주변을 살피며 현수가 말을 돌렸다. 그녀에 대해 궁금해하는 사람들은 많았지만 그의 옆에 서 있는 그녀에게 직접 물어오는 사람들은 없었다.

"그래요. 처음 보는 얼굴인데?"

제법 예쁘게 생긴 여자였다. 입고 있는 옷만 봐도 있는 티가 팍팍 나는, 딱 봐도 있는 집 따님의 느낌이 나긴 하는데 누구와 같이 왔는지는 기억에 없었다. 말 그대로 현수도 그 여자가 누군지 모르긴 마찬가지였다.

"저도 처음 뵙는 분이네요. 상대방에 대해 묻기 전에 자신부터 밝히는 게 예의 아닌가요?"

"송지연이라고 해요."

"김현수라고 합니다."

저도 이름만 대니 이쪽도 이름만 대면 그만이었다.

"찬영 씨와 어떤 관계인가요?"

오호!

질문의 목적이 자신이 아닌 자신의 파트너 때문임을 알고 현수는 피식 웃음이 나오려는 걸 간신히 참았다.

"그쪽과 상관없는 일일 텐데요."

어떤 사이라고 현수도 말해 주고 싶지만 그럴 수 없으니 긴밀한 관계라는 암시만 담아 차갑게 대꾸하자 여자의 얼굴이 일순 굳어졌다.

"앞으로 상관있어질 거예요."

"그럼 그때 말해 주죠. 우리가 어떤 관계인지는."

설마 이 여자가 사무실로 찾아오지는 않겠지? 속으로 움찔하면서도 현수는 내색하지 않고 여인을 깔아 보는 시선을 돌리지 않았다.

"어머! 지연이구나. 한국에 아주 온 거야? 소식은 들었어. 많이 힘들었지?"

자리를 피하려는 현수의 발목을 잡은 것은 이제 막 화장실에 들어온, 목에 걸린 커다란 진주 목걸이가 먼저 눈에 들어오는 여인이었다.

"네, 아줌마. 안녕하셨죠?"

그 여인도 현수를 힐끗거리긴 했지만 대놓고 누구냐고 묻지는 않고 입으로는 지연이라는 여자와 대화를 했다.

나가려던 현수는 백을 열어 립스틱을 꺼내 입술에 바르는 척하며 그들의 대화에 귀를 기울였다.

오라, 영진실업 사장의 부인이셨군.

천천히 화장을 손보는 척하며 현수는 그들의 말을 모두 머릿속에 담고 있었다.

누구냐고 물었던 여자는 혜성식품의 장녀라고 했다. 아마도 해외에 살다가 이혼하고 한국에 들어온 모양이었다.

영진실업이면 현수네 회사의 경쟁사 중 하나인 제진전자의 계열사이기도 했다.

꼼꼼히 화장을 다듬어도 더는 있을 핑계가 없어 화장실을 나오는 현수의 등 뒤로 차가운 눈길이 느껴졌다.

자신을 노려보는 여자의 목표는 아마도 윤 전무인가 보다. 언뜻 보아 자신과 같은 연배인 것 같았다. 누구는 부모 잘 만나 도도하게 파티나 다니고, 누구는 정보를 모으러 화장실에서 립스틱이나 바르고 있다 생각하니, 잠깐이지만 심술이 나 혀라도 내밀고 싶은 마음이었다. 그러나 쓸데없는 마음은 지워 버리고 다시 멍청해 보이는 표정을 만들려 애쓰며 상사를 찾아 나섰다.

송지연이라는 여자는 가까이 오지는 않았지만 현수와 찬영이 파티장을 나서는 순간까지 노려보고 있었다. 저러다 뱁새눈이 되지나 않을까 걱정이 될 정도였다.

"감사합니다."

집 앞까지 친절하게 모셔다 주신 상사를 향해 현수도 깍듯하게 인사를 올렸다.

"앞으로 그런 행사는 또 있을 거야. 연말이잖아. 준비하고 있어."

"또 가야 합니까?"

"그럼 오늘 하루로 끝날 줄 알았어? 오늘은 그냥 분위기 익히라고 데려간 거야."

막 내리려는 현수를 향해 찬영이 눈썹 끝을 올렸다.

"그리고 그 옷은 반납해. 앞으로도 그 숍에서 옷은 렌탈할 거니까 이젠 자네 혼자 가서 골라. 내가 말은 해 놓을 테니까. 그리고 오늘 혹시라도 들은 말이 있다면 내일 보고하고."

무언가 할 말이 있는 듯 입술을 달싹이던 현수가 깊은 숨 한번 내쉬고 입을 열었다.

"네, 알겠습니다. 보고서는 내일 오전 중으로 올리겠습니다. 또한 수당 청구서도요."

무어라 말을 할 것인가. 그놈의 돈이 뭔지. 현수의 한 달 월급보다 더 비싸 보이는 옷도 무겁게 느껴졌다.

수당 청구라는 말에 다시 한 번 눈썹 끝을 올리는 상사를 무시한 채 재빨리 차에서 내린 현수가 뒤도 안 돌아보고 자신의 천국으로 향했다.

복슬복슬한 밍크숄을 휘날리며 멀어져 가는 보좌관을 보고 미소를 보이는 찬영의 얼굴이 아름다웠다.

아이보리 원피스를 입은 채 씩씩하게 걸어가는 현수는 어둠을 헤쳐 나가는 나비처럼 보였다.

여자는 꾸미기 나름이라는 생각을 하고는 있었지만 정작 눈으로 확인하니 마술을 보는 것 같았다. 평상시와 다르게 조금 더 짙은 화장을 했을 뿐인데 평범한 커리어우먼은 없어지고 어느 남자라도 한 번은 눈여겨볼 만한 아름다운 여자가 서 있었다.

아름다운 여자는 지금껏 숱하게 보아 왔다. 저마다의 개성을 지닌 여자들은 자신의 아름다움을 알고 있기에 충분히 이용할 줄도 알았다.

그러나 오늘 본 여자는 아예 자신이 어떻게 보이는지 관심도 없을뿐더러 어색해하고 불편해했다. 그래서 자신의 보좌관을 보면 자꾸 웃음이 나오는 모양이었다.

"제법이란 말이야. 머리도 좋고, 눈치도 빠르고, 거기다 배짱도 있어."

자신과 눈을 마주쳤을 때 피하지 않는 사람은 얼마 없었다. 딱히 사람들을 어렵게 대하는 것도 아니지만 가까이하지도 않는 그의 성격 때문임도 알고 있었다.

"아주 좋은 파트너가 될 것 같아. 김 실장, 오늘 수고했어."

그녀에게 하지 못했던 인사를 그녀가 사라진 허공에 흘리며 찬영도 그의 휴식처로 향했다.

5.
월급통장을 위하여

세상이 온통 반짝거리고 있는데 현수의 눈만 판다가 되고 있었다. 뭔가 그녀의 생각을 벗어나고 있는데 제대로 돌릴 방법이 없었다.

"실장님, 커피 드릴까요?"

빳빳하게 깃을 살린 검은 정장 차림의 손 비서가 관자놀이를 누르고 있는 현수의 눈치를 보며 어렵게 말을 꺼냈다.

"네, 고마워요."

달라진 게 있다면 실장이라고 불린다는 것과 누군가에게 커피 대접을 받는다는 것뿐이었다.

여전히 사무실 관리는 그녀의 몫이었고 꽃꽂이도 그녀의 일이었다. 거기에 더해서 이젠 부르면 부리나케 달려가 하루 종일 종종거리며 상사를 따라다니는 강아지 역할도 해야 했다.

심지어 점심시간도 자유가 아니었다. 회장실의 검은 얼음이라고 불렸던 현수의 별명이 윤 전무의 껌 딱지라고 바뀌고 있을 정도였다.

"피곤하세요?"

손 비서가 조심스럽게 그녀의 앞에 커피 잔을 내밀었다. 향긋한 커피 향에 정신이 드는 것 같았다.

"조금 편두통이 있어요. 손 비서가 신경 쓸 정도는 아니니까 걱정은 사양하죠."

두꺼운 남자의 손에 들린 커피 잔이 참 앙증맞다고 느끼며 커피를 받아 입에 머금고 고개를 끄덕여 주었다.

그녀보다 한 살 어린 손민호 비서는 전무가 직접 뽑은 인물이었다. 학력도 좋고 외국어도 꽤 잘한다. 더불어 덩치도 좋아 검은 정장을 차려 입고 인사를 하는데 처음에 현수도 멈칫할 정도로 분위기가 참 애매한 남자였다.

뭐, 겪어 보니 똑똑하지만 순한 사람이었다. 군대 제대 후 바로 비서 코스를 밟고 이제 막 사회생활을 시작한 초년생이었다.

'기본은 충분한데 경험은 없어. 그러니 잘 가르쳐.'

손 비서를 소개하고 난 후 전무가 현수를 따로 불러 한다는 말에 가만히 고개만 끄덕였다.

그러나 애도 아니고, 더구나 모자란 사람도 아닌데 뭘 가르친단 말인가. 그저 시간이 지나면서 경력이 쌓이면 알아서 잘 할 인재로 보여 별반 신경 쓰지 않고 알아서 배우라고 내버려 두는 중이었다.

"제 마음대로 크리스마스 장식을 했는데요. 아무도 말씀이 없으세요."

커피로 정신을 깨우던 현수가 조금만 더 작은 음성이었으면 울

먹이는 거라고 착각할 만한 목소리에 고개를 들었다.

아하! 반짝이는 것들이 계속 거슬리더니 손 비서가 열심히 솜씨를 부린 작은 트리의 전구들인 모양이었다. 그런데 무슨 말을 해 주길 기대하고 있던 건가? 덩치에 안 맞게 눈을 반짝이는 그를 보니 잠깐 진정됐던 두통이 다시 오고 있었다.

"그러니까, 음, 예쁘네요. 수고했어요."

특별한 말도 아닌데 그의 얼굴이 환해지자 민망한 건 도리어 현수였다. 정말 덩치랑 어울리지 않는 남자라는 생각이 굳어졌다.

"김 실장은 퇴근해. 지금부터 준비하면 얼추 시간이 맞을 거야. 기다리게 하지 말고."

벌컥 열리는 문을 통해 들어오는 인간은 재빨리 자세를 갖추며 인사를 하는 현수와 손 비서를 무시하고 제 방으로 쏙 사라져 버렸다.

"전무님 커피 올려 드려요. 난 이만 퇴근할 테니 손 비서도 시간 되면 정리하고 퇴근해요, 아, 참. 메리 크리스마스."

"네, 실장님도 즐거운 성탄절 보내세요."

말이 좋아 퇴근이지 결국은 일의 연장인 것을 알고 있다. 오늘은 또 어디를 끌고 가려는지 한숨이 나오지만 그는 절대 어디라고 먼저 알려 준 적이 없었다.

옷차림에 대해서만 귀띔을 하고 파트너 동반이라는 말과 녹취록 보이지 않게 챙기라는 말이 다였다.

처음의 송년파티 이후로 두 번 정도 더 그의 파트너로 동반했지만 딱히 건진 것도 없었다. 도리어 그의 앞에서 꼬리 치는 많은 여자들 때문에 방패로 그녀를 달고 다니는 것은 아닌지 슬슬 의심이 드는 참이었다.

사실 그도 정신없기는 마찬가지일 것이다. 크리스마스 시즌이 아니던가. 제품을 하나라도 더 팔고 선전하기 좋은 시즌이다. 하루에도 몇 명의 임원들이 그에게 깨져 가루가 되었는지 셀 수도 없었다.

자리가 뭔지. 아버지뻘 되는 부장들이 그에게 깨지는 걸 보면 현수가 도리어 움찔할 때도 있었다. 그나마 존댓말은 하니 다행이다 싶어지는 건 정말 진심이었다. 그보다 나이가 어린 직원들은 반말은 기본이고 더불어 서류 더미 세례를 받은 적도 있으니까.

그래, 인정은 한다. 실력 있고 실적도 좋고, 더구나 일 이외에는 관심도 없는 종자니 다른 사람에게도 같은 잣대를 들이미는 모양새였다.

그러나 한 가지 다른 점이 있었다. 그에게 이 회사는 자기 것이지만 다른 사람들은 모두 월급 받고 자신의 능력을 주면 그만이라는 사실. 그만큼 열정적으로 일하는 사람은 좀 더 높은 자리를 바라보고 뛰는 사람들뿐이었다.

전자에 속하는 대표 주자가 바로 자신이기에 현수는 항상 표정 없는 얼굴로 그들을 동정하곤 했다.

막 회사를 나서는데 휴대폰이 울렸다. 급한 마음에 확인도 안 하고 받으니 미라다.

— 오늘 뭐 해?

"일."

— 미친! 오늘 크리스마스이브거든? 올 신랑도 일찍 오는데 전무 비서 주제에 뭔 일을 해?

이 인간이 가뜩이나 머리에서 김이 오를 정도인데 아예 뜨거운 물을 붓고 있었다.

"네 신랑은 회장님 비서고, 난 전무 비서라 일을 하신다. 됐냐?"

— 너 핑계지? 그러지 말고 우리 서영이 좀 봐 줘라. 울 엄마 아빠, 기분 낸다고 온천 가신단다. 그러니까 네가 애 좀 봐 줘.

죽을라고.

절로 욕이 나오는 걸 참으며 대꾸도 없이 휴대폰을 끊어 버렸다.

역시나 다시 급하게 울리는 휴대폰을 무시한 채 현수는 부지런히 예약해 둔 드레스를 받으러 숍을 찾았다. 옷은 준비되었을 거고 그다음에 미용실을 가야 한다.

"진짜 월급통장 아니었으면 오늘부로 사표 내고 날랐다."

드레스숍 문을 열며 투덜거리는 현수에게는 크리스마스라고 우아하고 아름답게 장식되어 반짝이는 트리마저 놀리는 것처럼 보였다.

불퉁한 얼굴을 한 채 모든 준비를 마치고 미용실을 나서는 현수 앞에 눈에 익은 차 한 대가 대기하고 있었다.

"타."

이 인간이 웬일이래?

검은 선팅이 사람을 가리고 있지만 누구 차인지 모르지 않았다. 역시나 창문이 열리고 이젠 익숙한 얼굴이 보인다. 어쩐 일로 여기까지 마중을 오셨는지 모르지만 이 모양새로 택시를 타는 것도 웃기니 그냥 탈 수밖에.

막 뒷문을 열려는 현수의 움직임을 막은 건 타라는 명령만큼이나 싸가지 없는 음성이었다.

"내가 자네 운전수야? 옆에 타."

누가 저보고 몰고 오라고 했었냐고.

그러나 참을 인 자 한 개를 더 가슴속에 새기며 찬바람 때문에 옷깃을 부여잡으며 앞자리에 올라탔다.

"투자한 보람은 있네."

아예 몸을 돌려 현수의 옷차림을 머리부터 발끝까지 훑어내리며 중얼거리는 말이라니. 참자, 참아. 월급통장만 생각하자.

"감사합니다."

주문처럼 외우는 말을 가슴에 품으며 현수가 진정성 없는 말로 대답했다.

"오늘은 어떤 부류의 모임입니까?"

알고나 가야 대비를 하든가 할 것 아닌가. 항상 가는 길에 어떤 모임이니 누구를 주시해라, 이런 주문만 던지고 나 몰라라 하는 상사 때문에 애를 먹는 건 항상 그녀 몫이었다.

그놈의 맹한 얼굴은 더불어 따라오는 주문이었다. 웃기는 건 의외로 통한다는 거였다. 화려한 옷차림에 맹한 표정만 짓고 다니면 누구도 그녀를 의식하지 않은 채 정보를 흘린다.

특히나 화장실은 대박이었다. 이러니 그 옛날부터 베갯머리송사라는 말이 나왔으리라. 그곳에서는 서로가 서로에게 투자할 곳과 피해야 할 곳. 그리고 들리지 않는 소문까지 모두 쏟아져 나왔다.

파티 중에 혼자 있을 때면 남자들이 치근거려 곤란할 때도 있었다. 그럴 때마다 찬영이 귀신같이 나타나 옆에 서서 쫓아 주었다. 그 한 가지만은 진심으로 감사하고 있었다. 그녀의 어깨에 팔을 올리고 자신의 여자라는 뜻을 분명히 하면 열이면 열 다 얼굴을 붉히고 사라져 갔다. 그런데 왜 자신의 얼굴도 붉어지는지 모르겠다. 저도 모르게 심장이 뛰어 가끔은 심장병이 있나 의심이 들 때도 있었다.

"친구들 부부 모임."

"네?"

"못 들었어?"

운전에 집중하느라 그녀를 무시하고 되묻는 그를 대신해 브레이크라도 밟고 싶은 심정이지만 그런 모임이라도 회사 일과 관련이 있겠지 싶어 다시 한 번 확인을 했다.

"제가 해야 할 일은 무엇입니까? 오늘은 누구를 주시하면 되는 겁니까?"

"아무도. 그냥 내 옆에서 그림같이 웃고 있으면 돼."

"왜요?"

"그래야 귀찮은 질문을 피하니까."

"회사 일과 상관이 없다는 말씀이십니까?"

"응."

아주 간단한 대답에 머리에서 스팀이 올라왔다.

"세워 주세요."

"뭐라고?"

"세워 달라고요."

재차 강한 음성에 그가 현수를 힐끗거리며 눈썹 끝을 올렸다.

"여기 청담대교 위거든."

"그래서요?"

"내려 봐야 걸어갈 수 없을걸."

"그럼 다리 지나면 세워 주십시오."

"왜?"

그걸 지금 질문이라고 하냐?

"전 회사 일로, 전무님 파트너로, 또 보좌관으로 움직일 뿐이지 개인적인 일에 제 노동력을 제공할 의무가 없습니다."

현수의 딱 부러지는 목소리는 갑자기 도로변에 정차하는 소리에 묻혀 버렸다.

"자네가 뭐라고 생각하나?"

"무슨 뜻입니까?"

"분명 난 보좌관을 원한다고 했어. 자네가 내 보좌관 맞나?"

참 오랜만에 마주 보는 차가운 눈빛에 현수가 움찔했지만 그걸 표현할 인물은 아니었다.

"그렇게 알고 있습니다."

"내가 자네를 내 애인으로 대동하는 거라고 하던가?"

애인이라는 단어에 눈이 동그래진 현수를 보며 찬영이 차가운 비웃음을 흘렸다.

"부부동반 모임이야. 그런데 난 현재 혼자고. 그래서 보좌관인 자네더러 내 반쪽을 대신하라는 말이야. 보좌관이란 언제 어느 때든 시키는 일은 해야 해. 그런 건 몰랐나?"

억울했다. 그의 말에 반박이라도 하고 싶은데 평상시 잘 돌아가던 머리가 그의 비웃음에 딱딱한 얼음덩어리로 변한 것 같았다.

"그동안 내가 너무 관대했었나? 그래서 주제를 잊었어? 옆에 달고 다닌다고 내 감정을 자네 마음대로 해석했었나? 그럼 실망인데, 적어도 내가 아는 김 실장은 자기 본분과 자리는 정확히 인지하는 사람으로 생각했는데 자네도 그냥 보통 여자인가?"

그랬던가? 이 남자의 말이 사실인가? 그의 파트너로 다른 사람들의 오해를 즐기고 있었던가?

계속 이어지는 차가운 질책에 현수가 스스로를 되돌아보며 자책하고 있었다.

그렇게 생각해 본 적은 단 한 번도 없었다. 단지 회사 일과 상관없는 자리에 익숙하지 않는 모습으로 그의 팔에 매달려 있는 것에 자존심이 상했다는 말이 정확했다. 하지만 아니라고도 말 못 하겠다. 그의 옆에 서 있으면서 잠시지만 가슴이 뛰었던 건 사실이니까.

결국 이를 사리물고 현수가 고개를 숙였다. 어차피 그녀의 일은 자존심을 굽히고 고개를 숙이며 한 발 뒤에 서 있는 직업이 아니던가. 게다가 통장에 들어오는 시간외수당은 분명 이것도 일이라고 못 박고 있었다.

"죄송합니다. 제가 잠시 미쳤었나 봅니다. 스트레스는 사람을 돌게도 한다고 들었습니다. 그렇게 이해해 주십시오."

그래, 이 일을 하겠다고 한 첫 번째 이유는 일 년이라는 기한을 머리에 두고 있었기 때문이다.

자신의 이익을 위해 시작한 일이었고, 전무의 성격상 불우이웃돕기라도 하려고 월급을 주는 건 아닐 것이었다. 주는 만큼 그 능력을 모두 활용해라. 그러니 최대한 월급쟁이의 본분을 지켜, 받는 만큼 노동력을 제공한다고 생각하면 그뿐이었다.

화장으로 가려진 얼굴이지만 하얗게 질린 낯빛은 그대로 나타났다. 정자세로 앞만 주시하는 현수의 대답은 뜻밖의 정중한 사과였기에 찬영도 더는 몰아붙이지 않고 다시 시동을 걸고 제 길을 나섰다.

한동안 차 안은 따뜻하게 데워 주는 아주 작은 히터 소리 이외에 정적만 가득했다.

부드럽게 움직이는 차와는 달리 꼿꼿하게 세운 허리로 고개 하나 움직이지 않고 정면을 바라보는 현수는 흡사 인형을 앉혀 놓은 것처럼 보이기도 했다.

"도착하면 이름으로 불러. 나도 그럴 거니까. 기업인 모임이 아니라고 해도 정말 친한 사람들만 모이는 모임도 아니야. 이쪽은 또 이쪽대로 끼리끼리 모이는 법이니까. 제법 필요한 정보도 나올 거야. 오늘 하는 일도 마찬가지야. 내가 혹여 새겨 두어야 할 정보라도 있다면 보고서로 작성해 내 책상에 올려놓으면 되고."

"네, 명심하겠습니다."

고저 없는 음성, 변함없는 자세. 현수는 분위기만 바꾼 김 실장으로 돌아가 있었다.

평상시 원하던 모습이고 행동인데 문득 그는 눈 동그랗게 뜨고 차 세우라고 앙칼지게 외치던 음성을 더 마음에 들어 하는 스스로를 깨닫고 흠칫했다.

말을 너무 심하게 한 건 아닌지 걱정이 되어 힐끗 쳐다보니 똑바로 정면만 응시한 채 움직임이 없었다. 뭐라고 말이라도 하려고 했지만 이런 쪽으로는 원체 재주가 없는 그였다.

"오늘 웃하고 머리는 마음에 드네. 점점 발전해 가는 모양이야."

결국 한다는 말이 이 정도였다. 그것도 별로 통하지 않은 모양인지 여전히 현수는 변화가 없었다. 자신이 틀린 말을 한 것도 아닌데 실수를 한 것 같은 느낌은 뭔지 당황스럽기는 하지만 창백한 안색이 마음에 걸리는 것은 어쩔 수 없었다.

"모두 전무님 안목이니까요. 마음에 드셨다니 다행입니다. 제 기분은 신경 쓰지 않으셔도 됩니다. 단지 내일은 혹여 스케줄이 있더라도 제가 함께할 수 없을 것 같습니다. 미리 말씀드려야 했는데, 죄송합니다."

아까와는 달리 한층 부드러운 복소리에 현수는 지금 그가 그만의 방법으로 사과하고 있음을 알 수 있었다.

한심하군. 상사에게 혼나고 위로나 받다니. 정신 차려라, 김현수. 너무 편하게 그를 대했나 보다. 하루 종일 붙어 있다 보니 자신의 위치를 잠시나마 망각했다는 자괴감에 현수는 입술을 깨물며 자기반성 중이었다.

그제야 내일 자신에게 일이 있음을 미리 말해야 한다는 걸 생각해 낸 현수가 내일의 스케줄을 확인했다. 비서가 아닌 보좌관은 빨간 날도 빨간 날이 아니라는 걸 왜 몰랐을까?

크리스마스에 쉬는 건 당연한 일이었다. 크리스마스여서가 아니라 달력에 빨간색 숫자가 찍힌 법정 공휴일이니까. 그럼에도 현수는 그의 말을 새겨 허락을 구했다.

"쉬는 날은 쉬는 게 당연하잖아. 특별한 스케줄이 생기면 그 전에 미리 알려 주지."

차는 점점 목적지에 가까워졌고, 더 이상 대화가 없는 두 사람 사이에는 무거운 침묵이 흘렀다.

"이번엔 팔짱이야. 조금 더 환하게 웃어. 그리고 오늘 여기에 재경이 와 있을 거야. 누군지 알지?"

윤재경. 회장님의 하나밖에 없는 고명따님으로 유명한 사립 여대를 졸업하시고 쟁쟁한 정치가 집안의 며느리로 시집을 가셨다. 그녀의 남편은 집안 좋고 머리도 좋아 젊은 나이에 검사로 재직 중이시다.

나이는 현수보다 두 살 아래였다. 회사에도 별반 얼굴을 보이지 않아 특별히 기억에는 없는 인물이지만 생년월일과 그 남편의 직함, 또 그의 생년월일까지 모두 외우고 있었다.

그러고 보니 주변의 지인도 몇 안 되는데 그들의 생일은 못 외워도 회장님이나 찬영과 관련된 사람들의 신상은 모두 외우고 있었다.

"네."

"자네를 알아볼 확률은?"

"없을 겁니다. 제대로 얼굴을 마주 대한 적은 없습니다."

어쩌다 회장실에 온다고 해도 차나 올리는 비서를 누가 기억이나 하겠는가. 얼굴을 자주 보는 편이었던 회장 부인 박 여사도 한 실장 이외에는 딱히 기억을 못 하는데 결혼 후로는 거의 발걸음을 안 하는 따님께서 그녀를 기억할 리 없었다.

"다행이네."

물론 이렇게 변신한 그녀를 전무실의 김 실장과 같은 인물이라고 생각할 인간은 없다고 생각하지만 혹시라도 눈썰미 좋은 인간이 있어 알아본다면 이번에는 정말 제대로 소문이 날 수도 있었다.

그래서 이런 행사가 늘어 갈수록 그녀의 화장도 조금씩 짙어지고 있었다. 가면 같은 느낌 때문에 처음에는 여기저기 가려운 느낌도 들더니 두어 번 만에 익숙해졌다. 참 여자란 동물은 적응력이 뛰어난 종류인가 보다.

현수와 찬영이 파티장을 들어서는 순간 잠시지만 모두의 시선이 그들에게 머물렀다.

하이넥의 벨벳 미니 원피스를 입고 머리를 오드리햅번 스타일로 올려 별을 뿌린 듯 반짝이는 펄로 장식한 현수는 막 동화에서 빠져나온 요정처럼 보였고, 그녀와 맞춤으로 와인색 벨벳 슈트로 멋을 낸 찬영은 요정을 지키는 든든한 기사처럼 보였다.

키가 헌칠한 찬영의 옆에 팔짱을 낀 현수의 키도 커 전혀 주눅 들지 않을 만큼 당당해 보인다.

감탄 반, 질시 반의 시선들이 모였지만 정작 당사자인 현수와 찬영은 그들의 시선을 무시한 채 발을 맞춰 나가며 눈으로는 누가 왔는지 열심히 확인하고 있었다.

이런 모임의 대부분은 앉아서 노는 사람이 없다는 게 불편한 진실. 때문에 지금도 현수의 발은 울상을 짓고 있었다. 편안한 단화가 익숙한 그녀였다. 일상적이지 않은 하이힐 덕분에 집에 가면 족욕을 해 주며 달래 줘야 했다.

기업인들이 오는 모임에는 그나마 아는 얼굴이라도 있더니 이번 파티에는 전혀 아는 얼굴을 찾을 수 없었다. 찬영이 그녀에게 누구라고 소개하는 일도 없으니 눈치껏 알아내는 수밖에.

찬영은 현수를 대충 사업상 알고 지내는 파트너라 소개하고 차가운 눈으로 상대방의 입을 다물게 만들었다. 여기서도 그 방법은 통했다.

친구들 모임이라고 하더니 것도 아닌가 보다. 아니면 현수가 알고 있는 친구라는 개념과 이들의 친구라는 개념이 다르던지. 다행인 건 회장님의 고명따님께서 이 파티에 나오지 않으셨다는 점이었다.

한 가지 분명한 건 결혼을 했든 아니든 간에 윤찬영이라는 인물은 눈에 띄는 존재고 그 옆에 붙어 있는 미꾸라지는 거슬리는 존재로 보이는 것 같았다. 특히 여자들에게.

"오빠? 여전히 근사하네요."

사근사근한 음성에 마시지도 않은 와인 잔을 들고 찬영의 곁에서 평범한 대화를 하는 무리 속에서 주변을 살피던 현수가 목소리의 주인공을 확인했다.

여기에 눈에 익은 인물이 있었다. 이 여자 분명히 자신의 이름을 알려 줬었다. 머릿속을 뒤지던 현수가 송지연이라는 이름을 기억해 냈다.

혜성식품의 장녀. 올해 초 이혼하고 돌싱이 되시었다. 회장님의 고명따님과는 대학동기이며 집안끼리도 가까웠고, 현재는 혜성식품의 기획실장으로 근무 중이시다.

"또 보네요."

아예 벗고 다니지 그러니? 옅은 살구색 드레스가 여자의 몸을 휘감으며 부드러운 곡선을 그대로 내보여 상상의 여지도 남기지 않았다. 저 옷 속에 속옷은 입었는지 궁금해졌다.

"누구……?"

고개를 갸웃하며 살짝 입을 벌려 모르는 척을 하는 현수를 본 여자는 입으로는 웃고 있지만 눈은 당금이라도 달려들 듯한 심정을 고스란히 보여 주었다.

현수가 맡은 역할은 맹한 인형이었다. 역할에 맞게 움직이려면 이런 표정과 말투가 좋지 않을까 싶어 입을 연 것뿐인데 잡아먹을 듯 볼 것까지야.

"아는 사이야?"

이럴 때는 고개만 살래살래 저어 주고 입을 삐쭉이면 되나?

현수의 행동에 찬영이 간신히 웃음을 감추었다. 제대로 사람을 뽑았다. 매 순간 마치 원래 본업이 연기자인 듯 그가 원하는 모습과 표정을 보여 준다.

지금도 이런 파티 귀찮아 죽겠다는 듯 입을 내밀고 눈을 굴리며 주변을 휘휘 둘러보고 있었다. 그 모습이 얼마나 귀여운지 자신만 모르고 있으리라는 생각에 내기를 해도 좋았다.

문제는 그녀의 모습이 연기라는 것을 모르는 사람들이 사방에서 그녀를 향해 보내는 진득한 시선들이었다.

사내들이란 쉬워 보이는 여자를 보면 군침을 흘리는 종자들이었다. 게다가 여기 모인 인간들 중에는 열등감에 그의 것이라면 기를 쓰고 뺏으려는 인간들도 많았다. 그래서 파티 내내 그녀를 곁에 두고 혹여 다가오려는 인간들을 노려보는 역할을 소홀히 하지 않고 있었다.

이혼 후 그가 여자와 같이 다니는 것은 올해가 처음이었다. 실수였나? 여기 김 실장과 같이 온 것은?

너무 많은 사내의 이목을 모으고 있었다. 조금 더 얌전한 드레스를 골라 입혀 왔어야 했는지도 몰랐다. 그러나 이 드레스를 보는 순간 김 실장에게 맞춰 만들어진 드레스라는 생각에 두 번 생각도 않고 선택했다. 그리고 자신의 슈트를 드레스에 맞춰 입었다.

"전에 기업인의 밤에서 봤잖아요. 기억 못 해요?"

"그랬나요? 난 사람을 잘 기억 못 해서. 음…… 본 것도 같고."

우물거리는 현수의 대답에 지연은 이제 대놓고 한심하다는 얼굴을 한다.

"인사해. 송지연, 재경이 친구야. 이쪽은 김현수."

"안녕하세요."

인사를 하라니 해야지. 고개만 까닥이고 현수가 곧바로 주변을 두리번거리며 찬영의 소매를 잡고 조몰락거렸다.

이 정도면 이 파티가 지루하다는 표현이 되려나? 바쁘게 머리를 굴리며 두 사람의 반응을 살펴보는데 먹히는 모양이었다. 지연이라는 여자가 여전히 한심하다는 눈빛으로 보는 것을 보면. 그녀는 다음 임무를 위해 찬영의 옷을 놓고 뒤를 돌았다.

"어디 가?"

"떠블유 에스에요."

"뭐?"

"아! 떠블유 씨다. 거기에요."

이제는 황당하다는 눈으로 보고 있는 지연을 무시한 채 자신의 임무를 상기하고 화장실을 향했다. 임무도 임무지만 사실 볼일이 급한 것도 있었다.

자신의 연기가 점점 늘어 가는 걸 그녀도 느꼈다. 영어를 아는 척 화장실을 말하는 부분에서는 솔직히 얼굴이 붉어지면서도 웃음이 나오는 걸 겨우 참았다. 거기에 윤 전무의 순간 기겁하는 얼굴도 보너스라면 보너스였다. 오늘부로 그가 원하는 대로 철저히 모자란 여자 역할을 해 주리라 마음먹었다.

"저기, 오빠. 쟤는 뭐 하는 애예요? 혹시 모델이에요?"

멀어져 가는 현수의 뒷모습을 찬영은 멍하니 바라보고 있었다. 간만에 당황스러웠다. 그것도 자신의 보좌관 때문에. 그녀가 던지고 간 말에 벙쪄 있던 그가 웃음이 터지려는 것을 간신히 참고 있는데 기가 막힌다는 듯 지연이 말을 걸었다.

"네가 알 필요 없는 사람이야. 그리고 애라니? 네 친구야?"

"오……빠? 난 그냥, 좀 기가 막혀서, 저렇게 무식한 사람은 처음이라 당황스럽기도 하고."

"입 다물어. 무식하다니, 그냥 실수했을 뿐이야. 이런 파티가 익숙하지 않은 사람이야."

그가 원하는 대로 행동했을 뿐이다. 무식하다는 평을 들을 정도로 수준 낮은 사람이 아니었다. 도리어 앞에 서 있는 지연보다도 유능하고 똑똑한 여자였다.

자신이 아닌 다른 누군가 그녀를 홍보하는 것이 거슬렸다. 감히 하찮은 머리를 가진 주제에 김 실장을 홍보는가.

놀라서 입을 벌리고 멍하니 서 있는 지연이 그녀보다 더 멍청해 보인다는 건 아는지. 할 말을 끝낸 찬영이 두 테이블 건너 눈에 익은 선배를 발견하고는 그쪽으로 움직였다.

차가운 말에 넋을 놓고 있던 지연이 정신을 차려 보니 이미 그는 그녀에게 등을 돌리고 있었다. 상대할 가치도 없다는 듯이 가 버리는 윤찬영이라는 남자.

속에서 열이 올라 손부채질을 하며 와인 잔을 단숨에 비웠다. 그것도 모자라 지나가는 웨이터의 쟁반에서 한 잔 더 챙겨 마시자 그제야 진정되는 느낌이었다.

"어디서 거지 같은 걸 데리고 다니면서. 너 겨우 그 정도 여자에 미치는 거야? 겨우 저런 년 달고 다니면서 날 무시해? 두고 봐, 윤찬영. 넌 내 거야. 처음부터 넌 내 거였다고."

하얗게 질려 부들부들 떨고 있는 지연은 당장이라도 무슨 일을 벌일 듯 위태해 보였다. 그러나 잠시 시간이 흐른 후 언제 그랬냐는 듯 그녀는 당당한 얼굴로 지인들을 향해 인사를 하고 있었다.

6.
마녀, 본색을 보다

서울 가까운 납골당. 이곳에도 크리스마스는 머물고 있었다. 장소가 장소이니만큼 크리스마스의 화려함은 빼 버리고 우아한 아름다움만 장식으로 쓴 듯했다. 입구의 작은 트리에도 구슬 몇 개와 리본 몇 개뿐 더 이상의 장식은 없었다. 반짝이는 불빛이 없는데도 도리어 더 예뻐 보였다.

"메리 크리스마스, 엄마, 아빠, 그리고 고모."

다른 날과 달리 오늘 현수의 옷차림은 화사했다. 그동안 전무를 따라다니느라 자주 갔던 미용실에서 아주 예쁘게 컷을 쳐 주어 한 결 가벼워진 머리카락이 등으로 흘러내렸다.

검은 정장밖에 없을 것 같았던 옷장을 열어 빨강색 코트를 입고 검정색 머플러로 따뜻하게 목을 감싸 차가운 날씨와 다르게 발랄하고 행복한 여자로 보였다.

이런 모습은 이곳에 올 때만 일부러 챙겨 입는 복장이었다. 예쁘고 즐겁게, 그리고 행복하게 보이려고 노력했다. 이곳에 올 때 그녀는 검은 정장은 피하고 대신 목도리만으로 검은색을 대신했다.

엄마는 화려한 색을 좋아했다. 어릴 시절 사진을 보면 현수의 옷은 알록달록 공주님 드레스 일색이었다. 그런 현수와 엄마를 보고 마냥 좋아하시던 아빠를 기억한다. 그나마 그 기억도 찔끔찔끔 남아 점점 사라져 갔다.

시간은 그렇게 현수의 아름다운 기억마저도 망각의 물로 물들이고 있었다.

사진에서 서로를 보며 활짝 웃은 엄마와 아빠는 국화꽃 한 송이 올리는 현수보다도 더 어려 보였다. 그리고 그 옆 다른 칸에는 고모가 환한 미소를 보이고 있었다.

일 년에 두 번 오는 이곳. 한 번은 엄마 아빠를 보러, 또 한 번은 고모를 보러 오지만 운이 좋아 세 분을 같은 층에 두고 모실 수 있었다.

그래서 항상 일 년에 두 번은 세 분을 한꺼번에 만날 수 있었다. 뭐 멀리 있다고 안 보고 갈 것은 아니었지만 같은 말 두 번씩 반복하지 않아 고맙다고 하면 이기적인 걸까?

부모님에 대한 기억은 사라져 가지만 고모의 기억은 아직도 생생하게 남아 있었다.

조카를 위해 결혼도 포기하고 자신을 키워 주셨던 분이었다.

크리스마스 캐럴이 사방에 울리던 그날, 젊은 고모는 어린 조카 손을 잡고 울고 있었다. 자신 때문에 혼담이 오가던 사람과도 헤어졌다는 사실은 나중에 시간이 지나고 알았다. 그럼에도 항상 웃으며 그녀를 안아 주었던 고모는 지금도 환한 미소를 보이며 사진 속에서 반짝이고 있었다.

"이번에 전무 보좌관으로 발령이 났어요. 덕분에 월급이 정말 좋아요. 대박이죠? 조금만 참으면 내 가게 낼 수 있어요. 그래서 이제부터 알아보려고요."

마치 세 사람이 앞에 있는 것처럼 그녀는 종알종알 떠들고 있었다.

"전무는 잘해 주냐고요? 웬걸요. 진상도 그런 진상이 없어요. 있는 집 아들이라 싸가지 바가지고. 아무튼 웬수가 따로 없어요. 월급 아니면 벌써 찬물 한 바가지 얼굴에 뿌리고 나왔어요."

손사래를 치며 현수가 그동안 아무에게도 하지 않았던 말을 속시원하게 내뱉고는 쌩긋 웃었다.

"생긴 건 정말 잘생겼어요. 진짜 인물은 훤하다니까. 문제는 인물만큼 성격이 따르지 않는다는 거죠. 정신세계는 일반인하고 다른 것 같아요. 뭐, 재벌이라는 타이틀 붙으면 그런 모양이니까 참죠. 어쩌겠어요, 그 인간이 갑인데. 그래도 그 인간 덕분에 별 구경을 다 하고 있으니까 감사해야겠죠? 죽을 때까지 입을 수나 있을까 싶은 옷도 입고 백에 구두에, 호강은 꽤 하는 편이에요."

한참을 윤 전무에 대해 미주알고주알 고해바치던 현수의 음성이 천천히 잦아들고 물기가 어렸다.

"보고 싶다. 고모, 아주 많이 보고 싶어 하는 거 알죠? 치사하게 엄마 아빠를 혼자 보러 가고. 잘 만나셨죠? 그리고 잘 계시죠? 행복한 거죠?"

계속 웃고 있었지만 볼을 타고 흐르는 물기는 멈춰지지 않았다.

혼자라는 외로움은 어떡해도 익숙해지지 않았다. 그래서 더 고모가 그리웠다. 같이 울고 웃던 그 시간들이 아직 생생했다.

"이제 갈래요. 엄마 아빠, 그리고 고모, 다음에 또 올게요. 그러니까 행복하셔야 해요."

얼른 눈물을 훔치며 현수가 씩씩한 목소리로 인사를 올리자 사진 속에 웃고 있는 그들 역시 고개를 끄덕이는 것 같았다.

세상은 온통 누군가의 탄생을 즐거워하는 축제 분위기였지만 현수에게 이날은 잃어버린 누군가를 떠오르게 하는 날이었다.

✳ ✳ ✳

우중충한 크리스마스가 끝났다. 그리고 다시 평상시처럼 출근하는 현수의 품에는 커다란 꽃다발이 안겨 있었다.

사무실이 바뀌었다고 일이 바뀌는 것은 아니었다. 하필 밑에 부하라고 들어온 인사가 덩치 큰 사내이니 대신 시키기도 뭐해서 여전히 꽃 배달도 그녀가 하고 있었다. 그나마 회장실보다 전무실에 들어가는 꽃의 양이 적어 꽃다발의 양이 줄었다는 정도였다.

엘리베이터 앞까지 익숙하게 걸어갔는데 앞에서 익숙한 향기가 꽃향기 사이로 스며들었다.

이 향기는?

"안녕하십니까, 전무님."

오늘도 이 인간은 일찍 출근 중이시다. 평소 그보다 먼저 출근하는 현수지만 오늘 꽃집이 문을 늦게 열어 기다리는 바람에 원래보다 조금 늦었다. 그래도 다른 직원들의 출근보다는 이른 시간이었다.

"여전히 꽃다발인가?"

"제 일이기도 하니까요."

"하긴 자네가 꽃다발을 들고 있으면 그 꽃다발이 돋보이긴 하는군."

칭찬이야? 욕이야?

"감사합니다."

물론 칭찬일 리 없다는 걸 알고 있지만. 엘리베이터 문이 열리는 것을 확인한 그가 먼저 올라타라고 한 발 물러서자 현수가 고개를 숙였다.

"감사는 무슨, 사실을 말한 건데."

네 맘대로 떠들어라, 난 내 일만 하면 되니까. 더 이상의 대꾸를 포기하고 그가 엘리베이터에 올라타는 것을 확인한 현수가 원하는 층을 누르고 곧바로 엘리베이터 문을 닫았다.

"전에도 말한 것 같은데 사람들이 안 탔어."

엘리베이터를 향해 오던 사람들의 발걸음이 전무를 확인하고 느려지는 건 못 봤냐고 묻고 싶었지만 현수는 팔에 든 꽃다발을 정리하는 척하며 대답을 피했다.

"일본 바이어들 숙소는 신서울 호텔에 예약해 두었습니다. 제가 직접 그분들을 모실 예정입니다. 내일은 그분들과 골프 약속이 있습니다. 회장님도 같이 하신다는 연락을 받았습니다만."

"오늘 도착하는 그 사람들은 손 비서에게 맡겨. 그리고 내일은 자네가 직접 준비하도록."

"네."

부자가 만나는 일은 극히 드물었다. 현수가 알기로 전무는 결혼 전부터 독립해 혼자 살았고 현재도 혼자 살고 있다. 회사 내에서도 따로 만나는 일은 본 적이 없었다. 업무상의 일이 아니면 같이 식사하는 꼴도 못 봤지만 부자이니 어디서든 만나겠지 싶어 신경 쓰지 않았다.

잠긴 사무실 문을 한 손으로 능숙하게 열며 그를 위해 기다리던 현수는 오늘도 다른 날과 다름없을 거라고 생각했다.

연말이라 바쁜 건 이 회사만은 아니었다. 총결산과 다음 해를 겨냥한 수많은 계획들 때문에 올라오는 서류들도 다른 때의 몇 배는 되었고, 하루 종일 전화기를 붙들고 살아야 했다.

오늘은 또 어느 부서의 누가 깨지려나. 이런 식이면 연말 직원들 상대로 업무능력이 좋은 사람들을 뽑아 상을 주는 포상 제도에서 상을 받을 대상자가 있기는 할까 싶어 걱정이 되기도 했다.

경제가 어려워져 소비자가 주머니를 닫은 것은 열심히 일하는 직원들 탓은 아니었다. 그래도 그 주머니를 열어야 하는 직업이니 업무상의 일로 혼이 나는 거라면 딱히 할 말은 없었다.

손 비서가 출근하면서 본격적으로 하루 일이 시작되었다. 결재 받을 서류와 이미 결재 받은 서류를 정리하며 시계를 확인하니 30분이면 기다리던 점심시간이었다. 어쩐지 배가 슬슬 신호를 보내더라니.

그때였다. 마치 부서질 듯 비서실 문이 열린 것은.

"윤 전무 있어?"

"네. 계십니다."

갑작스러운 상황에 놀란 손 비서를 대신해 그녀가 일어서 정자세를 취하며 예의 바르게 대답을 했다.

무슨 일이 있는 모양이었다. 고고하기로 유명하신 회장 사모님께서 김이라도 날 것 같은 얼굴로 찾아온 걸 보니.

"죄송합니다. 제가 먼저 오셨다고 말씀 올리겠습니다."

문을 박차고 들어온 기세로 윤 전무의 사무실 문을 열려던 박 여사는 자신의 앞을 가로막는 비서의 모습에 누르고 있던 화가 터져 버렸다.

짝!

"너 뭐야? 내가 누군지 몰라? 아들 얼굴 보는데도 허락을 받아야 해? 어디서 건방지게."

금방 현수의 볼이 빨갛게 부풀어 올랐다. 얼마나 세게 쳤는지 손자국이 판화처럼 새겨졌다.

"죄송합니다. 가족이 오시더라도, 그분이 회장님이시더라도 우선은 알리시라는 명령이십니다. 잠시면 되니 기다려 주십시오."

박 여사의 앞을 가로막고 서 있는 현수의 자세는 한 점 흐트러짐이 없었다. 맞은 적도 없다는 듯 목소리마저 변함이 없다.

"그만하시죠. 회사입니다. 그 성질 아는 사람은 없을 텐데, 제 직원을 너무 믿으시는 건 아닙니까? 회사 내에 소문이라도 나면 어쩌려고 그러십니까? 회장님 사모님께서 전무실에서 행패를 부렸다는 소문을 꼭 아버지의 귀에 들어가게 하고 싶으십니까?"

문 하나 넘어 그 소란이 들린 모양이었다. 문을 열고 나온 찬영이 씩씩대는 새어머니와 그 앞을 가로막고 서 있는 현수를 보고 서릿발 같은 목소리로 정리를 했다.

"이 물건 잘라. 도대체 기본이 안 돼 있어. 감히 비서 나부랭이 주제에."

"들어와서 말씀하시죠. 얼마나 구경거리가 되고 싶으십니까? 김 실장, 사과는 나중에 하지. 그리고 차는 됐어. 곧 가실 거니까."

정신없이 눈만 굴리던 손 비서와 달리 현수는 흐트러진 머리를 단정하게 매만지며 제자리에 앉아 다시 하던 일을 시작했다.

"저기, 실장님?"

"입 다물어요. 하던 일이나 계속해요."

빨갛게 부풀어 오른 볼을 보며 안쓰러워 어쩔 줄 몰라 위로라도 해 보려던 손 비서가 오히려 무안을 당하고 잔뜩 긴장해 자신의 일로 돌아갔다.

참자, 참아. 하다 하다 이제 별일을 다 당하네.

서류철을 고르는 손끝이 그녀의 성질을 이기지 못하고 파르르 떨리고 있었다.

박 여사의 고상함은 회장 앞에서만 나타나는 모양이었다. 보통은 넘는다는 소문은 들었지만 직접 겪은 것은 이번이 처음이었다. 인자한 웃음으로 비서실을 통과하던 그녀의 모습을 기억하고 있던 현수로서는 기함할 일이었지만 지금은 화끈거리는 뺨 때문에 정신이 없었다.

세상에 태어나 뺨을 맞은 적이 있었던가?

부모 없이 자랐다는 콤플렉스와 자신을 위해 고생하는 고모를 위해 단 한 번도 욕먹을 짓은 하지 않고 살았다. 누구에게도 손가락질 받은 짓은 물론, 이렇게 이유 없이 뺨 맞을 짓을 한 적은 더구나 없었다.

얼마나 시간이 흘렀을까, 사실 얼마 지나지도 않았다. 여전히 뺨이 화끈거리는 걸 보면. 그 짧은 시간이 지나고 다시 벌컥 문이 열리더니 박 여사가 고상하고 우아하다는 소문과 달리 거칠게 씩씩거리며 전무실을 나섰다. 그리고 현수에게는 시선도 주지 않은 채 그대로 밖으로 나가 버렸다. 그녀를 따라 나온 찬영이 차가운 표정으로 배웅하고 자신의 방을 향하다 현수를 바라보았다.

"손 비서, 지금부터 아무도 들이지 마. 그리고 김 실장, 들어와."

이번에는 또 무슨 일인지 모르지만 제발 가만뒀으면 하는 바람이었다. 가뜩이나 터지기 일보 직전인 성질을 억지로 누르고 있느라 입술이 아파 온다.

그러나 이곳은 식상이었고 자신을 부르는 그는 상사였다.

"앉아."

그를 따라 들어온 현수를 향해 찬영이 소파를 가리켰다.

"손 비서, 얼음 팩 하나 만들어 가져와."

그의 명령에 손 비서가 어디서 공수해 왔는지 딱딱하게 얼어 있는 작은 팩 하나를 가져와 전무에게 전했다.

"나가서 일 봐."

찬영은 간단히 손 비서를 내보내고 꼿꼿한 자세로 앉아 있는 현수를 보았다. 하얀 피부의 뺨에 빨갛게 새겨진 자국이 제대로 한 대 맞았다는 것을 보여 주고 있었다.

꼭 다문 입술이 그녀의 감정을 그대로 나타내고 있었다. 뒷주머니에서 손수건을 꺼내 차가운 얼음 팩을 감싸 현수의 왼뺨에 대 주자 일순 그녀의 눈이 커지더니 재빨리 얼굴을 뺐다.

"제가 하겠습니다."

그러고는 얼음 팩을 받아 스스로 뺨에 대었다.

"사과하지. 내가 사과할 일은 아니지만 그 사람은 절대 사과란 걸 할 사람이 아니니까. 자네가 이해해 줘."

자기 자리로 돌아가 그녀가 얼음 팩을 떼지 않고 있음을 확인한 찬영이 깊은 한숨 뒤에 입을 열었다.

"계속 이곳에서 이러고 있어야 합니까?"

"불편한가?"

"네."

빤히 쳐다보고 있는 상사 앞에 앉아 얼음 팩을 대고 멍하니 있는 스스로가 짜증이 난 현수가 일어섰다.

"그래, 나가서 좀 쉬어. 일찍 퇴근해도 좋고."

"조금만 더 찜질하면 티도 안 날 겁니다. 그럼 이만 물러가겠습니다."

그녀는 나가면서도 정자세를 유지하며 묵례를 하고 소리도 없이 문을 닫았다. 이미 닫힌 문을 응시하던 찬영이 주먹을 쥐며 이를 갈았다.

제 버릇 개 못 준다고. 여전히 화가 나면 손부터 올리는 성격을 아는 사람은 많지 않았다.

'이제부터 네 어머니가 되실 분이다. 말 잘 들어야 한다.'

그가 5살 때 아버지와 같이 서 있던 여자는 말로만 듣던 공주님인 줄 알았다. 그만큼 그 여자는 찬영의 눈에 아름답고 찬란해 보였다.

'어머! 너무 귀여워요.'

손가락을 입에 물고 빤히 쳐다보는 아이를 품에 안으며 그 여자는 분명 그렇게 말했었다.

거기까지였다. 아버지가 계실 때나 다른 사람이 있을 때면 너무나 좋은 엄마였다. 항상 그를 챙기고 유치원부터 학교까지 매 행사마다 도도한 모습으로 등장해 아름다운 미소를 머금고 그를 안아 주던 어머니였다.

물론 둘만 있을 때면 달라지지만 누구도 알 수 없었다.

어린 찬영에게는 숨을 만한 공간도, 또 도와줄 사람도 없었다. 박선아라는 거미가 쳐 놓은 거미줄에 걸린 한 마리 벌레 같은 존재가 바로 어린 찬영이었다.

이제는 함부로 그를 건드릴 수 없으니 불똥이 김 실장에게 튀었다. 빨갛게 부풀어 오른 뺨을 보자 세어할 수 없는 화가 솟구쳤다. 가슴속 깊은 곳에서 예전의 상처가 터지며 무엇인가 솟구치는 걸 간신히 참았다. 하얀 볼에 빨갛게 물들어 있는 손자국을 보자 마치 자신이 맞은 듯 아파 왔다.

"감히, 내 사람을 건드려? 다시는 내 것을 당신에게 내주지 않아. 사람도, 회사도 전부 다. 이제 시작인데 벌써 날뛰면 재미없잖아."

박 여사가 다녀간 후로 전무실은 바늘방석 같았다. 얼음 팩으로 한참을 찜질했음에도 여전히 현수의 뺨은 붉은 기가 가시지 않았고 손 비서는 일본 바이어를 모시라는 명령에 덩치에 어울리지 않게 빠른 동작으로 사라졌다.

손 비서가 없는 사무실을 정리하며 시계를 확인하니 퇴근 시간이었다.

특별한 약속도 없었고 윤 전무는 방에서 나올 생각도 하지 않았다. 시간이 지나면서 억울하고 분한 감정도 가라앉으며 이젠 조금씩 기가 막혀 왔다.

있는 사람들의 횡포라는 것이 다만 이것뿐만은 아닐 텐데, 그래서 그런 말도 생긴 걸 거다. 치사하고 더러우면 너도 그 자리에 올라가라는.

먼저 퇴근하라고 했으니 오늘 인사는 생략하기로 한 현수가 가방을 챙기는데 찬영이 문을 열고 나왔다.

"잠깐 시간 좀 내 줘."

오늘은 정말 피하고 싶었다. 이런 기분으로 그의 팔에 매달려 인형 녹음기 역할을 하라면 미쳐 버릴 것 같았다.

"모임입니까?"

"아니야. 아니지, 우리끼리의 연말 회식이라고 해 두지."

회장실에 있을 때 연말 회식이란 가볍게 한 실장과 이 비서, 그리고 현수 셋이서 밥 한 끼 먹는 게 다였다.

"오늘 말입니까?"

평상시와 다르게 목소리 톤이 올라가는 건 정말 오늘은 일찍 들어가 아무 생각 없이 잠들고 싶은 날이었기 때문이다. 정시 퇴근하는 날도 드문 데다가 요즘은 그나마 제시간에 집에 들어간 적도 드물었다. 오죽하면 미라가 남자 사귀냐고 닦달을 할까.

"그럼 손 비서에게 연락하겠습니다."

그러나 어쩌랴, 상사께서 연말 회식을 하신다는데.

"아니, 자네와 나만 갈 거야. 퇴근 준비 끝난 것 같은데 가지."

저 인간이 진짜. 아무리 제 뺨이 아니라도 사람이 맞아 기분이 엉망인데 뭔 회식을 한다고 난리인지. 그럼에도 현수는 말없이 찬영의 뒤를 따라나섰다.

아무래도 사표를 써서 가슴에 품고 다녀야 할 것 같다는 생각을 하면서.

7.
꽃다발, 사고 치다

자이언트 골프클럽은 이미 재계에서도 유명한 곳이었다. 물론 그 소유도 현수가 다니는 회사였다. 서울에서 가까워 회장님이 자주 애용하시는 곳이며 회사의 임원들과 골프를 즐기거나 또는 회사의 주요 바이어를 대접하는 곳이기도 했다.

오늘은 다른 날과 달리 회장님과 더불어 큰아들 윤 전무까지 함께 오시니 직원들이 다들 긴장하며 대기하고 있었다.

회장과 전무가 같이 있으니 확실히 두 사람이 닮았다는 걸 알겠다. 회장의 키가 조금 작을 뿐 생김새나 행동 등이 꽤 비슷했다. 아마도 윤 전무가 나이를 먹으면 저렇게 늙어 가지 싶어진다.

"현수 씨? 어디 아파요?"

회장을 따라 나온 한 실장이 현수의 파리한 안색을 눈치채고 걱정스럽게 물어왔다.

"아니에요. 신경 쓰지 마세요. 요즘 감기 기운이 있어서. 서영이 잘 있죠? 감기는 나았어요? 보고 싶네."

"그럼요. 얼마나 예쁜 짓을 하는지."

한 실장은 딸내미 이야기에 방금까지 걱정하던 현수의 안위 따위는 벌써 저 멀리 흘려 버리셨다. 한 실장의 딸 자랑을 듣는 내내 머리를 울리는 두통을 다스리려 애썼지만 쉬이 가시지 않았다.

'미쳤어. 어쩌자고.'

한 실장의 말을 흘려들으며 현수는 입술을 깨물고 있었다. 술도 잘 못 먹는 인간이 어쩌자고 주는 대로 받아먹고 사고를 쳤는지.

어젯밤 현수는 말 그대로 꽃다발이었다. 술에 취한 미친년 꽃다발.

머리라도 쥐어뜯고 싶었지만 지금은 근무 중이었다. 그러니 이러지도 저러지도 못하고 눈치만 보고 있는 중이었다.

"유능하지?"

"알고 보내신 겁니까?"

"아무나 보냈을 거 같으냐?"

"소문 때문인 줄 알았는데요?"

"유능할수록 시기하는 인간들이 많지. 두 사람 다 유능하기가 만만치 않거든. 난 둘 다 잃고 싶지 않아."

오랜만에 회장과 전무가 아닌 아버지와 아들로 나누는 대화였다. 이미 계약은 막바지였고 일본에 자이언트라는 클럽이 개장할 참이라 일 이야기는 끝난 참이었다.

신년 신입사원 중에 찬수가 있었다. 그러나 찬수는 홍보실로 배정받았다. 자신이 기획실로 배정받은 것과는 다르게. 더구나 찬수가 근무할 곳은 본사도 아닌 레저홍보팀이니 그 여자가 열이 받아 찾아오는 건 당연지사였다.

"한 실장 중매쟁이가 김 대리야. 노총각으로 늙어 가던 한 실장을 구해 준 은인이지. 아마 김 대리 친한 친구라고 들었어."

별일 아니라는 듯 들고 있는 골프채를 확인하며 두 사람의 소문에 대해 일축하는 회장을 보며 찬영이 고개를 끄덕였다. 이미 그도 확인한 일이었다. 더구나 소문의 당사자인 현수의 입을 통해.

"처음부터 소문은 믿지도 않으셨군요?"

"물론이야. 두 사람을 아는 사람들이라면 믿을 것도 없지."

"소문을 핑계로 제게 보내신 이유는 뭡니까?"

"몰라서 묻는 질문이라면 내일이라도 다시 올려 보내. 아까운 인물이야."

회장이 날카롭게 찬영을 흘겨보았다. 더 이상의 대꾸가 없자 회장은 할 말이 끝났다는 듯 골프채를 들고 공이 날아갈 곳을 가늠한다.

찬영 역시 회장이 샷을 날리는 모습을 감상하며 현수의 얼굴을 살폈다.

오늘은 다른 날과 달리 화장이 짙었다. 그럼에도 파리한 낯빛과 눈 밑의 검은 기운을 가리지 못해 다른 날에 비해 수척해 보였다. 술 깨는 약이라도 챙겨 줄 걸 그랬나 싶어진다.

설마 그 깐깐한 여자가 소주 한두 병에 흐트러질 거라고는 생각도 못 했다.

아랫사람을 달래는 것은 그에게도 생소한 일이었다. 그러나 김 실장의 빨간 볼을 보면서 도저히 그냥 보낼 수가 없었다. 어처구니 없는 일을 당했음에도 그녀는 흐트러짐 없이 모든 일과를 소화해 냈지만 여전히 창백한 안색에 마음이 쓰였다.

그동안 한 번도 그녀에게 수고했다는 인사도 못 했으니 회식을 핑계 삼아 자리를 마련했다. 더불어 다시 사과도 할 요량이었다.

무작정 나와 생각난 곳이 그가 혼자 가끔 들르는 강변의 포장마 차였다. 여태 누구와도 이곳에 와 본 적이 없었다. 그럼에도 왜 그 녀와 이곳에 왔는지는 몰랐다. 그저 편하게 말하기에는 이곳만 한 곳이 없다고 생각했기 때문이었다.

찬영을 일 끝나면 지친 마음 달래러 들르는 보통의 샐러리맨으 로 생각하는 주인아주머니가 웬일로 오늘은 여자와 함께 오느냐며 서비스로 어묵탕까지 내놓으셨다. 그 모습에 놀랐는지 김 실장이 눈만 껌뻑이며 그와 주인아줌마를 유심히 보았다.

생각보다 덥석덥석 주는 대로 술잔을 입으로 가져가던 그녀에게 먼저 미안하다는 말을 하려던 차였다.

"이것 보세요, 윤 전무님. 당신 잘난 거 아는데, 사람이 그러는 거 아니야."

말없이 술만 홀짝이던 그녀가 먼저 선수를 쳤다. 막 술 한 병이 비워지려는 찰나였다.

"도대체 뭔 짓을 했는데 내가 뺨까지 내주어야 하냐고. 나 참! 치사하고 더러워서. 나도 말이야, 귀한 집 딸내미야. 울 엄마 아빠 가 날 얼마나 예뻐했는지 알아? 오늘 일 알면 울 엄마 아빠 지하에 서 뛰어오실 거라고. 엄마 아빠만 그런 줄 알아? 울 고모도 같이 오실 거야. 사람을 말이야, 그렇게 부려 먹고. 그래, 돈? 돈 좋지.

내가 돈 때문에 참는다. 누구는 성질 없는 줄 알아? 나도 성질부릴 줄 안다고. 저만 잘났나? 나도 잘났다고."

플라스틱 간이 식탁 위에 깨질 듯 유리잔이 놓이는 소리에 김 실장을 보니 맞아서 불그스름한 볼이 술기운을 더해 완전히 빨갛게 열이 올라 있었다.

더불어 당장이라도 그를 찌를 듯 젓가락 하나를 들어 그를 가리키며 목소리를 높이는 김 실장의 눈빛이 다른 때와 달리 번뜩이고 있었다.

"취한 건가? 취한 척하는 건가?"

당황스러운 마음을 감추고 찬영이 그녀의 젓가락을 피해 고개를 조금 뒤로 빼며 목소리를 높였다.

"취하긴 누가 취해? 사람이 말을 하면 좀 들으라고. 솔직히 딱 까놓고 말해서 당신이 나 월급 줘? 회사가 주는 거잖아. 근데 왜 당신이 생색이야? 당신 보기에 난 사람으로 안 보여? 난 감정도 없는 줄 아냐고? 사람을 그렇게 부려 먹고 수고했다는 말도 없냐? 거기다 오늘도 그래. 내가 뭘 잘못했다고 얻어맞아야 하니? 난 당신이 시키는 대로 방문 막은 죄밖에 없다고."

"취했군."

"안 취했다고. 사람 말을 뭐로 들은 거야? 아줌마, 여기 술 한 병 더 줘요. 병 비었잖아요."

아예 빈 병까지 흔들며 주문을 하는 현수를 막으며 찬영이 깊은 한숨을 내쉬었다.

"그만하지. 더 먹으면 내일 후회할 텐데."

"회식이라더니 달랑 포장마차에 끌고 와서는 먹는 거까지 방해하는 거야? 후회라면 지긋지긋하게 하는 일인데 하나 더 한다고 뭐 대수라고."

잡힌 손을 빼내며 다시 아줌마를 부르는 현수를 더는 막을 수가 없었다. 멈칫거리며 술 한 병을 더 들고 오는 아줌마가 눈빛으로 줘도 되냐고 물어 와 고개만 끄덕였을 뿐이었다.

"치사하게 술값도 아깝냐? 걱정 말라고, 내가 낸다. 여기 술값은 내가 낸다고. 그럼 됐지? 일하라고 끌고 다닌 데는 눈 돌아가게 정신없이 화려하더니만 회식은 딸랑 이런 데냐?"

아줌마가 건네는 술병을 잡아채듯 받아 든 현수가 씩씩하게 뚜껑을 따고 쪼르르 한 잔을 더 따른다. 그러고는 눈을 치뜨며 찬영의 잔이 빈 것을 보고 팔을 뻗어 마저 채웠다.

"이런, 조심해."

흔들리는 손길이 불안하더니 결국 술이 술잔을 넘쳐 찬영의 바지까지 적셨다.

"시끄러워. 거 참, 그냥 좀 술이나 마셔라. 오늘 기분 정말 뭐 같은데 보태지 좀 말라고."

반말은 기본이군. 기가 막힌 찬영이 자기 술잔을 확인하며 그대로 마시고 또 마시는 현수를 마냥 쳐다만 보았다.

"하! 지뢰를 밟았네."

"지뢰 같은 소리 하고 앉았네. 지뢰는 내가 밟았어. 내가 잘못한 게 뭐야? 노총각 상사가 내 친구 보고 반해서 친구 남편이 된 게 뭔 대수라고, 그럼 친구 남편하고 등 돌리고 지내냐? 뭔 입들이 짧고 까불고 지랄들이신지. 지들이 날 알아? 날 아냐고. 웬 관심들이야? 정신 빠진 것들."

새로운 병에서 세 잔째 부어 입에 털어 넣은 현수가 기어이 식탁에 고개를 처박으며 정신을 놓는 모습에 찬영은 이마를 짚으며 헛웃음을 흘렸다.

혼자 술주정처럼 떠벌리는 말들을 들으며 대충 그 소문이 어떻게 난 건지 알겠다. 사생활과 회사 생활은 분리해 생각하는 두 사람이기에 공사를 구분하느라 회사 내에서 서로에 관한 어떤 이야기도 하지 않았고 회장의 신임을 질시하는 인간들의 타깃이 된 것이었다. 믿지도 않았지만 본인의 입으로 사실을 들으니 기분이 개운해졌다.

더구나 완벽해 보이던 보좌관에게서 이런 모습을 보는 것도 꽤 큰 수확이었다. 이 여자 정말로 팔색조 같은 모습을 가지고 있었다.

"너, 나 없는 데서 술 먹으면 죽는다."

이 여자 어디서든 술 한번 잘못 먹으면 큰일 날 여자였다. 이미 정신줄 놓은 현수를 챙기며 찬영이 누구에게도 들리지 않을 작은 음성으로 그녀의 귀에 협박을 했지만 들었는지는 자신할 수 없었다.

대리기사가 오는 동안에 어떻게든 현수를 깨우려고 했지만 아예 정신을 놓은 여자는 깨어날 기미도 보이지 않았다. 결국 차 안까지 그가 그녀를 안아 옮겨야 했다.

"처자가 술이 약하네, 그래도 딴생각하면 안 되는 겨. 알지?"

주인아줌마의 말에 더 기가 막혔지만 계산을 끝내고 죄 없는 이만 갈 뿐이었다.

간신히 차에 태우니 이번에는 계속 그의 품으로 파고든다. 그가 아무리 밀어내도 연신 파고들더니 겨우 편안한 자세를 잡았는지 새근새근 잠이 들었다. 그의 허리를 두 팔로 끌어안은 채. 할 수 없이 잠이 든 현수를 품에 안고 한숨을 쉬는 그는 자신도 모르게 그녀의 어깨를 다독이고 있다는 것은 깨닫지 못하고 있었다.

그녀에게서 풍기는 향이 술 냄새뿐이었다면 모르지만 부드럽고 달콤한 그녀만의 향기가 서서히 그에게 스며들어 저도 모르게 어딘가 불편해지고 있었다. 그리고 천천히 고개를 내려 그녀의 정수리에 살며시 입술을 대다 놀라 고개를 들었다.

당황하며 이 여자를 어떻게 해야 하나 고민하는 사이 벌써 차는 그녀의 집 앞에 도착했다.

그런데 현수는 찬영을 또 놀랍게 했다. 집 앞에서 혹시나 깰까 싶어 그녀를 살짝 흔들자 눈을 떠 휘휘 둘러보더니 아무렇지도 않게 자신의 집을 찾아가는 모습에 기가 막혔다. 가방까지도 챙겼다.

혹시나 싶어 그녀의 뒤를 밟아 그녀가 온전히 제집으로 들어가는 것을 확인하는 자신이 우스워질 정도로.

"정말 취한 척한 거 아냐?"

자신의 집으로 가기 위해 다시 차에 올라타면서도 그는 의심을 풀 수가 없었다. 취해 정신없던 여자가 흔들림도 없이 똑바른 걸음으로 제집을 찾아갈 수 있는지, 정말 그게 가능한지 궁금해졌다. 만약 취한 척한 것이라면 자신이 했던 행동도 기억을 할 텐데 무어라 변명해야 할지 고민스러운 것도 사실이었다.

이번 골프의 승리자는 회장님이었다. 어제의 일을 생각하느라 그저 따라만 다니던 찬영도 박수를 치며 회장에게 축하를 표했다. 서로에게 박수를 보내며 화기애애하게 만찬장을 향하는 일행 중에는 현수도 있었다.

"속은 괜찮아?"

회장의 옆을 떠나지 않았던 찬영이 한 실장과 자리를 바꿔 그녀의 옆에 오더니 인사 대신 던진 말에 현수가 움찔했다.

차라리 잔소리를 하든가. 불길하게 느껴지는 부드러운 목소리가 현수를 더욱 움츠러들게 만들었다.

직장생활 10년 만에 아니, 전에도 앞으로도 없을 길이길이 남을 실수를 했다.

사실 몇 사람 모르지만 현수는 알코올 분해 능력이 떨어져 적은 양의 알코올에도 쉽게 정신줄을 놓는 약점이 있었다. 그래서 여태 자신이 감당할 수 있는 소주 세 잔 이상은 마셔 본 적이 없었다.

그런 자신을 알면서 하필 그 모습을 다른 사람도 아니고 이 인간에게 보였다는 사실에 아침에 일어나 죽고 싶다는 생각이 먼저 들었다.

그러나 정확히 무슨 짓을 했는지 기억에 없으니 더 미치겠다. 처음 세 잔을 말없이 받아 마신 것까지는 기억이 나는데 그다음은 흩어진 퍼즐처럼 분명치가 않았다. 그럼에도 미친 짓을 했다는 건 알겠다. 차라리 지워지려면 백지처럼 지워질 것이지. 찔끔찔끔 남은 기억들은 어쩌란 말인가?

오늘부로 사표를 내고 도망가 버릴까 하는 유혹도 있었지만 과감히 물리치고 회사에 출근해 여기까지 따라왔다. 속이 쓰린 건, 자존심이 쓰린 것에 비하면 새 발의 피였다.

"네, 괜찮습니다. 신경 써 주셔서 감사합니다."

방법이 없었다. 모르쇠밖에는.

"기억이 없다?"

"무슨 말씀이십니까?"

발걸음을 늦추는 찬영 덕분에 일행과 조금씩 거리가 생기고 있었다.

"좋아, 기억에 없다니까 더는 말 안 하는데, 그래도 돈은 줘야지."

"네?"

돈이야 지가 많을 건데 무슨 돈을 달라고 하는 건지 알 수가 없어 고개를 갸웃하는 그녀에게 찬영이 지갑을 꺼내 얇은 모조지로 만든 영수증을 내밀었다.

3만 2천 원이라는 숫자가 적혀 있는 영수증을 확인하고 어쩌라는 건지 몰라 가만히 서 있는 현수에게 찬영이 손을 내밀었다.

"자네가 낸다고 했던 돈이야. 그런데 내가 대신 낸 거니까 갚으라고."

치사하고 쪼잔하다는 소문이 그냥 나온 건 아닌 모양이었다.

"회식이라고 하셨습니다."

"자네가 계산한다고 했잖아. 이제 와 오리발이야?"

갑자기 얼굴을 들이밀며 물어 오는데 순간 말이 막힌다.

이 인간 왜 자꾸 능글거리는 건지 모르지만 말을 섞어 봐야 자기만 손해라는 것을 깨달은 현수가 비상용 작은 지갑을 꺼내 정확히 돈을 세 그에게 내밀었다.

"앞으로 나 이외의 사람과는 술 먹지 마. 이건 김 실장을 위한 충고야."

"명심하겠습니다."

내가 다시 술을 먹으면 네 마나님이다.

속으로 그의 말을 비웃으면서도 현수가 정자세로 대답을 했다. 그런 모습을 본 찬영이 고개를 끄덕이고 작게 현수만이 들을 수 있는 휘파람을 불며 사람들을 뒤따라 발걸음에 속도를 올렸다.

저게 지금 놀리는 거야? 아니면 약점 잡았다고 좋아하는 거야?

휘파람이 이토록 귀에 거슬린다는 걸 처음 알았다.

여전히 입술을 깨물며 그를 따르는 현수는 그가 터져 나오는 웃음을 간신히 참고 있음을 알 리 없었다.

"아, 맞다. 이 말을 잊었네. 김 실장, 살 좀 빼야겠더라."

"네? 무슨……?"

신나라 휘파람을 불던 인간이 멈춰 서더니 한다는 말에 현수가 토끼 눈을 만들 수밖에 없었다.

"아침에 어깨 빠지는 줄 알았어. 오늘 중으로 파스 사서 책상에 올려놔, 그건 청구하지 마. 자네 때문이니까."

제 할 말만 끝내고 그는 회장님을 향해 휘적휘적 걸어가 그들과 웃으며 대화를 한다.

도대체 무슨 짓을 한 건지 알 수나 있어야 대꾸라도 할 것 아닌가. 뭔가 큰 소리로 윤 전무에게 떠든 것 같았었는데. 머릿속을 맴도는 젓가락을 떠올리며 현수가 몸서리를 쳤다.

"내가 설마 저 인간을 젓가락으로 때렸나? 그런데, 저 인간이 맞을 인간이야? 김현수, 이 미친 인간아, 뭔 짓을 한 거야. 것도 저 인간을 상대로."

'죽는다.'

기억에 남은 이 말을 누가 한 건지 모르겠다. 언뜻 생각하면 윤 전무 목소리 같기도 하고, 아닌 것 같기도 하고.

머릿속은 점점 미쳐 가고 있었지만 현수는 아무 일도 없다는 듯 곧바로 찬영의 뒤에 가서 섰다. 일이 우선이니까 일 끝나고 생각하자 미뤄 버렸다.

"일이 힘든가 보군? 김 대리 얼굴이 많이 상했네."

오랜만에 뵙는 회장님이 현수를 보며 알은척을 해 주신다. 그러나 오늘은 정말 반갑지 않았다.

"아닙니다. 전무님께서 잘해 주셔서 편안합니다."

"김 실장입니다, 회장님. 이제 제 보좌관이기도 합니다."

현수의 빈말에 덧붙여 찬영이 다시 소개를 하자 회장의 눈이 잠시지만 커졌다.

"잠깐 도우라고 보낸 인재를 네 맘대로 쓰겠다?"

"회장님께는 이미 유능한 보좌관이 있으니 김 실장은 저와 일하게 해 주십시오."

"그래? 하긴 사람 보는 눈도 중요하지. 괜찮겠나?"

고개까지 끄덕이며 물어 오면 뭐라고 대답을 할 것인가.

"물론입니다. 저는 상관없습니다."

"그래, 그럼 윤 전무 도와서 그 능력 발휘해 봐. 나야 김 대리, 아니지 김 실장 못 보니 서운하긴 하지만 어쩌겠어. 윤 전무가 사람 하나는 잘 보는걸."

허허, 웃는 모습은 항상 보던 자애로운 회장님이셨다. 그러나 그가 대놓고 큰아들을 자랑하는 모습은 처음이었다. 두 사람 사이가 별로인 줄 알았는데 그건 대외에 보이는 모습만 그랬나 보다.

하긴, 큰아들인데 어련하시겠어. 그럼 정말 이제 자신은 빼도 박도 못하고 전무의 사람이 되어 버리는 것인가.

살짝 당황하는 한 실장을 못 본 척하며 현수가 회장을 향해 묵례를 올렸다. 이미 그의 보좌관을 승낙하는 순간 이렇게 될 줄 알고 있었다. 단지 한 실장에게 말하지 못한 건 미안했지만 이해할 거라는 것도 안다.

"회장님, 저희는 이만 회사로 가려고 합니다. 일이 있어서."

"그래, 그럼. 나중에 회사에서 보지."

회장의 허락이 떨어지자 찬영이 인사를 올리고 뒤도 안 돌아보고 차로 향했다. 그의 뒤를 현수도 종종걸음으로 따랐다.

"내려."

"네?"

회사까지 얼마 안 남은 곳에서 찬영이 차를 세우며 하는 말에 현수가 당황했다.

"저기 보이지? 약국. 가서 사 와, 파스."

파스 못 붙여 죽은 귀신이 붙었나? 하는 말이 목구멍에서 튀어나오려는 걸 간신히 참고 현수가 그의 명령대로 파스를 사 들고 다시 차에 올랐다.

"여기서 드릴까요?"

"아니, 사무실에 가져다 놔. 아무래도 아직 술이 덜 깨 잊어버릴까 봐서."

"잠깐 말씀드릴 게 있는데요."

"왜? 사표라도 쓰게?"

쓰고 싶은 마음이야 굴뚝이지만 이런 일로 사표 내면 회사 다닐 인간이 있겠니?

"아닙니다. 어제 일을 제가 기억을 못 해서 혹시 실수라도 한 건지……."

"기억을 못 하신다?"

앞만 보며 운전에 열중하던 찬영이 현수를 힐끗 쳐다보았다.

"죄송합니다. 혹시, 제가 실수라도?"

"설마, 천하의 김 실장이 실수할 리 없잖아?"

"진심이십니까?"

"아까도 말했지만, 명심해. 앞으로 술은 나와 있을 때만 마신다, 알겠나?"

"네."

이제부터 술은 입에도 안 댈 거라고, 이 인간아.

"그럼 됐어. 나도 더 이상은 어제 일 꺼내지 않을 테니까. 뺨은?"

"괜찮습니다."

이 사람이 원래 이렇게 쿨한 사람이었나 의심이 들지만 앞으로 다시는 어제 일을 꺼내지 않는다는 데 정말 안심이 되고 고마워졌다.

"미안해. 원래 다혈질인 사람이야. 이제 내가 너무 커서 날 때릴 수 없으니 자네에게 그런 거야. 내가 대신 사과하지."

차는 회사 지하 주차장에 도착했다. 자신의 전용 주차 자리에 차를 대며 찬영이 다시 한 번 사과를 했다. 그러나 그의 말에서 현수는 뭔가 마음에 걸리는 것을 깨달았다.

'내가 너무 커서 날 때릴 수 없으니.'

회장 사모님 박 여사. 매년 불우이웃돕기를 위해 바자회를 열고 회사와 자기 이름으로 수많은 어린아이들을 도와 온 마음이 따뜻한 대기업의 안주인.

그간 들어왔던 건 전부 허울인 모양이었다. 전처의 아이에게는 그저 모진 계모였던 모양이다. 별거 아니라는 듯 비웃으며 말하는 그의 태도에서 왜 현수가 아파 오는 걸까?

지금의 그가 누군가에게 맞는다는 것은 상상이 안 되지만 분명 그도 어린아이였을 때가 있었을 테다. 아무것도 할 수 없는 힘없는 아이 시절, 그에게는 어떤 일이 있었던 걸까?

"안 내려? 이제는 내가 문도 열어 줘야 하나?"

너무 제 생각에 빠져 그가 내리는 것도 몰랐다. 조수석 차 문을 열어 주고 차갑게 타박하는 목소리에 정신이 든 현수가 다급히 가방을 챙겨 내리자 그는 주차장에 소리가 울릴 정도로 차 문을 세게 닫았다.

그렇게 해서 차 문이 부서지겠니? 문 한번 열어 줬다고 유세는.

"죄송합니다."

그녀의 사과는 그의 등 뒤에 부딪쳐 사그라졌다.

"그래, 내가 지금 누구를 불쌍하게 여기냐? 네 인생도 만만치 않거든. 너나 잘하세요, 김현수 씨."

긴 한숨으로 스스로를 위로한 뒤 현수도 부지런히 그를 따라 지하 주차장 엘리베이터를 향해 뛰었다.

✳ ✳ ✳

서울피아백화점 10층 갤러리에 한영인 작가 초대전이 열리고 있었다. 백화점 입구에도 안내서가 자리 잡았고 사람들도 제법 찾아와 그림을 감상했다.

각양각색의 그림들 앞에서 스치듯 건성으로 지나가며 훑어보는 사람이 있는가 하면 하나의 그림 앞에서 고개를 갸웃하며 한참을 서 있는 사람도 보였다. 처음 들어가는 입구에 걸려 있는 그림과 나올 때 마지막에 보는 그림이 마치 다른 사람이 그린 듯 느낌이 달라 다시 돌아가 감상하는 사람들도 있었다.

우중충한 색조, 암울한 색들의 어우러짐은 작품 한 점, 한 점 나아갈 때마다 마치 무지개의 색 변화를 보이듯 변화해 마지막에는 화려하고 밝은 색의 향연으로 끝이 났다.

안내서에 적힌 작품전의 테마는 성장이었다. 그림의 성장인지 아니면 작가 개인의 성장인지는 알 수 없지만 보면 볼수록 시선을 끌어당기는 묘한 느낌의 그림들이 사람들의 발걸음을 멈추게 했다.

"쯧쯧, 가만히 있어도 그림은 그릴 수 있었어. 도대체 다 버리고 나가서 할 짓도 이거였으면서 뭐 때문에 그런 거냐?"

한때는 시어머니였던 박 여사의 발걸음에 영인이 직접 나와 얼굴을 보이고 있었다. 5년 만에 보는 영인의 인사를 받으며 박 여사는 혀부터 찼다.

집안끼리의 친분으로 찬영을 보아 왔던 아버지가 영인의 결혼에 가장 기뻐했었다. 영인의 아버지 한필호는 시아버지였던 윤 회장의 죽마고우기도 하지만 USM의 계열사 중 하나인 아이온식품의 사장이기도 했다.

찬영을 영인의 짝으로 탐을 내기는 했지만 쉽게 티를 낼 수도 없었던 그에게 먼저 혼사 이야기를 꺼낸 이는 박 여사였다. 아버지끼리의 친분이 있다고 하지만 영인이 그를 만난 건 선 자리가 처음이었다. 어릴 적 미국으로 건너가 아예 그쪽에서 모든 교육을 마치고 들어온 찬영은 USM의 큰아들이라는 것 이외에는 아는 것이 없었다.

그림을 그리느라 혼자 작업하는 시간이 많았던 영인이었고 특별히 가족끼리 모임을 가진 적도 없으니 시동생과 시누이가 될 찬수와 재경도 얼굴 몇 번 본 것이 다였다. 물론 결혼 후에도 마찬가지였다.

영인을 찬영의 짝으로 추천한 사람이 지금 얼굴을 맞대고 있는 시어머니 박 여사였다는 것은 나중에 알았다.

마음에 드는 며느릿감이라며 적극 결혼을 추진했던 것과 달리 결혼하고 나서는 특별히 가까이 지낸 것도 아니었다. 결혼식 전까지는 열심히 끌고 다니며 여기저기 소개를 하더니, 막상 결혼하고 난 후에는 그녀에게 관심도 없었던 사람이 불쑥 나타나 타박을 주는 모습에 당황스러웠지만 그저 웃음으로 대답을 대신했다.

"다시 시작할 마음은 없는 거냐? 있다면 내가 밀어 주마."

"아니요. 전 지금이 좋아요."

"미련하긴. 지금 걔가 누구랑 만나고 있는 줄은 알아?"

"……만나는 사람이 있어요?"

뜻밖의 말에 아주 작지만 작은 생채기가 가슴을 스치고 지나갔다. 이미 지난 일이고 모두 잊었다고 하지만 한때 인연이 있었던 사람이다. 그 사람이 미워서 헤어진 사이도 아니니 티끌 같은 미련이 아직은 남아 있음이리라.

"너도 몰라?"

"저, 전시회 때문에 들어온걸요. 알 리가 없잖아요. 잘되었네요. 언제까지 혼자 살 수는 없을 테니까요."

그래, 다행이었다. 그에게 좋은 사람이 생겼다는 건 조금은 슬픈 일이지만, 진심으로 다행이라고 생각할 수 있을 정도로 영인은 자유로워져 있었다.

"너도 모른단 말이지?"

그녀의 대답에 박 여사의 얼굴이 굳어졌다.

요즘 들어 그녀의 귀에 들려오는 소식들에 심기가 편치 않았다. 당연히 본사로 들어갈 줄 알았던 아들이 졸지에 홍보팀에, 그것도 본사도 아닌 레저 담당으로 발령이 났다. 홍보실장이라는 타이틀을 달았다지만 그건 레저팀에 관한 일에만 한정되어 있었고 본사와는 상관이 없는 일이었다.

회사에서는 이번 결정으로 다음 후계자는 이미 그놈으로 정해진 거라며 떠들고 있었다.

능구렁이 같은 영감이 무슨 생각을 하고 있는지 알 수 없어 답답해 미치기 직전이었다. 지금 상황을 보면 윤 회장이 그놈을 전무에 앉혀 놓고 관심 없는 척하며 그녀를 안심시켰다는 말이 맞았다.

생각 없는 아들놈은 불만도 없이 덥석 그 자리에 앉아 버렸다. 같은 남편의 핏줄인데도 찬영과 찬수는 달랐다. 그래서 더 화가 난다.

지금 이 회사가 어디 회장의 능력으로 만들어졌던가? 그녀가 가져온 아이온이란 회사를 더해 이만큼 성장하지 않았던가. 무남독녀

외딸이라 아버지가 이뤄 놓은 모든 것을 그 인간이 가져가 그 덕을 보았다.

그러니 이 회사의 반은 자신의 것이며 또 찬수의 것이어야 했다. 평범하고 볼 거 없는 여자가 낳은 떨거지가 아니라.

혹시라도 그놈이 달고 다니는 여자가 얕볼 수 없는 상대라면 상황이 달라진다. 그러나 별 볼 일 없는 여자라면 그 또한 호재일 수 있었다. 그런데 도통 알 수가 없었다. 그놈과 같이 다니는 여자를 본 사람은 많은데 누구인지 아는 사람은 없었다.

"어머님?"

단 한 번도 따스한 미소를 보여 준 적이 없는 예전 시어머님은 오자마자 그녀의 안부 대신 찬영의 근황을 물어 오고는 더 이상 말이 없었다.

이쪽 세계가 어떻게 돌아가는지 누구보다 잘 아는 영인이었다. 끼리끼리 만나 사랑이나 애정은 제쳐 두고 목적을 위해 뭉치는 곳. 감정 따위는 사치인 사회.

그들만의 리그가 펼쳐지는 우아한 진흙탕에서 살아 봤던 영인이기에 이제는 한발 물러서 구경꾼으로 살아가는 스스로가 다행이라고 여길 정도로 다시는 돌아가고 싶지 않은 곳이기도 했다.

찬영을 마음에 두지 않았다면 진즉 자신의 길을 걸었을 것이다. 결국 이 길이 제 길임을 알려 준 이도 그였다. 그래서 그가 잘되기를 바랐다. 특히나 차갑고 이기적인 한때 시어머니였던 박 여사 때문이라도.

자세히 말한 적도, 보여 준 적도 없지만 찬영과 박 여사가 어쩌다 같은 자리에 있으면 분명 서로 미소를 보이고 있음에도 서걱이는 칼바람이 불었다. 곁을 주지 않는 차가운 성격의 남편이 문제라고 생각했지만 겪어 보니 찬영의 문제만은 아니었다. 분명 박 여사와 그의 사이에는 그녀가 모르는 깊고 깊은 골이 있었다.

"그래서 결론은 싫다?"

"그 사람과 제가 재결합하는 일은…… 절대 없을 거예요."

영인의 말에 박 여사가 실소를 흘리며 말했다

"너 실수한 거야. 어디 가서 개 같은 남자를 만날 거야? 그 몸으로?"

박 여사의 차가운 질책에 영인의 눈이 커졌다.

"무슨 말씀이신지?"

"애도 못 낳는 여자 누가 좋아할 거 같니? 그냥 살면 좋았잖아. 네 주제에 어디서 그런 자리에 앉아? 그런데도 네가 뭐 잘났다고 뛰쳐나가?"

박 여사의 말에 이번에 놀란 건 영인이었다. 자신이 불임이란 것은 자신과 진료해 준 병원만 알고 있었다. 그래서 차마 그 이유로 헤어지는 거라고도 말하지 못했다.

아무리 부부간에 건조한 사이라도 5년을 그를 지켜보며 그가 어떤 사람인지 알 수 있었다. 불임 때문에 이혼하자고 하면 절대 이혼해 줄 사람이 아니라는 것쯤은 알고 있었다. 그래서 자신의 길을 가고 싶다는 말로 그에게 놓아 달라고 애원을 했다.

미안해하던 그의 눈을 지금도 기억한다. 처음으로 그는 영인을 놓아주면서 감정을 담은 눈을 보여 주었다. 그를 위해서 영원히 비밀로 하리라 마음먹었었다. 그래서 아무에게도 알리지 않았던 비밀을 어떻게 시어머니가 알고 있는 건지 알 수가 없었다. 부모님도 모르는 사실을 어떻게 이 여자가 알고 있는 걸까.

"어떻게 아셨어요?"

떨리는 음성에 박 여사가 코웃음을 쳤다.

"숨기면 모를 줄 알았니? 선천적인 불임이란 건 이미 결혼 전에 알았어. 그래도 받아 줬더니 감히 네가 먼저 이혼을 얘기해?"

머릿속이 복잡해졌다. 자신이 어떤 상태인지 알고 결혼시켰다는 말을 어떻게 해석해야 하는 건가.

"왜……죠?"

"말로 해야 알아먹니? 하긴, 네 좋은 점 중 하나가 아이를 못 낳는 거 말고 상황 파악이 느리다는 거였지. 쯔쯔쯔, 몇 개 골라서 내 갤러리에 걸어 놓으마. 그런 줄 알아."

은색 여우 털 코트로 온몸을 감싼 박 여사가 할 말 끝났다는 듯 돌아가는 모습에서 영인은 이기적이고 정떨어지는 늙은 여우 한 마리를 보고 있었다.

원래 차가운 성격이려니 했었다. 친자식이 아니니 서먹하고 냉랭한 사이라고만 생각했던 스스로가 얼마나 어리석었는지 오늘에서야 알았다. 이 여자는 보이는 모습보다 더 무서운 여자였다. 말 그대로 사람 탈을 쓴 늙은 여우였다.

"아뇨, 제 그림은 여사님께 안 팝니다. 더구나 여사님 갤러리에 걸리는 건 사양하고 싶습니다."

"뭐?"

여태 어머니라고 불렀던 영인이 말을 바꿔 타인을 부르듯 여사라는 호칭을 쓰자 돌아서는 박 여사의 눈빛이 매서워졌다.

"저를 며느리로 삼은 이유가 그 사람이 아이를 낳는 꼴을 못 보게 하시려는 심보셨군요. 잔인하시네요. 그리 따스한 분은 아닌 줄 알았지만 그 정도인 줄 몰랐습니다. 덕분에 좋은 공부 합니다. 찬영 씨가 얼마나 힘들었을지 지금에야 알겠습니다. 제가 아내로 있는 동안 깨닫지 못하고 위로해 주지 못했으니 이미 전 그때부터 아내라고 말할 수도 없었다는 걸 이제야 알겠습니다. 다시는 뵙지 않았으면 합니다. 안녕히 가십시오."

"건방지게. 어디서 주제넘게 날 가르쳐? 줘도 싫다는 미련한 인간은 나도 필요 없어."

얼굴이 붉어진 박 여사가 손가락질까지 하며 영인을 윽박질렀지만 그녀는 눈 하나 꿈쩍 안 하고 마주 노려볼 뿐이었다.

예전에 찬영만 바라보며 눈물짓던 여자는 없었다. 예전에 시어머니라고 불렀던 여자가 이제는 없는 것처럼.

"그래서 집안을 보고 사람을 들이라고 하는 말이 있었지. 그나마 네가 그놈에 비하면 낫다고 생각했는데 역시 같은 종자였어."

간신히 화를 참은 박 여사가 끝까지 비아냥거리며 전시회장을 나서는 모습을 영인이 슬픈 표정으로 보고 있었다.

그녀에게 관심 없어 보여도 영인이 저 여인과 같이 다니는 건 절대 용납하지 않았던 그를 떠올리며 서운해했던 자신이 얼마나 멍청했는지 알겠다.

그는 나름대로 저 여자에게서 그녀를 지켜 주고 있었던 것이다. 그런 그가 이제 누군가를 찾았다고 말했다. 적어도 한국을 떠나기 전에 저 여자가 왜 자신을 며느리로 골랐는지, 그리고 자신이 왜 떠났는지 알려 주어야 할 것 같았다.

그라면 충분히 저 여자에게서 자기 여자는 지켜 낼 수 있을 테니까. 정말 그가 사랑하는 여자라면 영인도 같이 지켜 주고 싶었다. 저런 여자 밑에서 아파했을 그를 위해서.

같은 시간, 같은 장소, 그러나 다른 층에서 현수는 종종걸음으로 미라를 따라다니고 있었다. 시계를 보니 아직 여유가 있었지만 그렇다고 이런 식으로 간만의 휴식을 쓸 생각은 없었다.

"더 살 게 남았어?"

"응. 어머님, 아버님 거."

"여태 산 건 뭔데?"

"울 엄마, 아빠 거."

미라가 백화점을 뒤지며 층층마다 헤집고 다니는 동안 현수는 애 엄마 대신 서영이를 안고 있었다. 아이는 현수의 블라우스에 침까지 흘리며 천사처럼 예쁜 얼굴로 잠들어 있었다.

"그런데 서영이 네 딸 아니니?"

"맞아."

"그런데 왜 내가 안고 있는 거냐?"

"네가 이모니까."

미라의 단호한 말에 입을 다물었다.

이모, 참 정감 가는 단어였다. 사람을 가리는 편인 아이는 이상하게 현수만은 잘 따랐다. 그러니 지금도 힘든 줄 모르고 애를 안고 애 엄마를 따라다니고 있는지도 모르겠다.

"나 오늘 약속 있어."

"잠깐, 나 계산 좀 하고. 커피나 마시러 가자. 나 너한테 묻고 싶은 말도 있어."

남성복 매장에서 한참을 둘러보더니 결국 시아버지 목이 허하시다고 목도리 하나 고르시더니 똑같은 게 좋을 것 같다고 스스로를 이해시키며 시어머니 것으로는 스카프 하나 고르셨다.

분명 자기 부모님 선물은 그것보다 값나가는 것 같았는데 포장에 신경 써 달라고 몇 번이나 주문하는 미라를 보며 실장님이 또 불쌍해지고 이런 인간을 친구라고 소개해 준 자신이 미안해졌다.

"너 연애하지?"

카페에서 커피를 주문하고 자리를 잡자마자 미라는 본론부터 꺼내 들었다.

"뭔 소리야?"

"예뻐졌어. 느낌도 달라지고. 거기다 하나 더, 왜 늦어? 너 매일 늦잖아."

"일한다는 소리 못 들었냐?"

겨우 움직이던 다리를 쉬게 하고 구두 속에서 고생하던 발을 위로하며 현수가 귀찮다는 듯 대꾸하자 미라가 연신 째려보기 신공을 보여 주신다.

"뭔 일을 쉬는 날도 없이 해? 너 크리스마스이브에도 일한다고 서영이도 안 봤잖아."

"미친! 내 아이냐? 내가 아무리 서영이를 예뻐해도 엄마는 너거든?"

"암튼 불어. 누구야? 어떤 인간이야?"

"불긴 뭘 불어? 내가 풍선이야?"

어이가 없어 핀잔을 줘도 도통 믿지를 않는다.

"사귀는 사람 있으면서 선보면 안 되는 거잖아. 그건 상대방에 대한 예의가 아니지. 엄마한테 말해 놓을게. 너 남자 있다고. 그러니까 나한테 말해 봐. 내가 봐 줄게. 나 남자 잘 본다. 너도 알잖아. 내 신랑 봐라."

"한 실장님을 네가 골랐냐? 실장님 눈이 삔 거지?"

커피 한 잔 먹는 것뿐인데 쇼핑 따라다니는 것보다 더 진을 빼는 미라 때문에 현수의 답변도 곱지는 않았다.

"그거나, 그거나. 정말 아니야? 그럼 오늘은 무슨 약속인데? 한 해 마지막 날에 무슨 약속이냐고."

앵돌아진 얼굴이 현수가 무언가 숨기고 있다고 진심으로 믿는 표정이었다.

"회식이다. 됐냐? 아니지, 우리 팀 송년회라고 해야 맞지."

숨기고 있는 것은 사실이니까 잠깐이지만 마음 한쪽이 켕기긴 했어도 진실을 말할 수 없어 반만 사실을 말했다. 뭐, 송년회는 맞다. 단지 그 송년회가 아는 사람보다 모르는 사람들이 더 많다는 게 문제지만.

"그럼 그 전무랑 하는 거야? 이혼했다던?"

다른 건 다 잘 잊어버리는 애가 어째 그 말은 그리 잘 기억하고 계신지.

"그게 무슨 상관이야? 전무님이 이혼을 하든 말든."

"어쭈, 이제 제 상사라고 위하기는. 그래도 너 술 먹지 마. 술 먹으면 안 되는 거 알지? 괜히 정신 놓고 있다 이상한 꼴 당하지 말고."

도대체 미라의 머릿속에는 뭐가 있는지 궁금해진다. 매사 모든 일이 왜 그런 쪽으로 튀는지 모르겠다. 그리고 인간아, 벌써 술 먹고 사고 치셨다.

뜬금없이 튀어나오는 기억. 현실인지 아니면 상상인지 모르겠는 기억. 그래서 미치겠다. 아무 일 없다는 듯 평상시처럼 행동하는 전무를 보면 그의 말대로 아무 일도 없는 것 같기도 하고, 가끔 일 없이 현수를 바라보며 생각에 잠기는 걸 보면 뭔가 실수를 했나 싶어 가슴이 철렁했다.

사회생활 하면서 이토록 좌불안석인 적이 있었던가. 괜히 눈치가 보이고 그의 눈길에 저도 모르게 움찔하고 있었다.

왜 그녀의 옷에 전무의 향기가 남아 있었던 걸까? 세탁소에 맡기려던 외투에서 묻어나는 그 남자의 향기에 숨이 막혔다.

누군가의 품이 참 따뜻했다고 느꼈던 건…… 설마, 꿈이었으리라. 절대 그의 품일 리 없었다. 아니, 없어야 했다. 더 이상 기억을 떠올리려다가는 돌아 버릴 것 같아 그의 말을 믿기로 했다.

실수는 없었다고 했다. 분명 그는 그렇게 말했다. 나중에 딴소리라도 하면 그가 했던 말을 상기해 주면 그만이었다. 뻔뻔해지자 마음먹으면 누구보다도 뻔뻔한 인간이 현수였다.

해 오던 대로 같은 역할을 하고 오후에 갈 모임도 지금까지와 다를 것 없는 똑같은 일인데도 오늘따라 시간이 미친 듯이 빠르게 가고 있었다.

오늘이 마지막이라고 했었다. 그 말에 기운을 내며 현수가 약속 장소까지 태워 준다는 미라를 보내고 택시를 잡았다. 그 화려한 드레스숍에 미라를 데려갔다가는 사실을 말해야 할 테고 그 순간 등짝이 남아나질 않을 테니까.

현수가 드레스숍에서 옷을 입고 바로 옆 건물인 미용실에서 머리를 만지는 시간에 찬영은 와이셔츠 소매의 커프스 단추를 잠그고 있었다. 거울에 전신을 비추며 흐트러진 곳은 없는지 살피는 그의 입에서 작은 흥얼거림이 흘러나오고 있었다.

혼자 살기엔 넓고 둘이 살기엔 빠듯하게 보이는 오피스텔은 이혼 후 야경이 마음에 들어 직접 구한 자신의 안식처였다.

지금도 한눈에 들어오는 화려한 서울의 야경이 불을 밝히지 않아도 환하게 내부를 밝히는 것처럼 느껴졌다.

드레스 룸에서 잿빛 겨울 코트를 꺼내 입는 것을 마지막으로 모든 준비가 끝났다. 그럼에도 여전히 그의 입에서는 흥얼거림이 멈추지 않았다.

오늘은 그의 보좌관이 어떤 모습으로 그를 즐겁게 할지 기대가 되었다.

김현수라는 여자는 양파처럼 매 순간 다른 모습으로 그를 놀라게 하고 웃게 만들었다. 물론 그녀는 모르겠지만. 그래서 더 그녀를 보면 웃음이 나오는지도 몰랐다.

회사에서는 바늘로 찔러도 피 한 방울 안 나올 것처럼 차갑고 도도해 보이는 그의 보좌관은 회사를 벗어나는 순간 번데기가 나비로 다시 태어나듯 다른 모습으로 나타났다.

어떤 때는 화려한 여자로 어떤 때는 순진하고 말간 아름다움으로 또 어떤 때는 요정처럼 발랄한 매력으로 다가온다. 아름다운 외모에 똑똑한 머리와 재치까지. 더불어 뜻밖의 허술함까지 갖추어 사람을 기함시키는 능력도 남달랐다.

문제는 그녀와 같이 다니는 횟수가 늘면서 그녀에 관한 소문이 주변에 돌고 있다는 점이었다. 물론 그 소문은 박 여사의 귀에도 들어갔으리라. 지금쯤 혈안이 되어 그녀가 누군지 찾고 있을 모습이 눈에 선했다.

아직은 현수를 그녀에게 들키면 안 된다. 그녀의 손에 현수가 갈기갈기 찢기는 꼴을 볼 수는 없었다.

적어도 내 사람이 그 여자에게 상처받는 일은 없게 하리라. 감히 그의 사람에게 손찌검이라니. 다시는 그녀가 그 여자에게 당하는 일도 없게 하리라 다짐했다.

'오늘 일 알면 울 엄마 아빠 지하에서 뛰어오실 거라고.'

술주정에 내뱉은 말이 지금도 가슴에 남아 있었다. 그때서야 왜 등본에 덩그러니 혼자만 있는지 알았다. 그래서 더 마음에 걸렸다. 빨갛게 손자국이 나 있던 그녀의 얼굴이, 하얗게 질려 입술을 깨물던 그녀의 모습이.

기댈 곳 없고 배경이 없으면 아무나 무시하는 그 여자가 현수를 알아낸다면 뒷일은 굳이 예상할 필요도 없었다.

그래서 더욱 현수는 신비한 그만의 여인으로 남아 있어야 했다.

김현수라는 여자는 이제 그에게 꼭 필요한 보좌관이었다. 주변에 믿을 사람이 많지 않은 그에게 현수는 앞으로도 계속 믿을 수 있는 사람이며 또 든든한 파트너가 될 사람이었다.

8.
Happy New Year, my 꽃다발

12월 31일.

사실 원래도 집에서 보신각종이 울리는 걸 볼 현수는 아니었다. 벌써 잠이 들어 다음 날 일찍 서영이 외갓집에 인사 갈 생각이나 하며 코나 골지 않으면 다행인 날이었다.

한 살 더 먹는다고 특별해지는 것도 아니고, 좋은 일은 더더욱 아니니 그저 다음 날이 빨간 숫자라는 것에 감사한 날이었는데 이번 해 마지막 날은 기억에 남을 것 같았다.

"오늘은 신데렐라냐?"

벌써 씻고 잠들었을 시간에 나풀거리는 드레스에 작은 왕관까지 쓰고 여기서 뭐 하는 짓인지.

오늘의 콘셉트는 공주님인 모양이었다. 그가 무슨 주문을 했는지 드레스숍에 가기만 하면 심각한 얼굴의 직원이 그녀를 구석구석 살피고는 드레스 서너 벌을 들고 나와 몇 번을 입혔다 벗기기를 반복하곤 했다. 오늘도 같은 짓을 하더니 결국 흰색에 가까운 연분홍 새틴드레스를 골랐다. 물론 그녀의 의사는 살포시 무시해 주셨다.

가슴을 조이며 튤립을 아래위로 붙여 놓은 듯한 모양의 원피스는 앙증맞은 진주 모양의 구슬로 장식한 레이스가 감싸고 있었다.

신발은 굽 높은 아이보리색 샌들이었다. 밖의 기온이 영하를 밑도는데 이곳만 한여름의 패션으로 돌아다니는 사람들이 널렸다.

대한민국은 분명 에너지 부족 국가로 알고 있었는데 착각이었나 싶어진다. 따뜻한 실내 공기에도 오픈되어 있는 어깨가 괜스레 춥게 느껴지는 건 머릿속에서는 지금이 겨울이라고 인식하고 있기 때문일 것이다.

"이거 진짜 진주면 좋겠다. 다 떼어 가게."

옷에 달려 있는 작은 구슬을 만지작거리며 중얼거리는 말은 결코 농담이 아니었다.

원래 우리 민족이 파티를 즐기던 족속이던가. 슬슬 의구심이 생기고 있었다. 그나마 전무의 말에 따르면 고르고 골라 꼭 필요한 곳에만 가는 거란다. 그리고 신년이 오면 이런 모임도 없을 거라니 감사할 따름이었다.

재벌 2세나 3세들의 모임이었다. 이런 모임을 통해 서로를 견제하고 또 인맥을 쌓으며 자신들의 성을 단단히 하려 욕심부리는 것 같았다. 현수가 보기에는 그것 이외에는 딱히 다른 이유도 없어 보였다.

매년 이런 식으로 모인다고 들었다. 귀찮은 표정이 역력한 찬영을 보면 그도 기꺼워 참석하는 것은 아니었다.

이 파티에는 3남매가 모두 모였다. 그러고 보니 회장의 둘째 아들은 처음 본다. 그녀가 입사했을 때 이미 미국에서 공부하고 있었으며 회사에서 얼굴 볼 일도 없었고 일간지를 통해 한 번인가 본적이 있었지만 기억에 남아 있을 리 없었다.

현수의 생각으로는 이번에 새로이 이 모임 멤버가 되는 동생 때문에 그도 참석한 것이 아닌가 싶지만 그 속을 알려 줄 위인은 아니었다.

위에서야 피 터지게 누가 주인이 될지 싸우고 있다지만 현수야 그저 이 회사가 탄탄하게 유지되어 월급 좀 올라가 주면 고마울 뿐이었다. 그러니 여기서도 소 닭 보듯 주변을 살피며 전무의 행동반경에 걸리는 인간들 얼굴만 새기고 있었다.

어느 파티든 그는 필요한 사람 이외에는 접근을 허용하지 않았다. 그와 일한 지 이제 두 달이 되는 짧은 시간 동안 그에 대해 많은 것을 알게 되었다. 그 와중에도 한 가지 궁금한 건 그에게도 친구가 있는지였다.

"설마. 한 명쯤은 있겠지. 세상 혼자 살아가는 것도 아니고."

"재경아. 이 여자야. 네 큰오빠와 늘 같이 다니는 사람."

우두커니 구석에 서서 손에 들고 있는 와인 잔을 돌리며 혼잣말을 하던 현수가 익숙한 목소리에 허리를 펴고 자세를 가다듬었다.

송지연. 이젠 얼굴뿐만 아니라 목소리도 알겠다. 누가 목표인 줄 알겠는데, 사람 잘못 봤다고 알려 주고 싶지만 그건 극비니까. 오늘도 모자란 애인 역할이나 좀 해 주면 되려나.

"누구?"

"이봐, 정말 기억력 형편없는 여자라니까. 나 몰라요? 저번에 봤죠? 송지연이라고."

"아! 지연 씨, 이름이 너무 평범해서 자꾸 잊어버리네요. 안녕하세요."

대놓고 사람 앞에서 그렇게 하면 안 된다는 건 네 부모에게서 안 배웠니? 라는 말이 목구멍까지 나왔지만 현수는 환한 미소를 보이며 알은척을 해 주었다.

"이쪽은 누구?"

물론 누구인지 안다. 회장님의 고명딸님 윤재경. 그러고 보면 회장님 얼굴이 참 잘생긴 편인 건 맞는 모양이다. 자식들이 하나같이 훤한 걸 보면.

따님도 아버지 피를 받아 시원하고 큰 이목구비를 가졌다. 그런데 얼굴 가득 드리운 어둠은 그녀의 어여쁜 외모를 희석시키고 있었다.

듣기로는 검사 남편이 꽤 세심하고 아직 아이는 없지만 금슬 좋은 부부라는 평이 돌고 있었는데 표정을 보면 무엇인가 고민이 있어 보였다.

"누군지 몰라요? 찬영 오빠 동생이잖아요. 처음 봐요?"

넌 도대체 뭐가 그렇게 신나니?

무슨 큰일이라도 난 듯 호들갑을 떠는 지연에게 묻고 싶어졌지만 살며시 무시해 주었다.

"처음 보는 얼굴이네요. 전 윤재경이에요. 윤찬영 씨가 제 큰오빠예요."

지연이 놀랍다는 눈으로 현수를 보며 목소리를 높이자 재경이 스스로 나서며 본인을 밝혔다.

"아하! 찬영 씨 동생이구나. 동생들 이야기는 잘 안 해서요. 반가워요."

그를 이름으로 부를 때마다 아무것도 걸치지 않은 어깨에 소소히 소름이 돋았다. 왜 이렇게 간지러운 느낌이 드는지.

"오빠가 누군가 만나고 있다는 소문은 들었어요. 누군지 궁금했는데, 만나서 반가워요."

뭐, 그 소문을 누구에게서 늘었는지는 말 안 해도 알겠다.

특이하게 재경의 얼굴은 찬영을 더 많이 닮았다. 피가 반만 섞였는데도 회장님의 유전자가 더 우성인지 박 여사의 얼굴은 보이지 않는다. 그것만으로도 다행이라고 생각하면 너무 유치한가?

그럼에도 재경의 영혼 없는 얼굴과 목소리가 마음에 걸렸다. 마치 몸만 여기 있지 정신은 다른 데 가 있는 사람처럼 보였다.

"직업이 뭐예요? 찬영 오빠는 어떻게 만났어요?"

그새를 참지 못하고 지연이 질문을 쏟아 냈다. 왜 이 여자가 더 난리인지 모르겠지만 그걸 묻고 싶어 친구라는 재경까지 끌고 왔음을 모르지 않았다.

무어라 대답을 한다?

"네가 알아서 뭐하게? 넌 혼자 온 거야? 서 서방은?"

언제 온 건지 소리도 없이 대화의 주제이신 윤찬영 씨께서 나타났다. 그는 현수의 어깨를 팔로 감으며 질문을 던진 지연은 무시하고 재경에게 주의를 돌렸다. 방금 찔끔하는 재경을 본 듯한데 착각한 것인가?

"바쁘다고 해서 나 혼자 왔어요. 오랜만이에요, 오빠."

"그래, 오랜만이네. 잘 지내지?"

저 얼굴이 잘 지내 보이니?

어두운 재경을 보며 되묻고 싶었지만 자신이 나설 일은 아니었다. 무시당했다고 무서운 눈으로 그를 째려보다 결국 그 눈길을 현수에게 돌리고 있는 지연이 거슬려 살짝 그의 어깨에 기대는 센스를 보여 주니 아예 당장이라도 때려죽일 듯한 눈빛이다.

그녀의 행동 때문일까? 그의 어깨에 힘이 들어간 것같이 느껴졌는데, 착각이겠지.

"네. 오빠도 잘 지내고 있는 것 같아 다행이에요. 찬수 오빠 방금 왔어요. 보셨어요?"

그렇게 묻는 재경의 눈빛이 흔들리며 목소리도 알게 모르게 떨리고 있었다. 딱 보기에도 순하고 여린 회장님의 따님은 큰오빠를 꽤나 무서워하는 모양이었다.

엄마가 달라 그런가? 하지만 그녀의 엄마도 만만치 않게 성깔 있는 사람이었다. 그런 엄마 밑에 이토록 순한 딸이라니 참 어울리지 않는다. 차라리 저 지연이라는 여자가 딸이라고 하면 믿지 싶어졌다.

"아직."

"네."

이게 지금 가족들의 대화가 맞는 걸까? 마치 타인이 서로의 안부를 묻듯 성의 없는 질문과 대답을 들으며 현수가 한숨을 쉬며 눈알을 굴렸다.

"현수 씨 지루한가 보네. 하긴 이런 파티 어렵겠다. 모르는 말도 많고 사람도 많고."

지연의 공격에 다시 한숨이 나왔다. 그녀의 말대로 지루했다. 그

러나 이들의 말을 못 알아들어서가 아니라 하는 짓이 한심해 지루
할 뿐이었다. 자신의 본심은 감춘 채 친한 척, 반가운 척, 즐거운
척, 삼척동자는 다 모여 있는 이런 파티가 도대체 즐거울 일이 무
엇이 있겠는가.

더구나 경쟁이라도 하듯 비싸다고 소문난 명품으로 도배를 하고
나온 여자들과 남자들을 보면 이 인간들은 돈 빼고는 자랑거리가
없나 싶어 불쌍해지려고 하는 참이었다.

"내 꽃다발, 지루해?"

"아니, ……헉!"

꽃다발이라니, 거기다 이 기름칠 범벅인 듯 느끼한 음성은 어쩌
고.

반사적으로 대답을 하려다 순간 놀라 숨을 들이켜는 현수의 어
깨에 두른 그의 팔에 힘이 들어갔다.

"꽃다발? 그게 이 여자분 별명이에요? 어머, 유치해라."

진심으로 동감이었다. 이 남자 순식간에 그녀를 꽃다발이라는 유
치찬란한 이름으로 만들었다.

"유치하긴 뭐가 유치해? 내가 현수 꽃다발 든 모습에 반했는걸.
꽃다발보다 더 아름다운 여자를 보고 어떻게 놀라지 않겠어?"

아주, 점점…….

빙그레 웃는 얼굴을 보며 현수가 웃는 얼굴에 침 못 뱉는다는 말
은 사실이 아니라는 것을 깨닫고 있었다.

기가 막혀 말문이 막힌 현수가 황당함에 눈알만 굴리고 있는 사
이 재경도 처음 보는 큰오빠의 모습에 쿡쿡거리며 웃고 있었다.

처음으로 큰오빠가 사람처럼 보여 신기한 재경은 오늘 이 파티

에 온 걸 다행이라고 생각하게 되었다. 얼음 같은 큰오빠를 이렇게 녹여 놓은 여자를 눈으로 살피며 똑똑히 새겨 두었다. 앞으로 더 자주 볼 것 같았으니까.

정말 예쁜 여자였다. 칠흑 같은 검은 머리는 분명 염색으로 만들어진 것은 아니었다. 검은색 머리카락 덕에 작고 앙증맞은 티아라가 더욱 돋보였다.

달걀형 얼굴에 커다란 눈이 두드러지고 파티장 조명에 반짝이는 분홍빛 입술은 당장이라도 남자를 유혹할 듯 벌어져 있었다.

어깨를 시원하게 드러내고 가슴부터 무릎까지 예쁘게 감싼 연분홍 원피스의 레이스가 반짝여 언뜻 보면 철딱서니 없는 요정나라 공주님이 세상 구경 나온 듯 순진해 보이기까지 했다.

그때였다. 사람들의 술렁거림이 커지면서 우렁차게 올해의 마지막을 울리는 음악이 파티장을 메웠다.

흥겨운 노래에 사람들도 저절로 흥이 나 서로서로 잔을 부딪치며 새해 인사를 했다. 시계의 기다란 초침이 점차 12시를 향해 가는 것을 보며 모두 입을 모아 카운트에 들어간다.

"5! 4! 3! 2! 1! 제로! Happy New Year!"

한꺼번에 울리는 목소리에 순간 정신이 멍해질 정도였다. 어디서 떨어지는지 몰라도 종이꽃이 날리고 비눗방울이 사방을 날아다니는 순간 갑자기 정전이라도 된 듯 깜깜해져 놀란 현수는 숨을 들이켰다.

"정…… 읍!"

정전이냐고 물으려는 찰나 그녀의 입술을 막는 다른 사람의 입술 느낌에 기겁했다. 숨도 못 쉬고 얼어붙은 그녀를 더욱 강하게 품으며 그녀의 입술에 닿은 입술의 주인은 쉬이 떨어져 나가지 않았다.

분명 남자였다. 자신의 어깨를 잡은 손도 그렇고, 설마 변태가 있어 같은 여자의 입술을 노리는 사람이 있을 리도 없으니까. 그런데 이 익숙한 향기는…….

그럼, 혹시 윤 전무? 설마!

얼마나 시간이 흘렀을까 갑자기 꺼진 불은 또 갑자기 들어오더니 사방을 눈부시게 밝혔다.

설마가 사람 잡는다더니, 딱 그 꼴이었다. 눈을 동그랗게 뜨고 있던 현수가 아직도 키스신을 연출 중인 윤 전무를 확인하고 기함을 해야 했다.

"Happy New Year, my 꽃다발."

입술을 떼고 새해 인사를 하는 그는 뻔뻔스러울 정도로 자연스러웠다. 그러나 현수는 여전히 제정신을 차릴 수가 없었다.

이런 것도 자신의 일에 속하는지 알 수가 없었다.

"곧 좋은 소식이 있을 것 같네요, 오빠."

재경의 말에 얼떨떨해 멍한 얼굴을 하고 있는 현수를 얼른 품에 감추며 찬영이 차가운 표정으로 동생을 보았다.

"글쎄."

"그럼 전 가 볼게요. 지연아, 가자. 다음에 보면 우리 차라도 같이 해요. 그럼 이만."

자신의 오빠가 아닌 현수를 보며 웃어 주는 재경의 표정에는 호기심 그 외에 다른 감정은 없어 보였지만 그녀의 손에 끌려가는 지연이 지금 이를 갈고 있을 거라는 데 십만 원 정도는 쉬이 걸 수 있을 것 같았다.

"무슨 짓입니까?"

목소리까지 떨려 나와 오히려 따지는 게 아닌 속삭이는 말투가 되었다.

"새해 인사."

뻔뻔하기가 하늘을 찌를 기세다.

"말로 하셔도 됩니다."

"그럴 분위기가 아니었어. 필요한 행동이기도 하고."

"성추행입니다."

조금씩 진정이 되자 열이 받는다. 더불어 튀어나오려 발악 중인 심장 때문에 더 화가 났다.

"그래서? 신고라도 하게?"

"그래도 됩니까?"

"그런 신고를 자네는 상사에게 보고하고 하나?"

서슬 퍼렇게 따지는 현수를 보며 능글맞게 대꾸하던 찬영이 속으로 피식 웃고 있었다. 화가 나 빨갛게 열이 오른 얼굴이 방금 사랑을 나눈 여자처럼 보이는 건 알고나 있는지 궁금했다. 생기가 돌며 반짝이는 눈동자는 여느 여자들이 걸치고 온 화려한 보석보다도 더 눈이 부시다. 아직도 그의 입가에 남은 그녀의 체리 향 립스틱 맛이 지워지지도 않았다.

그의 키스를 바라는 여자가 이곳에 얼마나 많은지 그녀는 모르리라. 기회는 이때다 싶어 몸을 던지는 여자들도 꽤 있었다. 그가 혼자가 된 시기부터 그는 여기 있는 잘난 여자들의 먹잇감이기도 했다.

지연도 마찬가지였다. 수시로 그에게 전화질하는 그녀 때문에 짜증이 나려는 참이었다. 그가 참석한다는 말만 들으면 나타나 어디서든 그의 주변을 맴도는 여자. 그래서 보여 주기 식이었다. 너에게 관심 없다는 직선적인 방법.

그런데 오히려 그가 선물을 받은 기분이다. 따스하고 촉촉한 입술은 방금 딴 향긋한 체리를 입에 머금은 것 같았다. 품 안에 안긴 부드러운 체온은 분명 김 실장이 아닌 여자였다. 그가 입을 맞춘 여인은 분명 김현수라는 여자였다.

어쩌면 자신은 가장 멀리해야 하는 사람을 가까이 두고 있는지도 모르겠다는 생각이 들었다. 그리고 절대 보면 안 되는 시선으로 자신의 보좌관을 보고 있는지도.

자신의 보좌관은 순간순간 놀라운 모습으로 그를 당황하게 만들고, 뜻밖의 반응으로 그를 즐겁게 만들었으며 어느 순간 확실하게 자신의 파트너로 자리 잡고 있었다. 일로써라면 문제가 없지만 다른 뜻이라면 이건 또 이것대로 문제가 될 수도 있었다.

"경고는 드렸습니다. 그리고 전무님, 아니, 찬영 씨 입술이나 닦으시죠. 제 반짝이 묻었습니다."

"그럼 닦아 줘야지. 그게 파트너의 일이라고."

허, 뭐 이런. 이 남자 오늘 술을 많이 마셨나 보다. 상대할 가치를 못 느낀 현수가 획 등을 돌렸다.

"현수야."

처음으로 그가 그녀의 이름을 부르는 소리에 놀라 현수가 걸음을 멈추었다. 순간 쿵 하고 심장이 떨어지는 소리를 들은 것 같았다. 놀라 돌아보는 그녀를 향해 그가 여전히 미소를 보이고 있었다.

"어디 가나?"

그러더니 묻는 소리가 이거였다. 사람을 놀리는 것도 아니고.

"일하러 화장실 갑니다."

앙다문 입술 사이로 밀어내듯 대꾸를 하고 현수가 곧 자신의 또 다른 일터인 화장실로 도망갔다.

멀어지는 그녀를 보며 찬영은 쉬이 그녀에게서 눈을 못 떼고 있었다. 사람들 사이를 헤치며 거침없이 화장실로 향하는 그녀를 담는 그의 표정에는 평상시 볼 수 없는 혼란스러움이 담겨 있었고 여전히 그의 입술은 현수의 립스틱 색으로 반짝이고 있었다.

그러다 지연이 그녀를 따라가는 모양을 보고 슬그머니 그 뒤를 따라나섰다. 지연의 성질에 대해서는 널리 소문이 나 있었다. 혹여 현수가 아무도 없는 곳에서 험한 일을 당할까 걱정이 앞선 그의 얼굴이 무겁게 가라앉고 있었다.

아직 흥분에 겨워 파티장을 떠나는 사람이 없어 화장실은 한가했다. 덕분에 현수는 간신히 참았던 숨을 길게 내뱉었다. 거울을 보자 낯선 여자가 자신을 보고 있었다.

붉게 물든 볼은 마치 이제 막 따 놓은 사과처럼 보였고 립스틱의 반짝임은 누군가에게 옮겨져 분홍색만 머물러 있었다.

"분명해. 보좌관 일은 무슨, 저 인간 여자 떼어 내려고 날 끌고 다니는 거라고."

거칠게 백을 열어 립스틱을 꺼내 새로 고치며 거울에 비친 낯선 여자를 향해 투덜거렸다. 그러나 그가 불러 주던 자신의 이름이 귓가를 맴돌며 여전히 심장은 무섭게 뛰고 있었다.

"왜 손까지 떨리고 난리야?"

아차, 하는 사이 입술 선을 벗어난 립스틱 자국을 보며 스스로에게 화를 내고 아예 지워 버렸다. 그리고 천천히 숨을 고르고 다시 발랐다. 약간의 색칠로 본연의 반짝이는 입술로 돌아가는 것을 보며 기억도 덧칠해 지워 버렸으면 하는 생각이었다.

그런데 기억이 지워지기는커녕 따뜻한 그의 입술과 그에게서 풍기는 머스크 향이 외려 그녀를 점령하고 떠나지 않는다. 살짝 맛보듯 스치던 그의 혀의 느낌까지 기억에 생생해 미치겠다.

"좋아하지 말아요. 지금 실컷 즐기는 게 좋을 거야."

앤 또 왜 쫓아온 건지. 왔으면 볼일이나 볼 것이지 속을 긁는다. 그래, 너 잘 만났다.

언제 들어왔는지 조용한 화장실에 뾰족한 목소리가 울리며 지연이 뱁새눈을 하고 현수를 쳐다보고 있었다. 눈을 돌리지 않아도 거울이 워낙에 크고 맑아 노려보느라 째진 눈매가 먼저 눈에 들어왔다.

"뭘 말하는 거죠?"

귀찮은 음성으로 그녀를 돌아보며 커다란 눈으로 깔아 보았다. 지금은 스스로도 혼란스러워 멍청한 여자 연기를 할 생각이 없었다.

"당신 같은 여자는 많아요. 그 사람 곁에. 그러나 마지막에 남는 사람은 따로 있으니까, 즐길 수 있을 때 실컷 즐기라고요."

"그래서, 마지막에 남는 사람이 당신이라고?"

"아닐 이유는 없죠."

아주 자신만만하게 떠드는 주둥이에 확 비누라도 처박고 싶은 맘을 추스르며 현수가 대신 차가운 미소를 보였다.

"그런데 왜 여기서 나에게 그런 소리나 하고 계시나?"

"뭐라고?"

"떠나갈 사람을 붙잡고 뭔 헛소리냐고. 그렇게 자신 있으면 기다려. 내가 그 사람 곁에서 떨어져 나갈 때까지."

"너…… 너 내가 누군 줄 알아?"

경멸을 가득 담은 눈동자와 깔보는 말본새에 지연이 헉 소리를 내며 입을 막고 어버버거린다.

"알아서 뭐 하게? 나랑 친구라도 하게? 아니면 싸우려고? 고작 남자 하나 두고?"

"내가 우스워 보이는 모양인데, 나 너 하나쯤은 쥐도 새도 모르게 치울 수 있는 사람이야. 아무리 무식해도 사람 봐 가면서 까불어."

참 협박도 유치하게 하는 여자를 보며 이런 사람을 상대하고 있는 스스로가 더 한심해졌다.

"놀고 있네. 유식하다면서 겨우 가진 걸로 협박하니? 이럴 시간에 네가 원하는 사람에게 가서 매달려. 보면 몰라? 내가 아니라 그이가 나한테 매달리는 거라고. 그러니까 그 자신감 가지고 달려가 품에 안겨 애원이라도 해 보든가. 나 좀 봐 달라고."

"이게 정말……!"

한 발 더 다가오며 주먹을 쥐는 지연을 눈여겨본 현수는 이번에도 뺨 한쪽을 내주어야 하나 보다 생각했다. 그러나 이번에는 맞고 그냥 넘어갈 현수도 아니었다.

"왜? 때리게? 그래 보시든가. 그럼 지금 나가서 바로 그이한테 일러 주고 펑펑 울어 주지 뭐. 그럼 그이가 어떻게 나올지 두고 볼까?"

가뜩이나 신경질이 나서 열불이 터지는데 어디서 튀어나와 '제발 욕 좀 먹고 싶어요.' 하는 건지. 그렇게 원한다는데 해 줘야지. 철딱서니 없게 쫓아와 성질을 건드리는 여자에게 원 없이 풀어 버리고 있는 현수였다.

결국 지연은 쳐든 주먹을 내리고는 치마 끝을 움켜잡고 부들부들 떨며 현수를 노려보았다. 그 눈빛이 화살이었다면 벌써 현수의 가슴을 뚫고도 남았겠다. 조금만 더 손에 힘을 주면 아예 입은 옷을 뜯어 버릴 기세로 보였다.

저 옷 찢어지면 여기서 나갈 수나 있으려나?

참 쓸데없는 걱정에 픽 소리가 나도록 웃고 말았다. 덕분에 더 열을 받으신 모양이었다.

"너…… 너…… 두고 봐. 가만 안 둬. 똑똑히 기억해. 내 이름을, 내가 누군지. 나 혜성식품의 송지연이야. 잊지 마!"

"진짜 놀고 있네. 너 같은 걸 왜 기억해? 아쉬우면 네가 기억해. 두고 보자는 인간, 무서운 꼴 본 적 없다. 앞으로 사람 봐 가면서 까불어라."

가방을 챙겨 지연의 어깨를 가볍게 친 현수가 빈정거림을 남겨 두고 먼저 나왔다. 닫히는 문 안에서 뭔가 큰 소리가 나는 것 같았다. 안 봐도 그곳에서 발광을 하고 있으리라.

오죽 못났으면 자신도 아닌 배경을 들먹이며 협박을 할까 싶어 한심함에 하품이 나올 정도였다.

"그래, 그 유명하신 혜성식품 따님이라고? 이거 왜 이래? 나도 그 유명한 윤찬영 전무 보좌관이다. 흥!"

누구도 들리지 않게 속삭이며 화장실을 나서던 현수가 앞을 막고 서 있는 사람 때문에 놀라 멈춰 섰다.

"비 맞았어? 왜 혼자 떠들어?"

익숙한 목소리에 고개를 드니 여자 화장실 앞에 찬영이 서 있었다.

"왜 여기 계십니까?"

목소리에 놀라고 얼굴을 보고 또 놀란 현수가 주변을 살피며 그에게 물었다.

"원래 애인이 화장실을 가면 기다려 주는 거라던데."

도대체 이 인간 오늘 무엇을 잘못 먹은 걸까? 그런데 안에서 한 얘기는 들었을까? 설마 못 들었겠지?

그의 대답에 황당해하면서도 그녀의 머릿속이 복잡하게 돌아가고 있었다.

"뭐 하시는 겁니까?"

"뭘?"

되묻는 말에 먼저 손을 든 것은 현수였다. 보는 눈이 너무 많았다. 더구나 아직 여자 화장실 안에서 이를 갈고 있는 여자가 언제 나올지 모르는 곳에서 그에게 따질 수도 없었다. 보는 눈과 귀가 너무 많았다. 급한 마음에 현수가 그를 끌고 조용한 공간을 찾아 나섰다.

파티장 구석에 개인적인 대화나 휴식을 위해 만들어진 작은 공간은 레이스 커튼까지 있어 사람들의 시선을 피하기 좋았다. 이왕이면 아무도 안 오는 베란다 쪽으로 끌고 가려다 생각해 보니 지금은 한겨울이었다. 얼어 죽을 수는 없으니 사람들의 시선만 피할 수 있는 곳으로 선택했다.

"왜, 울려고?"

이런, 이 인간 다 들었나 보다. 도대체 건물을 어떻게 지었기에 화장실 안의 소리가 밖으로 다 들린단 말인가.

"화가 나서 한 소립니다. 그리고 남의 말을 엿듣는 건 실례입니다."

"잊었어? 우리가 왜 여기 왔는지?"

물론 자신의 임무는 항상 인지하고 있었다. 문제는 자신이 아닌, 그가 아니던가.

"전무님, 그 말 아십니까?"

"무슨 말?"

"사람이 변하면 죽는답니다."

심각하게 말하는 현수와 달리 그 말을 들은 찬영이 미친 듯이 웃기 시작했다. 간신히 사람들의 시선을 피해 온 곳인데 그의 웃음소리를 얇은 레이스 커튼이 막아 줄 리 없었다. 방금까지 들리던 수군거리는 소리가 사라진 걸 보면 모든 시선이 이 커튼을 향하고 있는 것 같았다.

그러나 현수가 놀란 건 다른 이유에서였다. 이 남자가 이렇게 웃을 수 있는 사람이었던가? 아예 배를 잡고 숨이 넘어갈 것처럼 웃어 대는 그는 현수가 아는 윤 전무가 아니었다.

겨우 웃음을 멈춘 찬영이 숨을 고르며 여전히 웃음이 달려 있는 눈으로 현수를 바라보았다.

"그거 알아? 내가 사람을 정말 잘 본다니까. 우린 정말 환상의 파트너야."

"그건 전무님의 생각이십니다만."

그의 생각이 왜 무조건 옳다고 생각하는 건지 모르지만 그렇다고 웃을 일도 아니었다. 지금 일을 잘했다고 웃는 거라면 지금까지 안 웃었을 땐 일을 못해서였던 거란 말인가?

"그런가? 나만의 생각인가?"

되물으면서도 그는 여전히 웃고 있었다. 항상 보아 오던 형식적인 웃음이 아닌 정말 마음에서 우러나는 웃음에 현수가 당황하고 있었다.

이 남자 너무 예쁘게 웃는다. 눈꼬리에 달려 있는 웃음기 때문에 차가워 보이던 큰 눈이 반달눈이 되며 살짝 잔주름이 주변에 새겨졌다. 다시 심장이 미친 듯이 질주하고 있었다. 이제는 심장도 미쳐 가는 것 같았다.

뭐랄까, 그동안 내내 답답한 사람으로 보였다면 지금은 자유로워 보였다.

그가 즐거워하는 이유를 몰라 갸우뚱하면서도 그에게서 눈을 못 떼는 이유는 단 한 가지, 이 남자가 정말 아름답게 보였기 때문이다.

작지만 고급스러운 바에는 잔잔한 재즈 선율이 흐르고 있었다. 이곳은 다른 곳과 달리 새해를 맞이하는 느낌도 없어 마치 '오늘'을 살아가는 느낌이었다.

다만 지난해가 아쉬운 듯 재즈 음률이 슬프게 빈자리를 채웠다.

"거기 가면 형을 볼 줄은 알았지만 그런 모습은 예외인데."

찬수가 옆에 앉은 형 찬영을 힐끗 보며 장난스럽게 먼저 말문을 열었다.

그는 방금 전 파티장에서 보았던 형을 회상하고 있었다. 형의 웃음소리를 듣고 인사를 하기 위해 커튼을 열고 들어서다 마주 선 두 사람을 보았다. 환한 얼굴로 여자를 바라보는 형의 시선은 부드러웠고 그 눈을 올려다보는 여자의 얼굴은 호기심에 가득 차 있었다.

찬수의 눈에 찬영과 여사는 그렇게 보였다. 믿어지지 않았으나 로미오와 줄리엣의 첫 만남 같은 설렘과 기대감이 가득한 그림을 연출하고 있는 사람은 자신에게 언제나 냉랭한 형이었다.

찬수를 확인한 찬영은 여자를 챙겨 먼저 보내 버렸다. 누구라고 소개도 없이. 물론 소개를 바라지도 않았다. 절대 그럴 사람이 아니라는 건 누구보다 그가 더 잘 알고 있었다.

"신경 꺼."

여전히 차가운 형이다. 그와 재경에게 한 번도 웃는 모습을 보여 준 적이 없는 사내. 그래서 찬수의 어린 시절 형에 대한 기억은 무섭고 차가운, 다가갈 수 없는 존재였다.

어린 마음에 놀아 달라고 보채는 그를 차갑게 내치던 손을 기억한다. 그런데도 그는 형이 좋았다. 끊임없이 그를 따라다닌 것은 항상 찬수였다.

"그래도 미래의 형수님이 되실 수도 있는데 소개나 좀 시켜 주지."

"일할 준비는 된 거냐?"

말을 돌리는 형에게 더 물어보았자 답이 올 리 없음을 알고 있는 찬수가 크게 기지개를 켜며 대답을 해 주었다.

"무슨 준비? 나 같은 인간한테 턱 하니 실장직을 주다니, 망하고 싶은 거야?"

"그럼 뭘 원하는데?"

"원하는 거 없어. 특히 회사 일에 관해서는, 차라리 나 회사 하나 차려 주면 안 돼?"

찬수의 뜻밖의 말에 그를 향하는 찬영의 눈썹 끝이 올라갔다.

"어떤?"

"어차피 홍보잖아. 그러니까 내가 엔터테인먼트 하나 차려서 회사 홍보도 하고 영화도 만들고, 도랑 치고 가재 잡고. 좋잖아?"

가재라……. 과연 찬수는 지금 자신의 말이 어떤 뜻인지 알고나 하는 건지 궁금해진다.

"박 여사께서 가만히 있을 것 같아?"

찬영은 단 한 번도 그의 어머니를 어머니라고 불러 본 적이 없었다. 사람들이 있는 자리에서는 아예 호칭을 생략했고, 혹여 부를 상황이 생기면 사모님이나 박 여사님이라 불렀다. 새어머니란 호칭 조차 들어 본 적이 없었다.

"설마! 날 잡아먹으려고 하시겠지. 한동안은 실장놀이 해 보지 뭐."

"관심이 없는 거냐? 그런 척하는 거냐?"

담담한 말투에 진심이 담겼다는 것을 모르지 않았다. 그래서 찬수도 정색을 하며 흐트러진 자세를 잡았다.

"관심 없어. 진심이야. 엄마 욕심에 휘둘릴 생각은 아예 없었어. 그런데 지금은 내가 힘이 없으니까 맞춰 드리는 수밖에."

눈을 마주치는 형제는 분명 닮았다. 엄마가 다른데도 이상하리만치 닮아서 누구라도 보면 그들이 형제임을 알아볼 수 있을 정도로. 꼭 다문 입가에 묻어 있는 고집까지도 닮았다.

"나와 네 엄마가 적이 된다면, 넌?"

결국 찬수가 먼저 그의 눈을 외면했다. 형은 지금 가장 괴로운 부분을 직접 찌르고 들어왔다.

매사 돌려 말할 줄 모르는 사내. 자신에게는 어머니지만 형에게는 적으로 간주되는 사람과의 전쟁이 시작되면 어떻게 하겠느냐는 질문에 찬수는 술 한 잔을 입에 털어 넣었다.

"난, 아버지 편에 설 거야. 형 편도 엄마 편도 아닌, 아버지 편에 설 거야. 그게 가장 공정할 것 같아."

그와 형 사이에 가장 중요한 끈이 있었다. 아버지라는 존재. 적어도 찬영와 찬수는 윤대영 회장의 장남과 차남이었다.

여전히 재즈 선율이 잔잔하게 흐르고 있었다. 두 형제는 각자 자기 잔을 채우며 더 이상 아무런 대화도 없이 자신의 생각에 잠겼다.

두 사람은 알아채지 못했지만, 처음으로 형제 둘이서만 새해를 맞이하고 있는 중이었다.

찬수와 헤어져 집으로 돌아온 찬영이 불도 켜지 않은 채 아직도 반짝이는 서울의 밤풍경을 바라보고 있었다.

찬수의 말을 의심하지는 않았다. 아무리 관심이 없어도 같은 아버지를 둔 인연으로 엮인 형제였다.

제 어머니에게 숱하게 반항하다 결국 두 손 들고 유학길에 오르는 모습도 보았다. 그에게 손을 내밀었을 때 도와줄 수도 있었다.

그러나 차갑게 외면한 것은 찬수가 싫어서도 아니었고, 도와주기 싫어서도 아니었다.

그가 찬수의 손을 잡는 순간 그 여자가 어떤 식으로 보복할지 알고 있었기 때문이다. 찬수가 얼마나 제 어미에 대해 알고 있는지 모르지만 그의 어머니라는 인간은 생각보다 더 잔인하고 이기적인 인물이었다.

그리고 김현수, 의외의 복병.

현수를 떠올리자 갑자기 그의 얼굴에 미소가 떠올랐다. 그녀를 생각하는 것만으로 자꾸만 웃음이 나왔다.

그 당황하는 얼굴이라니. 더구나 지연을 상대하는 대담함에 자신의 어깨가 으쓱해졌다.

지연이 그녀를 따라가는 모습을 보고 걱정이 되어 그곳까지 따라갔다가 뜻밖의 모습에 놀랐다. 여태 보아 왔던 여자들과는 다르게 말만으로도 지연을 KO시키는 말솜씨에 웃음이 나오는 것을 간신히 참아야 했다.

인정해야 했다. 김현수, 이 여자 멋있었다. 지금까지 보았던 그 어떤 사람보다도.

그래, 자신의 여자라면 그래야 했다. 어디서든 당당하고 또 어떤 상황이든 태연해야 하는 자신감이 있어야 했다.

하지만 그게 또 그의 문젯거리이기도 했다. 이제 그녀와 어떻게 공과 사를 구별해 나가야 하는지 숙제가 생겼다. 문제는 자신이 그녀와 공과 사를 구별하고 싶어 하는가였다.

머리로는 분명 공적으로 대하라고 하지만 가슴은 이미 늦었다는 신호를 보내고 있었다. 오늘 그녀의 달콤한 입술을 맛보면서 더 이상은 보좌관으로 볼 수 없다는 것을 인정하게 되었다. 김현수 이 여자가 곧 자신의 여자가 되리라는 예감에 그의 미소가 더욱 짙어졌다.

어두운 창문이 거울이 되어 미소 짓는 그를 보여 주고 있었다. 그의 입술에 남은 작은 반짝임은 분명 현수에게 묻어 온 것이었다.

9.
자르는 위치와 잘리는 위치의 상관관계

윤찬수. 회장님의 차남이자 이번에 레저홍보팀 실장으로 발령이
난 낙하산. 처음에 그를 보고 찬영의 거울을 보는 것 같아 놀랐다.

두 사람, 누가 형제 아니랄까 봐 미친 듯이 닮아 있었다. 하나도
버거운데 둘이 회사를 돌아다니면 참 가관일 것 같았다. 그나마 나
행스럽게 젊은 쪽은 레저팀이니 얼굴 볼 일은 없으리라.

그런데 두 형제 사이에 무슨 일이 있는 모양인지 커튼을 젖히고
나타난 그를 보자 원래의 차가운 얼음덩어리가 된 그는 사과도 없
이 그녀를 집으로 보내 버렸다.

진짜 성추행으로 신고를 해?

새해를 맞이하며 하는 첫 고민이 그거였다. 성질 같아서는 확 지
르고 싶지만 왜 동생과 사라지는 그가 더 걱정스러운 건지.

환하게 웃던 그의 얼굴이 왜 자꾸만 떠오르는지 모르겠다. 뒹굴
거리다 미라의 집에 가서 얻어 온 것이라고는 얼굴 많이 상했다며

눈물짓는 어머니의 잔소리와 밑반찬, 그리고 거기에 더해서 선보는 날짜와 장소와 시간이 적힌 메모지였다.

어째 다른 사람에게는 다 매몰찬데 미라와 관련된 것에서만 물러졌다. 특히 미라 어머니께는 답이 없었다.

그 인간 얼굴을 어떻게 보나 걱정하고 출근한 자신이 우스울 정도로 그는 아무 일 없었다는 듯 하루 일과를 시작했다.

행동도 말투도 변함없는 우리의 윤 전무님이셨다. 그런데 왜 현수는 자꾸 짜증이 나고 서운해지는 건지 스스로에게 더 짜증스러워진다.

회사 전체의 신년하례식과 각 부서 시무식이 끝나고 벌써 주말이 다가오고 있었다. 이제 그와의 비밀 회동은 없었다. 여전히 바쁜 그의 일과에 맞춰 퇴근 시간이 늦어지는 건 여전했지만 일이 끝나면 바로 집으로 돌아와 편하게 잠들 수 있었다.

예전의 그녀의 일상과 다를 바 없는데 뭔가 허전하고 아쉬움을 느껴 스스로도 당황스러웠다.

그리고 오늘, 내일이면 황금 같은 주말이 다가오는 금요일. 결코 반갑지 않은 손님이 전무실에 오셨다. 윤 전무의 하나밖에 없는 여동생 윤재경 씨가 무슨 바람이 불어서인지 큰오빠를 만나겠다며 행차를 한 것이다.

이 일을 어쩐다?

현수는 자신을 빤히 쳐다보고 있는 재경을 보며 머리를 굴리고 있었다. 박 여사를 제외하고 그녀가 이 사무실로 배정받아 온 이후로 전무의 사무실에 가족이라고 불리는 인간이 찾아온 적이 없었다.

여동생이 오빠를 찾아온 일이 뭔 대수냐 한다지만 빤히 자신을 응시하는 재경의 눈매가 현수를 불안하게 만들고 있었다.

"기다릴게요. 여기서 기다려도 되죠?"

전무가 없다는 말에 재경은 예쁜 미소를 보이며 양해를 구하고는 비서실에 준비해 놓은 대기석에 앉아 버렸다. 여전히 눈은 현수를 향하고 있었다는 게 문제지만.

"우리 어디서 본 적 있죠?"

"예."

물론 본 적 있었다. 파티가 아닌 회장실에서.

"그렇죠? 그분 맞죠?"

재경이 누군지 모르는 손 비서가 멀뚱멀뚱 두 사람을 번갈아 바라보고 있었다.

"누구를 말씀하시는지요?"

"왜, 그 모임에서요. 맞죠?"

친구라더니 그 지연인지 뭐시기와는 차원이 다른 눈을 가진 모양이었다. 재경의 지적에 현수가 당황함을 자연스레 감추며 고개를 저었다.

"어떤 모임을 말씀하시는지 모르겠습니다만, 전 회장실에서 본 적이 있다고 드린 말씀이었습니다."

"회장실?"

"예. 제가 전무님 비서로 일하기 전에 회장님 비서로 있었습니다. 그래서 회장님의 따님을 알고 있을 뿐입니다."

회장 딸이라는 말에 손 비서가 긴장하는 모습이 역력했다. 갑자기 자세를 고치며 옷 모양새까지 다듬었다.

"아닌데, 분명한데."

얘, 그만해라. 뭘 또 어렵게 머릿속을 뒤집어 기억해 내려고 하니? 그냥 잊어버려.

말똥말똥 그녀를 향하는 눈이 부담스러워 현수가 그녀의 생각을 차단할 목적으로 물어보았다.

"기다리시는 동안 차라도 드릴까요?"

얜 또 왜 이러니?

손 비서가 현수의 말에 이제야 생각이 났다는 듯 벌써 대기하며 몸을 움찔거리는 게 신경에 거슬렸다.

"목소리도 같은데."

"네?"

"아무것도 아니에요. 차는 됐어요. 나중에 오빠 오면 같이 마실래요."

"네, 알겠습니다."

엉덩이를 들썩이다 다시 의자에 붙이는 손 비서를 째려보며 현수가 살짝 미소를 보이고 고개를 숙였다.

그만 시선이나 좀 돌려주면 좋을 것을. 여전히 그녀를 빤히 쳐다보는 재경의 눈빛이 부담스러웠다.

이 인간은 왜 안 오나 모르겠다. 또 누구를 잡느라 안 오고 있는지. 얼른 오라고. 안 그러면 네 동생 눈빛에 꼬치가 되겠다, 이 인간아.

"박 부장 올라오라고 해. 작년 대비 실적표하고 현황표 다 가지고 오라고 전하고 또……."

기다렸던 인물은 역시나 문을 벌컥 열어 존재감을 드러내며 사나운 목소리로 주문부터 하셨다.

"전무님. 손님이 기다리십니다."

"손님? 누구?"

우선 그의 주문을 막으며 현수가 재경의 방문을 알렸다. 그때서야 현수를 쳐다보던 그가 그녀의 눈빛을 따라 재경을 확인하고 확구겨진 얼굴로 여동생을 보았다.

여태 방글거리던 재경의 얼굴도 그를 대하며 어둡고 불안한 표정으로 바뀌었다. 무슨 죄를 진 사람처럼 보였다.

참 특이한 가족이었다. 사나운 새어머니와 동생들만 보면 얼음덩어리로 변하는 찬영, 그를 보면 어두워지는 동생들까지. 가족이 없어 미라의 부모님만 만나도 따뜻해지는 현수로서는 이해하기 힘든 부류들이었다. 하긴, 있는 인간들에게 핏줄은 큰 의미가 없다는 것 정도는 알고 있었지만 볼 때마다 아무도 없는 자신보다 더 불쌍해 보이는 것도 웃기는 일이었다.

핏줄이 힘이 되는 것이 아니라 경쟁자가 되는 세계, 너무 많이 가진 것이 때로는 화근이 되는 법이라는 말은 사실인 모양이었다.

"아무도 들이지 마. 넌 따라 들어오고."

무거운 발걸음으로 그를 따라 들어가는 재경을 확인하고 현수는 곧 박 부장에게 전화를 걸어 찬영의 지시를 상기시켰다.

재경 덕에 박 부장은 한숨 돌릴 수 있으니 운이 좋았다. 시간을 벌어 주려 미리 언질도 주었으니 알아서 준비해 오는 건 본인의 몫이었다.

"차는 어쩌죠?"

"말씀하시겠죠."

손 비서가 어쩔 줄 몰라 커피머신을 만지작거리는 모습에 현수가 차갑게 대답하며 전무의 방문을 바라보며 손가락을 두드렸다.

'설마…… 알아본 건 아닐 거야. 분명 모를 거야.'

현수의 걱정과 함께 시간은 흘러갔다. 30여 분이 지난 후 재경이 문을 열고 나오더니 현수에게는 눈길도 안 주고 전무실을 나섰다.

— 김 실장 들어오고, 손 비서는 박 부장 연락해서 우선 서류만 올리라고 해.

곧바로 전무의 호출이 이어졌다.

박 부장님 오늘 운 좋았네. 짧은 한숨을 보이지 않게 뱉으며 현수가 박 부장의 행운을 빌어 준 후 전무실 안으로 들어갔다.

"서태진이라고 알지?"

"네."

"무슨 짓을 했는지 알아봐."

책상 앞에 정자세로 서 있는 현수에게 찬영은 뜻밖의 말을 하고 있었다. 서태진이라면 방금 나간 그의 여동생의 남편, 그의 매제였다.

"무슨 말씀이신지?"

"재경이가 이혼을 하겠대. 그 이유가 뭔지 알아 오라고."

"무슨 수로요?"

기가 막혀 현수가 되묻자 찬영이 눈꼬리를 올렸다.

"그것까지 알려 줘야 하나?"

"해 본 적이 없는 일이라서요. 지금 저더러 동생분 남편의 뒷조사를 하라는 겁니까?"

"그 말이잖아."

"못 합니다."

딱 부러지는 말투에 찬영의 눈에 더욱 힘이 들어가 제법 험상궂은 표정이 되었지만 현수는 어디 마음대로 해 보라는 식으로 쳐다볼 뿐이었다.

"무슨 뜻이지?"

"안 한다는 말이 아니라 못 한다는 말입니다. 그런 일은 해 본 적이 없어서 어떻게 하는지도 모릅니다."

자신이 심부름센터 직원도 아니고 부부가 이혼을 한다는데 그 이유를 어떻게 알아낸단 말인가.

현수의 말에 묵묵히 그녀를 응시하던 그가 책상을 돌아 나와 현수의 앞에 서서는 책상에 기대 팔짱을 끼고 섰다. 그리고 그녀와 눈을 맞추며 빙그레 미소를 지었다.

방금까지 험상궂게 굳어졌던 얼굴이 변하며 거친 얼굴선이 부드럽게 변해 가는 모습에 일순 현수의 심장이 또 쿵 하고 내려앉았다.

이 인간 진짜 예쁜 얼굴을 가졌다. 짜증날 정도로.

"그럼, 내 애인으로서 재경이를 만나 봐."

별일 아니라는 듯 내뱉는 말에 현수가 기겁을 하고 한 발 물러섰다.

"지금 뭐라고 하신 겁니까?"

"못 들었어? 내 애인으로 만나서 물어보라고. 그 이유가 뭔지."

그녀를 따라 한 발 더 다가선 그가 얼굴까지 바짝 대고는 헛소리를 하고 있었다.

한 발 물러서면 또 따라오고 기어이 소파에 막혀 더는 갈 수도 없어 당황한 현수가 뒤를 확인하고 결심한 듯 아예 고개를 들어 눈앞에 있는 그의 눈과 정면대결을 했다.

그의 향기가 스며들며 작은 숨소리까지 느껴져 왜인지 모르지만 숨이 턱턱 막혀 오고 심장은 미친 듯이 질주하고 있었다. 하지만 여기서 물러서면 왠지 지는 것 같아 오기가 생긴 현수가 입술을 꼭 깨물며 턱을 늘이밀었다.

"아얏!"

"헉!"

너무 힘을 줘서 턱을 내밀었나 보다. 그의 입술에 그녀의 턱이 부딪치자 그가 입을 틀어막고 비명을 질렀다. 그리고 그가 손을 떼자 입술에 예쁜 핏빛이 머물러 있었다.

"무슨 짓이야?"

"죄송합니다."

그러게 누가 얼굴을 들이밀래?

따지고 싶은 마음이야 굴뚝같지만 우선 상해를 입은 쪽이 상사이니 현수가 재빨리 손수건을 챙겨 그의 입술에 대며 사과부터 올렸다.

"괜찮으십니까?"

"놔, 이게 괜찮아…… 어, 피 나잖아."

하얀 손수건에 피가 묻어나는 것을 확인한 찬영의 얼굴이 다시 험상궂어졌다.

"죄송합니다."

다시 고개를 조아리는 현수를 째려보는 눈길에 기가 막힌다는 심정이 고스란히 섞여 있었다.

"도대체 내가 뭘 잘못했다고 피를 봐야 하는 거지?"

"그러니까…… 저기…… 전무님께서…… 그……."

당황해 할 말을 찾느라 더듬는 현수를 보며 찬영이 갑자기 큭큭거리며 웃음을 터트렸다.

이 인간이, 사람을 가지고 노네.

이번에 째려보는 사람은 현수였다.

가뜩이나 당황스러운데 대놓고 웃고 있는 그를 보니 아예 한 방더 먹여 줄까 하는 유혹이 치밀었다.

"김 실장도 말문이 막힐 때가 있네. 아무튼 내 말대로 내 애인으로 가서 물어보고 와. 내가 대신 보내더라고 하고."

현수가 준 손수건으로 다친 입가를 가리며 찬영이 제자리로 돌아가 앉으며 여전히 같은 소리를 하고 있었다.

"이건 가족 일입니다. 그리고 저는 전무님 애인이 아니지 않습니까?"

"재경이는 그렇게 알고 있던데?"

마치 자신과는 상관없다는 듯 손수건으로 찜질을 하듯 별반 다친 것 같지도 않은 입술을 두드리며 내뱉는 소리에 현수가 기겁을 했다.

"지금 동생분께서 절 알아보셨단 말씀입니까?"

"응, 오자마자 자네를 만나서 반갑다고 하던데."

"그래서 그렇다고 하신 겁니까?"

"아니, 아무 말도 안 했어. 그런데 눈치가 빠른 애라 벌써 알았는데 아니라고 하는 것도 웃기잖아. 뭐, 이왕 눈치챈 거 가서 물어나 보고 와. 무슨 이유인지."

이 남자는 동생이 자신이 누구인지 알았다는데 전혀 신경 쓰지 않는 것 같았다. 그러나 현수는 달랐다. 상사와의 불건전한 관계라니. 만약 소문이라도 난다면 이건 한 실장과의 소문보다 더 타격이 클 상황이었다. 더구나 다른 사람도 아니고 그쪽 인간들 중에 하나가 알았다는 건 더 심각해질 수도 있었다.

혹여 회장님 귀에라도 들어간다년?

생각만으로도 아찔해졌다. 이번에는 강등이 아니라 아예 사표를 쓰라고 할 게 뻔했다. 물론 사표를 쓰는 쪽은 현수이리라. 금쪽같은 아들보고 회사를 나가라고는 안 할 테니까.

"분명 전무님께서 그런 역할은 작년으로 끝이 났다고 말씀하셨습니다. 더구나 그 일은 분명 회사 일이라고 하셨습니다. 그러나 이번 일은 좀 다르지 않습니까? 이번 일은 전무님 가족 일입니다. 저와는 전혀 상관이 없는……."

"가족이라……."

현수의 지적에 찬영의 표정이 굳어졌다. 갑자기 찾아온 재경을 보며 놀란 것은 비단 현수만은 아니었다. 찬수보다도 더 거리가 먼 사이가 그와 재경이었다. 나이 차가 있다 보니 얼굴 본 적도 많지 않았다. 그런데 뜬금없이 찾아와 이혼하겠으니 도와 달라는 말에 더 놀랐다.

친남매인 찬수도 있었다. 그럼에도 그 애가 어째서 자신을 찾아온 건지 궁금해졌다. 재경과 그 사이를 가족이라고 부를 수 있는지도 모르겠다.

"전무님!"

자신을 부르는 단호한 목소리에 찬영이 현실로 돌아와 빤히 그를 향하는 맑은 눈동자를 보았다.

　"그래, 자네 말이 맞아. 이건 일과는 상관이 없지. 내 실수야. 미안해."

　다행이었다. 이제야 자신과 그의 사이가 공적이어야 한다는 걸 깨달았나 보다. 자세를 바로 잡으며 정색을 한 찬영이 사과를 하자 현수가 그제야 작은 한숨을 내쉬었다.

　그런데 왜 서운한 거니. 미친 거니, 김현수? 그의 부정에 안심을 하면서도 마음속 어디에서인가 느껴지는 서운함에 현수가 스스로를 혼내며 똑바로 찬영을 응시했다.

　"그러면 다시 말하지. 김현수 씨, 이번 일은 개인적인 부탁으로 들어주면 안 될까? 부탁할 사람이 없어."

　자신의 감정에 혼란스러워하던 현수가 그의 말에 뜨악하며 놀란 표정으로 그를 보았다. 지금 정중하게 부탁하는 이 사람이 윤찬영이라는 그녀의 상사가 맞는지 의심스러울 정도였다.

　"하지만……."

　"알아, 김 실장이 많이 곤란하다는 거. 그래도 딱히 부탁할 사람이 없어. 그렇다고 사람을 사서 알아볼 수도 없잖아. 그래도 오빠라고 찾아와 말을 하는데 알아는 봐야 할 것 같아서."

　이 남자가 약한 소리도 할 줄 알았던가? 그래도 이번 일은 쉬이 수락할 일은 아니었다.

　"전무님, 전무님께서는 제가 왜 전무실로 발령이 났는지 아시죠? 만약 더한 소문이 나면 그때는 사표를 써야 할 겁니다. 더구나 그 상대가 전무님이라면 앞으로 제가 이 일을 하는 데도 큰 걸림돌이 될 겁니다. 그 생각은 해 보셨습니까?"

현수도 정색을 하고 그가 놓치고 있는 부분을 짚어냈다. 그에게는 그녀의 직업이 별거 아닐지라도 이 일이 그녀에게는 의식주와 앞으로의 계획을 위해 꼭 필요한 일이었다.

누구처럼 대단한 아버지를 두고 있어 소문이 나더라도 상관없는 위치는 분명 아니었다.

"그렇게까지 비약할 필요는 없잖아."

"아니요, 이게 현실이니까요. 전무님에게는 지나가는 스캔들로 끝날 일이 제게는 치명타가 될 수도 있다는 말씀을 드리는 겁니다."

대수롭지 않다는 듯 말하는 그의 대답에 슬슬 열이 받기 시작했다. 설명을 한다고 사람을 자르는 위치에 있는 그가 알까마는 잘리는 위치에 있는 현수로서는 별거 아닌 일이 아니었다. 직장생활이라는 것이 일만 잘한다고 대우받는 것은 아니었다. 한 달 월급을 위해 더러워도 참고 치사해도 참아 내야 함을 그는 모르리라.

"저에게 이곳은 단순한 직장이 아닙니다. 네, 제가 애사심이 넘쳐 이 회사에 뼈를 묻겠다는 의지를 가진 인간은 아닙니다. 하지만 그래도 이 회사가 월급을 주니까 생활을 해 나가고 있습니다. 저만 그런 건 아닙니다. 이 회사 다니는 대부분의 직원들은 모두 그런 마음으로 다닙니다. 월급을 주는 만큼 내 능력을 주면 그만이라는 말입니다. 아시겠습니까? 저는 제가 사표를 내는 그 순간까지 회사에 계속 다녀야 하고, 전혀 사실도 아닌 일로 사달을 만들고 싶은 마음이 없습니다. 그게 제 비약이라고 해도 아예 그런 말이 나올 만한 일 자체를 만들고 싶지도 않습니다."

그를 마주 보는 눈에는 말에 담긴 뜻만큼이나 단호함이 깃들어 있었다. 현수의 말을 새기며 찬영이 처음으로 그가 아닌 다른 직원들을 생각했다. 그랬던가? 이들에게 이 회사는 생활을 하기 위한 소중한 일터였던가?

그런 생각을 해 본 적은 없었다. 오직 그를 노리고 틈을 노리는 인간을 이기기 위해 앞만 보고 달렸다. 주변의 사람들을 믿지 못하게 돼 누군가에게 스스로를 터놓는 법도 알지 못했다. 오직 그의 페이스에 따라오는 사람들만 인정하며 도태되는 인간은 그의 능력이 부족하기 때문이라고 치워 버렸다. 그리고 지금도 그 생각에는 변함이 없었다.

소문으로 사람을 평가하기보다 직접 겪어 보고 사람을 평가하자는 그의 주의는 결국 현수를 찾아내고 그의 사람으로 만들었다.

그런데 그가 찾아낸 보석 같은 사람은 아니란다. 그녀에게 그는 단지 상사 그 이하도 그 이상도 아닌 존재라고 말하고 있었다.

월급을 주니 그만큼 해 준다는 말에 찬영의 가슴에 싸한 바람이 불었다. 이런 감정을 서운함이라고 불러야 하는 건지 모르겠다.

그녀에게 단지 상사로만 남기를 원한 건 자신이었다. 수족같이 믿고 일할 수 있는 사람이 되기를 바란 것도 자신이었다. 그러나 이제는 상황이 바뀌었다.

앞에 서 있는 여자를 자신의 여자로 만들겠다는 마음을 가진 순간 이미 그렇게 될 수 없었다. 그래서 재경이 일도 부탁할 수 있었다. 그런데 이 여자는 아니라는 말에 성질이 나지만 우선은 참았다. 아직은 자신만의 감정이니 말을 할 수도 없었다.

곧은 자세로 서서 그를 향하는 눈에는 어떤 다른 감정도 담겨 있지 않았다. 저 말간 눈이 거슬렸다. 마치 자신과는 상관없는 남을 보고 있는 듯한 눈.

왜 이 순간 그의 키스를 받고 빨갛게 열이 올라 반짝이던 그녀의 얼굴이 떠오르는 건지. 그럼에도 그는 지금의 말간 눈빛보다 그때의 표정이, 그 눈빛이 마음에 들었다. 당황하는 순간이면 반짝이는 눈빛이 솔직하게 감정을 드러내며 때로는 화를 내고, 때로는 기가 막혀 하던 여자는 다른 사람과 다르게 그를 한 사람으로 보는 것 같았다. 그의 착각이었던가.

그래, 인정하자. 김현수, 그녀에게 그는 상사일 뿐이지만 이미 이 여자는 그에게 여자가 되었다. 궁금하고 알고 싶고 또 곁에 두고 싶은. 그래서 지켜 주고 싶은 여자가 되고 있었다.

"그래, 알아들었어요. 미안합니다. 내가 너무 내 생각만 했군요. 나가서 일 봐요."

순순히 인정하고 나가라는 말에 현수가 놀라 눈이 커졌다. 미안 하다는 말에 놀란 것이 아니라 그가 처음으로 그녀에게 존댓말을 해서였다. 표정 없는 얼굴이 마음에 걸려 머뭇거리다 현수가 깍듯 하게 묵례를 하고 전무실을 나섰다. 문을 닫는 내내 그의 표정이, 그리고 그의 차분한 말투가 마음에 걸렸다.

퇴근 시간이 되도록 그는 그의 사무실에서 한 발자국도 나오지 않았다. 전화도 사람도 들이지 말라는 말과 그와 상관없이 퇴근하라는 전언만 있었다.

손 비서를 먼저 퇴근시킨 현수가 한 시간 넘도록 사무실을 지켰지만 그의 방문은 굳게 닫혀 있었다. 결국 현수도 사무실을 나서면서 내내 눈은 그의 방문을 향하고 있었다.

혼자 그 안에서 무슨 생각을 하고 있는지 걱정스럽고 자신의 말이 심했나 싶어 맘이 쓰였다.

몇 번을 그의 사무실 문을 두드릴까 하다 결국 현수도 가방을 챙겨 회사를 나섰다. 회사 정문에서 보이는 그의 사무실 창문은 환하게 빛을 내뿜으며 주인만큼이나 존재감을 드러내고 있었다.

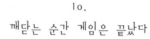

10.
깨닫는 순간 게임은 끝났다

오늘은 다른 사람의 손에 이끌려 미용실에 왔다. 아침부터 부산을 떨며 서영이를 안고 찾아온 원수 같은 친구 미라 때문에 이미 단잠은 저 멀리 꿈이 되었다.

"여자가 말이야, 아무리 쉬는 날이라도 좀 꾸미고 살아야지 어떻게 만날 그 꼴이야?"

머리가 무겁게 느껴질 정도로 커다란 동그라미 통을 몇 개나 얹어 놓은 현수는 미라의 잔소리를 흘려듣고 있는 중이었다. 중간중간 미용사의 머릿결이 좋다는 둥의 칭찬도 덤으로 흘려들었다.

"팩이라도 하든지. 오늘 선보는 날이라고 그렇게 문자를 보냈더니만 처자고 있냐?"

"어째 네가 선보는 날 같다. 웬일로 이리 일찍 납시었어? 아직 시간도 많거든?"

훤한 대낮에 왜 어두워져 볼 선 때문에 이 난리를 겪어야 하는지 알 수가 없었다. 가뜩이나 윤 전무와의 일 때문에 심란해 제대로 잠도 오지 않아 밤새 뒤척여 더 피곤한 상태였다.

말이 너무 심했나 싶어 전화라도 해 볼까 망설이다 결국은 그만두었다. 전화를 걸어 무슨 말을 한단 말인가? 괜찮냐고? 그것도 웃긴 것 같아 아예 휴대폰을 의자 밑으로 던져 버렸다.

"왜긴 왜야? 머리 하고 나면 옷 사러 가려고."

"옷은 많은데 뭔 옷을 또 사?"

"그게 옷이야? 왜, 또 그 장례식 복장으로 나가려고?"

"그게 내 탓이야? 어머님이 근무 중에 오시니 할 수 없어 그 옷으로 나간 거지. 그리고 그 옷이 어때서? 정장이잖아. 예의를 다 갖춰 나간 건데."

미라의 핀잔에 현수도 지지 않고 맞대응을 해 주었다. 사실 잊어버리고 있었다. 지갑에 넣어 놓은 종이가 제대로 있는지도 모르겠다. 오늘 미라가 찾아오지 않았으면 아마 하루 종일 끙끙대며 윤 전무 생각에 쥐가 났으리라. 그리고 남은 건 어머님의 눈물 어린 잔소리였겠지.

"내가 미리 가서 봤잖아. 그 약사."

그러고도 남을 인사가 미라였다.

"그래서?"

"이번에 잘해 봐라. 잘생겼더라. 사진발이 안 받은 거였어. 키도 울 신랑보다 큰 거 같고. 하얀 가운이 죽이게 어울려. 어쩐지 그 약국에 손님들이 대부분 여자더라니. 왜 그 드라마 있잖아. 별보고. 거기에 나오는 탤런트 한정현 닮았어."

"내가 모시는 상사도 한 인물 하신단다. 거기다 키도 더 클 거

179

다. 정장 차려입고 서 있는 모습 보면 아마도 너 목 잡고 뒤로 넘어갈걸."

"뭐라고?"

"아냐, 아무것도."

도대체 자기가 무슨 소리를 하고 있는 건지. 스스로 놀란 현수가 재빨리 머리를 흔들다 미용사의 손에 머리채가 잡혀 버렸다.

"화장도 여기서 할까?"

"됐네, 내가 할 테니 여기까지만 하셔."

그나마 그의 파트너로 따라다니면서 배운 게 있다면 화장술이었다. 어떻게 하면 눈이 더 커 보이는지, 또 속눈썹이 길어 보이는지, 콧대는 높고 가늘게, 양 볼은 갸름하게 보이는지 등등.

물론 배운 기술을 선보는 인간에게 보여 줄 생각 따위는 없었다. 더구나 쓸데없는 돈을 써 가며 한 번 보고 말 인간을 위해 옷을 살 생각 또한 없었다.

미라 어머님은 모르지만 선을 보고 기분 좋았던 적이 없었다. 처음부터 선이란 결혼이 목적인 만남이었다. 사람 하나 보면 괜찮은데 그녀의 배경을 듣고 나면 다들 어색한 미소를 보일 뿐이었다.

뭐 얼마나 잘난 인간들인지 몰라도 부모 없는 천애 고아라는 것이 그들에게는 꽤 문제가 되는 모양이었다. 더불어 동정하는 눈빛은 더욱 사양이었다.

소개받은 사람들 중에 마음에 드는 사람도 없었으니 항상 어머님께는 문제 하나씩을 만들어 그녀가 차 버리는 쪽으로 말씀드렸다.

다음부터는 그녀가 고아라는 말도 상대방에게 꼭 해 주라고 말이나 해야 할 것 같았다. 어머님의 자랑인 유명한 대학을 수석으로 들어가 졸업한 수재며 대단한 회사에서 높은 월급을 받고 있다는 말만 하니 맞벌이를 원하는 사내일수록 흡족해하며 선 자리에 나왔다가 곤란한 얼굴로 그녀와 대화를 하곤 했다.

차가운 얼굴과 매서운 눈매가 처음부터 상대방을 기죽여 한발 물러서게 한다는 것은 모르는 현수였다.

"네 문제가 뭔 줄 알아?"

"뭔 소리야?"

어느새 유모차에서 잠이 들어 머리를 떨어뜨리는 아이를 제대로 챙겨 주고 미라가 현수의 옆자리에 앉아 잔소리를 시작했다.

"우선 따져 보자. 넌 나보다 똑똑해. 키도 크고, 능력도 있고. 음, 예쁜 건 내가 좀 낫나?"

얼씨구.

"모든 조건을 따져도 외모 빼고 나보다 빠지는 게 없어. 사실 넘치지. 그런데 넌 왜 애인이 없을까? 네가 다니는 회사에 있는 많은 남자들이 왜 너에게 눈길을 주지 않는 걸까?"

"무슨 말을 하고 싶은 거야? 본론만 말해."

죽어도 자기가 더 예쁘다는데 무슨 말을 할까. 머리를 만지며 킥킥거리는 미용사는 안 보이는지 묻고 싶었지만 참아 주었다.

"그러니까, 네 문제는 딱 하나야. 미모야 하늘이 주신 거니 어쩔 수 없지. 나보다 예쁘지는 않지만 그래도 너 예뻐. 그 정도면 준수한 거라고. 문제는 아주 간단해."

"그러니까 그 문제가 뭐냐고."

"애교! 넌 너~무 애교가 없어. 우리 그이도 내 콧소리 한 번이면 원하는 건 다 해 준다고. 여자가 좀 애교도 떨고, 내숭도 떨고 그래야 제맛이지. 만날 딱딱한 얼굴에 네가 B사감이야? 노처녀 히스테리 끝판 왕처럼 하고 다니니 남자가 너만 보면 도망가지."

그래그래, 너 잘났다. 미라의 헛소리를 한 귀로 흘리며 현수가 미용실 원장님이 주신 잡지에 고개를 박았다. 그런데 몇 페이지를 넘기던 현수의 손이 어느 순간 멈췄다. 여전히 미라는 끊임없이 잔소리를 쏟아 내고 있었지만 현수의 눈에는 딱 한 여자만 보였다.

한영인.

윤찬영 전무의 전처. 그의 아내로서 회사 기념일이나 특별한 일에 부부동반으로 그의 옆에 서 있었던 여자. 잊고 있었다.

사진 속의 여자는 그때의 아름다운 모습 그대로였다. 처음 그녀를 보며 코스모스 같다는 생각을 했었다. 호리호리한 몸매에 여리고 부드러운 미소가 기억에 남아 있었다. 그리고 여전히 기억 속의 모습으로 사진에서 웃고 있었다.

그림을 그렸구나.

미국에서 돌아온 여류 화가 한영인이라는 기사 밑에 작은 글씨로 붙어 있는 단어, 윤찬영.

눈에 박히는 글자에 순간 숨이 막히고 눈물이 핑 돌았다. 한 장을 넘기니 예전에 그와 그녀가 팔짱을 끼고 회사 모임에서 웃고 있는 사진이 곁들여 있었다.

그 모임은 현수도 기억하고 있었다. 준비위원으로 참석했으니까. 그 당시 아무렇지도 않게 전무 부부구나 하고 넘겼던 자신이었다. 그런데 왜 지금은 잡지를 잡고 있는 손이 떨리고 있는지 모르겠다.

표정 없는 그의 옆에서 그를 향해 아름답게 미소 짓는 여자는 너무 예뻐서 슬펐고, 또 너무 잘 어울려서 현수를 아프게 하고 있었다.

"너 왜 그래?"

대답도 없이 잡지를 보며 우두커니 앉아 있는 현수를 보며 미라가 정신 차리라고 어깨를 가볍게 치고는 목소리를 높였다. 하얗게 질린 얼굴이 왠지 불길하게 느껴져 미라가 놀라 호들갑을 떤다.

"어디 아파? 갑자기 왜 그래? 울어?"

거울에 비친 현수의 눈이 반짝이자 미라가 기겁을 하며 얼굴을 들이밀어 확인을 하자 현수가 재빨리 고개를 돌려 표정을 감추고 잡지를 덮어 버렸다.

"안 아파, 잠깐 딴생각을 했어."

"가스나, 놀랐잖아. 선보는 자리에 귀신 본 것 같은 표정으로 나갈 수는 없잖아. 다행이네. 아프지 않다니."

가슴을 쓸어내리며 제자리에 앉은 미라가 다시 무엇인가 수다를 떨고 있었지만 하나도 귀에 들어오지 않았다.

'미쳤구나, 김현수. 무슨 생각을 하는 거야? 돌았어? 넘볼 수 있는 상대가 아니잖아. 왜 하필…… 미친년.'

스스로를 비웃으며 현수가 도리질을 했다. 아니어야 했다. 잠깐의 착각이어야 했다. 힘든 감정은 질색이다. 어렵고 힘든 일은 피하자고 생각하며 살아온 자신이 아니던가. 울어도 눈물 받아 줄 사람 따위는 없는 세상에서 자신을 지키기 위해 냉정한 눈으로 세상을 보고 사람을 대했던 현수였다.

그런데 지금 왜 이런 감정에 눈을 뜨는 건가. 그러니 분명 아니어야 했다. 잠깐의 착각이어야 했다.

"가만 좀 있어. 머리 망가지잖아. 얘가 왜 이래, 오늘."

미용사가 당황스러운 눈으로 거울 속의 현수를 보며 어쩔 줄 모르고 있었다. 이제 막 머리를 풀려고 하는데 현수가 자꾸 고개를 저으니 당황할 수밖에.

"미안해. 죄송해요, 계속하세요."

깨닫는 순간 이미 게임은 끝나 있었다. 하루 종일 미라의 손에 끌려 다니면서도 현수의 정신은 반쯤은 다른 곳에서 헤매고 있었다.

덕분에 집에 오니 처음 보는 옷과 화장품과 액세서리까지 잔뜩 들어 있는 가방이 놓여 있었다. 그것도 자신의 취향이 아닌 미라의 취향으로.

* * *

"말 안 하려고 했어요."

영인이 테이블 맞은편에 앉아 있는 찬영을 향해 차분히 말을 꺼냈다.

찬영은 약속대로 영인의 전시회에 들렀다. 생각보다 그림이 마음에 들어 일부러 몇 점은 다른 사람의 이름으로 사 놓았다.

찬영을 보고 웃으며 저녁을 사 달라고 한 사람은 영인이었다. 그녀를 만나고 헤어지는 날까지 생각해 봐도 그녀가 그에게 무엇인가 해 달라고 한 것은 이번이 처음이었다.

평범한 대화가 이어졌다. 영인은 미국에서 공부하던 이야기부터

전시회를 계획하게 된 이야기까지 천천히 털어놓으며 대화를 이어
갔다.

식사가 끝나고 커피가 두 사람 앞에 놓여 있을 때쯤 이미 밖은
까맣게 물들어 있었다.

"무슨 말?"

묵묵히 그녀의 이야기를 들어 주던 찬영이 그녀의 말에 고개를
갸웃했다.

"왜 당신과 이혼했는지."

"그림을 그리고 싶다고 했잖아."

커피를 한 모금 마시고 난 후 영인이 작게 고개를 끄덕였다.

"그랬죠. 반은 사실이었어요. 하지만 당신 옆에서도 그림은 그릴
수 있었어요."

맞는 말이었다. 그때도 그가 그 말을 했었다.

"그럼 나머지 반은?"

그의 물음에 영인은 한동안 커피 잔을 돌리며 검은 물결의 파문
을 응시했다.

"나 불임이에요. 선천적으로."

마치 오늘 날씨를 말하는 것처럼 별일 아니라는 투에 놀란 건 찬
영이었다.

"그……래서?"

"네, 그래서 이혼하자고 했어요. 사실 나 당신 많이 좋아했어요.
당신은 아니었지만. 그래서 아이라도 있으면 날 보아 줄 거 같아서
병원에 갔다가 알았어요. 나한테 문제가 있다는 걸."

긴장했던 찬영의 어깨가 처졌다. 그녀의 말에 충격을 받지 않았

다면 거짓말이었다.

"나를 아주 나쁜 놈으로 만드네."

"그런 거 아니에요. 그럴까 봐 말 안 했어요. 당신은 절대 그런 이유로 날 놓아줄 사람이 아니니까. 아니, 도리어 그런 이유 때문에 내 손 잡고 갈 사람이니까."

괴로워하는 목소리에 영인도 안타까워 저도 모르게 그의 손을 잡았다. 그러나 그의 주먹을 쥔 손은 풀릴 줄 몰랐다.

"그런데 지금 이런 이야기를 하는 이유는 뭐지?"

역시 날카로운 남자였다.

"나 말고 딱 한 사람이 더 알고 있었어요. 내가 불임이라는 거. 그것도 나보다 더 먼저."

"설마, 내가 생각하는 그 사람인가?"

영인은 말 대신 고개만 끄덕였다.

"어떻게 알았을까 생각을 해 봤어요. 그러다 기억이 났어요. 결혼 전에 서로 건강 정도는 체크해 봐야 한다며 건강검진을 받았던 걸. 그리고 얼마 후 그 사람은 열심히 우리를 맺어 주려고 노력을 했죠."

잡았던 손을 거두며 영인이 천천히 상황을 설명했다. 그러면 이런 설명만으로도 충분하다는 것쯤은 알고 있었다.

"힘들었겠구나."

뜻밖의 위로에 영인이 놀라 그를 바라보았다. 먼저 화부터 낼 줄 알았다. 그 여자에 대해. 그러나 그는 지금 그녀를 걱정하고 있었다.

"변했네요. 좋은 사람인가 봐요."

뜻 모를 소리에 찬영의 눈썹 끝이 올라갔다.

"그 버릇도 여전하네요. 놀랄 것 없어요. 그 사람 다녀갔어요. 다시 시작할 마음 없냐면서. 밀어 주겠다더군요. 그러면서 당신이 요즘 만나는 사람이 있다고 그러던데요. 누구냐고 나한테 묻기까지 했어요."

살짝 웃으며 그의 말없는 물음에 대답하며 영인도 어깨를 으쓱였다. 서로를 바라보는 두 사람에게 변하지 않은 것이 있다면 그 버릇뿐이었다.

"많이 궁금해하는 눈치였어요. 덕분에 얼마나 무서운 사람인지 알았지만, 그래서 결심했죠. 당신에게만은 알려 줘야 할 것 같아서. 정말 당신이 마음에 담은 사람이라면 그 사람이 알기 전에 그 사람이 날 어떻게 이용했는지를 당신이 먼저 알고 있어야 할 것 같아서요."

영인의 말에 찬영의 얼굴이 더욱 어두워졌다. 그의 마음을 대충 짐작하면서 그녀도 결코 편하지 않았다.

그래도 누군가를 만나 변한 모습이 나쁘지 않았다. 앞만 보느라 주변은 무시하고 살았던 사람이었다. 자신의 상처가 너무 커 다른 사람의 상처나 마음은 아예 보려 하지 않았던 사람이 이제는 다른 사람의 마음도 헤아릴 줄 아는 사람으로 바뀌어 있었다.

그를 바꾼 사람이 자신이 아니라는 건 슬픈 일이지만 인연은 따로 있다는 말은 아마도 진실인 모양이었다. 그래서 그가 행복해지기를 바랐다. 비록 그녀가 아닌 다른 누군가와 함께일지라도.

"미안하다. 지켜 주지 못해서. ……그리고 사랑해 주지 못해서."

망설이는 모습도 처음 보았다. 그리고 뒤이어 나오는 그의 사과에 영인의 눈에 눈물이 차올랐다. 그러나 입가에는 잔잔한 미소가 걸려 있었다.

"궁금하다, 정말로. 어떤 사람인지. 당신을 이렇게 변하게 만든 사람이 있다는 게 정말 신기해서 보고 싶어졌어요."

그녀의 말에 그가 살며시 미소를 보였다. 처음으로 보는 그의 진심이 담긴 미소였다. 그래서 영인은 조금 더 슬퍼졌다. 그리고 정말 가벼워졌다. 이제 작은 감정조차도 지울 수 있을 것 같았다.

"당찬 여자야. 단 한 번도 지지를 않아. 그래서 열 받게 하지. 항상 바른 소리만 해서 사람을 당황시켜."

찬영의 변화는 영인을 계속 놀라게 하고 있었다. 마치 처음 연애하는 사람처럼 그는 전 부인인 자신에게 자신의 여자를 자랑하고 있었다.

"우리 지금 웃기는 거 알죠?"

"그런가?"

멋쩍게 웃는 그는 분명 영인이 알고 있던 남자가 아니었다. 그녀 앞에 마주 앉은 남자는 전남편과 다른 사람이었다.

"그래도 보기 좋아요. 그러니 잘 지켜 주세요. 당신을 위해서."

"그럴게. 고마워. 모두 말해 줘서."

"오늘 저 아버지도 만나기로 했어요. 모두 말씀드리려고요. 그러면 이해해 주실 거라고 믿어요. 안 보고 살 수는 없잖아요."

그녀의 말에 찬영이 고개를 끄덕였다. 무조건 이혼을 하고 미국으로 떠나 버린 딸이 괘씸해 인연을 끊고 살면서도 그리워하던 영인의 아버지를 떠올리니 더 죄송해졌다.

그의 딸을 지키지 못한 사람은 자신인데 오히려 그분이 찬영을 보면 늘 미안해하셨다. 자식을 잘못 키워 미안하다며 고개를 못 드셨던 분이었다.

"먼저 일어날게요. 다음에 미국에 올 때는 같이 오세요. 음⋯⋯ 그러면 이상한가?"

"아니, 같이⋯⋯ 아니야, 먼저 가. 나중에 연락할게."

그녀를 따라 일어서려던 그의 눈에 믿기지 않는 얼굴이 보였다. 저 여자가 여기서 뭘 하고 있는 걸까?

찬영의 시선을 따라 영인도 건너편 창가에 앉은 두 남녀를 향했다. 서먹해 보이는 모습이 아마 선이라도 보는 모양이었다. 남자는 안경을 추켜올리며 뭔가 말을 건네고 여자는 창가에 눈을 두고 먼 산을 바라보는 것처럼 보였다.

두 사람 중에 누구를 보고 얼굴이 굳어지는지 깨닫는 데는 딱히 고심할 필요도 없었다. 찬영의 눈이 창밖을 보는 여자에게 고정되어 있었으니까.

"생각보다 일찍 보네요. 음⋯⋯ 참하고 예뻐요. 그래도 당신을 보니, 보이는 게 다는 아닌 모양이죠? 찬영 씨, 이럴 때는 기운 내라고 하고 싶은데⋯⋯ 쌤통이네요. 좋은 밤 되세요."

살짝 짓궂은 미소로 인사를 하며 일어난 영인은 일부러 현수가 선보는 테이블을 지나치며 그녀의 얼굴을 눈에 담았다.

한 번쯤 그려 보고 싶은 얼굴이라는 생각이 들었다. 예쁜 것과는 별도로 그녀에게서 풍기는 외로움과 쓸쓸함이 같은 듯 다르게 닮아 있는 누군가를 떠올리게 만들어서 인정할 수밖에 없었다. 이제야 그가 자신을 이해하고 품어 줄 여자를 만났음을.

영인이 이미 자리를 떠난 것도 모른 채 찬영은 현수를 노려보고 있었다. 긴 머리를 풀고 화사한 화장을 한 여자는 아이보리 원피스가 어울려 청순하고 얌전하게 보였다. 저 여자는 그가 아는 현수와 달랐다. 저런 모습은 그의 파트너로 파티에 나갈 때도 보여 준 적이 없었다.

그에게도 감춘 모습을 다른 남자에게 보여 준다는 것에 더 부글부글 속이 타올랐다.

비록 대부분 창밖을 보고 있었으나 간혹 앞에 앉은 남자를 보며 고개를 끄덕이는 모습을 보니 슬슬 부아가 치밀었다.

사실 그녀가 어떤 남자를 만나든 아직은 그와 상관이 없었다. 그런데 가만히 있을 수가 없었다. 저 여자가 자신의 옆이 아닌 다른 남자의 옆에 있다는 생각만으로 머리에서 열불이 치밀고 있었다.

애인이 있었던가? 머릿속에 드는 의문과 함께 밀려오는 배신감에 흠칫한 찬영이 저도 모르게 천천히 그들 곁으로 다가갔다. 그를 의식하지 못하고 나누는 그들의 대화를 듣고서야 그 자리가 선 자리임을 알았다. 그리고 그 남자는 한눈에 그녀에게 반했다는 것도 느껴진다.

당연한 일이었다. 김현수라는 여자는 제대로 사람을 볼 줄 아는 사람이라면 누구나 탐낼 만한 사람이라는 건 그가 더 잘 알고 있었다.

안 되지. 김현수는 쉬이 넘겨 줄 여자가 아니었다. 이제야 현수에 대한 마음을 깨달았는데 감히 파리 따위가 꼬이게 할 수는 없었다.

✳ ✳ ✳

약사라는 이 남자는 다른 사람들하고 좀 달랐다. 서로 인사를 하고 현수가 먼저 자신에 대해 모두 털어놓았다.

가족도 없고 일가붙이라고는 전혀 없으며 맞벌이할 생각도 없다고 딱 잘라 말했음에도 그녀를 보며 고개를 끄덕이고는 한다는 소리가 정말 대단하다는 말이었다.

혼자 살면서 힘들지는 않았는지 물으며 현수를 비극의 여주인공으로 만들었다. 소녀가장을 떠올리며 안쓰러워하는 눈에 기분이 나쁘기보다는 웃음이 먼저 나왔다.

사실 소녀가장하고는 거리가 멀었다. 고등학교 때까지 고모가 계셨고 갑자기 돌아가시고 나서 외로움에 허덕일 때 미라 부모님이 그 자리를 대신해 주셨다.

그래도 외로운 건 어쩔 수 없었지만 나름 복 받은 인생이라고 생각하며 위로했다. 앞에 있는 남자의 동정을 받을 정도로 험한 인생을 살아온 것도 아니었다.

열심히 자신을 소개하는 남자의 목소리도 짜증스러울 정도로 이 자리가 지겨웠지만 미라 어머님의 성의를 생각해 간신히 웃음으로 대충 때우며 그의 장단을 맞춰 주고 있었다.

그러나 현수가 모르는 한 가지가 있었다. 다른 날과 다른 자신의 모습. 예전에 어머님의 손에 이끌려 나갈 때는 회사에서의 비서 모습 그대로였다면 오늘은 긴 머리에 웨이브를 주어 상큼해 보이는 얼굴과 아이보리 원피스 때문에 여성스럽게 보인다는 건 자각하지 못하고 있었다.

이제 슬슬 지겨워짐이 그 끝을 달리고 있었다.

그의 시간에 맞춰 저녁을 함께하면서도 무엇을 먹었는지 기억에 없었다. 그가 시키는 걸 같이 시켜 놓고 포크로 찔러만 보며 자꾸 창가로 시선을 돌리는 그녀였다.

미친! 이제는 헛것도 보인다. 하루 종일 그녀의 머리에서 떠나지 않았던 인간이 어두운 창문에 거울에 비친 것처럼 나타나자 기가 막혔다.

창문에 비친 그는 팔짱을 끼고 그녀를 내려 보고 있었다. 건방진 태도는 바뀌지도 않고 허상으로 보인다.

"꽃다발? 여기서 뭐 하시나?"

응? 이제 환청도 들린다. 그런데 유치한 꽃다발이라니.

"헉!"

스스로에게 짜증이 나 창문에서 시선을 돌리던 그녀가 옆에서 창문에 비친 모습 그대로 팔짱을 끼고 차가운 표정으로 노려보는 찬영을 보고 놀라 벌떡 일어났다.

"누구신지?"

험상궂은 사내를 보자마자 하얗게 질리는 현수를 보며 선본 상대 남자도 당황하며 같이 일어서 그에게 물었다.

"나? 이 여자 애인."

이게…… 무슨?

"미치셨어요?"

당황한 현수가 찬영에게 소리를 지르자 조용히 식사를 하던 사람들의 시선이 그들에게 모였다.

"미치긴 누가 미쳐? 임자 있는 여자가 딴 남자 만나고 있는 게 미친 거잖아."

192

이 남자, 순식간에 그녀를 바람난 마누라로 만들고 있었다.

"현수 씨? 아시는 분인가요?"

당황하기는 앞에 서 있는 남자도 마찬가지였다. 어쩔 줄 몰라 물어 오는 남자의 표정에 긴장이 서려 있었다.

"보면 몰라? 내 여자잖아. 요즘 내가 서운하게 했더니 그새를 못 참고 이런 델 나와? 죽고 싶어?"

"하!"

이 인간 뭘 잘못 먹었나 보다. 거침없이 내뱉는 말에 현수가 결국 머리를 쥐어뜯으며 자리에 앉았다.

"그러게 걸리지나 말 것이지. 나 보라고 여기로 정한 거야?"

넉살도 좋게 현수의 옆자리에 앉아 어깨에 팔을 올리며 하는 소리에 이제는 현수가 돌아 버릴 지경이었다.

"죄송합니다. 약속하신 분이 계신지 몰랐습니다. 어쩐지 제가 운이 좋았다고 생각했는데. 그럼 전 이만 물러나죠. 좋은 시간 되십시오."

저 인간은 또 뭔 소리를 하는지. 이 상황이 어머님 귀에 들어가면 뒷감당은 어쩌라고.

"아니……. 왜 이래요? 저기요, 잠깐……."

그를 잡고 설명하려는 그녀를 잡아 앉힌 건 찬영이었다. 결국 현수는 벌써 사라져 가는 이름도 기억 못 하는 선본 남자의 등만 바라보아야 했다.

"가는 사람을 왜 막아? 그러게 왜 이런 짓을 해? 어차피 꽃다발 짝으로는 어울리지도 않는데."

현수의 손을 잡은 채 찬영이 이죽거리는 말에 기어이 현수의 성질이 터졌다.

"그 꽃다발 소리 한 번만 더 하면 전무고 뭐고 입부터 찢어 버릴 겁니다."

휙 손을 빼며 현수가 이를 갈았다.

"대체 이러는 이유가 뭡니까? 보복이십니까? 전무님의 명령을 무시한 보복이냐고요."

"진정해. 내가 그런 일로 보복할 인간으로밖에 안 보여?"

"그러면 이러는 이유가 뭐냐고요. 여긴 회사가 아닙니다. 전 지금 개인적인 일을 하고 있는 거고요."

얼굴까지 빨개져 화를 내는 현수를 보며 찬영이 장난스러운 미소를 거두고 진지한 눈빛으로 그녀를 마주 보았다.

"난 지금 여기 전무로 와 있는 게 아니야. 남자로 와 있는 거야. 농담은 더더구나 아니야. 둔해도 정도가 있지. 누가 미쳤다고 비서 선보는 데 훼방을 놓을까? 나한테 너는 더 이상 비서도 보좌관도 아니라고."

그의 말에 현수의 얼굴에 혼란이 그대로 나타났다.

"지금…… 저더러 그러니까…… 사표를 내라는 말씀이십니까?"

한동안 그의 얼굴만 바라보던 그녀가 겨우 한다는 소리에 찬영이 배꼽이 빠져라 웃고 말았다.

물론 현수도 그의 말은 알아들었다. 단지 모르는 척하고 싶을 뿐이었다. 하루 종일 자신의 감정을 부인하느라 진이 빠질 지경이었다. 그런데 그 고민의 주인공이 떡하니 나타나 같은 마음이라는데 기쁘기보다 덜컥 겁이 났다.

그의 행동에서 여태 그런 느낌은 받은 적도 없었다. 이 남자가 한 번이라도 그녀를 여자로 대한 적이 있었는지도 기억에 없었다.

"인정! 여태 날 이렇게 웃게 만든 여자는 꽃다발뿐이었어. 진짜 놀라운 여자란 건 인정하지."

한참을 웃던 그가 그녀의 어깨에 손을 올려 얼굴을 마주하며 고개를 끄덕였다. 여전히 웃고 있는 얼굴이 너무 잘나서 현수가 넋을 잃고 바라보다 정신을 차리고 그의 손에서 빠져나와 맞은편으로 자리를 옮겼다.

"그 꽃다발 소리 좀 안 하시면 안 됩니까? 그리고 전무님 웃으라고 한 소리 아닙니다."

정색을 하는 현수를 보며 찬영도 웃음을 멈추고 정색으로 맞대응했다.

"그래, 미안해. 이런 말은 정식으로 해야 하는데 이런 쪽으로는 전혀 경험이 없어서."

잠시 뜸을 들이던 그가 천천히 입을 열며 현수가 기겁할 말을 내뱉었다.

"김현수 씨, 나와 사귀어 주시겠습니까?"

탁자에 올린 두 손을 맞잡은 찬영이 진지한 목소리로 현수를 향해 구애를 하고 있었다. 한동안 그의 말을 새겨듣듯 말도 없이 그를 응시하는 현수의 눈에 여러 가지 감정이 스치고 지나갔다.

그녀의 답을 기다리는 몇 초가 이토록 긴장되는 시간이 될 줄은 몰랐다.

이렇게 고백할 생각은 없었다. 조금 더 시간을 두고 천천히 현수에게 익숙해질 시간을 줄 생각이었다. 그러나 이 만남을 목격한 순간 화가 났다. 현수를 자신의 여자로 묶어 둘 방법이 이것밖에 떠오르지 않아 무조건 말부터 꺼낸 것이었다.

쫓아다니며 다시 선을 볼 수도 있는 그녀를 감시할 수도 없는 노릇이었다. 거기다 다른 누군가 이 여자를 알아보고 먼저 선수를 친다면 영원히 후회할 수도 있을 것 같은 불안감이 그를 쫓기게 하고 있었다.

그녀의 대꾸가 늦을수록 찬영의 어깨에 힘이 들어갔다. 살면서 누군가의 대답을 가슴 졸이며 기다린 적도 없었다. 생소한 경험에 그는 이마에 땀이 흐르는 것 같았다.

"못 들은 걸로 하겠습니다."

한참을 머뭇거리던 현수가 간신히 그 말만 내뱉고 일어나 가방만 챙긴 채 그 자리를 벗어났다. 멀어지는 그녀를 잡지도 못하고 찬영이 멍하니 그녀의 빈자리를 보다 정신을 차렸다. 지금 그는 생전 처음 마음에 있는 여자에게 구애를 하고 차였다. 그리고 생각보다 그건 꽤 충격으로 다가왔다.

그러나 그러고 앉아 있을 틈도 없이 그도 그녀를 따라 뛰다시피 레스토랑을 벗어나야 했다. 그의 당차고 똑부러진 보좌관이자 그의 마음을 훔쳐 간 여자가 코트도 안 챙기고 뛰쳐나갔음을 깨달았기 때문이다.

부지런히 그녀의 코트를 들어 뒤따라 나가자 어느새 하늘에서 펑펑 눈이 내리고 있었다. 덕분에 따뜻한 날씨라지만 그래도 한겨울 날씨에 얇은 원피스 한 벌 걸치고 있을 그녀가 어디에 있는 건지 보이지를 않아 그의 애를 태웠다.

앞서 나온 현수는 무작정 발이 가는 대로 걷고 있는 중이었다.

"미친, 왜 눈물은 나고 난리야."

밖으로 나오니 세상이 온통 하얗게 변해 있었다. 그사이 눈이 온 모양이었다. 그러나 현수의 눈에 눈이 보일 리 없었다. 뿌옇게 흐려진 시야에는 온통 하얀색 덩어리로 보일 뿐이었다. 뜻밖의 말에 당황해 뛰쳐나오긴 했는데 자꾸 눈물이 나와 보이는 게 없어 어디로 가야 할지도 모르겠다.

어쩌다 일이 이 지경이 된 건지도 모르겠다. 그의 말에 흔들리지 않았다면 거짓말이다. 언제 그를 향하는 마음이 이렇게 커졌는지도 모르겠다.

그러나 그의 마음을 받아들일 수는 더더욱 없었다. 누구보다 자신의 처지를 잘 알고 있었다. 그를 마음에 담고 그에게 온 마음을 내주었다가 나중에 결국 상처받을 사람도 자신이리라.

어떻게 자신이 그와 연인이 될 수 있단 말인가? 그들이 어떻게 살아가고 있는지 쭉 보아 왔다. 그에게는 한때의 감정일지 몰라도 현수는 아니었다. 결국 남아 아파해야 할 사람은 자신이라는 건 굳이 겪지 않아도 알 수 있는 일이었다. 아픈 건 싫었다. 더구나 사랑하는 누군가를 잃는 것은 더 싫었다.

정말 사표를 내야 할 것 같았다. 이런 마음으로 그를 보면서 일을 할 수는 없을 것 같으니까. 그런데 벌써 그를 볼 수 없다는 생각만으로도 가슴 한쪽이 서걱 베여 나가는 느낌이었다.

"똑똑한 줄 알았더니 바보네. 이 추위에 코트도 없이 나가서 뭐하는 거야?"

갑자기 숨이 턱 하고 막혀 왔다. 뒤이어 그의 향기와 음성이 그녀에게 스며들어 왔다. 그는 그녀의 것 이외에도 그의 코트까지 겹쳐 그녀를 감싸고 있었다. 더불어 그의 품 안에 안겨 있는 자신을 느끼며 또 눈물이 차오른다. 이 남자가 이렇게 따뜻한 사람인 줄 지금 알았다. 하필 지금 깨달을 건 또 뭐람.

"난 아닌 거니? 정말 아니야?"

뭐라고 대답을 해야 할까? 넘쳐서 싫다고 할까? 너무 과하게 넘쳐 부담스럽다고 하면 이 남자가 알아 줄까?

"이유나 말해 줘야 나도 방법을 생각하지. 현수야, 못 들었다는 말로 피하려고 하지 말고 날 이해시켜 봐."

그의 입에서 나온 자신의 이름이 이토록 특별하게 느껴지는 건 처음이었다. 평범한 이름을 그가 부르자 세상에서 단 하나뿐인 특별한 이름으로 바뀌었다.

여전히 그녀를 품에 안은 그는 아예 그녀의 어깨에 얼굴을 묻었다. 코트 깃 사이로 그의 숨결이 느껴져 현수의 심장이 미친 듯이 달리기를 하고 있었다. 너무 편안해 평생 이 품에 안겨 있고 싶다는 유혹이 현수를 미적거리게 만들고 있었다. 그러나 곧 입술을 깨물고 억지로 눈물을 밀어 넣은 현수가 그의 품에서 벗어나 그의 얼굴을 마주 보았다.

"나는…… 나는 손해 보는 짓은 안 해요."

그럼에도 목소리는 떨려 나왔다. 추워서 그런 거야. 다른 이유는 없어. 스스로를 북돋으며 현수가 간신히 다음 말을 이었다.

"나는 전무님에 비해 모든 것이 떨어지지만 결혼한 적은 없어요. 전무님은 이혼남이잖아요. 새 술은 새 부대에 담아야죠. 저보다 나이도 많아요. 성질도 더럽잖아요. 모든 면에서 제 손해예요. 그러니 못 들은 걸로 할 테니까 전무님도 그런 말씀 안 하신 걸로 하세요."

이제는 주책없이 몸도 덜덜 떨리고 있었다. 목이 막혀 간신히 내뱉은 말을 얼마나 진실로 들었을지 미지수지만 이미 멈춰진 머릿속을 뒤집어 간신히 만든 이유라는 게 그거였다. 현수의 말을 긴장하며 듣던 찬영이 긴 한숨을 내쉬더니 다시 현수를 품으로 끌어당겨 안아 주었다.

"그래, 맞아. 네가 더 아까워. 그러니까 내가 매달리는 거잖아. 이렇게 추운데 누가 그런 옷으로 돌아다니래. 감기라도 걸리면 어쩌려고. 너, 업무 때문이라고 병원비 청구하면 죽을 줄 알아."

"농담 아니에요."

그의 품에서 벗어나려 버둥거리지만 그가 쉬이 놓아주지 않았다. 덕분에 목소리가 마치 치기 어린 투정처럼 들렸다.

"알아, 시간이 필요한 거. 네 말대로 흠 많은 사람이 나란 것도 알아. 그래도 생각해 봐 주라. 도망가지 말고 옆에 있어. 사표는 안 받아. 너 사표 내고 도망가면 그때는 내가 소문낼 거야. 내 여자라고. 네 앞길 다 막아 버릴 거니까 알아서 해."

뭐 이런. 말도 안 되는 협박에 정신이 확 든 현수가 있는 힘껏 그를 밀쳐 버렸다.

"미쳤어요? 언제 내가 당신 여자였어요? 어디서 그런 헛소문을."

씩씩거리는 현수를 보며 찬영이 환하게 웃고 있었다.

"그러니까, 사표 낼 생각은 하지도 말라고. 그리고 한 가지 더, 다시 한 번 선보면 그때도 죽을 줄 알아."

이 남자 표정이 참 순식간에 변하고 있었다. 언제 웃었냐는 듯 험한 표정으로 그녀를 노려보며 한다는 말에 현수가 기가 막혀 헛

웃음이 나오려고 한다.

"가자. 집까지 데려다줄게."

"됐어요, 택시 타고 갈 거니까. 안녕히 가세요."

눈도 밝은 현수가 막 지나치려는 택시를 불러 세워 그가 붙잡을 틈도 없이 타고 사라졌다.

"야, 김현수……. 옷은 주고 가야지."

이미 사라져 가는 택시 미등을 보고 외쳐 봐야 허공에 흩어질 뿐이었다.

"이런, 미친 꽃다발. 거기에 키랑 지갑 다 있는데."

결국 찬영은 펑펑 눈이 오는 거리에서 양복 한 벌 입고 숨이 넘어가도록 웃고 말았다.

✳ ✳ ✳

갑작스러운 형의 호출에 찬수가 숨이 턱에 닿도록 급하게 달려왔더니 정작 찬영은 호텔 레스토랑에서 느긋한 모습으로 커피를 마시고 있었다.

"무슨 일이야?"

"가서 계산이나 하고 와."

"뭐?"

"계산하라고. 영어로 말해 줘?"

커피 잔을 내려놓고 일어선 찬영은 찬수의 어깨를 치고는 계산대로 향했다. 어리둥절하며 그를 따라가 카드를 꺼내니 찬영이 빼앗아 계산을 끝냈다.

"차는?"

"밖에 있지."

"가자."

"형 차는?"

무슨 일인지 모르지만 찬영은 마치 찬수에게 자신의 것을 내놓으라는 듯 당연하게 굴고 있었다.

"설마 형, 날치기 당했어?"

하긴 말도 안 되는 소리였다. 유명한 호텔 레스토랑에서 날치기라니.

"응."

"그래……? 응?"

찬수가 형의 대답에 놀라 멈춰 서자 찬영이 짜증 가득한 얼굴로 그의 어깨를 밀었다.

"얼른 가자니까."

"신고를 해야지. 경찰서로 갈까?"

"신고까지 하면 아예 짐 싸서 도망갈걸."

"무슨 소리야?"

모르는 소리만 해 대는 형은 보통 때의 그와 달라 보여 그를 참 당황스럽게 만들고 있었다. 급한 일이 있다고 자신을 부를 사람이 아니었다. 그래서 더욱 놀라 급하게 달려온 참이었다. 그런데 와서 한 일이라고는 먹지도 않은 음식값을 내고 운전수 노릇이나 하는 것이었다.

"무슨 일 있었어?"

찬영이 불러 주는 주소를 머리에 새긴 찬수가 그의 눈치 보며 물어보았다.

"아무 일도."

"날치기 당했다면서. 가만있어도 돼?"

"아니, 가만 안 있을 거야. 받아 내야지."

펑펑 내리는 눈 덕분에 와이퍼가 제 역할을 하느라 바쁘게 만세 삼창을 하는 모습을 응시하며 찬영이 빙그레 미소를 보였다.

시야를 확보하느라 운전에 집중하면서도 찬수가 찬영을 힐끗 보았다. 대답과는 다르게 미소 짓는 형을 보고 놀라 하마터면 액셀을 밟을 뻔했다.

"형? 무슨 일 있지?"

"다 왔다. 저기에 차 대. 그리고 너, 따라 올라와. 할 말 있으니까."

찬수의 말은 무시한 채 찬영이 주차할 장소를 알려 주고 차가 서자 먼저 내려 버렸다. 도대체 무슨 말을 하려고 저런 행동을 보이나 싶어 찬수도 서둘러 그를 따라나섰다.

처음 와 보는 형의 집이었다. 형은 결혼했을 때도 그와 동생 재경의 방문을 거절했었다. 그런데 무슨 소리를 하려고 부르나 싶어 벌써 긴장이 된다.

아버지 앞에서도 느물거리는 찬수지만 형 앞에서만은 고양이 앞의 쥐처럼 경직되곤 했다. 아마도 그건 처음으로 어머니라는 사람의 실체를 보았던 날부터였던 것 같다.

생각보다 작은 오피스텔은 형의 성격을 그대로 보여 주고 있었다. 필요한 물건 이외에는 아무것도 없는 단순하고 차분한 인테리어에 눈에 뜨이는 것이 있다면 시야를 확 넓혀 주는 창이었다. 서울 야경이 한눈에 들어오며 숨통을 트여 주는 것 같았다.

"앉아."

어느새 옷을 갈아입었는지 찬영은 편안한 티셔츠 차림으로 그에게 작은 물병을 내밀었다.

"무슨 일 있어?"

"재경이가 이혼하겠단다."

"뭐?"

뜻밖의 말에 찬수가 마시던 물을 내뱉고 말았다.

"더럽게, 이거로 닦아."

인상을 쓰며 던져 준 티슈를 받아 들고도 찬수는 멍하니 찬영을 바라보고 있었다.

"형한테 그렇게 말했어? 재경이가?"

"그래. 도와 달라고 하더라."

"왜?"

"그건 재경이한테 물어봐."

찬영의 대꾸에 할 말을 잃었다. 귀국하고 제일 먼저 재경을 만났었다. 그때도 동생은 전혀 그런 티도 없이 웃고 있었다. 그런데 가깝게 지낸 자신도 아닌 형에게 그런 말을 했다는 소리에 먼저 서운하다는 감정이 들었다.

"그런 말 없었는데……."

"그래서 내가 말해 주잖아."

찬수의 앞자리에 발을 꼬고 앉아 물을 마시며 찬영이 별일도 아니라는 투로 대답을 해 준다.

"무슨 일로 이혼을 한다는 거야?"

"말 안 해. 그냥 도와만 달래."

"그 새끼가 바람피운대?"

찬수는 벌써 재경의 남편을 찾아가 따질 사람처럼 주먹을 쥐고 있었다.

"말했잖아. 이혼한다는 말밖에 안 했다고. 그러니 이제 네가 알아봐. 재경이 모르게. 그리고 넌 재경이가 말할 때까지 모르는 척해."

그를 믿고 찾아온 아이였다. 그러니 그 믿음에 보답해야 할 의무가 있었다. 그러나 찬수에게 이런 모습의 찬영은 낯설었다. 그가 언제 자신과 재경에게 관심이나 있었던가?

"형, 하나만 묻자. 왜 재경이를 도와주는 거야?"

"가족이니까."

"뭐?"

그의 대답에 찬수가 놀라 멍하니 찬영을 바라보았다. 형의 입에서 이런 말을 듣는 날이 올 줄은 몰랐다.

"누가 그러더라. 이건 가족 일이니까 가족이 해결 봐야 한다고."

틀린 말은 아니었다. 그러나 찬영에게 그런 말을 해 줄 용기가 있는 사람이 있다는 게 더 놀라웠다. 그의 형에게 가족이란 말은 금기와 같은 말이라는 건 찬수가 더 잘 알고 있었다.

"형, 형한테…… 나랑 재경이가…… 가족인 거야?"

침을 삼키며 어렵게 묻는 찬수를 보며 찬영도 잠깐 생각에 잠겼다. 현수의 말을 듣고 내내 자신에게 던진 질문이었다. 그에게 찬수와 재경이 어떤 존재인지. 그리고 오늘 그는 대답을 얻었다. 현수가 그의 옷을 가져가 버려 빈손이 된 그가 망설이지 않고 도움을 청한 것은 동생 찬수였다. 그 이유는 단 하나, 가족이었으니까. 그래서 쉽게 찬수에게 대답을 해 줄 수 있었다.

"너 내 동생 아니었어?"

"어? 무…… 물론 동생이지."

"그런데 당연한 걸 왜 물어? 재경이 일이나 신경 써서 알아봐. 만약 그 자식이 문제면 그때는 제대로 본때를 보여 줄 테니까."

고개를 끄덕이며 대답을 대신하면서도 찬수는 정신이 하나도 없었다. 며칠 전에 보았던 형이 맞나 싶어 허벅지라도 꼬집어볼까 생각하는 중이었다.

"저기…… 형, 어디…… 아픈 건 아니지?"

"너도 그 얘기냐? 사람이 변하면 죽는다고? 그런 거 아니야. 생각이 좀 바뀌었을 뿐이야. 그러니까 별생각 말고 내가 말한 거나 잘 알아봐. 절대 아는 척은 하지 말고. 뭔가 알아내면 내게 바로 보고하고. 뒷일은 내가 알아서 할 테니까. 알아들었으면 이만 가. 나 피곤해."

찬영의 축객령에 찬수는 다른 말도 못 하고 형의 집에서 쫓겨났다. 연신 뒤돌아보며 형의 집을 향하는 그의 시선에는 아직도 놀라움이 사라지지 않고 있었다.

찬수를 보내고 찬영은 한동안 창밖의 야경이 스러져 가는 것을 쳐다보고 있었다.

"그런 뜻이었었나?"

말없이 창밖을 바라만 보던 그의 입에서 차가운 한마디가 흘러나왔다.

입학하고 처음으로 상을 받아 들고 그녀에게 보여 주며 칭찬을 기대했던 날, 그녀의 입에서 나왔던 충격적인 말이 아직도 가슴에 남아 있었다.

'꼴에 머리는 좋은가 보네. 하긴 그만큼 돈을 투자했는데 그만큼도 못 하면 병신이지. 그나마 하는 꼴을 보니 사람 꼴은 하고 살겠네. 그래도 그 피가 어디 가겠어? 아무리 생각해도 너로 끝나는 게 맞을 것 같아. 쓸모없는 피는 끊어 주는 게 사회를 위해서도 좋으니까.'

내미는 상장을 받아 찢어 버리고 그 여자는 자신의 손톱에 바르는 매니큐어에만 신경을 쓰며 인상을 찡그렸다.

'올라가. 귀찮으니까. 별것도 아닌 걸로 얼굴 내밀지 마. 될 수 있으면 네 방에 처박혀 있어.'

아름다운 여자였다. 지금도 나이를 먹었지만 그 아름다움은 여전했다. 그러나 그 안에 담겨 있는 것은 차가운 얼음이었기에 찬영에게 그 여자는 사람이라기보다 움직이는 도자기 인형 같았다.

그 여자를 떠올리는 것만으로도 등 한쪽이 저리듯 아파 왔다. 사람들 앞에서는 너무나 좋은 어머니 역할을 했던 여자는 그와 단둘이 있으면 여지없이 가면을 벗고 본성을 드러냈다.

'정말 당신이 마음에 담은 사람이라면.'

영인의 말에 정신이 들었다. 그녀가 다른 남자와 마주 보고 있는 것만으로 머리가 돌았다. 누군가에게 그런 감정을 느껴 본 적이 없어 당황스럽기는 그도 마찬가지였다. 그럼에도 그 모습을 보고 그냥 나갈 수가 없었다는 말이 맞았다.

생애 처음으로 그는 다른 사람에게 자신의 본모습을 있는 그대로 보였다. 처음으로 그를 마음껏 웃게 만들었던 여자. 다른 사람에게 감정을 보이는 순간 이용당할 거라고 믿었던 그는 마음대로 웃을 수도 울 수도 없었다. 그런데 그 여자는 볼 때마다 그를 웃게 하고 화나게 하며 또 그를 미치게 하고 있었다.

그래서 그 여자를 사랑한다.

사랑? 이런 감정이 사랑이라고 불러야 하는 건가? 사랑이란 누군가를 약하게 하는 구실이 아니었던가?

그런데 그는 그녀를 마음에 담는 순간 더 강해져야 함을 깨달았다. 사랑은 사람을 약하게 하는 것이 아니라 그 사람을 지키기 위해 더 강해져야 하는 이유가 됨을 알았다.

그래서 더욱 영인에게 미안했다. 이제야 그는 영인이 어떤 마음으로 그를 보았는지 그리고 어떤 마음으로 그를 떠났는지 알 수 있었다. 너무 늦게 알아서 미안하고 그럼에도 그를 만나 조심하라고 알려 준 그녀에게 고마웠다.

이번에는 지키리라. 누구처럼 지켜보며 외면하지 않고 온몸으로 품어서 지켜 주리라. 상처받지 않도록. 더는 외로워하지 않도록.

"겁쟁이."

너무도 달라진 그를 보며 당황했을 현수는 생각하지 않는 찬영이었다.

현수를 떠올리자 슬그머니 그의 입가에 미소가 달렸다. 그를 웃게 만드는 여자. 그래서 그는 그녀를 놓을 수가 없었다. 마지막까지 그녀는 그의 것을 가져갔다. 그러니 받아 와야 했다. 더불어 그녀의 마음도.

11.

의심하지 마

"출근을 안 하셨다?"

책상을 두드리는 그의 손가락에 힘이 들어가 있었다. 그녀를 본다는 것만으로도 행복한 하루의 시작이었다. 그러나 웬일인지 오늘은 그녀가 보이지 않았다.

"김 실장은?"

"오늘 휴가 내고 쉬신다는 연락을 받았습니다."

"그래?"

손 비서의 대답에 찬영의 얼굴이 일그러졌다. 덕분에 하루 종일 손 비서가 긴장해 실수 연발을 하는 중이었다. 지금 그의 앞에 놓인 커피도 마치 사약처럼 쓰디쓴 맛을 내고 있었다. 그러나 커피 맛에 신경 쓸 그가 아니었다.

"도망가지 말라고 했었지. 그런데 감히 도망을 가?"

잔뜩 쌓여 있는 서류철을 무시하고 찬영이 일어서 창밖을 보며 성질을 내고 있었다. 사실 그의 코트를 들고 와 당황한 얼굴로 내밀 그녀를 떠올리며 웃는 얼굴로 출근한 그였다.

미소 짓는 그를 보고 놀라 슬금슬금 피하는 직원들의 모습은 보이지도 않았다.

오직 오늘은 어떤 얼굴로 그녀를 봐야 하나 고민을 했을 뿐이다. 회사이니 상사로서 부하를 대하듯 해야 한다고 수십 번을 다짐했다. 공과 사는 확실하게 구분하는 현수가 혹시라도 티를 내면 아예 사표를 내밀 사람임을 알고 있었다.

그런데 그의 예상을 깨고 아예 출근도 안 한 그녀 때문에 슬슬 부아가 치밀었다. 몇 번을 그녀의 휴대폰 번호를 눌렀지만 아예 꺼놓아 연락 두절 상태였다. 그녀의 안부를 알 수 없으니 바짝바짝 속이 타들어 가는 것 같았다.

추운 날 얇은 옷만 입고 덜덜 떨던 현수를 떠올리자 아픈 것은 아닌지 걱정이 된다. 아무래도 찾아가 봐야 할 것 같았다.

아무도 없는 현수가 혹시라도 혼자 앓고 있다면?

순간 그의 마음이 급해졌다. 혼자라는 외로움이 어떤 것인지 누구보다 잘 아는 사람이 있다면 바로 그였다.

"시간 되면 내가 안 오더라도 먼저 퇴근해. 나 찾는 사람 있으면 외근이라고 하고."

그를 보며 정자세로 서 있는 손 비서를 향해 제 할 말만 하고 찬영은 급하게 회사를 나섰다.

❋　❊　❋

벽에 걸려 있는 그의 코트를 보며 현수가 또 머리를 쥐어뜯고 있었다. 덕분에 머리만 산발이 되어 있었다. 휴대폰도 아예 꺼 버렸다. 미라와 어머니가 몇 번이나 전화를 할 텐데 무슨 말을 해야 할지도 모르겠다.

그러나 그녀를 괴롭히는 건 미라도, 어머니도 아니었다. 윤찬영, 이 인간이었다. 갑자기 뭘 잘못 먹어서 그런 모습을 보여 주는 건지 알 수가 없었다. 그를 아는 사람들에게 그런 모습을 말해 준다면 몇 명이나 믿을까? 분명 세상에서 제일가는 거짓말쟁이가 되기 십상이었다.

"저걸 그냥 버릴까?"

당당히 벽 한 면을 차지하고 있는 그의 코트를 보며 현수가 중얼거리고 있었다. 사람이 온 것도 아닌데 벌써 그녀의 작은 방에 그의 향기가 진동하고 있었다.

택시에서 내리고 나서야 그의 옷까지 걸치고 왔다는 걸 깨달았다.

"미쳤구나. 이걸 가지고 오면 어떡해?"

당황해 도망치긴 했는데 아직도 제 이름을 부르던 그의 목소리가 윙윙거리며 맴돌고 있었다.

스스로 타박을 하면서도 현수는 저도 모르게 그의 코트를 입고 그의 향기를 느껴 보았다. 마치 그의 품에 있었던 잠시처럼 따뜻해지고 편안해졌다.

가만히 그의 향기를 음미하다 놀란 그녀는 코트를 얼른 벗어 벽에 정갈하게 걸어 두었다.

"변태도 아니고. 김현수 미쳐 가는구나."

월요일 아침. 부스스한 얼굴로 출근을 준비하던 현수는 기어이 손을 들었다. 도저히 오늘은 그의 얼굴을 볼 수가 없었다. 그래서 결국 휴가를 내고 말았다.

도망치는 게 아니라고 스스로에게 세뇌를 시키며 앉은뱅이 탁자의 서랍을 열어 어제 하루 종일 만지작거리던 봉투 하나를 꺼내 들고 멍해 있었다.

'사표는 안 받아. 너 사표 내고 도망가면 그때는 내가 소문낼 거야. 내 여자라고. 네 앞길 다 막아 버릴 거니까 알아서 해.'

그의 말을 믿지 않는다. 무슨 생각으로 자신에게 다가오려는지도 모르겠다. 그가 진심인지도 의심스러웠다. 뭐가 아쉬워 비서에게 그런 감정을 가진단 말인가. 아무리 이혼남이라고 해도 그는 그쪽 세계에서도 일류 신랑감에 속하는 사람이었다.

회장실의 비서로 있으면서 그들만의 세계는 그들만으로 꾸려 간다는 것을 알았다. 동화에 나오는 신데렐라는 현실에 없었다. 혹여 신데렐라가 있다고 해도 영원히 잘 살았습니다로 끝나는 것도 못 보았다.

그래서 결혼이란 그녀와는 상관없는 세상이었다. 특별히 결혼을 안 하겠다고 생각해 본 적은 없었다. 그러나 어머님의 성화에 몇 번 나간 선에서 깨달았다. 결혼은 둘만의 마음으로 이뤄지는 것이 아니라는 것을. 그리고 비서로 일하는 동안에 더욱 그 생각은 확고해졌다.

만약 그녀를 있는 그대로 보고, 그녀 한 사람만으로 고마워하는 사람이 생긴다면 그때는 결혼할 수도 있다고 생각했다. 단지 그런 사람을 만나지 못했고 그럴 여유도 없이 살아서 연애라는 걸 해본 적이 없을 뿐이었다.

윤찬영이란 사람을 알고 있던 시절이야 긴 세월이라지만 그와 얼굴을 마주 대하고 일한 시간은 이제 겨우 석 달이 되어 가고 있을 뿐이었다.

물론 알아 왔던 시간보다 짧은 그 시간 동안에 많은 일들이 있었나시만 그건 일이었다. 노대체 그 남자는 그녀의 무엇을 보고 다가오려는 건지 알 수가 없었다.

"미친년, 그럼 넌?"

그러나 자신의 마음을 깨달은 시간 역시 마찬가지라는 생각이 들자 저절로 스스로에게 욕이 나왔다.

사실 연애라는 걸 해 봤어야 어떻게 하는지 알 것 아닌가? 누군가 자신을 좋다고 따라다닌 적도 없었다. 그 흔한 데이트 한 번 해 본 적이 없었다. 남자를 만나는 일이라고는 회사에서 업무 빼고 어머님이 주선하신 선이 다였다.

일이라면 자신이 있지만 연애라면 정말 아무것도 모르는 숙맥이 자신이라는 걸 깨닫고 문득 미라를 떠올리다 고개를 흔들었다.

아무리 급해도 상의할 사람이 따로 있지 미라는 절대 들켜서도 안 되는 인물이었다. 아무래도 생각을 정리하고 난 후에 그를 대해야 할 것 같았다.

저 옷은 택배로 그에게 보내 주면 그뿐이었다. 굳이 그를 마주 보며 건네줄 필요는 없었다. 옷이 저것밖에 없어 벗고 다닐 위인도 아니고 뻔뻔하게 그를 마주 보며 전무님이라고 부를 자신도 없었다.

도망가는 것이 아니라 잠시 시간을 버는 거라고 스스로를 납득시키며 그동안 꺼져 있던 휴대폰을 열어 손 비서의 번호를 눌렀다.

휴대폰을 열자 문자란과 전화 목록에 수십 개의 숫자가 찍혀 있었지만 무시해 버렸다. 그리고 할 말을 끝내고 바로 휴대폰 전원을 꺼 버린 현수가 침대에 들어가 이불을 뒤집어썼다. 자고 나면 모든 것이 꿈이기를 바라며 오지도 않는 잠을 청했다.

"시끄럽게."

누군가 쉼 없이 문을 두드리는 소리에 눈을 뜬 현수는 시계를 확인하고 놀라 일어났다.

오후 2시. 시계를 잘못 봤나 싶어 눈을 비볐으나 여전히 그 시간이었다.

"미친!! 지각이잖아. 어쩌면 좋아."

정신없이 일어나 이불을 걷으며 현수가 어쩔 줄 몰라 하다 오늘 휴가를 냈음을 기억했다. 버릇이란 그래서 무서운 모양이었다.

그렇게 고민을 하던 걸 잠들었다 깼다고 홀랑 까먹는 스스로에게 웃음이 나왔다. 여전히 문 두드리는 소리는 현수의 귀를 사납게 하고 있었다.

"누구지? 미란가? 오늘 휴가 낸 건 모를 텐데. 한 실장님이 연락을 하셨나?"

하긴 애처가이자 공처가이신 한 실장님이 현수가 출근하지 않았음을 알았으면 벌써 마나님에게 보고하고도 남았을 것이다.

그래도 피하고 싶은 사람 중 하나가 미라였다. 얼마나 닦달을 하려는지. 벌써 한숨이 나오는 것을 참으며 현수가 문을 열어 주었다.

"그렇게 하면 문이 부서지냐? 시끄럽⋯⋯!!"

그러나 문을 열고 눈을 들어 마주친 사람은 미라가 아닌 정말 피하고 싶은 사람이었다. 한창 문을 두드리고 있던 주먹을 든 채 그가 현수를 무서운 얼굴로 바라보고 있었다. 놀란 현수는 재빨리 문을 닫아 버렸다.

"열어, 좋은 말 할 때. 아니면 정말 부순다."

닫힌 문 밖에서 찬영이 낮은 음성으로 협박을 한다.

왜 이 인간이 문 앞에 서 있는지 모르겠지만 지금 그걸 따질 상황이 아니었다. 문을 열어야 하는지 그게 더 큰 문제였다.

"현수야, 열어라. 이미 너 있는 거 다 아는데 숨어 봐야 소용없잖아. 그리고 너 나 줄 거 있잖아. 얼른 열어."

그의 말에 벽에 걸린 코트가 눈에 들어왔다. 먼저 저것부터 퀵으로라도 보냈어야 했는데 어쩌자고 저걸 저기에 걸어 두고 잠이 들었는지. 그러나 후회는 이미 늦었다. 그러니 문을 열어 주고 저걸 들려 보내는 수밖에.

문밖에서는 여전히 닫힌 문을 보며 찬영이 팔짱을 끼고 발끝으로 바닥을 두드리고 있었다. 속으로 숫자를 세면서.

드디어 천천히 문이 열렸다. 처음 문을 열 때 보았던 여자는 현수가 맞는 모양이었다. 자꾸 웃음이 나는 것을 참으며 일부러 근엄한 표정을 만들고 잽싸게 문을 열어젖히자 딸려오듯 현수가 나왔다.

부스스한 머리에 낡은 줄무늬 티셔츠와 그만큼이나 오래되어 보이는 면바지를 입은 현수는 그가 알고 있던 깔끔하고 정갈하며 차가운 보좌관과는 다른 여자였다.

놀라 눈을 동그랗게 뜨고 바라보는 그녀가 귀여워 순간 웃을 뻔했다. 머리부터 발끝까지 눈에 담던 그가 그녀가 맨발임을 깨닫고 재빨리 그녀의 어깨를 밀어 집 안으로 들어왔다.

"저기……."

"커피 좀 줘. 하루 종일 커피다운 커피를 못 먹었어."

마치 제집처럼 편하게 앉은 그가 현수를 보며 탁자를 두드렸다. 어서 대령하라는 듯.

"인스턴트밖에 없습니다."

"어쩔 수 없지. 그거라도 가져와 봐."

거실 겸 방과 부엌이 하나로 연결된 원룸이었다. 작은 침대에는 스프라이트 이불이 방금까지도 사람이 잠들어 있었음을 나타내듯 흐트러져 있었고 찬영이 앉은 자리 앞에는 작고 예쁜 탁자가 놓여 있었다. 탁자 위에도 수첩이며 휴대폰이며 자잘한 물건들이 놓여 있었다.

책장 가득 꽂혀 있는 책들은 하나같이 손때가 묻어 책 주인이 그냥 멋으로 꽂아 놓은 게 아니라는 걸 보여 주었다. 전체적으로 깔끔하고 정리되어 있어 주인의 성격을 그대로 보여 주고 있었다. 그리고 한쪽 벽면을 차지한 자신의 옷을 보며 찬영이 슬쩍 미소를 떠올렸다.

그가 현수의 비밀스러운 사생활을 침범하는 동안 그녀는 바쁘게 머리를 올려 묶고 정신없이 서랍을 뒤져 커피를 찾고 있었다. 간신히 커피를 찾아 한 잔 만들어 쟁반에 들고 돌아선 현수는 심호흡을 하며 찬영을 마주 대할 용기를 만들었다. 언제까지 여기 숨어 있을 수도 없었다.

"도망가지 말랬지. 너 그 정도밖에 안 돼?"

그의 앞에 커피 한 잔 놓아주고 무릎 꿇고 앉은 현수에게 먼저 찬영이 입을 열었다.

"그리고 이거 뭐야?"

그가 그녀에게 내민 것은 하얀 봉투 한 장. 봉투 앞에는 깔끔한 필체로 예쁘게 사표라고 쓰여 있었다.

이 상황을 어떻게 이해해야 하는 걸까. 그녀를 닦달하는 그를 보며 현수는 기가 막혀 왔다. 무릎 꿇고 앉아 있는 자신도 한심하고 이런 말을 들으며 대답도 못 하고 당하고 있는 건 더 한심했다.

여기는 분명 자신의 집이었다. 이 남자가 상사이긴 하지만 그건 어디까지나 회사에서였다. 일 이외에 그와 자신은 동등한 사람이었다. 그런데 왜 자신이 죄지은 사람처럼 이러고 있어야 하는지 모르겠다.

현수는 우선 자세부터 고치며 편하게 앉았다.

"도망간 거 아닙니다. 말씀 못 들으셨습니까? 휴가 낸 거라고? 그리고 글씨 못 읽으십니까? 봉투 앞에 쓰여 있지 않습니까? 사표라고."

그래, 이 모습이 현수였다. 어느 때든 주눅 들지 않는 자신의 여자. 당당히 할 말을 하는 현수를 보며 자꾸만 삐져나오려는 웃음을 감추고 찬영이 더욱 엄한 표정을 만들었다.

"내시겠다?"

"제가 전무님께 드렸습니까? 제집에 오셔서 제 개인적인 물건에

손을 대신 분은 전무님이십니다. 내고 안 내고는 제 문제이고 제가
직접 전무님께 그 물건을 드리면 그때 따지실 일입니다."

　화장기 없는 얼굴이 다른 날과 달리 수척해 보였다. 대충 틀어
올린 머리가 제멋대로 얼굴로 흘러내려 차가운 말투와는 다르게 순
진하고 아이 같은 천진함마저 느끼게 하는 현수를 보며 찬영이 저
도 모르는 사이 그녀의 이마에 손을 얹었다.

　"아픈 건 아니지?"

　갑자기 이마에 얹힌 손을 피하지도 못하고 현수가 놀란 눈으로
그를 마주 보았다. 그리고 대답 대신 고개만 도리도리 저었다.

　"다행이다. 추운 날 그러고 있었으니까 아픈 줄 알았어."

　갑자기 부드러워진 그가 부담스러워 현수가 입을 다물고 빤히
쳐다보자 찬영이 언제 화를 냈냐는 듯 살짝 웃는다.

　"웃지 말아요."

　이 남자 웃는 모습에 중독이 되는 것 같았다. 차갑고 무정하게
보이던 얼굴이 미소 하나로 돌변하며 사람을 홀리고 있었다.

　"왜? 너무 잘생겨서?"

　"알긴……. 아니, 그게 아니라 저희는 지금 제 사표에 대해 말하
고 있었습니다만."

　고개를 저으며 앞말을 감춘 현수가 급하게 지금까지 대화의 주
제를 상기했다.

　"안 낸다며. 뭐, 받지도 않을 거지만. 그리고 아픈 거 아니니까
됐어. 걱정했잖아. 참, 내 옷은 가져가도 되는데 내 차 키랑 지갑은
좀 주고 가지 그랬어."

　"에?"

이건 또 무슨 소리인지.

"전 전무님 차 키와 지갑을 가져간 적이 없습니다만."

"찬영."

"네?"

"내 이름은 윤찬영이야. 그리고 네 말대로 여긴 회사가 아니지. 회사 일이 아니면 이름으로 불러. 내 차 키랑 지갑은 저 옷 안주머니에 있어. 다 가져가고 걱정도 안 됐어? 펑펑 눈 내리는 거리에 거지로 남겨 두고 가서 잠은 잘 잔 거야?"

정말이었다. 그가 일어서 옷을 들고 안주머니를 뒤지자 차 키와 지갑이 나왔다.

"어떻게……?"

"어떻게 집에 갔냐고?"

고개만 끄덕이는 현수를 보며 찬영이 긴 한숨을 내쉬었다.

"걸어갔지. 네 덕분에 얼어 죽는 줄 알았어."

"괜찮으세요?"

설마 그 옷에 그런 물건이 있을 줄 알았나. 그럼에도 현수는 걱정스러워 그의 안색을 살폈다. 어디가 아파 보이진 않는데 걱정이 앞선다.

"죽는 줄 알았다니까. 아프면 간병해 줄 거지?"

재미 붙인 모양이었다. 툭하면 그녀에게 얼굴을 들이미는 모양이. 놀라 뒤로 물러나려는 현수를 붙잡은 것은 어느새 옷을 던져 버린 찬영의 손이었다.

"내가 곰곰이 생각을 해 봤어. 네 말에 대해서. 그런데 현수야, 네 말이 다 맞는 건 아니야. 흠이 있는 사람인 건 맞는데, 성격이 더럽다는 말은 좀 아니잖아? 너도 만만치 않아. 그러니까 그건 빼자."

여전히 그의 손에 잡혀 얼굴을 마주 보고 있으니 그의 숨결이 가감 없이 그녀에게 스며들고 있었다. 덕분에 그녀의 심장이 백 미터 달리기를 시작했다. 그러니 그의 말이 귀에 들어올 리가 없었다.

이 남자를 어쩌면 좋을까? 다가오지 말라고 하는데도 더 가까이 들이대는 이 남자를 현수는 어떻게 밀어내야 하는지 알 수가 없었다.

"전무님?"

"또. 찬영 씨."

"그러니까, 저, 찬······영 씨."

"그래. 듣기 좋잖아."

그는 듣기 좋은지 몰라도 현수는 오소소 소름이 돋고 있었다.

"원래대로 하시면 안 됩니까? 적응하기 힘들어서."

현수의 눈에는 이제 애원이 담겨 있었다. 생각할 시간이 필요한데 가뜩이나 정신이 없어 죽겠는데 그는 아예 그럴 틈도 없이 그녀에게 밀려오고 있었다.

"미안해. 내가 너무 서둘렀지? 그런데 현수야, 네 말대로 내 나이를 생각해 봐. 널 너무 늦게 만났으니까 그만큼 시간이 모자라. 오늘은 네 말대로 여기까지. 내일은 정시 출근이다. 늦으면 또 찾아올 테니까 알아서 해. 푹 쉬어. 아무 생각 말고."

자기 할 말만 다 끝낸 찬영이 그녀를 놓아주기 전에 말릴 틈도 없이 현수의 이마에 따뜻한 입술을 대었다.

"너 출근 안 했다며. 도대체 뭔 일이야? 그이가 알아보라고……."

그때 벌컥 현관문이 열리며 미라가 들어섰다. 무슨 큰일이라도 난 것처럼 호들갑을 떨며 현수를 찾던 그녀의 눈에 보인 건 친구를 덮치는 낯선 남자였다.

누구냐고 물어 대는 미라에게 나중이라는 말은 통하지 않았다. 갑작스러운 미라의 등장에 놀란 현수가 그를 밀쳐 내어 찬영의 뒷머리에 커다란 혹이 생긴 것 또한 신경 쓸 틈이 없었다.

정신없이 그를 몰아내면서도 현수의 손에 밀려 나가는 그를 살피느라 정신없는 미라의 눈까지 가리려 생쇼를 해야 했다.

"누구야? 저 남자야? 너 선보는 데까지 따라왔다던? 이년아, 남자가 있었으면 말을 해야지. 울 엄마 서운하다고 난리가 났어. 그렇다고 시집도 안 간 년이 혼자 사는 곳에 남자를 불러? 도대체 뭔 짓을 한 거야? 같이 밤샌 거야? 어머, 어머, 얌전한 고양이 부뚜막에 먼저 올라간다더니, 딱 그 꼴이네."

끝없이 쏟아지는 질문과 날아오는 손을 피하지 못해 현수의 등짝이 걸레짝이 되어 있었다. 눈으로 확인은 못 했지만 아마도 멍자국이 선명하게 남았으리라는 건 알겠다.

누구냐고 꼬치꼬치 캐묻는 미라는 집요했다. 어디서 만났느냐, 직업은 뭐냐, 나이는 뭐냐 등등. 그러나 그 어느 것도 제대로 답을 줄 수 없으니 마냥 맞고 있을 수밖에.

나중에 말해 주겠다고 달래고, 그것도 모자라 꼭 소개시켜 주겠다고 달래 간신히 미라를 보낸 현수는 기어이 다시 이불을 뒤집어썼다.

'휴대폰 켜 놔.'

미라에게 끌려 나가면서 그가 했던 말이 생각나 어쩔 수 없이 휴대폰 전원을 켜자 기다렸다는 듯 벨 소리가 울렸다.

사이코 윤 전무.

받아? 말아?

망설이던 현수가 입술을 깨물고 손가락을 대자 그윽한 음성이 현수를 불렀다.

— 현수야, 괜찮아?

이 남자 이제는 아예 대놓고 이름을 부르고 있었다. 그런데 왜 이 남자가 이름을 부르면 눈물이 차오르는 걸까?

"네, 괜찮아요."

— 누구야?

"한 실장님 사모님이요."

잠깐 휴대폰에 정적이 흘렀다. 지금 이 남자는 무슨 생각을 하고 있는지 궁금해졌다.

곤란한 거겠지?

— 나라고 말했어?

역시 곤란하다는 말이겠지.

"아니요, 말 안 했어요. 전무님인 거 알면 금방 소문낼 거예요."

— 찬영 씨.

"네?"

— 이름으로 부르라고. 그리고 말하지 그랬어. 소문나면 나야 좋은데. 넌 곤란할까?

이 말을 어디까지 믿어야 하는 걸까?

— 의심하지 마. 네가 날 숨기려고 하는 것 같아 피해 준 거야. 네가 정말 네 친구에게 날 소개해 줄 마음이 생기면 그때 말해. 정식으로 인사할 테니까. 피곤하겠다. 쉬어. 그리고 내일은 얼굴 보여 줄 거지?

"네, 그럴게요. 내일 봬요."

— 그래, 쉬어. 내일 보자, 현수야.

현수라고 불러 주는 그의 목소리가 너무 부드러워서 그녀는 한동안 휴대폰을 붙잡고 눈물을 흘렸다. 왜 그가 이름을 불러 주면 가슴이 먼저 대답을 하는 건지 모르겠다.

걱정해 주는 그가 너무 고마워서 그리고 너무 따뜻해서 눈물이 멈춰지질 않았다. 덕분에 현수의 눈가는 붉게 물들어 있었다.

❋ ❊ ❋

항상 현수가 일착으로 출근을 했고 오늘도 다르지 않았다. 결국 현수의 손에 남은 그의 코트를 종이가방에 보이지 않게 넣어 왔다. 막 가방을 의자에 놓고 코트를 벗어 옷걸이에 거는데 문이 열리는 소리가 들렸다.

"좋은 아침."

현수는 돌아보지도 않고 당연히 손 비서일 거라 생각해 먼저 인사를 했다.

"응, 좋은 아침."

그런데 갑자기 허리를 감싸 끌어안고 귓가에 속삭이는 말투에 화들짝 놀란 현수가 튀어 오르다 정확히 찬영의 턱을 머리로 강타

했다.

"헉!"

"무슨 짓입니까?"

찬영의 비명과 뾰족한 현수의 질타가 같이 터져 나왔다.

"그래도 머리로 박을 것까지는 없잖아."

입을 가리고 웅얼거리는 찬영의 모습에 현수가 얼른 다가가 그의 손을 잡고 얼굴을 살폈다. 다행히 붉은 기는 있어도 티가 날 정도는 아니었다.

"괜찮으세요?"

"아파, 너라면 안 아프겠어?"

"그러게 왜 그런 짓을 하십니까? 여긴 회사라고요."

"그냥, 내 여자 보니까 반가워서 나도 모르게 그런 거야."

현수의 타박에 툴툴거리며 대답하는 그를 보니 기가 막힌 현수가 노려보며 한숨을 내쉬었다.

"뭔가 착각하신 모양입니다. 전 아직 대답을 드리지 않았습니다. 그러니 아직 전무님의 여자가 아니란 말씀입니다."

"좋은…… 아침입니다."

그때 막 문을 열고 들어오던 손 비서가 힘차게 인사를 하다 마주 보고 있는 현수와 찬영을 보고 말꼬리가 잦아들었다. 무언지 모르지만 두 사람 분위기가 살벌해 절로 눈치를 보게 했다.

"그럼 제대로 된 대답 가지고 들어와."

손 비서를 향해 고개를 까닥여 인사를 받은 그가 차가운 말투로 현수에게 명령을 내리고 자기 방으로 들어가 버렸다.

"무슨 일 있으세요?"

마치 자신이 혼이 난 듯 어쩔 줄 모르며 손 비서가 현수를 향해 걱정스럽게 물어 오자 없던 두통이 생기는 것 같았다.

"아무 일도 없어요. 어제 특별한 일 있었으면 말해 주세요. 제가 알아야 할 일이 있었나요?"

현수의 질문과 동시에 하루의 일과가 시작되었다. 여전히 바쁜 날이었다.

아침의 일이 마치 그녀의 착각인 듯 전무는 점심시간이 다 되어 가도록 서류에 치여 방을 나올 줄 몰랐고, 끊임없이 각 부서장들이 불려 왔다. 그 와중에 현수는 찬영이 더는 소리를 지르지 않는다는 것을 깨달았다.

그런데 조목조목 그들의 잘못을 따지는 그가 더 무섭게 느껴지는 건 아는지 모르겠다. 오히려 성질을 부릴 때보다 긴장하며 전무실을 나서는 부서장들을 보니 딱하게 보일 정도였다.

"오늘은 먼저 다녀올게요."

점심시간이 되자 현수가 도망치듯 사무실을 벗어나 식당을 향했다. 아직 그가 사무실에 있는 건 알고 있지만 회사에서 정해 놓은 점심시간이니 먼저 간다고 뭐라고 할 것인가.

"현수 씨."

식당을 들어서는데 뒤에서 반갑게 부르는 한 실장의 음성이 들렸다. 그러나 오늘만은 전혀 반갑지 않은 목소리였다. 분명 마나님의 엄명을 듣고 정보를 얻으려 하는 걸 모르지 않았다.

"아, 실장님. 어서 오세요."

그러나 모르는 척 현수가 반갑게 인사를 했다.

"얼굴 보기가 힘들어요."

당연한 일이었다. 비서들끼리 모이지 않은 한 서로 얼굴 보기 힘든 건 어쩔 수 없는 일이었다. 모시는 분이 다르니 움직이는 반경도 달랐다.

그러나 한 실장이 말하는 의미가 회사 내에서만이 아니라는 건 알고 있었다. 가끔 서영이를 보러 미라네 가곤 했지만 전무실로 발령이 나고는 아예 발을 끊었다는 편이 맞았다. 그래서 오지랖 넓은 미라가 방구리에 쥐 드나들듯 현수에게 들러 그런 사달이 일어났다.

두 사람 다 일찍 온 까닭에 식당은 한산했다. 그러나 식판을 들고 가까운 곳에 자리를 잡고 마주 앉자 이제 막 식당을 들어서는 사람들이 줄을 서며 수다를 떨기 시작해 금방 식당이 부산스러워졌다.

"물어보세요. 그렇게 눈치만 보시지 말고."

마주 보고 식사를 하는 두 사람을 곁눈으로 힐끗거리며 지나는 사람들은 여전히 있었지만 두 사람 옆에 앉아 밥을 먹는 사람들은 없었다. 소문이 가끔은 사람을 편하게 하기도 한다. 덕분에 넓은 식탁에 두 사람만 앉아 있었다.

"아니, 난 그저, 현수 씨가 결혼한다는 말에 놀라서……."

"잠깐만, 내가 뭘…… 해요?"

"결혼이요."

이런 미친 인간. 도대체 결혼이라는 말은 어디서 튀어나온 건지. 미라의 끝도 없는 상상력에 정말 할 말을 잃었다.

만나는 사람도 아니고, 결혼한다고 말한 그 애의 머리를 해부해 보고 싶은 마음이 들었지만 꾹 참고 고개를 저었다.

"사모님이 착각을 하신 모양이네요. 저 결혼할 생각 없어요."

"네? 하지만 그 사람은 아주 심각한…… 그러니까 이미…….”

"이미 뭐요?"

"선을…… 넘었…… 아니에요. 그냥 잘못 들었나 봐요. 죄송해
요."

한 실장도 이런 식으로 사람을 황당하게 하는 면이 있었나 싶어
진다. 이미 할 말은 다 해 놓고 잘못 들었다고 둘러대면 끝나는 일
이 아니었다.

"여기 자리만 텅 비었네. 앉아도 되죠?"

도대체 이 인간은 마치 현수의 발목에 족쇄라도 매달아 놓은 사
람처럼 잘도 찾아온다. 자연스럽게 현수의 옆에 앉은 찬영이 한 실
장을 보며 양해를 구했다.

"그럼요. 앉으세요, 전무님."

앉은 다음에 물어보면 그냥 가라고 하니?

목구멍에서 나오려는 말을 국물과 같이 삼키며 현수가 한 실장
몰래 그를 째려보았다. 그러나 돌아오는 것은 순식간에 지나가는
짧은 윙크였다.

세상에, 오늘 아침에 해가 서쪽에서 뜨셨나? 하긴 그가 그녀를
당황시킨 게 어디 한두 번인가. 이제는 이런 그에게 익숙해지고 있
을 지경이니 말 다했다.

그저 현수가 할 수 있는 일이라고는 방금까지 맛나게 먹었던 밥
맛을 잃어버렸으나 살기 위해 밥을 입에 넣는 일밖에 없었다.

"그런데 내가 한 가지 묻고 싶은 일이 있어서요."

"무슨 말씀이신가요?"

전무의 말에 한 실장이 조심스러운 눈으로 그를 바라보았다.

"우리 김 실장하고 어떤 관계십니까? 소문으로는 그렇고…… 아무튼 그런 관계라고 들었는데."

이건 또 무슨 소리인지. 다 알고 있으면서 도대체 왜 이런 말을 하고 있는 건지 놀란 현수가 찬영을 토끼 눈으로 바라보았다. 그러나 그나마도 한 실장의 커다란 목소리에 고개를 돌려야 했다.

"어디서 그런 소문을 들으셨습니까? 그렇잖아도 그 소문 때문에 현수 씨에게 미안해 죽을 지경인데."

"아닌가요?"

"아니지요. 당연히 그런 일이 있을 수 없잖습니까? 전 결혼했습니다. 그것도 현수 씨 가장 친한 친구와요. 딸도 있어요. 현수 씨 덕분에 와이프를 만났습니다. 그래서 편하게 지낸 건데 도대체 어떤 인간이 그런 소문을 냈는지 찾으면 경을 치게 될 겁니다."

한 실장에게도 이런 성질이 있었던가? 입안에 있는 밥알을 튀기는 건 물론이고 들고 있던 숟가락을 마치 오케스트라를 지휘하는 지휘자처럼 휘두르고 있었다.

이런 제길, 그마나 밥도 못 먹게 생겼다. 한 실장이 뱉어 낸 밥알이 자신의 국으로 들어온 것을 확인한 현수가 인상을 쓰며 숟가락을 식탁 위에 소리가 나도록 내려놓았다. 그러나 두 사람은 그런 현수를 무시하고 열심히 대화 중이었다.

"그랬군요. 그런데 어떻게 그런 소문이. 아무튼 입만 살아 있는 인간들이 많아요. 한 실장이 힘들었겠습니다. 한 실장 말이 옳아요. 그런 소문을 낸 사람들은 그 대가를 받아야죠."

두 사람은 죽이 척척 맞았다. 당장이라도 소문 낸 사람을 찾아

뛰쳐나갈 것처럼 굴던 한 실장이 그의 말에 진정되며 고개를 끄덕였다.

"네, 말도 마십시오. 아니라고 하소연할 데도 없고, 저 때문에 전무님실로 간 현수 씨 보고 있으니 속은 타고. 정말 미안해서 고개를 들 수 없었습니다."

당신들은 식당에 모인 사람들이 여기만 주시하고 있다는 건 모르냐고 묻고 싶었지만 말해 봐야 무슨 소용이 있나 싶어 식판을 들고 일어서려던 현수가 문뜩 깨달은 것이 있어 찬영을 놀란 눈으로 바라보았다.

이 남자, 이런 식으로 그녀의 소문을 잠재우고 있었다. 사람 많은 식당에서 모두에게 일이 이렇게 된 거다, 알리며 입조심 하라고 경고를 하고 있었다.

인정해야 했다. 아주 효율적인 방법이라는 걸. 오늘부로 그녀와 한 실장에 관한 소문은 헛소문이라는 사실과 잘못 말하면 전무에게 먼저 찍히게 될 거란 사실을 식당에 있는 사람들은 모두 알아들었을 것이다. 그리고 이 이야기가 곧 회사 전체에 퍼지는 데 한 시간도 걸리지 않을 거라는 걸 직감할 수 있었다.

정말 머리 좋은 사내였다. 자신의 지위를 이용하면서도 절대 아닌 척하며 일시에 그녀의 소문을 잠재우는 그를 보며 현수는 혀를 내둘렀다. 그리고 한편으론 고마웠다.

현수를 쳐다보지도 않고 한 실장과 대화를 하면서도 일어서려는 그녀의 구두 끝을 자신의 구두로 지그시 눌러 행동에도 제한을 걸고 있었다.

"따님이 몇 살이죠?"

전무의 대답에 아까까지 흥분했던 한 실장의 얼굴에 환한 미소가 떠올랐다. 잘못 건드린 거라고 알려 주고 싶었지만 늦었다. 벌써 아까와는 다른 모습으로 한 실장은 밥 먹을 생각도 없이 딸 자랑 중이셨다.

휴대폰에 저장해 놓은 서영이 사진까지 보여 주며 열을 올리고 있었다. 상대방이 회사 내에서도 지랄맞기로 소문이 난 전무라는 사실도 까맣게 잊어버렸다.

구두 끝을 누르는 그의 신호를 무시하고 현수는 먼저 일어났다. 허구한 날 듣는 딸 자랑을 또 들을 마음도 없었다. 어차피 시작은 그가 했으니 들어 주는 것도 그의 몫이었다.

"내 방에 꽃이 없어. 꽃다발로 가져다 놔."

막 등을 돌리는 현수에게 찬영이 이제야 기억이 났다는 듯 가볍게 명령을 내렸다. 그러고는 다시 한 실장의 딸 자랑을 듣는 척을 한다.

저 인간이, 끝까지.

그놈의 꽃다발 소리에 경기를 하겠다. 마음으로는 들고 있는 식판을 그의 머리에 내려치고 싶었지만 보는 눈이 너무 많았다.

"네, 알겠습니다."

방법이 없었다. 가벼운 묵례와 함께 현수가 이를 갈며 낮은 음성으로 대답을 하고 식당을 나섰다.

열심히 딸 바보임을 증명하는 한 실장의 말을 흘려들으며 찬영이 식당을 나서는 현수를 슬쩍 바라보고 자신만이 아는 미소를 짓고 있었다.

그러나 다른 사람의 눈에는 회장실의 한 실장과 전무가 무엇인가 비밀스러운 이야기를 나누는 것처럼 보여 숨을 죽이며 귀를 기울이고 있었다.

그리고 점심시간 이후, 암암리에 현수와 한 실장의 소문은 헛소문이라는 것과 회장실의 한 실장이 전무의 사람이라는 소문이 퍼지기 시작했다.

"저녁에 시간 좀 내."

결재한 서류를 받기 위해 들어온 현수는 쳐다보지도 않고 마지막 서류를 검토 중이신 윤 전무께서 앞뒤 다 잘라먹고 명령을 내리셨다.

"회사 일입니까?"

여전히 정자세로 그의 책상 앞에 서 있던 현수가 되묻자 그때서야 찬영이 고개를 들었다.

"설마, 밥이나 먹자고."

"죄송합니다. 선약이 있어서요."

"누구랑?"

"누군가 망친 선 자리 주선하신 분의 호출이십니다."

그녀의 대답에 그가 손가락으로 조심스럽게 책상을 두드리며 생각에 잠겼다.

"혹시 그분이 한 실장 와이프 어머님이신가?"

"네."

"가까운 사이지?"

무엇을 알고자 묻는 말인지 모르지만 현수는 사실대로 말했다.

"제 어머니 같으신 분입니다."

"곤란하겠구나."

사람의 눈을 보면 그 사람의 감정을 알 수 있다고 했다. 그리고 현수는 그의 눈에서 그녀에 대한 걱정을 보고 있었다.

순간 목이 메는 건 왜인지. 대답이 없는 현수를 보며 찬영도 더는 묻지 않았다.

"알았어. 오늘은 편하게 쉬어."

"감사합니다."

"꽃다발!"

그러나 그가 내미는 서류를 받아 나서는 현수를 부르는 찬영의 목소리에 잠깐의 감사의 마음은 바로 날아갔다.

"그만 좀 하십시오."

문 앞에 멈춰 선 현수가 그를 형형한 눈빛으로 내려 보며 작은 목소리로 되받아쳤다.

"왜? 내가 무슨 말을 했는데? 내 방에 꽃이 없다는 소리인데."

한쪽 눈썹 끝을 올리며 찬영이 전무실의 탁자를 가리켰다. 그의 손가락 끝을 따라가 보니 화반의 꽃들이 시들어 다들 고개를 숙이고 묵념 중이었다. 월요일마다 꽃을 바꾸는 건 현수의 일이었다. 그런데 현수가 월요일 휴가를 냈으니 일주일이 지난 꽃들이 시들어 있음이었다.

교묘히 그쪽으로 말을 돌리는 좋은 머리가 짜증날 때가 있다는 건 알고나 있는지.

"죄송합니다. 오늘 중으로 새로 바꿔 놓겠습니다."

짧은 묵례 후 뒤돌아 문고리를 잡은 현수를 울컥하게 만든 건 그의 그윽한 음성이었다.

"현수야, 너무 깊이 생각하지 마. 나도 너와 똑같은 사람이야. 그러니까 너무 힘들어하지도 말고 너무 따지지도 마. 힘들면 힘들다고 해도 돼. 나는 항상 여기 있을 테니까."

현수의 어깨가 잠깐이지만 떨렸다고 느낀 건 그의 착각만은 아니었다. 잠시 머뭇거리던 현수가 깊은 한숨을 내쉬고 아무 말도 없이 문을 열고 나가는 모습을 가만히 보고 있던 찬영도 그녀를 따라 깊은 한숨을 내쉬었다.

돌아서는 그녀의 어깨가 너무 작아 눈에 들어왔다. 그 작은 어깨에 외로움과 슬픔을 얼마나 얹고 살아왔는지 알 수 없지만 그래서 더 단단해졌음은 알겠다.

자신의 성을 쌓아 다가오는 사람들을 밀어내며 스스로를 지키려고 안간힘을 쓰고 살아왔을 그녀에게서 그는 다른 듯 같은 동질감을 느끼고 있었다. 그래서 그녀의 작은 움직임을, 또 표정을 읽을 수 있는지도 몰랐다.

그래서 지켜야 했다. 약하면서도 약한 모습 감추느라 기를 쓰고 살아왔을 그녀를 이제 알았으니 할 수 있는 최대한의 능력으로 보호하는 것만이 그가 할 수 있는 일이라는 걸 새삼 다짐하는 그였다.

현수를 생각하는 그의 상념은 전화 한 통에 깨지고 다시 바쁜 일상으로 돌아갔다. 그의 눈은 수시로 문밖의 여자를 찾고 있었지만 여전히 그의 앞에는 많은 일이 쌓여 있었고 해결할 일도 많았다.

"말을 하지 그랬어. 그러면 그런 자리에 나가라고는 안 했을 텐데."

미라의 어머님은 전혀 서운한 기색은 보이지 않으셨다. 단지 그녀의 어깨를 두드리며 미안하다는 말씀만 연신 하셔서 몸 둘 바를 모르게 했다.

"그래, 뭐 하는 사람이야?"

드디어 올 것이 왔다. 뭐라고 한다?

"회사원이에요."

거짓말은 아니었다. 단지 사주의 아들이라는 말만 쏙 빼놓았을 뿐이다.

"너 다니는 회사야?"

"네."

"누구? 누구야? 내가 알아볼게. 그이더러 알아보라고 할게. 누구야?"

얘는 도대체 왜 있는 건지 모르지만 벌써 서영이까지 데리고 와서 집 안을 점령 중이었다. 하긴 지 친정인데 뭐라 할까.

"시끄러워. 현수가 너야? 다 알고 만나는 거지. 왜 그걸 한 서방이 알아봐?"

다행히 아버님이 중재를 하셨다. 얼마나 고마우신지.

"그래도 누군지 알는 봐야 하잖우. 현수랑 사귄다는데 어떤 사람인지는 알아야지. 사람은 겉만 보고는 모르는 법인데."

"겉은 번지르르해. 잘나긴 했더라. 그 약사보다는 훨~ 잘생긴 것 같았어. 이 지지배가 하도 지랄을 해서 제대로 못 보긴 했지만."

"허우대가 밥 먹여 주냐? 잘생긴 건 꼭 꼴값을 하는 법이야. 한 서방 봐라. 얼마나 남자답게 생겼냐?"

여전히 사이가 좋은 모녀다. 더불어 사위 자랑은 꼭 하는 어머님이셨다.

"그래, 나이는?"

"그러니까, 올해로 서른아홉?"

"좀 많다, 얘."

"많긴? 한 서방 나이를 생각해 봐."

어머님의 질문에 대답을 하니 미라가 한마디 하고 결국 아버님이 거기에 대꾸를 하는 것으로 끝이 났다. 하긴 한 실장님이 그 사람보다 두 살 많으니 미라가 할 소리는 아니었다.

계속되는 질문에 난감해하던 현수가 휴대폰 소리에 번호도 확인 안 하고 뒤돌아 전화를 받았다.

— 곤란한 상황이지?

목소리만 듣고도 누구인지 알겠다.

"네."

— 내가 구해 줄까?

지금 사람 놀리는 것도 아니고 이 순간 전화해 어쩌자는 건지 모르겠다. 어머님과 아버님은 물론 미라까지 눈을 모으고 귀를 세우며 현수의 통화를 듣고 있었다.

"무슨 일이신지요?"

— 나와, 일본 출장이야. 옷 단단히 챙겨. 며칠이 될 수도 있고 하루만 있을 수도 있어. 한 시간 후에 집 앞으로 갈 테니까 준비하고 기다려.

"일본이요?"

— 그래, 저번에 갔던 곳. 그러니까 핑계 대고 나와. 조금 이따가 보자, 현수야.

이 남자 왜 이리 즐거운 목소리인지 모르겠다. 그러나 내용만으로는 현수에게도 반가운 전화였다.

"어쩌죠, 출장이라는데."

휴대폰을 가방에 챙기며 현수가 애써 미안한 표정으로 어머님을 보고 말씀드렸다.

"이 저녁에 무슨 출장이야?"

미라의 의심스러운 눈초리에도 현수는 태연했다. 분명 거짓말은 아니었으니까.

"일본 출장이야. 지금 출발해야 아침에 일 처리하고 빨리 올 수 있으니까."

"그럼, 그 전무라는 사람하고 같이 가는 거야?"

"응."

"왜? 그 전무라는 사람이 무슨 문제 있어?"

역시 미라의 어머니였다. 말투만 들어도 무슨 문제가 있다는 것을 단번에 알아내시니.

"엄마, 얘가 모시는 전무라는 사람, 이혼했대. 그 나이에 이혼하면 문제가 있지. 그런 사람하고 같이 다닌다는데 걱정이 안 되겠어?"

네가 말하던 그 잘난 인간이 이혼한 전무라는 사실을 알면 어쩌려고 그러니.

"이혼했어? 어쩌다? 그러게, 미라 말대로 좀 그러네. 뭐, 현수가 얼마나 똑똑한 앤데. 똑똑하기만 해? 야무지긴 또 얼마나 야무진데, 알아서 하겠지. 그래도 현수야, 항상 조심은 해야 한다. 알았지?"

이 상황에 웃어야 할지 울어야 할지 모르지만 현수는 미라에 더해서 어머님의 잔소리까지 들으며 그 집을 나섰다. 문을 나서는 현수를 향해 늘 묵묵히 듣기만 하시던 아버님까지 한마디 하셨다.

"현수야, 문은 꼭 잠그고 자야 한다."

12.
믿어도 될까?

한 시간은 매우 촉박했다. 집에 도착해 급하게 가방을 싸고 있는 도중에 약속한 한 시간이 지났는지 찬영이 도착했다. 시계를 확인하고 집을 나서는 그녀의 가방을 그가 재빠르게 채 갔다.

"든든하게 챙겼지? 거기 추워."

이미 겪은 일이었다. 굳이 떠올릴 필요는 없었다. 차가운 날씨에 준비 없이 가서 호되게 당한 사람이 현수였다.

"이번에는 챙겨 주시네요."

"그때랑은 다르잖아."

"네?"

"그때는 내 여자가 아니었으니까."

내 여자라는 타령은 질리지도 않는 모양이었다. 대꾸해 봐야 돌아올 말은 뻔했기에 입을 다물고 차 문을 열어 주는 그를 스쳐 조수석에 앉았다.

운전석에 앉아 현수가 안전벨트를 매는 모습을 확인한 찬영이 시동을 걸더니 저 혼자 흥얼거리며 어두운 밤거리를 달리기 시작했다.

이 남자, 흥얼거리는 목소리도 좋았다. 그래서 현수는 밤 풍경을 보는 척하며 그의 목소리에 귀를 기울였다.

"운전은 하지?"

"면허증은 있습니다만."

"그렇군."

"면허증이 있다고 운전을 한다는 말은 아닙니다."

"응?"

현수의 말에 찬영이 그녀를 보았다.

"운전에 집중하세요."

"그래서, 운전을 못한다고?"

다시 정면을 본 찬영이 슬그머니 웃으며 되물었다.

"네. 하지만 그린면허증입니다."

갑자기 웃음을 터트리는 찬영 때문에 잠시지만 차가 흔들리는 것 같았다.

"그렇게까지 웃을 일은 아닌데요."

"난 현수 넌 못하는 일이 없을 것 같았거든. 그래도 하나는 있네. 뭐, 괜찮아. 내가 운전하고 다니면 되니까."

"우리나라 대중교통은 훌륭한 편이라는 걸 말씀드리고 싶네요."

한마디도 지지 않는 현수를 보며 다시 찬영이 한참을 웃었다. 팩 토라져 일일이 대꾸하는 현수가 귀여워 지금이라도 이대로 납치하고 싶다고 한다면 어떤 반응을 보일지 궁금해졌다.

뭐 좋은 일로 가는 것은 아니지만 그래도 현수와 제대로 여행 가는 것 같아 마냥 좋은 찬영과 그의 옆에서 이상하게 두근거리는 심장을 다스리느라 애쓰던 현수는 짧은 비행을 마치고 일본 공항에 도착했다.

한밤중 도쿄의 공항은 여전히 밝은 불빛으로 그녀를 맞이했다. 전에 왔을 때와 다른 점이 있다면 옆에 서 있는 남자였다.

분명 처음 이곳에 도착했을 때는 그의 커다란 보폭에 맞춰 종종걸음을 했었는데 지금은 그 남자가 그녀의 옆에 딱 달라붙어 있었다. 더구나 그녀의 짐까지 찾아서 자신이 들고 있었다.

뭔가 이상하고 야릇한 기분에 현수가 먼저 손을 내밀었다.

"주세요."

"뭘?"

"제 짐이요."

"따지지 좀 말자. 피곤해. 얼른 가자."

들은 척도 안 하고 먼저 나서는 그의 뒤를 따르며 현수가 저도 모르게 미소를 짓고 있었다. 따지면 얼마 안 되는 시간인데 평생 그를 따라다닌 것 같은 느낌이 생소하고 나쁘지 않았다.

어두운 밤에 산을 올라가니 보이는 것이라고는 아무것도 없었다. 도시의 불빛이 사라지자 차가운 겨울하늘에 촘촘한 별빛만 눈에 들어왔다. 그 하늘이 너무 예뻐 저도 모르게 자꾸만 창 곁으로 다가가 차가운 창문에 얼굴을 대는 현수를 보다 못해 찬영이 그녀의 어깨에 팔을 얹어 당겨 안았다.

"무슨 짓이에요?"

어깨에 둘러진 그의 팔에서 벗어나려 애쓰며 현수가 몸을 빼자 그가 더욱 힘을 준다.

"나중에 내리면 봐. 얼굴 차갑잖아."

손으로는 그녀의 차가운 볼을 따뜻하게 감싸며 남은 한 손으로 그녀의 다른 한 손을 잡아 아예 그에게 붙여 버렸다.

"놔요. 기사가 보잖아요."

작은 목소리로 꿍얼거리며 자꾸만 빠져나가려는 현수와 잡은 손에 힘을 주는 찬영의 실랑이가 도리어 기사의 주의를 끌고 있음을 모르고 있었다.

"보면 어때. 가만 좀 있어라. 보는 사람이라고는 택시 기사뿐이 잖아. 그리고 저 사람은 우리 모르거든. 한국어는 더 모르고."

그의 말이 옳았다. 늦은 밤 택시로 이동하는 그들이었다. 물론 택시 기사도 일본인이었다. 할 말이 없어 가만히 그의 뜻대로 앉아 있던 현수가 한참을 망설이다 그의 어깨에 살그머니 머리를 기댔다.

"피곤해서예요. 하루 종일 부려 먹고 늦은 밤에 출장까지 보내는 누구 때문에."

속삭이는 목소리를 들으며 찬영의 얼굴에 따뜻한 미소가 떠올랐다. 내내 그를 외면하며 밀어내던 그녀가 처음으로 그에게 기대고 있었다. 상큼한 그녀의 향기가 그를 행복하게 하며 얼마나 뿌듯하게 만들고 있는지 현수는 모르리라.

현수 역시 숨 쉴 때마다 느껴지는 그만의 향기에 발개진 얼굴로 웃고 있었다. 그녀의 뺨을 따뜻하게 데우던 그의 손이 그대로 옮겨져 결 좋은 머리카락을 쓰다듬고 있었다.

세상에서 가장 소중한 것을 만지듯 조심스러운 손길에 현수의 심장은 또 백 미터 달리기를 하고 있었다. 그러자 그의 향기가 그녀를 감싸며 부드럽게 울렁거리는 심장을 달래 준다. 그래서인지 택시가 목적지에 도착하는 시간이 너무 빠르게 느껴져 당황스러울 정도였다.

도착하고 나서야 현수는 리조트에 문제가 생겨서 급하게 오게 된 거라는 사실을 알았다. 그동안 이 일을 하면서 이런 실수를 한 적이 없었다. 항상 상사와 움직이며 앞서 준비하고 어떤 일을 해야 하는지 알고 움직였다.

그런데 생각해 보니 무작정 일본 출장이라고 따라오라고 하는 통에 무슨 일인지 알아보지도 않은 채 왔다는 사실을 깨달았다. 현수는 스스로를 질책하며 그를 마중 나온 직원들의 대화를 유심히 듣고 있었다.

리조트에 화재가 나서 준비 중인 한 동이 전부 소실되었다는 말에 찬영의 얼굴이 무섭게 굳어졌다. 다행히 가벼운 부상자만 있을 뿐 인명피해는 없었다는 보고에 찬영 대신 현수가 가만히 안도의 한숨을 내쉬었다.

"어차피 늦은 밤이니 자세한 건 내일 확인하도록 하고, 손해비용까지 모두 계산해서 보고서 올리세요."

새벽까지 그를 기다리고 있던 임원들이 어두운 얼굴로 제 방으로 올라가고 곧 그와 현수도 각자 방을 배정받았다. 그의 손에 들려 있던 가방을 야간 조 포터가 들며 두 사람을 안내했다. 현수의 방 바로 옆방이 그의 방이었다.

"오늘은 푹 쉬어. 잠이 안 오면 온천욕을 하든가. 수고 많았어. 잘 자."

"네, 수고하셨습니다. 내일 뵙겠습니다."

포터가 문을 열고 기다리는 상황이라 현수가 깍듯하게 인사를 하고 자기 방으로 들어갔다.

전에 썼던 방과 달리 꽤 커다란 방이었다. 화려한 인테리어의 방은 혼자 쓰기엔 버거울 정도로 컸다.

처음 보는 화려함에 정신을 잃고 구경하느라 짐을 푸는 것도 잊어버렸다. 벽에 걸린 그림은 나스 산맥의 전경을 마치 눈으로 보는 것처럼 자세하게 그린 묘사화였다. 유럽풍 거실장은 탐이 날 정도로 우아했고 조그만 바에는 작은 병에 담긴 와인이 종류별로 구비되어 있었다.

너무 예뻐서 순간 훔쳐 가고 싶은 마음이 생길 정도였다. 그리고 가장 마음에 드는 건 침대 옆으로 커다란 창문이 있어 잠에서 깨어나 눈부신 아침 풍경을 볼 수 있도록 만들어진 구조였다. 천천히 방을 둘러보다 들어온 문과는 다른 문 하나를 보며 현수가 갸웃거렸다.

"화장실인가?"

생각 없이 문을 열며 중얼거리던 현수는 순간 돌부처가 되었다. 그녀의 눈에 이제 막 옷을 갈아입느라 벌거벗은 등을 보이는 찬영이 보였다.

왜 이 문이 그의 방과 연결되어 있는지 알 수가 없었다. 그러나 그 생각보다 더욱 충격적인 건 그의 등 반쪽을 차지한 커다란 흉터였다. 문 여는 소리에 고개를 돌려 현수를 확인한 그가 재빠르게 벗었던 와이셔츠를 챙겨 입으며 무서운 얼굴로 소리를 질렀다.

"닫아!"

놀라 얼른 문을 닫은 현수가 문에 기대며 방금 뜀박질을 한 사람처럼 숨을 헐떡거렸다. 그의 흉터 때문에 놀란 건지 아니면 처음 보는 남자의 벗은 모습 때문인지 구분을 할 수가 없었다.

서른둘이나 먹어서, 아니지 서른셋이나 먹어서 남자가 겨우 상의 탈의한 걸 보고 놀랐다는 건 웃기는 일이었다. 그러나 다른 남자라면 벗고 다니든 입고 다니든 신경 쓸 일이 없었다. 단지 그 사람이 찬영이었기 때문이다. 그리고 그녀를 향하던 무서운 얼굴에 놀라고 서운해 현수는 한 발자국도 움직일 수가 없었다.

다리에 힘이 풀려 스르르 문에 기대어 주저앉으며 결국 현수는 인정할 수밖에 없었다. 아무리 아니라고 해도 그를 이미 마음에 담았음을. 아니라고 스스로를 속이는 것에도 이제 한계가 왔음을 깨달아야 했다.

그래서 이렇게 가슴이 아린 걸 거다. 그의 차가운 음성에, 그리고 그의 굳어진 얼굴에.

"바보."

즐기고 있었나 보다. 그가 그녀에게 내미는 손을 거절하면서, 오기를 부리고 있었다. 언제까지 손을 내미는지 알아보려고. 상처받는 것이 무서워 외면하고 거부하며 몇 번이고 그가 내미는 손을 외면하며 그의 품을 벗어나려 앙탈을 부리고 있었음이었다. 그사이 그 남자는 이미 그녀 안에서 중요한 자리를 차지하고 있었는데 자신만 아니라고 우기고 있었다는 걸 더는 부인할 수 없었다.

이 마음이 사랑인지는 모르겠다. 그러나 그의 목소리를 들으면 편안했고 그의 향기에 안도했던 자신을 알고 있었다. 단지 인정하지 않았을 뿐이다.

밤마다 고모가 우는 소리를 들으면서 누군가를 사랑하면 아픈 거라고 생각했다. 그런데 이제야 왜 고모가 그렇게 울었는지 알 수 있었다.

'사랑은 아름다운 거야. 때로는 아프게도 하지만 시간이 지나면 예쁜 추억으로 남겨지거든.'

그런 말을 하는 고모의 눈이 참 슬퍼서 사랑을 하면 아픈 거라고 믿었었다. 그럼에도 왜 사랑을 하느냐는 질문에 고모는 언젠가는 현수도 알게 될 거라고 대답해 주었다. 그때는 아주 예쁘게 사랑하게 될 거라고. 언제나 고모가 기도하니까 그럴 거라고 했었다.

"믿어도 될까? 고모의 기도, 정말 믿어도 될까?"

작게 물어보지만 대답이 올 리 없었다. 그래도 믿고 싶은 마음을 어쩌랴. 그러니 믿을 수밖에. 고모의 마음을, 고모의 기도를 믿고 그의 손을 잡아 볼 수밖에 없다는 것을 현수는 눈물 한 방울로 인정하고 있었다.

"현수야, 문 좀 열어 줘."

조심스러운 그의 목소리에 정신이 든 현수가 천천히 일어서 문을 열어 주었다. 급하게 옷을 입은 듯 그의 옷차림이 뭔가 이상하다고 느꼈지만 지금은 멍하니 그의 얼굴만 볼 뿐이었다.

"많이 놀랐지?"

걱정이 가득한 음성. 어두운 얼굴. 그리고 미안한 눈빛. 이런 모습의 그는 싫었다. 이 남자는 당당할 때가 멋있었다. 그녀가 사랑하는 남자는 다른 사람에게는 한없이 차갑지만 그녀에게만은 장난스럽고 언제나 웃어 주는 사람이었다. 주제 파악 못 하고 떽떽거리는 비서에게만, 오직 그 비서에게만 절절매는 남자였다. 그러니 이런 눈으로 그녀를 보는 건 싫었다. 그래서 현수가 먼저 그의 품에 얼굴을 묻었다. 두 팔로 그를 꼭 끌어안으며.

"현수야?"

부드러운 목소리로 자신의 이름을 불러 주는 이 남자가 좋았다. 그의 품에서만 느껴지는 향기가 그녀를 사랑받는 여자로 만들고 있었다.

꼭 안겨 오는 현수의 행동에 당황하면서도 찬영은 그녀를 품으며 그녀의 머리에 얼굴을 묻었다. 현수에게서 흘러나오는 향기를 마시며 그제야 그는 숨이 쉬어지는 것 같았다.

놀라 소리를 질러 놓고 혹여 상처 입고 도망갈까 봐 겁이 났다. 흉측한 흉터를 보고 무서워할까 두려웠다. 그러나 이 여자 김현수는 도망가지도 두려워하지도 않고 그의 품에 안겨 왔다. 그래서 더욱 놓을 수가 없어 그의 팔에 점점 힘이 들어가고 있었다.

"나 안 도망갈 거니까 힘 좀 풀어요. 아프잖아요."

따뜻한 캐시미어 스웨터에 얼굴을 묻고 있던 현수가 눈살을 찌푸리고 투덜거리며 고개를 들다 여지없이 그의 턱에 머리를 박았다.

"아얏!"

"어머, 다쳤어요?"

"너 이거 일부러 그러는 거지?"

"아니에요. 좀 봐 봐요. 이거 좀 놔요. 그래야 살펴보죠."

그의 품에서 벗어나 살펴보려고 해도 그는 그녀를 품에 안은 채 신음 소리만 낼 뿐 놓아줄 생각을 하지 않았다.

"조금만 이러고 있자. 안 아파. 그러니까 조금만 더."

팔에 다시 힘을 주는 그의 품에 안긴 현수가 인상을 썼다.

"꼭 이러고 있어야 해요? 저기 의자 편해 보이는데 앉으면 안 돼요? 나 불편한데."

문 앞에서 서로 끌어안고 움직이지도 않고 있는 게 보기엔 좋아 보일지 몰라도 사실 불편했다. 더구나 근사한 의자가 어서 앉아 주세요, 하고 있는데 굳이 이러고 있어야 하나 싶어 볼멘소리를 하자 찬영이 또 웃음을 터트렸다.

이 남자는 무슨 말만 하면 웃어 사람을 기가 막히게 하는 남다른 능력이 있었다. 자신의 말이 상황에 어울리지 않아 그런 거라고는 생각하지 않는 현수가 그의 팔 힘이 풀리자 재빨리 아까부터 앉아 주세요 하던 의자에 예쁘게 자리를 잡았다.

의자는 2인용이었고 두 사람이 앉아도 넉넉한 크기였다. 찬영도 웃음을 매달고 현수의 옆에 앉아 그녀의 어깨에 팔을 둘렀다. 그러자 바로 현수가 머리를 기대 온다.

"놀랐지?"

"네."

"미안해."

"내가 잘못한걸요. 그런데 왜 방이 연결된 거예요?"

"아, 여기 가족 전용 룸이야."

그의 대답에 기댔던 고개를 들어 현수가 그의 눈을 마주 보았다.

"현관은 따로 있잖아요."

"부모님과 같이 오는 사람들을 위해서 만든 룸이야. 따로따로 들어가지만 안에서 연결되어 오갈 수 있도록. 개인적인 공간은 지킬 수 있도록 설계된 거야."

"아하!"

무슨 뜻인지 알았다. 개인적인 생활을 즐기는 일본인들의 생각인 것 같았다.

"저 문 잠글 수는 있죠?"

"왜? 내가 덮치기라도 할까 봐?"

"거야 모르죠. 제가 워낙에 미모가 뛰어나서. 그리고 아버님이 문은 꼭 잠그라고 하셨거든요."

새침하게 말하는 현수는 이제껏 보아 왔던 그녀와 달랐다. 끊임 없이 내미는 손을 외면하던 그녀가 오늘은 스스로 안겨 오고 투정 도 부리고 있었다.

"현수야."

"정신이 빠졌나 봐요. 어떻게 출장을 오면서 무슨 일로 오는지도 몰랐을까. 이래서야 쓸모가 없잖아요."

말을 돌리는 그녀를 보며 찬영이 다시 한 번 나직이 이름을 불렀 다.

"현수야, 나 좀 봐 봐."

팔에 힘을 주니 그제야 현수가 천천히 그를 향한다.

"고개 들어야지."

그의 가슴만 향하는 그녀의 고개를 올려 억지로 눈을 마주칠 수 도 있었다. 그러나 그는 그녀 스스로 그와 눈을 마주치기를 기다렸 다. 항상 상대방의 눈을 보며 대화를 하던 현수가 오늘은 작정이라 도 한 듯 그의 눈을 피하고 있었다. 마주 보고 있어도 시선은 다른 곳을 향하고 있음을 모를 그가 아니었다.

기다리는 그에게 답을 주듯 현수가 작은 입술을 깨물며 그의 눈을 마주 보았다. 커다란 눈이 똑바로 그를 향하며 온통 그만을 담고 있었다. 까만 눈동자에 비친 자신을 보며 찬영은 생애 처음으로 가슴이 뿌듯해졌다. 이렇게 이 여자의 눈에 자신만 담기를 원했다는 걸 이제는 확실히 알겠다.

"내 손 잡는 거지?"

"왜 나예요?"

흔들리는 눈동자로 물어 오는 여자에게 찬영은 무슨 말을 해야 할지 알 수 없었다. 그래서 있는 그대로 말하기로 했다. 대답을 듣고 그의 손을 밀어낼까 봐 두려웠지만 현수에게만은 거짓말 같은 건 할 수가 없었다.

어린 시절 손 내밀 때마다 외면받았던 기억을 떠올리며 잠시 내민 손을 빼고 싶다는 유혹을 느꼈지만 금방이라도 눈물이 떨어질 것 같은 현수의 눈을 보며 마음을 굳혔다.

"몰라, 왜인지 나도 몰라. 그냥 너였으면 해. 내 손을 잡는 사람이 너였으면 해."

마치 그의 말이 마음에 들지 않는다는 듯 그녀의 눈에서 눈물 한 방울이 또로르 하얀 뺨 위로 흘러내렸다. 그리고 찬영의 가슴 한쪽도 짜르르 진동이 울려 왔다.

"바보."

작은 목소리가 그의 귀에 들리며 곧이어 현수의 입술이 그의 입술에 닿아 있었다. 살짝 닿은 입술은 긴 여행에 거칠었지만 따뜻했다. 그리고 바로 떨어져 나가려던 그녀의 입술은 그의 손과 더욱 깊게 밀착하는 입술에 의해 퇴로가 막혔다.

기다렸다는 듯이 그의 입술이 현수의 입술을 마중하고 있었다.

여린 그녀의 몸은 이미 그의 품 안에 가려 보이지도 않았다.

차가운 바람에 거칠어진 입술을 마치 그의 타액이 약이라도 되는 듯 반짝이게 만들었다. 그럼에도 욕심은 멈추지 않고 그녀를 조르며 열어 달라고 애원을 한다. 결국 현수가 그의 애원에 굴복해 살짝 입술을 열어 주자 이제는 아예 주인 행세를 하고 있었다.

그녀의 모든 것을 맛보고 확인하는 그의 혀가 그녀를 가득 채우며 숨이 막히도록 침입해 들어오자 현수가 방어하느라 내민 혀도 어느새 그의 소유가 되어 있었다.

그러는 사이 그의 향기는 현수에게, 그녀의 향기는 찬영에게 물들어 있었다. 간신히 현수의 입술을 놓아준 그가 떨고 있는 그녀를 품에 안으며 그녀의 머리 위에 턱을 올리고 달콤한 한숨을 내쉬었다.

"대답치고는 정말 확실한데."

그녀만큼이나 숨이 차 목소리가 고르지 않았음에도 그의 말투에는 웃음이 배어 있었다.

"잡은 것도 내가 먼저지만 놓는 것도 내가 먼저예요."

한마디도 그에게 지지 않으려는 그녀가 좋았다. 그래서 찬영이 그녀를 더욱 힘주어 품으며 고개를 끄덕였다. 보이지 않아도 그녀가 느끼고 있으리란 걸 알고 있었으니까. 그러다 그녀가 자신이 가장 혐오하는 흉터 부분에 손을 대고 부드럽게 어루만지고 있음을 알았다. 순간 그의 몸이 굳어지며 자신도 모르게 그녀를 밀어냈다.

갑작스러운 그의 행동에 현수가 놀란 눈으로 그를 바라보고 있었다.

"미안, 나도 모르게 그만."

다시 그녀를 품에 안으려는 그의 행동을 그녀가 두 손으로 막으며 걱정스러운 말투로 그에게 물어 온다.

"많이 아파요?"

봤구나. 문이 열리며 그녀의 얼굴을 확인한 순간 들었던 그의 의문에 대한 답을 현수가 해 주고 있었다.

"안 아파, 지금은."

"다행이다. 혹시 아픈 건가 싶어 걱정했어요."

갑자기 밀어낸 순간 당황하면서도 현수의 머리에 스친 건 아까 보았던 흉하게 일그러진 등의 상처였다. 캐시미어 스웨터를 통해서도 만져지는 상처는 생겼을 때 그만큼의 통증도 같이 동반했을 거라는 걸 알 수 있었다. 그래서 밀쳐진 서운함보다 걱정이 앞섰다.

"왜 나예요?"

아예 무릎에 앉혀 놓고 품에 안는 그에게 현수가 아까 물었던 질문을 다시 꺼냈다. 그는 대답 없이 그녀를 물끄러미 바라보았다.

"왜 손을 내민 사람이 나냐고요. 그 많은 여자들 중에서. 당신 주변에는 나보다 대단하고 예쁜 여자들 넘치잖아요. 언제든 당신이 손 내밀기를 바라는 여자투성이잖아요. 나는……."

"네가 모자란 것 같아? 부족한 게 많은 것 같아?"

그의 질문에 현수는 망설이다 고개만 끄덕였다. 스스로 그런 말을 내뱉는다는 게 왠지 자존심이 상했다.

"누구보고 바보라는 거야? 네가 바보잖아. 그런 여자들 트럭으로 가져와 봐라. 내가 눈길이나 주나. 너니까야. 다른 이유 없어. 네가 날 처음으로 웃게 만들었으니까. 네가 날 처음으로 동동거리게 만들고, 지갑도 없이 눈밭에 세워 놓고 달아난 여자도 네가 처음이니까."

"그건 모르고 그런 거고. 너무 당황해서 당신 옷을 가져간 줄도 몰랐다고요. 집에 가서 얼마나 놀랐는데."

다행히 이번에는 피했다. 고개를 번쩍 들어 해명하는 현수의 입술을 보며 찬영이 짓궂은 미소를 짓는다. 매번 타이밍을 못 맞춰 그녀에게 내주었던 턱이 지금은 무사했다.

"사람은 보는 것과 다르다고, 그래서 겪어 봐야 안다고 그랬어요. 당신 얼마나 힘든 삶을 살아온 건가요?"

가만히 작은 두 손으로 그의 뺨을 잡은 현수가 촉촉한 목소리로 생각지도 못한 말을 하며 그의 심장을 울리고 있었다.

한동안 흔들리는 그녀의 눈동자를 응시하던 그가 천천히 그녀의 손을 잡아 얼굴에서 떼어 냈다. 그리고 그녀를 밀어 의자에 앉히고 일어났다.

"무슨 소리를 들었지? 나에 대해서 얼마나 아는 거야?"

현수의 질문에 그동안 잊고 지냈던 사람에 대한 의심이 고개를 들었다. 이 여자도 같은 부류가 아닌가 하는 의심에 저도 모르게 찬영이 그녀를 밀어내고 있었다.

차가운 목소리에 순식간에 달뜨던 방 안의 공기가 스러지며 찬 바람이 부는 것 같아 현수가 저도 모르게 몸서리를 쳤다. 그만큼 그는 감히 다가갈 수도 없을 만큼 싸한 냉기를 뿜어내고 있었다. 갑자기 변한 그의 행동과 말투에 현수도 얼어붙었다. 겨우 열었던 마음의 문이 닫히는 것이 느껴졌다.

이 남자는 현수에게 손 내밀며 구애하던 남자가 아니었다. 처음 그를 만났을 때 보았던 이기적이고 거만하며 얼음 같았던 윤 전무였다.

그동안 그녀에게 보여 준 모습 때문에 원래 어떤 사람인지 잊고
있었다. 그랬다. 처음 그를 만났을 때도 그는 이런 모습이었다. 그
런데 왜 지금은 이 모습이 그녀를 아프게 하는 걸까?

처음 그를 보았을 때 이런 모습을 보고도 아무렇지도 않았던 자
신이었다. 그를 안 지 얼마나 지났다고 그가 본래의 모습을 보인다
고 이토록 서운하고 서러워지는 것일까?

고모의 기도는 통하지 않았나 보다. 가슴 한쪽이 벌써 아파 오는
걸 보면. 그래서 현수도 스스로를 보호하고자 얼음덩어리가 되고
있었다.

"아무것도……. 그리고 보니 난 당신에 대해 아무것도 몰라요.
회장님의 큰아들이라는 것과 동생들이 있다는 것. 차가운 새어머니
가 있다는 것. 그리고 한 번 이혼을 했고, 이혼한 그분은 그림을 그
린다는 것밖에는."

갑자기 몰려오는 한기에 스스로를 달래듯 양손으로 팔을 쓰다듬
으며 천천히 그녀가 아는 모든 것을 말해 주었다. 목소리마저 떨려
나와 이를 악물고 간신히 숨을 가다듬었다. 서릿발 같은 눈으로 자
신을 보는 그를 피해 시선은 그의 등 뒤 문을 주시하고 있었다.

"아, 마지막으로 하나 더. 여동생이 이혼을 하려고 한다는 거까
지네요."

기계처럼 고저 없는 음성으로 대답하는 현수의 낯빛이 하얗게
질려 밀랍인형처럼 보였다. 방금까지 반짝이던 눈빛은 사라지고 마
치 셔터를 내려 감정을 지운 사람처럼 눈동자마저도 말간 유리알처
럼 보였다.

찬영에게 이 모습은 익숙했다. 누군가에게서 항상 보았던 모습. 자신의 감정을 감추고 아픈 마음을 숨기고 약점을 감추기 위해 나타나는 보호 본능.

거울 속에서 보아 왔던 그를 지금 현수에게서 보고 있었다. 자신이 지금 무슨 짓을 한 건가? 스스로에 대한 자책이 밀려왔다. 어렵게 그의 손을 잡은 그녀를 쳐내 버리는 짓을 한 사람은 자신이었다. 여태 잡아 달라고 매달린 주제에 정작 그녀가 손을 잡으니 놓아 버리는 미친 짓을 하고 있었다. 그것도 해묵은 상처 때문에.

"미안하다. 미안하다, 현수야. 잘못했어."

마음이 급해졌다. 이대로 한발 다시 물러서려는 그녀를 잡아야 했다. 앞으로 다시는 온전히 그에게 자신을 내주려 하지 않을 거라는 걸 그는 본능으로 깨닫고 있었다. 지금 잡지 않으면 영영 그를 가까이하지 않으리라는 것도 알고 있었다.

그의 여자 김현수는 당차고 똑똑하고 차가워 보이지만 겁쟁이에 여리고 외로운 여자라는 걸 이제야 분명히 알겠다.

그가 그동안 단단한 갑옷으로 사람들의 시선을 제한하며 살아왔듯 그녀 역시 같은 방법으로 자신을 사람들과 격리시켜 살아왔음을.

따뜻한 공기에도 그녀는 추위 때문에 견딜 수 없어 보이는 사람처럼 스스로를 끌어안고 움츠리고 있었다.

누군가에게 자신의 약점을 내보였을 때 느껴지는 추위 때문이라는 걸 다른 사람은 몰라도 그는 알 수 있었다. 어린 시절 그는 그렇게 스스로를 지켜 왔다. 아무도 안아 주지 않는 어두운 곳에서 그런 식으로 스스로를 위로하며 무서운 추위를 견뎌 왔다.

그의 생각이 맞았다. 급하게 그녀를 안아 주려고 하자 현수는 재빨리 일어서며 그를 피했다.

"현수야, 그러지 마. 미안해. 잠깐, 아주 잠깐 옛날 생각이 나서 미쳤었어. 그러지 마, 제발."

그 시절 이후로 누구에게도 애원해 본 적이 없었다. 그러나 지금은 그런 걸 따질 겨를이 없었다. 그의 여자가 당장이라도 무너져 내릴 것처럼 불안해 찬영의 마음이 급했다. 다시 그의 현수로 돌려놓아야 했다. 그것도 안 된다면 당당한 그의 보좌관으로라도.

"나는 누군가를 사랑하면 아픈 거라고 생각했어요. 그래서 사랑 같은 건 필요 없다고, 사람을 아프게 하는 것 따위 사는 데 없어도 된다고, 누군가 가슴에 담는 건 더 못할 짓이라고 생각했어요. 가슴에 담는 순간 한없이 불안하니까 그러면 안 된다고. 그래서 두려웠어요."

잠깐 숨을 가다듬은 현수가 그가 끼어들 틈도 없이 뒷말을 이었다.

"전무님이 왜 다가오는지도 모르겠고 다가오는 전무님을 밀어내지도 못하는 내가 한심했어요. 그래도 자꾸만 내 이름을 불러 주는 전무님이 좋았으니까. 욕심이었나 봐요. 돌아가는 대로 사표 낼게요. 죄송하지만 후임이 올 때까지 못 기다릴 것 같아요. 손 비서가 있으니까 불편하지는 않으실 거예요. 이만 전무님 방으로 돌아가 주세요. 오늘은 피곤해서 그만 쉴래요."

여전히 현수의 시선은 허공을 향하고 있었다. 그러면서도 그와 그녀의 사이가 전무와 비서라는 것을 강조하고 있었다.

"나 좀 봐, 현수야. 그런 거 아니라고. 못 들었어? 내가 잠깐 미쳤었다고 하잖아. 앉자. 내 말 좀 들어 봐, 그리고 너도 말해 줄래? 너에 대해서? 나도 너만큼 너에 대해서 모르잖아. 제발, 현수야."

결국 찬영이 현수를 억지로 품에 안아 아기를 달래듯 흔들며 의자에 앉혔다. 벗어나려고 꼬물거리는 현수의 행동을 제지하며 찬영이 어렵게 말문을 열었다.

"너만 그런 건 아니야. 나도 두려웠어. 네게 손을 내밀며 이 손을 쳐내면 어쩌나 가슴 졸였어. 나도 현수야, 나도 누군가에게 손 내미는 게 두려워. 그래도 용기를 내서 네게 손을 내민 이유는 다른 거 없어. 네가 날 웃게 했잖아. 처음으로 아무런 이유도 따지지 않고 웃게 했잖아. 그래서 욕심이 났어. 널 옆에 두고 살아가면 평생 웃을 수 있을 것 같았어."

다른 사람에게 자신에 대해 설명해 본 적이 없던 그였다. 어떻게 말을 해야 하는지도 몰라 그는 떠오르는 대로 자신의 마음을 털어놓았다. 그런데 현수는 그 이유만으로는 만족되지 않는 모양이었다. 여전히 건조한 음성으로 대답을 한다.

"그러면 개그우먼을 옆에 두세요. 언제나 웃을 수 있게. 전 그쪽으로 소질은 없으니까."

심각한 와중에도 그는 그녀의 말에 자신도 모르게 웃고 있었다.

"이래서 널 놓을 수가 없어. 내 손을 놓는 꼴은 못 봐. 왜냐면 넌 내 여자니까. 나만을 위해 태어난 여자니까. 너 아니면 안 되니까. 네가 아니면 난 사람으로 살아갈 수가 없을 것 같으니까."

"난 날 불안하게 하는 사람하고는 못 지내요. 항상 불안하고 조마조마하고 애타는 마음이 얼마나 사람을 좀먹는지 알아서 그렇게는 못 살아요. 그건 한 번이면 족해요."

포기를 했는지 더 이상의 움직임은 없었다. 대신 그녀의 말에 찬영이 굳어졌다.

"어떤 놈이 그런 짓을 한 거야?"

이를 악물고 내뱉는 말에 현수가 그제야 반응을 보였다.

"무슨 소리예요?"

"어떤 놈이 너한테 그런 짓을 했냐고 묻잖아. 말해, 내가 죽도록 패 줄 테니까. 아니, 아예 죽여 줄 테니까."

이 남자 무슨 생각을 하는지 알겠지만 자신이 말한 사람은 그런 말을 들을 사람은 아니었다. 그가 이를 갈며 누구냐고 따지는 그 사람은 자신을 모두 내려놓고 그녀에게 한없는 사랑을 준 사람이었다.

"고모예요. 우리 고모. 난 엄마 아빠의 기억이 희미해요. 크리스마스 날 두 분 모두 교통사고로 돌아가셨어요. 작은 가게를 운영하셨는데 돌아오는 길에 사고가 나서 두 분이 함께 가셨어요. 그리고 어린 날 키워 주신 분이 고모세요."

긴 한숨을 쉬며 현수가 방금까지 그에게서 벗어나려 했다는 것도 잊은 채 그의 품에 얼굴을 기대며 천천히 가슴에 묻었던 말을 꺼내 놓았다.

"고모는 참 예뻤어요. 어린 내가 봐도 눈이 부시게 예뻤어요. 웃을 때는 고모 주변이 모두 환해지는 것 같았으니까요. 가끔 고모부라면서 날 안아 주던 사람도 기억나요. 하지만 엄마 아빠가 돌아가시고 난 뒤론 그 사람을 본 적이 없는 것 같아요. 그래서 우린 둘만 살았어요. 사람들은 날 보면 엄마 아빠도 없이 고생했다고 하는데 전혀 안 그래요. 불행하지도 않았어요. 고모가 함께 있었으니까.

항상 불안했다는 것만 빼면 난 행복한 아이였어요."

고모를 떠올리면 늘 그렇듯이 눈물이 먼저 차올랐다. 너무 예뻤던 고모. 하얀 얼굴에 보조개가 예쁘게 파이도록 웃으며 안아 주던 그 품은 정말 따뜻했다. 지금 이 사람의 품속처럼.

"다행이다. 아프지 않아서 다행이고, 사랑해 주신 고모님이 계셔서 다행이고."

현수를 꼭 안은 채 찬영이 위로 대신 그녀의 머리를 쓰다듬고 있었다.

"그래도 늘 불안했어요. 혹시 내가 학교에서 왔을 때 고모가 없으면 어쩌나. 그래서 난 학교가 끝나면 곧바로 집으로 돌아와 고모가 무사히 있는지 확인하곤 했어요. 집 키가 있어도 항상 문을 두드리며 고모가 '어서 와, 우리 현수'라고 하는 말을 기다렸어요. 고모의 얼굴을 봐야 안심을 했어요."

"무슨 일이 있었어?"

조심스럽게 찬영이 현수에게 더 말해 보라고 재촉하고 있었다. 여전히 그의 손 하나는 그녀의 등을 쓰다듬고 다른 하나는 그녀의 머리를 쓰다듬고 있었다. 마치 아기를 재우는 어머니의 손길처럼 부드럽게.

"고모는 병이 있었거든요. 그래서 힘든 일은 잘 못 하셨고 조금만 움직여도 힘겨워하셨어요. 만성백혈병이었는데 언제 급성으로 바뀔지 모르니까. 고모는 아파도 아프다고 말씀하신 적이 없었어요. 어린 나이에 짐덩어리 어린애를 아픈 몸으로 키우면서 항상 감사하다고⋯⋯. 사랑하던⋯⋯ 남자도 나 때문에⋯⋯. 그래도 고맙다고⋯⋯ 사랑한다고⋯⋯."

더는 말을 이을 수가 없었다. 갑자기 쏟아지는 눈물 때문에 목이 메어 현수는 그의 품에서 뜨거운 눈물을 쏟아 내고 있었다.

어떻게 말을 할까. 너무 가냘파 당장이라도 그녀 곁을 떠날 것 같아 두려웠다는 말을. 어느 날 집에 돌아와 아무리 두드려도 열리지 않는 문을 보며 느꼈던 공포를. 기다리다 결국 두려운 마음에 문을 열었을 때 어둠 속에서 하얗게 빛나던 고모의 얼굴을 어떻게 지운단 말인가. 순식간에 그녀의 세계가 무너지던 그날을 무슨 수로 설명을 한단 말인가.

제때, 제대로 치료만 받았더라도 지금도 환하게 웃는 고모를 볼수 있었을 것이다. 그러나 그녀 때문에 치료를 포기한 고모였다.

결국 현수는 고모를 보내던 그날도 이를 악물고 참아 냈던 울음을 그의 품에 모두 토해 내고 있었다.

"그대로 들어. 내 얼굴 보지 말고. 처음으로 하는 말이고 두 번은 안 할 거니까."

한참을 현수의 눈물을 받아 주던 그가 그녀의 울음이 잦아들고 숨소리가 편안해짐을 느끼고는 뜸을 들이다 무거운 목소리로 입을 열었다.

"나도 어머니 얼굴은 몰라. 나를 낳으시고 얼마 안 돼서 돌아가셨으니까. 지금 리조트 공사하고 있는 그 근처에서 아버지가 어머니를 만났다는 것밖에 아는 것도 없어."

그랬구나, 그래서 이곳의 일을 그가 맡았었구나.

"어머님이 일본분이셨어요?"

"아니야, 두 분 다 여행 오셨다가 만났다고 하더라. 솔직히 이름도 몰라. 웃기지? 얼굴은 더 모르고. 사진 한 장 없거든. 난 처음부터 그 여자의 아들로 호적에 올려졌어. 5살이 되도록 난 세상에는 없는 아이였거든."

왜 이 사람의 어머니에 대한 이야기가 없었는지 알겠다. 전처의 자식인 걸 알고 있는 사람은 있었지만 그 전처가 누구인지는 아무도 몰랐다.

"정말 예쁜 여자였지. 엄마라고 소개를 받았는데 난 천사가 내려온 줄 알았어. 그만큼 그 여자는 아름다웠어. 그 환상은 금방 깨졌지만. 남들 앞에서는 정말 좋은 엄마였지. 이름도 알 수 없는 하찮은 여자의 자식을 자신이 낳은 양 아끼고 예뻐하는 젊은 어머니 역할을 멋지게 해냈어. 그런 여자 덕분에 난 당당히 사람들 앞에 설 수 있었어."

그의 목소리에는 이야기와 달리 비웃음이 가득했다. 그가 말하는 내용이 다는 아님을 느끼고 현수가 조용히 귀를 기울였다.

"그런데 이상한 일들이 일어났어. 내가 강아지를 안고 웃으면 그 강아지는 다음 날 죽은 채 발견됐고, 내가 혹여 마음에 드는 장난감이라도 발견하면 바로 다음 날 산산조각이 되어 있었지. 그렇게 내가 웃는 모습을 보이면 다음 날 그게 사람이든 동물이든 아니면 물건이든 모두 사라져 갔어. 찬수가 태어나고부터는 숨기지 않고 본성을 드러내셨지."

"무슨 짓을 한 거죠?"

현수의 음성이 그를 대신해 떨리고 있었다. 설마 하는 마음. 제발 거기까지는 아니기를 바라는 마음.

"그 여자는 아버지나 다른 사람이 있으면 내 손을 잡고 웃으며 머리를 쓰다듬었지. 그리고 바로 화장실로 가 깨끗이 씻었어. 마치 더러운 것을 만졌다는 듯이. 내가 벌을 받는 데는 어떤 이유도 필요 없었어. 아무리 그 여자에게 잘 보이려고 기를 써도 언제나 내가 있을 곳은 작은 골방이었지. 나중엔 그곳이 아늑하게 느껴질 정도였으니까."

피식 웃은 그는 피어오르는 기억을 지우기라도 하려는 듯 현수를 꼭 품에 안으며 다음 말을 이었다.

"그러다 그 여자가 알았어. 내가 그 골방에서도 잘 지내고 있다는 것을. 그다음은 화장실이었지. 커다란 화장실에 나를 가두고 불을 껐어. 아무것도 보이지 않았어. 그때 알았어. 어둡다는 것이 얼마나 무서운 건지. 보이지 않는다는 것이 얼마나 무서운 건지. 차라리 매를 맞는 것이 더 낫다는 것을. 그래서……."

침을 삼키는 목울대를 느끼며 현수는 지금 그가 얼마나 하기 힘든 말을 하려는지 알 수 있었다. 그래서 그의 가슴에 얼굴을 묻고 그의 허리를 꼭 끌어안은 팔에 힘을 주며 고갤 저었다.

"그만. 힘들면 하지 말아요. 나 다 들은 걸로 할게요. 하지 말아요. 그렇게 아픈 말이면 하지 말아요."

그녀의 머리를 쓰다듬는 손은 여전히 부드러웠다. 그래서 슬프고 아파 온다. 다시 현수의 눈에 눈물이 고이고 있었다. 울지 못하는 그를 대신해 그녀가 눈물을 흘리고 있었다.

"그래서 빌었어. 잘못했다고. 다시는 안 하겠다고. 무엇을 잘못했는지도 모르고 무릎 꿇고 두 손으로 싹싹 빌었어. 그랬더니 그 여자가 나를 보며 웃었어. 내 잘못은 태어난 거라면서."

어떻게 아이에게 그런 말을 한단 말인가. 어떻게 그런 여자 밑에서 그는 살아난 것일까? 놀라는 현수의 마음을 알기라도 하듯 그는 그녀의 머리에 살짝 키스를 하고는 다시 쓰다듬어 주었다.

"어젯밤에 등에 있는 상처 봤지?"

설마? 갑자기 벌떡 일어난 현수를 막지 못한 찬영도 그녀를 따라 몸을 일으켰다.

"그 인간이 한 짓이에요? 그 상처? 정말 그 인간이 그랬어요? 말해요. 그 여자 짓이에요?"

당장이라도 뛰쳐나갈 것처럼 보이는 현수를 달래려 불끈 쥔 두 손을 잡아 다시 그녀를 품에 안았다.

"진정해. 왜 네가 흥분을 해?"

"흥분 안 하게 생겼어요? 감히 내 남자한테 미친 여자가 그런 짓을 했다는데. 당신 같으면 가만있을 거예요? 가만 안 놔둬. 내가 죽여 버릴 거야."

벌에 쏘인 듯 길길이 뛰는 현수를 달래다 찬영이 그녀의 말을 듣고 큰 소리로 웃고 말았다.

"지금 웃음이 나와요? 이게 웃을 일이에요? 웃지 말아요. 도대체 그 상처 어떻게 된 거냐고요."

그녀처럼 대놓고 물어 오는 사람은 없었다. 다른 사람에게 보인 적도 별로 없지만 혹여 보더라도 못 본 척하는 사람들이 대부분이었다. 같이 살았던 영인조차 그 상처를 보면서도 외면했었다.

"앉아. 흥분 좀 가라앉히고. 어디 무서워서 말이나 하겠어?"

무서운 눈으로 그를 노려보던 현수는 마음을 진정시키고 침대 위에 앉아 어서 말하라고 눈으로 종용했다. 긴 한숨을 쉬고 다시 찬영이 입을 열었다.

"6학년 때였어. 찬수가 자전거를 타며 정원에서 놀고 있었어. 재경이도 잔디에 앉아 놀고 있었지. 마냥 행복하게 웃고 장난치는 그 애들을 보면서 화가 났어. 다 그 애들 때문인 것 같았거든. 그 애들이 있어서 그 여자가 나를 안 본다고 생각했어. 그래서 밀어 버렸지."

"에?"

그녀의 놀란 얼굴을 보며 그가 살짝 무안한 미소를 짓는다.

"찬수 팔이 부러졌어. 여기저기 난 상처들은 별거 아니었는데 자전거랑 같이 구르면서 팔이 부러진 거야. 놀란 재경이가 울고불고 난리가 났었어. 그리고 부리나케 달려나온 그 여자에게 날 가리키며 내가 밀었다고 말했지. 그때 그 여자 얼굴을 평생 못 잊을 거야. 정말 동화에 나오는 마귀할멈 같았거든."

"그래서요?"

뒷말이 궁금하면서도 두려웠다. 그렇게 지독한 여자가 도대체 그에게 어떤 짓을 했을지 상상도 안 된다.

"미친 듯이 내 머리를 쥐고서 질질 끌고 가더니 다림질을 하고 있던 가정부를 밀치고 다리미로 옷 대신 내 등을 다렸지."

"헉!"

저도 모르게 놀라 숨을 들이마시고 눈이 동그래진 현수가 서둘러 자신의 입을 막았다.

"다행인 건 찬수가 팔만 부러졌다는 거야. 잘못했으면 죽을 수도 있었어. 지금 생각하면 아찔한 일이었지."

"그걸 말이라고 해요? 찬순지 뭔지 개 팔 부러진 것만 중요해요? 당신 등은요? 그건 어쩌고요. 도대체 당신 아버지라는 사람은 뭘 하고 있었대요? 당신은 자식도 아니었대요? 어떻게 그런 미친 여자한테 애를 맡기고 일을 할 수가 있었대요? 그동안 잘못 봤네요. 당신 아버지라는 사람, 정말 무서운 사람이네요. 정말 한……흡!"

그의 말에 튕기듯 그의 손을 떼어 낸 현수가 아예 소리를 고래고래 지르던 그녀의 입술은 찬영에게 그대로 삼켜졌다. 그녀의 발갛게 열이 오른 얼굴이 얼마나 화가 났는지 극명하게 보여 주었다. 마치 그를 대신해 세상의 모든 것과 싸울 준비가 된 사람처럼 보여 찬영은 참을 수가 없었다.

따뜻한 그녀의 향기가 그에게 밀려들며 그동안 감춰 왔던 이야기를 풀어놓은 해방감과 더불어 그를 망설임 없이 환영하는 현수가 반가워 그의 키스의 농도가 점점 짙어지고 있었다.

밀어붙이는 그의 힘에 서서히 밀린 현수의 등에 침대의 매트리스가 느껴졌지만 지금은 신경 쓸 틈이 없었다.

그의 손은 이미 현수의 몸 구석구석을 헤매며 장님이 눈이 아닌 손으로 보려는 것처럼 부드러운 곡선을 익히고 있었다. 그녀도 그의 머리카락을 부여잡고 그를 놓칠까 두려워하는 사람처럼 매달려 있었다.

지금 여기 있는 사람은 상사와 비서도, 서로의 마음을 알아보느라 눈치 보던 연인도 아닌 하나가 된 남자와 여자였다.

✻ ✾ ✻

볼에 닿는 포근함이 너무 좋아 현수가 파고들면서도 아침이 왔다는 걸 알았다. 자명종보다 먼저 깨는 습관은 너무 따뜻해 조금만을 외치는 스스로를 무시하고 눈을 뜨게 했다.

"헉! 왜?"

그런데 오늘은 눈을 뜨자마자 시야에 이 남자의 얼굴이 떡하니 자리 잡고 있었다. 정신없이 일어나려는 그녀를 잡아 다시 그의 품에 넣어 버리는 찬영의 힘을 당할 수 없어 현수는 속절없이 다시 그의 품 안에 안겨야 했다.

"너 어제 그대로 잠이 들었어. 그래서 할 수 없이 내가 여기에 뉘였지. 잘 자던데."

어쩐지 두 눈이 돌덩이라도 매단 듯 무겁게 느껴지는 걸 보니 울다 잠이 든 모양이었다. 미쳤어, 정말. 그런 상황에서 잠이 드는 인간은 아마 자기밖에 없으리란 생각에 저절로 욕이 튀어나오려고 했다. 그 심각한 상황에서 잠이 들다니. 그냥도 아니고 어떻게 이 남자 품에서 잠이 들 수가 있단 말인가.

감정을 쏟아 내고 난 뒤 그가 내미는 와인 한 잔을 먹은 기억은 있었다. 기력이 떨어진 상태로 먹은 와인의 알코올이 그대로 독이 되었던 것이다.

신음 소리를 내며 현수가 그를 밀어내 보지만 요지부동이었다.

"놔주세요."

"아직 밖은 어두워. 너도 꽤 일찍 일어나는구나."

"일찍 일어나는 새가 벌레를 잡는다는 말이 있으니까요."

"일찍 일어나는 새가 먼저 잡아먹히기도 해."

지금이 말장난이나 할 때던가? 여전히 그를 벗어나려는 현수와 놓아주지 않는 그의 실랑이는 이불 속에서 계속되고 있었다.

"잠깐만 이대로 있어. 밤새 잘 자 놓고 이럴래? 팔이 저려도 참고 베개 노릇도 해 줬는데. 사람 들뜨게 하고 와인 한 잔에 뻗으면 어떡해? 그리고 여자가 겁도 없이 남자 품에서 잠이나 들고. 도대체 무슨 생각이야? 다시 한 번 말하지만 나 이외의 남자와 술 먹으면 죽는다."

할 말이 없었다. 그러게 왜 거기서 술은 먹이냐고 대꾸하고 싶었지만 차마 입이 떨어지지 않았다. 자신도 한심한데 그는 오죽할까 싶어 그의 품에 숨겨진 얼굴이 벌써 발갛게 열이 오르고 있었다.

서로에게 모든 것을 털어놓고 나누며, 숨김없이 서로를 보여 주고 믿을 수 있는 하나가 된 두 사람 위로 이제 막 떠오르는 태양이 찬란하게 비치고 있었다.

하얀 눈밭 위에 까맣게 그을린 건물은 며칠 전까지 제대로 모양새를 잡고 있었다는 것이 믿겨지지 않을 정도로 완전히 소진되어 뼈대만 남아 있었다. 그 모습이 흉물스러워 현수가 저도 모르게 몸을 떨었다.

"추워?"

"아니요. 괜찮습니다."

당시의 상황을 설명하는 담당자의 말을 묵묵히 듣던 그가 현수의 작은 움직임에 바로 반응을 한다.

그의 말에 그를 따르던 사람들의 시선이 일시에 현수에게 모였다. 당황한 그녀가 재빨리 정자세를 취하며 그의 옆구리를 가볍게 찔렀다.

"원인은요?"

아무렇지도 않게 담당자에게 시선을 돌린 그가 불탄 건물을 가리키며 질문을 던지자 안내하던 임원이 당황하며 고개를 갸웃했다.

"아직 원인은 밝혀지지 않았다고 방금 말씀드렸는데요."

순간 그도 당황하는 듯했지만 언제 그랬냐는 듯 얼굴을 굳히며 차가운 음성으로 되물었다.

"그러니까 정확한 원인은 밝혀지지 않았어도 대충 파악은 하고 있을 것 아닙니까?"

그의 질책에 담당자가 어쩔 줄 몰라 하며 대답을 흐렸다. 제대로 대답을 못 하는 직원을 노려보는 눈매가 매서웠지만 현수는 속지 않았다. 그가 상황을 모면하려 일부러 그런다는 것을.

이런 머리 좋은 남자 같으니라고.

속으로 피식 웃으면서 현수도 스스로를 자책하고 있었다. 사실 그녀도 그의 옆에 서 있으면서 정신은 다른 곳을 헤매고 있었다.

움직일 때마다 그녀에게서 그의 향기가 배어 나오는 것 같았다. 만약 눈을 떴던 그때 눈부신 햇빛이 없었다면 벌써 그의 여자가 되어 있었을지도 몰랐다. 아직도 그녀의 가슴골은 그의 수염이 닿았던 감촉으로 따끔거리고 있었다.

정신없이 그녀를 탐하는 그만큼 그녀도 그를 탐했다는 말이 옳았다. 달뜬 그의 숨결이 지금도 그녀의 귓가에 남아 자꾸만 얼굴을 빨갛게 만들고 있었다. 이번에는 차가운 산 정상의 바람이 반가울 지경이었다. 덕분에 화끈거리는 뺨을 감추며 그의 옆에 나란히 서서 아무 일도 없다는 듯 서 있을 수 있었다.

이미 건물 주변에는 폴리스라인이 둘러져 있었고 담당자의 말에 따르면 갑작스러운 폭설 때문에 작업도 중단한 상태라 누전은 아니라고 했다.

일본 경찰은 추위를 피하려고 들어왔던 노숙자들이 불을 피우다 잘못하여 불이 번진 것은 아닌가 한다는 추측을 했다. 그 말을 들으며 현수가 고개를 갸우뚱했다. 노숙자가 무엇을 하러 이 추운 날에 산꼭대기까지 올라온단 말인가.

지금 작업 중인 곳은 작은 방갈로였는데 오래되어 구조 변경보다는 보수 작업에 가깝다는 말을 들었다.

"먼저들 가세요. 난 조금 더 둘러보고 갈 테니."

그를 따라온 몇 명의 직원들을 물리며 찬영이 무거운 시선으로 뼈대만 앙상하게 남은 건물을 바라보았다. 사람들이 그의 말에 따라 떠나고 차가운 바람과 함께 현수만 그의 옆에 남았다.

그렇게 그는 한동안 화재 현장을 바라보며 생각에 잠겨 있었다. 바람은 점점 거세지는데 그는 요지부동이었다. 종아리를 타고 올라오는 한기가 조금씩 현수를 잠식해 오고 있었지만 그의 무거운 얼굴이 걱정스러워 그녀도 입술을 깨물고 가만히 서 추위를 견디고 있었다.

추위에 떨고 있는 자신보다 묵묵히 바람을 맞고 있는 그가 더 걱정스러웠다. 무슨 생각을 하는지 알 수만 있다면 입고 있는 옷 모두 그에게 벗어 줘야 한다고 해도 그럴 수 있을 것 같았다. 그만큼 그의 표정은 어둡고 심각했다.

"왜 여길까?"

"네?"

갑자기 잠에서 깬 사람처럼 찬영이 그녀를 보며 뜻 모를 질문을 던졌다.

"이 리조트 계획은 내가 한 게 아니야."

"그럼요?"

"회장님. 그리고 여긴 나도 모르는 작업을 하고 있었어."

그의 말에 현수가 새로운 눈으로 화재가 난 곳을 살펴보았다. 하얀 설원에 드문드문 서 있는 방갈로는 사실 찬영이 진행 중인 리조트와는 어울리지 않았다. 그러면 원래 있던 오래된 건물은 없애고 새로 세련되게 올리거나 것도 아니면 아예 구조 변경을 할 사람이었다.

"여기군요."

그의 질문에 생각을 거듭하던 현수가 놀란 눈으로 대답을 했다. 확실히는 아니지만 스치는 생각이 그렇게 말하고 있었다.

"그럴까?"

"아마도요."

알 수 없는 질문에 알 수 없는 답을 하면서도 두 사람은 같은 생각을 하고 있음을 알고 있었다. 여기서 그의 아버지와 어머니가 만났다는 것을.

회장님은 무슨 생각으로 이곳을 보존하려고 했던 걸까? 그리고 이곳을 그에게 맡기며 무슨 생각을 하셨던 걸까? 얼마나 그에게 괴로운 일이 될지 알고나 하는 일인지 궁금해졌다.

현수가 회장님을 모신 세월이 6년이었다. 그 세월 동안 사실 마음속으로 존경하게 된 사람이 윤대영 회장이었다.

넘치지도 그렇다고 모자라지도 않은 넉넉함으로 사람을 대하고, 누구에게나 부드러운 미소를 보이는 그분은 가끔은 동네 아저씨 같았고, 가끔은 엄한 교장 선생님 같은 느낌이었다.

사업가라는 본분에 걸맞게 날카로운 직감과 차가운 결단력으로 사람을 대하지만 자신의 사람이라고 인정하면 또 그만큼 너그러운 사람이 없었다. 가까이 모시고 있어 더욱 잘 안다고 생각했는데 찬영의 과거를 듣고 이제는 그 사람이 무서워졌다.

그래도 이 정도로 잔인한 사람이라고 생각하고 싶지는 않았다. 정말 그런 사람이라면 이 사람이 너무 불쌍하니까. 그러니 제발 아니길 빌었다. 아니, 아니어야 했다. 그를 위해서 현수가 간절한 마음으로 한 번도 찾지 않았던 신을 찾으며 기도를 하고 있었다.

"무슨 생각을 그렇게 해?"

이번에는 현수가 너무 깊이 생각에 빠져 있나 보다. 찬영이 그녀를 품에 안으며 귓가에 작은 목소리로 속삭였다.

"이런, 잔뜩 얼었네, 내 꽃다발."

"또!"

"잊었어? 널 처음 봤을 때 꽃다발이 둥둥 떠다녔어. 얼굴부터 봤으면 진즉에 알아차렸을 텐데."

"뭘요?"

"내 여자라는 거."

결국 그의 품에서 현수가 피식 웃고 말았다.

"춥다고 말하지. 이렇게 꽁꽁 얼어서 힘들지 않았어?"

아예 현수를 그의 두꺼운 코트 속으로 넣은 그가 열심히 그녀의 팔을 비비며 따뜻한 온기를 주려고 노력하고 있었다. 속이 말이 아닐 텐데 그는 지금도 그녀를 챙기고 있었다. 그래서 현수도 그를 웃게 하고 싶었다. 일부러 새침한 표정을 지으며 입을 열었다.

"추위를 안 타는 체질이라서요."

언젠가 그가 그녀를 보며 했던 말을 그대로 돌려주자 찬영이 그녀의 뜻대로 시원하게 웃어 댔다.

"아무튼 내 발등을 내가 찍지. 한 마디를 안 져요."

"지고는 못 사는 성격이라서요."

"그래, 내가 졌다. 널 어떻게 이기겠니."

이렇게 환하게 웃는 그가 좋았다. 그래서 그녀가 먼저 그의 머리를 당겨 입술을 대고 깊숙이 그의 향기를 마셨다. 그의 기억 속에 이곳이 좋은 추억이 있는 장소로 기억되길 바라며. 기다렸다는 듯 그가 그녀를 마중 나온다.

하얀 설원 위에서 두 사람은 얼마나 그렇게 서로를 탐했는지 기억하지도 못했다. 서로가 숨이 차 떨어지자 그들을 시기하는 것처럼 매서운 산바람이 파고들었다.

"가자. 이러다 얼어 죽겠다. 넌 꼭 이상한 데서 유혹해 사람을 미치게 만들어. 오늘 밤에 그 값 톡톡히 받아 낼 거니까 각오해."

"누가 누굴 유혹해요? 이 남자가? 그리고 뭘 각오해요? 아버님이 그랬다니까, 문은 꼭 잠그고 자라고."

눈을 동그랗게 뜨고 제 할 말을 하는 현수를 보며 다시 찬영이 웃음을 터트렸다. 가볍게 그녀의 입술을 머금은 그가 얼른 그녀를 품고 길을 재촉했다. 벌써 파랗게 얼어 있는 그녀의 뺨이 마음에 걸렸다.

생각에 잠겨 있는 그를 위해 추워도 말도 못 하고 그의 옆을 지켰을 그녀를 모르지 않았다. 누군가에게 마음을 터놓은 적도 없을뿐더러 누군가가 자신의 옆을 지켜 준 적도 없어 더욱 그녀가 고맙고 또 사랑스러웠다. 그렇게 현수는 그에게 없어서는 안 될 존재가 되어 가고 있었다.

"여기서부터는 먼저 가세요."

"왜?"

"몰라서 물어요? 여기 회사 일로 온 거잖아요."

"난 상관없는데."

찬영이 뚱한 표정으로 그녀의 손을 잡고 놓지 않았다.

"나도 상관은 없어요. 하지만 일하는 데 여자 끌고 다닌다고 소문나면 당신한테 이로울 거 없어요. 적어도 나 때문에 당신이 흠잡히는 건 싫어요. 그러니까 손 놓아요."

그녀의 말에 찬영이 가만히 그녀의 눈을 들여다보았다. 제대로 잠을 못 자 충혈되어 있긴 하지만 그 말에 다른 뜻이 없음은 알겠다. 잠시 후 그가 그녀의 손을 놓고 리조트 안으로 들어섰다. 한 박자 쉬고 그녀도 그의 뒤를 따라 들어가자 그들을 기다리고 있던 직원들이 두 사람을 맞이한다.

곧바로 두 사람은 그들을 기다리던 직원들과 식당으로 향했다. 아직 개장을 하지 않은 관계로 썰렁한 식당에서 찬영과 직원들은 개장 시기와 앞으로의 현장 관리까지 전반적인 이야기를 나누며 식사를 했고 현수는 부지런히 손을 놀려 그들의 대화를 받아 적었다.

"먼저들 일어나 일 보세요. 전 조금 쉬고 내일 아침 일찍 서울로 갈 겁니다. 특별한 일이 있지 않은 한은 연락하지 마시고 혹여 화재에 관한 새로운 사실이 있으면 따로 보고해 주세요. 수고하셨습니다."

직원들이 인사를 하며 하나둘 식당을 나서자 찬영이 일어나 직접 쟁반에 현수의 식사를 챙겨 그녀 앞에 놓았다.

"어서 먹어."

그들의 대화를 적느라 이미 온기가 사라진 그녀의 식사를 밀어 내고 대신 그가 가져온 쟁반을 내밀고는 아예 그 옆에 앉아 명령을 내렸다. 내내 그녀가 먹지도 못하고 있음이 마음에 걸렸음이었다.

"네, 감사합니다."

생긋 웃으며 현수가 젓가락을 들고 일본식으로 차려진 식사를 하는 동안 찬영은 일일이 그녀의 반찬을 챙겨 주고 있었다.

"여기 온천 좋은 거 알지? 추운데 고생했으니까 가서 편하게 즐겨. 눈치 보지 말고. 그리고 깨끗하게 씻어."

젓가락을 놓는 현수를 보며 찬영이 그녀의 귓가에 속삭이자 순식간에 현수의 얼굴이 홍당무가 되었다.

계속 아침의 일을 잊으려 노력 중인데 그의 한마디에 다시 떠올랐다. 현수가 창피함에 저도 모르게 그의 어깨를 가볍게 밀쳐 내자 어울리지 않게 그가 엄살을 떨었다.

"어? 왜 때려? 깨끗하게 씻으라는 말이 어때서?"

"그만하죠?"

"너 얼굴 빨개졌다."

"전무님!"

커다란 식당에 두 사람이 토닥거리며 작은 소음을 내는 것을 은밀한 눈이 지켜보고 있는 줄도 모르고 마냥 즐거운 두 사람이었다.

노천 온천은 처음이었다. 하긴 그를 만나고 처음이 아닌 일이 있는지 궁금할 지경이었다. 얼마 전까지의 자신이 어땠는지 지금은 기억에도 없었다.

그럼에도 온천은 정말 마음에 들었다. 차가운 산바람에 무럭무럭 올라오는 수증기가 얼굴까지 따뜻하게 감싸며 오늘 하루 추위에 떨었다는 사실마저도 잊게 만들었다. 더구나 아무도 없이 호젓하게 온천욕을 즐길 수 있다는 행운에 현수의 얼굴이 발갛게 열이 올라 있었다.

깨끗하게 씻으라는 그의 말이 떠오르자 이번에는 정말 부끄러워 얼굴이 뜨거워졌다.

한창 달떠 그를 받아들이던 그때 왜 하필 자신이 씻지도 않고 잠이 들었다는 것이 떠올랐을까. 덕분에 찬영은 현수의 힘에 밀려 침대 밑으로 다이빙을 해야 했다.

'미안, 내가 너무 서둘렀지?'

사과하는 그를 보며 당황한 현수가 고개로 도리질 하고는 얼른 시트로 몸을 가렸다. 그의 손길에 셔츠가 벌어져 하얀색 브래지어가 고개를 내밀고 있었다.

'저기…… 아무래도…… 지금은 좀. 해도 떴고…… 나 안 씻어서……'

말을 다 마치기도 전에 현수는 그가 입을 벌리고 멍한 얼굴을 하는 것을 구경할 수 있었다. 금방 방이 떠나가라 웃어 댄 그를 샐쭉해 노려보았지만 말이다.

'웃으라고 한 소리는 아닌데.'

그래도 웃는 그가 좋았다. 그가 어떻게 자랐는지 듣는 그 순간부터 그녀는 환하게 웃는 그를 더 이상 미워할 수 없었다.

'넌 정말 걸작이야. 진짜 사람 기함하게 하는 건 누구도 못 따라가겠다.'

침대 밑에서 할 소리는 아니었다.

'아까부터 이 말 해 주고 싶었는데요. 당신 옷 뒤집어 입었거든요.'

잔뜩 흐트러진 모습으로 톡 쏘는 현수의 말에 찬영은 또 한동안 배를 잡고 웃어 댔고 결국 현수의 손에 끌려 그 방에서 나가야 했다.

'오늘 밤에 그 값 톡톡히 받아 낼 거니까 각오해.'

아침의 일을 떠올리다 보니 자연스럽게 하얀 설원 위에서 그가 했던 말까지 생각났다. 생각만으로도 벌써 온몸이 붉게 물드는데 어쩌나, 고심을 하다 복잡해진 머리를 식히려는 듯 뜨거운 온천물에 아예 담가 버렸다.

아무리 혼자 하는 온천욕이라고 해도 벌거벗고 들어올 용기 따위는 애초에 없었다. 지금도 현수는 하얀 티셔츠에 짧은 반바지를 입은 채 손으로 물결을 만들고 혼자 물장구까지 쳐 가면서 즐기고 있었다. 그리 크지 않은 온천은 바깥에 있어 산 정상 특유의 상쾌한 공기가 유황냄새도 밀어내 거슬리지 않아 더 좋았다. 누군가 그녀만의 놀이터에 들어오기 전까지는.

"여길 오면 어떡해요."

두꺼운 가운만 입은 찬영이 그녀의 눈앞에 서 있었다.

"너만 온천욕을 하려고 했어? 나도 추위에 떨긴 마찬가지인데, 심하네."

이 남자가 **뻔뻔**해도 너무 **뻔뻔**해지고 있었다.

"온천이 여기밖에 없어요? 다른 곳에 가면 되잖아요."

아예 온천물에 몸을 담그고 얼굴만 내민 현수가 새된 음성으로 질책을 했지만 뉘 집 개가 짖냐는 듯 태연히 가운을 벗고 온천으로 들어오는 그였다. 그가 가운을 벗자 눈을 가렸던 현수가 슬그머니 손가락 사이로 확인하니 다행히 그는 트렁크로 된 수영복을 입고 있었다.

"여기가 제일 좋아. 너도 그래서 온 거잖아."

"아니거든요. 노천 온천은 티비에서나 본 거라 궁금해서 온 거라고요. 그럼 혼자 즐거운 온천욕 즐기세요. 제가 나갈 테니까."

"어딜."

찬영을 피해 온천을 빙 돌던 그녀가 힘이 들어간 사내의 손에 잡혀 결국 그의 품에 안길 수밖에 없었다.

"미쳤어요? 누가 보면 어쩌려고."

"보긴 누가 봐. 그리고 또 보면 어때. 가만히 좀 있어라. 아무 짓도 안 하고 그냥 이렇게 안고만 있을게."

도저히 그의 힘을 이길 수 없어 현수가 포기하고 얌전해지자 아예 찬영이 그녀의 머리에 턱을 얹었다.

"꼬물거리지 마, 간신히 참고 있는데."

그의 말에 자세를 바꾸려던 현수의 움직임이 멈췄다.

"남자 품에서 이러고 있어 본 적이 없어서 불편해요."

사실이었다. 허리를 감아 오는 그의 손을 의식하면서 동시에 자신의 뱃살을 떠올리자 창피해져 그의 팔을 밀어내고 있는 중이었다. 게다가 티셔츠 외에는 입은 것이 아무것도 없어 뾰족하게 성을 내는 유두도 신경 쓰여 죽을 것 같았다.

하지만 부끄러움에 어쩔 줄 모르는 현수가 더 예쁘기만 한 찬영이었다. 볼멘 그녀의 대답도 마음에 든다. 남자의 이기심이라고 해도 어쩔 수 없었다. 이런 모습의 현수를 안은 남자가 자신밖에 없다는 말에 어깨가 으쓱해져 왔다.

"다른 남자 품에 이런 모습으로 있다가 걸리면 죽는다."

"죽는다가 버릇이에요? 왜 매일 사람을 죽여."

귓가에 속삭이는 말투에 기분 좋은 소름이 돋자 현수가 그것을 감추려 일부러 더 툴툴거렸다.

"하나만 더, 다른 사람 앞에서 술 먹으면 정말 가만 안 둘 거야."

그의 또 다른 협박에 잊었던 기억이 떠올랐다. 정신이 없어 잊어버렸던 기억.

"그때 나 무슨…… 짓을 했어요?"

"정말 기억 안 나?"

"네, 그냥 드문드문?"

"말해 줘?"

은근한 그의 목소리에 현수가 잠깐 고민에 잠겼다. 어쩌면 모르는 게 약일 수도 있는 일이었다. 그러나 그냥 넘기기엔 또 찜찜한 현수가 고개만 끄덕이며 그의 대답을 요구했다.

"그때 어땠냐면……."

그의 말이 계속될수록 현수의 '설마!' 하는 소리가 온천 밖으로 넘쳐 났다. 그리고 뒤따라 찬영의 웃음소리도 함께 흘러넘쳤다.

"서울 가면 우리 여행 갈까? 어디 가고 싶은 데 없어?"

한참을 맞다 아니다로 실랑이를 하는 사이 한결 편해진 두 사람이 예전에도 그래 왔던 연인들처럼 자연스럽게 온천을 즐기고 있었다. 그에게 등을 맡기고 편하게 앉아 있는 현수에게 찬영이 먼저 제안을 했다.

"음, 설악산이요. 나 거기 갈래요."

이제는 그의 손에 손깍지를 하고 장난까지 치던 현수가 눈을 반짝이며 대답을 했다.

"거긴 왜?"

"중학교 때요, 수학여행을 설악산으로 갔거든요. 거기 가면 케이블카가 있어요. 알죠?"

"그래? 그런데?"

그의 대답에 뭔가 이상함을 느낀 현수가 설마 하는 마음으로 물어보았다.

"당신 설악산 가 본 적 없구나. 맞죠?"

"속초까지는 가 봤어. 설악산까지 갈 일은 없었지만."

"언제 미국에 갔어요?"

그녀가 기억하기로 그는 일 중독자였다. 쉬는 날도 회사에 나와 있을 때가 더 많은.

대한민국의 거의 모든 사람이 다녀왔을 설악산이었다. 여행이라고는 다녀 본 적이 없는 현수마저도 학교를 통해 다녀왔다. 그런데 가 본 적이 없다는 그의 말에 문득 생각이 나 물어보았다. 현수의 질문에 머뭇거리던 찬영이 길게 한숨을 내쉬었다.

"그날."

짧은 대답. 그러나 현수의 숨이 막히게 하는 대답에 더는 묻지 않았다.

"아무튼, 거기 가면 케이블카가 있어요. 정말 타 보고 싶었거든요. 권금성까지 올라가는 건데 치사하게 선생님들하고 몸이 불편한 친구들만 타고 가는 거예요. 우린 죽어라 걸어서 올라가는데. 몸이 불편하다는 애들 중에는 꾀병을 부리는 애들도 더러 있었거든요. 그게 더 열이 받는 거예요. 그래서 언젠가는 내가 저걸 꼭 타야지 그랬어요. 그런데 어쩌다 보니 여태 못 타 봤어요. 그러니까 이제 당신하고 같이 탈래요."

그가 알고 있는 현수는 결코 수다스러운 사람이 아니었다. 물어보면 제 할 말만 깔끔하게 하는 여자였다. 그런 여자가 그를 위해 끊임없이 수다를 떨고 있었다. 동정 받는 것을 제일 싫어하는 그를 위해 해묵은 기억 따위는 버리고 새로운 기억을 만들자고 손짓까지 해 가며 수다를 떨고 있었다.

"현수야."

그 산을 올라갈 때 얼마나 힘들고 억울했는지 열심히 떠들던 현수가 나직이 부르는 목소리에 입을 다물었다.

"사랑해."

현수는 다문 입술을 더 힘주어 깨물었다. 눈물샘이 고장이 났나 보다. 그를 만나고는 시도 때도 없이 눈물이 흘러나왔다. 지금도 현수의 눈에서 방울방울 눈물이 흐르고 있었다.

이 남자의 기습에는 정말 당할 재간이 없었다.

"알아요."

울음기가 가득한 목소리로 대답을 해 주고 도망치듯 온천에서 나와 곧바로 그녀의 방으로 돌아왔다. 그대로 있으면 또 그의 품에서 울어 버릴 것 같았다. 그러면 그녀가 울보라고 생각할 것 같아 그가 잡을 틈도 없이 돌아와 버렸다.

간신히 눈물을 가라앉히고 붉어진 눈가를 다독이며 재빨리 샤워실로 향했다. 아직도 그의 말에 울렁이는 가슴을 진정시키려 차가운 물로 세안을 하고 몸에 밴 유황 냄새를 지웠다. 그러나 내내 그의 말이 귓가에서 사라지지 않는다.

화장대에 앉은 현수가 묶어 올렸던 머리를 풀고 거울에 비친 자신을 유심히 살폈다. 거울에는 방금 목욕을 끝내고 가운만 입은 말간 얼굴을 한 여자가 그녀를 마주하고 있었다.

이렇게 자신의 얼굴을 자세히 바라본 적이 없었다는 걸 현수는 지금에야 깨닫고 있었다. 매일 보는 거울이었지만 언제나 전체적으로 보며 단장을 했을 뿐 하나하나 뜯어본 적은 없었다. 심지어 화장을 해도 그녀는 화장한 부분만 확인하고 바쁘게 출근을 했었다.

온천이 피부에 좋기는 한가 보다. 말간 피부가 반질거리며 윤기가 흐르고 있었다. 눈은 좀 큰가? 고개를 갸우뚱하다가 자신의 쌍꺼풀이 참 여우처럼 그려졌다는 것을 알았다. 끝부분으로 갈수록 선이 굵어져 눈매가 살짝 들려 보인다는 걸 처음 알았다. 그렇게 현수는 넋을 놓고 스스로를 뜯어보며 그가 자신의 무엇을 보고 사랑하게 됐는지 알려고 노력 중이었다.

하지만 아무리 봐도 모르겠다. 남들하고 다른 점이 없었다. 그냥 다른 여자들과 비교해서 봐 줄 만한 외모라는 것 정도가 다였다. 도리어 화장기 없는 얼굴은 맹해 보여 그를 만날 때는 항상 가볍게 화장을 해야 할 것 같았다.

가만, 내가 화장품을 챙겼던가?

"엄마야!"

그와 다니며 배웠던 화장술을 오늘은 써 볼 요량으로 고개를 돌려 가방을 찾던 현수가 빤히 그녀를 쳐다보고 있는 그를 보고 놀라 소리를 지르며 손에 들고 있던 수건으로 우선 얼굴부터 가렸다.

"뭐 해?"

여기가 제 방도 아닌데 마음대로 들어와 묻는다는 말이 뭐 하냔다.

"노크도 없이 들어오면 어떡해요. 여기는 제 방이잖아요."

"노크했어. 네가 못 들은 거지."

물론 거짓말이었다. 그녀를 따라 방으로 와 혹시 울고 있나 싶어 살짝 문을 여니 가운 차림으로 화장대에 멍하니 앉아 있는 현수가 걱정되어 무작정 들어온 것이었다.

"무슨 생각을 하느라 사람이 드나드는 것도 몰라? 그리고 수건이나 좀 치우지. 얼굴은 보고 말을 해야지."

그가 가볍게 수건을 당기자 현수가 더욱 힘을 주며 아예 얼굴 전체를 가려 버렸다.

"내 얼굴도 보기 싫은 거야?"

갑자기 어두워지는 그의 목소리에 현수가 움찔하며 고개를 저었다.

"나 맨얼굴이에요. 게다가 옷도 그렇고. 잠깐 방에 돌아가시고 조금만 이따가 오실래요?"

"뭐?"

마치 현수가 외계어라도 한 듯 찬영이 수건을 잡았던 손을 놓고는 또 큰 소리로 웃고 있었다. 이 남자의 반응을 보면 개그계로 나가도 성공할 것처럼 느껴지는 건 왜인지.

할 수 없이 수건을 치우며 현수가 포옥 한숨을 내쉬었다.

"윤찬영 씨, 그만 좀 웃죠. 남들이 보면 내가 개그우먼인 줄 알겠어요."

이 남자, 그러고 보니 자신처럼 가운 차림으로 방을 찾아왔다.

"그리고 좋아하는 여자라면서 예의는 좀 갖추죠. 가운 차림으로 오시는 건 좀 아니지 않나요?"

그녀의 말에 요샛말로 빵 터지셨나 보다. 아예 배를 잡고 웃고 있었다. 그 모습을 보고 있자니 부아가 치민 현수가 화장대에서 일어나 냅다 그의 복부에 주먹을 날렸다. 물론 힘은 빼고.

"미안, 미안해. 그래도 너 너무 웃겼어. 그런데 이제야 그런 걸 따지는 것도 우습잖아."

무슨 쌀, 보리 놀이도 아니고 그의 배를 노렸던 주먹은 그의 손에 들어가 주먹의 주인까지 그의 품에 안겨 있었다.

"그때는 남의 남자였고 지금은 내 남자니까요."

그녀의 대답이 그의 웃음을 멈추게 만들었다.

"다시 한 번 말해 봐."

"난 리바이벌은 안 해요."

그를 떠올리면 같이 생각이 나던 머스크 향 대신 따뜻한 살 냄새가 그녀를 감싸 왔다. 현수도 아예 코를 그의 가슴에 묻고 문지르며 부드러운 그의 살결을 음미했다.

이 남자 생각보다 하얀 피부를 가지고 있었다. 볼에 스치는 단단한 느낌도 좋았다. 그러나 곧 그의 손에 의해 들려지고 그의 얼굴이 눈동자에 가득 들어찼다.

"이런 마녀 같으니."

그녀의 입술에 대고 속삭이는 그의 말은 그대로 그녀의 입안으로 스며들며 촉매제가 되었다. 순식간에 달뜬 신음이 방을 가득 채우고 망설임 없는 손길이 서로를 찾았다.

덮쳐 오는 그는 마치 해일 같았다. 그 힘에 밀려 한 걸음씩 뒷걸음을 치던 현수가 침대에 막혀 주저앉은 순간 윤찬영이라는 해일이 그녀를 온전히 덮쳤다.

이미 막을 생각 따위는 없었던 현수가 반가이 그를 맞이했다. 침대 밑에 먼저 떨어진 건 그의 가운이었다. 그리고 현수의 가운은 그대로 시트가 되었다.

검은 머리가 부챗살처럼 하얀 시트 위에 퍼졌다. 발갛게 열에 들뜬 그녀의 얼굴이 찬영의 눈에 새겨지는 순간이었다. 눈이 부시게 빛이 나는 현수의 살결에 찬영의 숨결이 더욱 뜨거워졌다.

이렇게 한 여자를 원해 본 적이 없었다. 너무 소중해 만지면 사라질까 봐 두려울 정도로.

"실망하면 어떡해요?"

조심스럽게 예쁜 가슴에 입술을 대려던 그가 그녀의 말에 멈칫하며 고개를 들어 현수를 보았다. 한 손으로 얼굴을 가린 현수가 그의 타액으로 반짝이는 입술을 깨물고 있었다.

"그렇게 말하면 남자 자존심은 뭐가 되니?"

그의 말에 팔을 내리고 눈을 동그랗게 뜬 현수가 그의 표정을 살폈다. 다행히 화가 나거나 실망한 얼굴은 아니었지만 잔뜩 불만인 얼굴인 건 분명했다. 마치 골난 아이처럼.

"그런 뜻 아닌데."

뭐라고 말을 해야 할지 몰라 부끄러움에 현수가 그의 목에 팔을 두르고 그의 품에 숨어 버렸다.

"그럼?"

그의 무게에 그녀의 무게를 더해 침대가 살짝 더 눌리는 것을 느끼며 현수가 꿀꺽 침을 삼켰다. 아무것도 걸치지 않은 부드러운 살결이 그녀의 살결과 맞닿아 미묘한 마찰을 일으키고 있었다.

"내가…… 그러니까……."

"그러니까?"

"처음……이라서, 당신이 실망할까 봐 걱정이 돼서……."

그녀의 작은 목소리가 그의 귀가 아닌 가슴으로 스며들며 그를 벅차게 한다. 이 여자는 끝까지 그에게 감동을 주고 있었다. 자신을 모두 내어 주면서 그를 먼저 생각하며 걱정을 한다. 그래서 그의 눈시울이 붉어지고 있었다. 품에 안은 여자가 너무 예뻐서, 그리고 너무 사랑스러워서. 과연 그가 이 여자가 주는 것을 받아도 되는 사람인지 자신이 없어질 정도로.

"사랑해. 너여서 다행이야. 현수야, 너라서 정말 다행이야. 고맙다, 내 여자가 너라서 정말 고맙다."

"알아요. 내가 좀 넘치게 잘난 여자라는 건."

"그래, 넌 넘치게 잘난 여자야. 당연하잖아, 내 여자인걸."

그게 두 사람이 말로 대화를 나눈 마지막이었다. 그 후로는 더는 말이 필요 없었다.

찬영은 세상에 다시없는 소중한 보물을 품에 안았고 현수는 생각지도 않은 아픔을 느끼며 그의 여자로 다시 태어났다. 공기 중에 떠다니는 밤꽃 향기가 말보다 더한 약속의 증인이 되었다.

그렇게 그는 그녀의 곳곳에 자신의 흔적을 남기며 속속들이 그녀를 흡수해 갔다.

어느 한 구석 그의 입술이 스치지 않은 곳이 없었다. 그가 흔적을 남길 때마다 달뜬 신음으로 현수가 마침표를 찍었다. 마침내 그가 그녀의 깊은 곳에 다다랐을 때도 현수는 입술을 깨물어 삐져나오는 신음을 막아 냈다. 그리고 마지막에 그가 그의 모든 것을 그녀에게 쏟아부었을 때 현수는 그의 흉터를 어루만지며 대신 아픔을 가져가려는 듯 꼭 끌어안고 있었다.

✳   ✳   ✳

사내 연애라는 것이 참 힘든 일이라는 것을 몸소 체험하는 현수의 하루는 다른 때와 다르지 않았다. 단지 마음이 다른 때와 달라지치고 있었다.

항상 긴장해 혹여 누구라도 알까 두려워 이젠 제대로 그의 얼굴을 보는 것도 힘들었다.

겨우 2박 3일이었다. 아니, 1박 3일이라는 것이 맞는 말이었다.

첫날밤을 치르는 게 그토록 힘든 일인 줄 알았다면 아예 날을 잡아 치렀을 것을. 아무도 그런 말을 해 준 적이 없으니 속수무책으로 그의 품에서 날이 새는 것을 보아야 했다. 그와 밤을 새우고 새벽같이 일어나 서둘러 비행기에 올라 그대로 출근한 현수의 얼굴이 반쪽이 되어 있었다.

힘겨운 첫날밤을 대변하듯 걸을 때마다 불편해 하루가 어떻게 지났는지 기억에도 없었다. 거기에 도둑이 제 발 저린다고 사람들 얼굴 보는 것도 민망해 하루 종일 사무실을 지키며 식사마저 걸렀다.

더더욱 그녀의 성질을 돋우는 건 그는 아무렇지도 않게 밀린 일을 처리하며 바쁘게 하루를 보내고 있다는 점이었다. 살면서 손해 보는 일은 절대 하지 말자, 하는 마음으로 살아온 현수였다. 그런데 뭔가 손해 보는 느낌이다. 여자는 쉬이 넘어가면 안 된다는 말이 괜히 있는 게 아니라는 걸 깨달은 날이기도 했다.

하지만 말도 안 되는 투정이라는 건 자신이 더 잘 알고 있었다. 힘들기로 따지면 그가 더 지친 상태였다. 그래도 현수는 잠이라도 잤지만 아예 이틀 밤을 새우고 일하는 그의 얼굴도 그리 좋지는 않았다.

사람들은 일에 미친 전무와 그를 따라다니느라 지친 비서로 보겠지만 실상은 다른 이유로 서로 안쓰러워 어쩔 줄 몰라 하고 있었다.

그의 껌딱지라고 불리는 현수를 일부러 사무실에 놔두고 혼자 움직이는 것도 그녀를 향한 그만의 배려라는 건 누구보다 현수가 더 잘 알고 있었다.

손 비서가 미안한 얼굴로 오늘 점심은 약속이 있어 조금 늦을 것 같은데 괜찮냐고 묻는 말이 왜 그리도 반갑던지. 괜찮다는 말로 그를 내보내고 결국 현수가 책상에 머리를 박았다. 지금은 전무실도 비어 있어 자세가 조금 더 편안해졌다.

하긴 이러고 있는 스스로도 웃기긴 했다. 그가 아무렇지도 않게 일을 해 서운한 것이 아니라 그녀에게 눈길도 주지 않아 자꾸만 서러워지고 있다는 사실에 짜증이 난다.

그동안 그녀가 흉보던 다른 여자들과 다를 것도 없이 자신도 사랑하는 사람의 눈에 자신만 있기를 바라는 여자라는 걸 인정할 수밖에 없었다. 다시 말하면 자신도 여느 여자들과 다르지 않다는 말이었다.

널을 뛰고 다니는 미라를 보면서 미친이란 단어를 달고 다녔던 자신이 아니던가? 툭하면 찾아와 신랑이 어쩌고 하며 서운하다고 징징거리던 그 애의 마음이 이제야 조금, 정말 조금이지만 이해가 되는 건 왜인지.

그럼에도 문 열리는 소리가 들리자 현수가 자동으로 일어서 옷매무새를 정리하며 문을 향했다.

"밥은?"

잔뜩 힘이 들어간 어깨가 걱정이 가득한 그의 말 한 마디에 풀려 현수는 그의 말을 무시하고 다시 머리를 책상에 박았다.

"힘들어?"

그녀의 책상에 아예 엉덩이를 올리고 숨어 있는 얼굴을 보려고 애쓰며 찬영이 안달을 내고 있었다. 이틀간 밀린 일을 하느라 바쁘게 움직이면서도 내내 그녀가 걸렸다. 창백한 안색과 푹 꺼진 눈에 마음이 쓰여 오늘 내내 몇 번이나 같은 질문을 하는 돌발 행동을 보여야 했다.

"아니요. 괜찮습니다."

그녀의 대답은 이미 알고 있었다. 항상 괜찮습니다가 아니면 신경 쓰지 않으셔도 됩니다로 선을 긋는 현수는 여태 그가 보았던 다른 여자들과 달리 힘들다는 말을 할 줄 모르는 사람이었다.

그래서 안쓰럽고 그래서 더 사랑스러웠다. 아침까지 그의 품에 안겨 있던 열정적이고 뜨거웠던 여자는 언제나 그렇듯 차가운 유니폼 같은 정장 아래 감춰져 있었다. 그녀가 입고 있는 검은색 정장 아래 얼마나 달콤한 육체가 있는지 그만이 알고 있다는 자부심에 힘든 줄도 모르고 하루가 지나고 있었다.

시간이 너무 더뎌 몇 번이나 시계를 확인했는지 알 수도 없었다. 힘들어할 그의 여자를 위해 해 줄 수 있는 일이 고작 사무실에 앉혀 놓는 일이라니.

"얼굴 안 보여 줄 거야?"

"원래 여자는 마음이 있는 남자에게 형편없는 얼굴은 보이고 싶어 하지 않는 법입니다."

사실 얼굴을 마주하기가 부끄러워 핑계를 대고 현수는 여전히 머리를 책상에 붙이고 있었다.

"너 자꾸 숨으면 문 잠근다."

"헉!"

"악!"

귓가에 속삭이는 그의 숨결에 놀라고, 말뜻에 놀라 급하게 머리를 들던 현수가 갑자기 가해지는 충격에 앞이 노래지며 별들이 떠다녀 비명을 질렀다. 그리고 찬영은 아예 책상 아래 주저앉아 머리를 부여잡고 있었다.

"너 일부러 그런 거지."

"그러게 왜 거기 있어요?"

씩씩거리는 그를 보며 찌릿하게 울리는 통증 때문에 현수도 뾰족한 목소리로 신경질을 부렸다.

"아무튼 너랑 있으면 항상 뭔가 조심을 해야 해. 자, 얼른 먹어."

빨갛게 자국이 남은 이마를 비비며 현수의 책상에 올려놓은 것은 초밥이라는 단어가 예쁘게 쓰여 있는 작은 종이가방이었다.

"이거 나 주려고 직접 들고 오신 거예요?"

"그럼 내가 먹을까?"

이 남자가 손에 무엇을 들고 다니는 것을 본 적이 없었다. 그런데 그녀를 위해 한 번도 해 본 적이 없는 짓을 하고 있는 건 알고 있을까? 그래서 고맙고 또 그래서 더 미안했다.

이 말을 어떻게 한다?

"왜? 감동한 거야?"

빤히 쳐다보는 현수의 눈에 담긴 감정을 콕 집어내고 슬며시 웃고 있는 그를 향해 현수가 어렵게 입을 열었다.

"네, 아주 많이 감동받았어요. 그런데 저 초밥 못 먹어요."

"뭐?"

"고추냉이를 못 먹어요."

그녀의 대답에 찬영의 얼굴이 일그러졌다.

"왜?"

"먹으면 숨이 막혀 죽을 것 같아서요. 그런 느낌 정말 싫어하니까요."

고모 일 이후로 혼자 아무도 모르게 죽는다는 것이 무서웠다. 언젠가 한 번 고추냉이를 먹다 코로 올라오는 그 느낌에 죽을 것 같다고 느끼는 순간 경기를 일으켰었다.

그때 알았다. 그녀는 정말 혼자라는 것에 죽을 만큼 공포를 느낀다는 것을. 그래서 한참 가슴을 쳤었다. 그렇게 혼자 힘들었을 고모를 떠올리며. 마지막까지 외로웠을 불쌍한 고모 때문에.

별일 아니라는 듯 대답하는 현수를 보며 찬영은 그 안에 더한 진실이 있다는 것을 직감으로 알았다. 그러나 따로 묻지는 않았다. 언젠가는 그에게 모든 것을 털어놓을 때가 있을 테니 기다릴 수 있었다. 하지만 그의 여자가 무엇을 좋아하고 무엇을 싫어하는지는 알아야겠다.

"그럼 잘 먹는 건?"

"음…… 밥?"

"장난해?"

"진짜인데."

잠깐 생각에 잠긴 현수가 갑자기 무언가 떠올랐는지 눈을 반짝였다.

"붕어빵이요. 나 그거 좋아해요. 음, 호떡도요. 아, 먹고 싶다."

"뭔 빵? 떡?"

그럼 그렇지. 아실 리가 없다. 이럴 때마다 이 사람은 참 다른 세상을 살았구나 싶어진다. 하긴 이 남자가 길거리에서 붕어빵을 사는 모습은 절대 상상이 안 되니 그게 그건가?

"있어요, 길거리에서 파는 음식. 생각보다 맛있어요. 미국으로 치면 길거리표 핫도그?"

"그럼 나가면 있어?"

"아마도요."

"기다려. 당장 사 올게."

이 남자가 정신이 나가셨나 보다. 재빨리 일어나 나가려는 그를 현수가 붙잡았다.

"거기까지. 나중에 우리 데이트할 때 사 주세요. 사실 입이 깔깔해 먹고 싶은 마음도 없으니까 오늘 점심은 커피 한 잔으로 때울게요."

"데이트 신청이야?"

느물거리는 그를 보며 갑자기 미라의 말이 떠올랐다. 왜 하필 이 상황에서 그 애의 말이 떠오르고 난리인지. 이혼한 늙은 전무를 조심하라고 신신당부를 하던 철없는 아줌마를 생각하며 현수가 새침한 얼굴로 그를 나무랐다.

"전무님, 제발 나이를 생각하세요."

"응?"

"그리고 지금 여기 계시면 어쩝니까? 점심 약속이 있으실 텐데."

일본 출장으로 밀린 브리핑을 겸한 점심 약속이 잡혀 있었다. 원래는 현수도 따라갈 예정이었지만 오늘은 딴소리 말고 사무실을 지키라는 명령을 내리셔서 충실히 이행하는 중이었다.

"맞다. 늦었다."

바쁘게 나서는 그를 배웅하는 현수에게 찬영이 한 번 더 단단히 일렀다.

"그래도 뭐라도 챙겨 먹어, 김 실장. 이건 명령이야."

그날, 그는 정말 그녀에게 붕어빵을 사 주었다. 그것도 길거리에 함께 서서 나눠 먹으며 한참을 웃었다. 사실 그녀보다 그가 더 많은 양을 먹었다. 사람 많은 명동 거리를 걸으며 현수와 찬영은 붕어빵이 맞느냐 아니면 잉어빵이 맞느냐로 실랑이를 하면서도 손을 꼭 잡고 있었다.

아직까지 눈치챈 사람은 없었다. 여전히 그녀는 윤 전무의 껌딱지로 불렸고 다행인지 불행인지 손 비서는 미련 곰탱이라는 별명을 얻었다.

아마도 그녀를 대신할 보좌관으로 뽑은 인물 같았는데 사람만 좋았지 눈치는 제로였다. 덕분에 그의 심사에서 탈락한 건 모르고 있으니 어쩌면 눈치 없는 게 좋은 점일 수도 있었다.

여전히 그를 보면 설레고 눈을 마주치면 숨이 막혀 왔다. 이 증상은 날이 갈수록 점점 심해지고 있었다. 엘리베이터에서 스치듯 지나치며 그녀의 손을 꼭 잡아 주고 가는 손길이 너무 따뜻해 정신을 놓다가 다른 층에 내린 적도 있었다.

어떻게 알았는지 손 비서가 없다 싶으면 귀신같이 알고 나타나 진한 키스로 그녀의 정신을 빼놓고 사라졌다. 이 남자 정말 감당이 안 되고 있었다. 이러다 심장마비로 실려 가지 싶어진다. 갑작스러운 그의 행동에 또 미친 듯이 뜀박질을 하는 자신의 심장 때문에.

문제는 다른 곳에서 불거지고 있었다. 연인이 하룻밤을 보내고 나면 피할 수 없어지는 문제. 동거하는 상태가 아니니 점점 그녀의 집에 그의 물건이 늘어나고 그의 집에 그녀의 물건이 놓이고 있었다.

무조건 밀고 들어오는 그를 막을 수가 없었다. 결국 현수의 작은 욕실에 그의 칫솔과 면도기가 놓일 자리가 마련되었고 마찬가지로 그의 집에도 그녀가 쓰는 잡다한 생필품의 자리가 생겼다.

찬영이 그녀의 집에서 자고 간 다음 날, 현수는 우선 도어록부터 바꿨다. 언제 쳐들어올지 모르는 미라를 위해서. 요즘 서영이가 장염에 걸려 정신이 없다는 소식을 듣고 가슴을 쓸어내리면서도 아픈 서영이에게 미안해야 했다.

그래도 불안해 그의 집에서 지내는 시간이 더 많았다. 그녀의 집에 들르는 건 추운 겨울 혹시 보일러가 터지지나 않았을까 살피러 가는 정도가 되어 가고 있었다.

그의 오피스텔에 가면 현수는 항상 창에 올라앉아 야경에 빠져 시간 가는 줄 몰랐다. 이 창 때문에 그와 집을 바꾸고픈 유혹을 느낄 정도로 마음에 들었다. 그런 현수를 보며 음흉한 미소로 다가온 그를 밀어내지 못해 야경을 등 뒤에 두고 그를 맞이해야 했다. 그때부터 창에 서서 야경을 즐기면 자꾸 얼굴이 붉어진다.

유독 그는 현수의 머리카락을 좋아했다. 샤워 후에 머리카락을 말리는 일도 그가 해 주고 있었다. 이 남자 전생에 미용사였나 의심이 들 정도로 머리카락을 좋아하는 그는 잠자리에서도 그녀의 머릿결을 쓰다듬으며 잠이 들었다.

그와 지내는 시간이 길어지고 많아질수록 그들은 서로를 나누고 추억을 나누며 하나로 어우러져 가고 있었다.

같이 밥을 먹고 또 같은 잠자리에 들었다 눈을 뜨면 그가 보이는 생활이 늘어 갈수록 현수는 자꾸만 두려워졌다. 이 남자 없이 과연 자신이 살아갈 수 있을지 자신이 없어진다.

음식이라고는 할 줄 모르는 그녀가 그를 위해 인터넷을 뒤지며 음식을 만들고, 맛있게 먹어 주는 그를 보며 행복했다. 자신이 먹어도 고개를 갸우뚱하게 만드는 정체불명의 음식을 그는 남김없이 먹어 주었다. 세상에서 가장 맛있는 음식이라도 되는 듯이.

그가 차를 태워 준다고 해도 마다하고 지하철역에서 내릴 때마다 그의 투정은 점점 심해져 갔다. 추운 날 아침에 그녀를 내려놓기 싫다고 해서 한동안 또 실랑이를 해야 했다. 마음은 알지만 그러면 다시는 그와 밤을 보내지 않겠다는 엄포로 그의 입을 다물게 했다.

언제까지 이렇게 지낼 수는 없었다. 언제나 차가운 눈으로 사람을 대하던 그의 눈빛이 따뜻해지고 자주 미소를 보여 은근히 사람들 사이에 돌덩어리 윤 전무가 연애를 하는 게 아니냐는 소문이 돌고 있었다. 그 상대가 현수라고 생각하는 사람은 없었지만 언제 들키느냐의 문제로 다가오며 불안은 가중되고 있었다.

아무래도 이제는 결정을 내려야 할 것 같았다. 책상 깊숙이 넣었던 사표를 생각하며 한숨을 쉬던 현수는 진동이 울리는 핸드폰을 꺼내 들었다. 모르는 번호가 뜬 휴대폰을 보며 또 스팸이려니 하고 받았던 그녀는 상대방을 확인하고 숨을 죽였다.

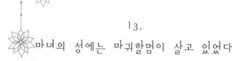

13.
마녀의 성에는 마귀할멈이 살고 있었다

서나 갤러리.

서울이라고는 생각 못 할 정도로 숲이 우거진 북한산 언저리에 자리 잡고 앉은 기하학적인 건물이 먼저 눈에 들어왔다. 그리고 널 찍한 현관 앞에는 풍경과 어울리는 조각품들이 갤러리를 방문하는 사람들을 먼저 맞이한다.

다른 계절이면 북한산의 푸름과 어우러져 아름다웠을지 모르지 만 겨울인지라 앙상한 나뭇가지와 차가운 산자락의 바람 때문에 현 대적인 건물만 도드라져 도리어 차가운 주인만큼이나 암울해 보였 다.

전시회는 물론 불우이웃돕기 바자회와 미술 작품 거래, 그리고 아동 미술 센터 등을 운영하며 제법 이름이 알려진 곳이지만 막상 서나라는 이름의 유래를 알고 있는 사람들은 드물었다.

예스럽기도 하고 또 달리 들으면 외국어 느낌도 들어 갤러리 명칭으로도 나쁘지 않았다. 그러나 서나라는 이름은 원래 선아라는 이름에서 나왔다. 관장인 박선아 여사. 대 USM전자의 회장 사모님이시기도 했다.

가끔 회사 일로 심부름을 온 적은 있어도 이렇게 직접 부름을 받고 온 적은 없었다. 원래는 그를 따라 부산 지사에 내려가고 있어야 했다.

일정을 잡으며 그녀와 같이 간다고 즐거워하던 그에게 처음으로 그의 연인이라는 타이틀을 내세워 일정에서 자신은 빼 달라는 부탁을 해야 했다. 일이 끝나면 바다를 보고 오자며 속삭이는 그를 혼자 보내는 건 생각보다 마음 아픈 일이었다. 그에게 새로운 추억을 주고 싶었는데 그마저도 마음대로 안 되나 보다.

왜냐고 묻는 그에게 현수는 아픈 서영이를 핑계로 삼았다. 더불어 한 번도 안 온다고 서운해하는 미라의 전화는 그를 이해시키는 일등공신이 되었다.

갤러리 현관에서 우선 옷매무새부터 가다듬었다. 우아하고 아름답기로 소문난 박 관장. 현수도 회장실에서 근무할 때까지는 그렇게 알고 있었다. 마주칠 일도 많지 않았고 그들과 자신은 다르다고 생각했으니까.

하지만 지금은 달랐다. 그녀에게 뺨을 맞은 그날부터 시작해, 그 여자가 그에게 무슨 짓을 했는지 알고 있는 지금은 불우한 아이들에게 방학 기간을 이용해 미술관을 무료로 개방하며 원하면 미술 프로그램도 진행한다는 현수막을 보고 이를 악물었다.

이제는 아무렇지도 않게 그녀에게 내보이는 그의 등을 볼 때마다 그녀가 아파하고 있었다. 그리고 여기에 그의 등을 만신창이로 만든 마귀할멈이 있었다.

갤러리 현관문을 열며 현수가 입술을 깨물었다. 그녀는 지금 백설공주를 죽이려고 발악을 하던 마녀를 만나러 이곳에 왔음을 스스로에게 일깨우고 있었다.

"제법인데? 그래, 반반하게 생겼어."

현수를 만나자 박 여사가 먼저 그녀를 아래위로 훑어보더니 내뱉은 말이었다. 따뜻한 울로 만들어진 하늘색 정장에 무거워 보이는 진주 브로치로 멋을 내셨다. 나이보다 젊어 보여 같이 서 있으면 터울 많은 언니라고 해도 믿겨질 정도지만 결코 언니로 두고 싶지 않은 여자였다. 하얀 얼굴에 붉은 립스틱이 너무 잘 어울려 소름이 돋았다.

"앉아."

마치 하녀를 부리듯 의자를 가리키는 그녀의 빨간 손톱을 보니 더욱 끔찍하게 느껴졌다.

저 손으로 그를 얼마나 아프게 했을까?

그러나 티도 내지 않고 아무 말 없이 그녀가 시키는 대로 의자에 앉았다. 마치 면접관처럼 책상 너머로 그녀를 노려보는 눈에는 직접 말로 하지 않아도 같잖다는 마음이 그대로 나타났다. 그리고 현수가 앉은 의자 앞의 작은 탁자 위에는 두툼한 서류 봉투 하나가 놓여 있었다.

"열어 봐."

고갯짓으로 가리키는 건 그 봉투였다. 이번에도 현수는 아무 말도 없이 봉투를 열고 내용물을 확인했다. 그녀의 손에 들려진 사진들을 보며 간신히 신음 소리를 삼켰다.

사진에는 지난번 일본에 출장 갔을 때부터 오늘 아침까지의 현수와 찬영의 모습이 담겨 있었다. 누군지 솜씨도 좋아 그의 표정을 잘도 포착했다. 환하게 웃는 얼굴이 선명하게 찍혀 잘생겼다는 생각을 하게 만들었다.

찍는 인간도 기분은 좋았겠다 싶어진다. 이 정도의 인물은 연예인이 아니면 잘 찾을 수도 없으니까. 그 심각한 순간에 사진을 하나씩 살피며 현수는 그런 생각을 하고 있었다. 마지막의 서류는 보지 않아도 자신의 신상에 관한 거라는 걸 알겠다.

"참, 보는 눈이라고는. 들인 돈이 아까울 정도네."

"왜 부르신 겁니까?"

사진을 가지런히 모으며 여자의 비아냥거림을 무시하고 현수가 처음으로 입을 열었다. 그 여자만큼이나 차가운 음성으로.

"왜일 거라고 생각하니?"

그녀의 물음에 머릿속이 복잡하게 돌아갔다. 드라마나 영화에서 이런 장면이 나오면 여주인공이 어떻게 당했는지 떠올려 봤다. 물을 맞아야 하나 하는 생각을 하다가 이 여자 앞에는 아무것도 없다는 것을 보고 생각을 바꾸었다.

그러면 또 뺨을 맞아야 하나?

"왜? 내가 너보고 걔한테서 떨어지라고 할 거 같아 겁나니?"

사실 겁이 났다. 그에게서 떠나라고, 너 같은 건 감히 바라볼 수도 없는 사람이니 좋은 말 할 때 떠나라는 말을 들을까 봐. 그래서 더욱 입술을 깨물고 각오하고 나선 길이었다. 그러나 이 여자의 말은 차라리 자신의 생각이 맞기를 바랄 정도로 충격적이었다.

"그냥 붙어 있어. 지금 그대로 걔 옆에 붙어서 떨어지지 마. 큰

며느리 자리? 그래, 줄게. 뭐 어려운 거라고. 대신 넌 내가 시키는 대로만 해. 그러면 평생 네가 생각지도 못한 호사를 누리며 살게 될 거니까. 너 같은 게 어디 가서 USM전자의 큰며느리가 되는 호사를 누리겠어? 신데렐라 한번 만들지 뭐. 어려울 것 없어. 내 말만 잘 들으면."

마녀가 속삭이며 현수를 유혹하고 있었다. 그러나 정작 현수는 눈을 감고 귀를 막고 싶었다. 저 목소리를 지울 수만 있다면 무엇이든 내어 줄 수 있을 것 같았다.

그래서 떨리는 손끝을 주먹으로 감추고 마주 보며 그 여자를 눈에 담았다. 그 목소리를 귀에 담아 기억했다. 절대 이 자리에서 흔들리는 모습을 보이면 안 된다고 스스로에게 속삭였다. 조금이라도 빈틈을 보이면 당장 잡아먹힐 것 같아서 꼿꼿이 앉아 무심한 얼굴을 만들고 있었다.

당신 이런 여자에게 손을 내밀었던 거야? 어떻게 견뎠니? 그 작은 몸으로. 얼마나 아팠어? 등에 새겨진 상처보다 더 많은 상처가 남아 있을 작은 아이를 떠올리며 현수가 겨우 붉어지는 눈을 감추었다. 이 여자에게 눈물을 보일 수는 없었다.

이 여자의 계산을 모르지 않았다. 이 여자는 지금 현수를 이용해 그의 발목을 잡는 족쇄로 사용하려 하고 있었다.

"감사합니다. 이 사진은 제가 가져가도 될까요?"

"마음대로 해. 머리가 좋긴 한가 보네. 금방 알아듣는 걸 보니. 가 봐. 뒷일은 내게 맡기고 걔나 즐겁게 해 줘. 딴생각 못 하도록."

두 손으로 턱을 괴고 있어 붉은 입술과 손톱만 눈에 들어왔다. 너무 화가 나 덜덜 떨리는 스스로를 다잡으며 현수가 목소리를 고르게 내려고 있는 힘을 모았다.

"계속 저희들 사진을 모으실 생각이십니까?"

"뭐 하려고? 일찍 알았으면 쓸데없는 데 힘쓰지 않아도 될 것을."

"그럼, 이만 물러가겠습니다."

절도 있는 묵례로 현수는 마녀를 뒤로하고 마녀의 성을 나섰다. 흔들림 없이 나가는 현수를 바라보는 눈은 여전히 차가웠다.

"왜 찜찜하지? 저런 계집애 정도에 왜?"

내내 턱을 괴던 손을 내리며 현수 모르게 빼놓은 사진 한 장을 들여다보는 박 여사의 눈에 심상치 않은 기운이 돌았다.

사진에서의 계집애는 그놈에 대한 감정을 숨김없이 드러내며 환하게 웃고 있었다. 순진하고 말간 얼굴로. 그런데 실제로 마주하니 사진과 다른 느낌에 혹시 다른 사람인가 생각했었다.

"내가 지금 무슨 생각을. 저런 것들은 다 똑같은데. 아무튼 피는 못 속여. 어디서 저런 걸."

박 여사가 스스로에게 답을 주듯 중얼거렸다. 손에 든 사진을 갈 기갈기 찢어 쓰레기통에 버리며 현수를 마주할 때 느꼈던 찜찜함까 지도 버렸다.

"당신 생각대로 될 것 같아? 그렇게는 안 돼. 왜냐면 이제는 내 가 지켜 줄 거거든. 당신 같은 여자한테 당하게 두지 않아."

갤러리를 나서 차가운 바람을 만나니 살 것 같았다. 마귀할멈의 집을 빠져나온 헨젤과 그레텔이 이런 마음이었을까? 그러나 그들 은 마귀할멈을 해치우고 나왔지만 여전히 저 성에는 아름다운 마녀의 탈을 쓴 추악한 마귀할멈이 살고 있었다.

그래도 마귀할멈이 귀한 선물 하나는 주었다. 갤러리를 노려보는 현수의 품에는 서류 봉투 하나가 소중하게 담겨 있었다.

"현수 씨? 맞죠?"

이런, 이제는 새끼마녀인가? 목소리만으로도 알겠다. 자신을 부르는 사람이 누구인지.

"안녕하세요."

표정을 가다듬으며 현수가 재경을 향해 인사를 했다.

"맞구나. 혹시…… 엄마가…… 불렀어요? 여기에?"

현수를 확인하고 재경의 눈이 무섭게 흔들렸다. 그리고 떨리는 음성으로 물어 온다. 이 여자는 새끼마녀는 아닌 모양이었다. 그러나 겪어 보지 않으면 모르는 법이었다. 이미 현수는 저도 모르게 그를 위해 모든 사람과 싸울 준비를 하고 있었다.

"네, 심부름이 있어서요. 그럼 이만."

딱딱한 말투로 답을 주고 지나가는 그녀의 손을 잡은 건 재경이었다.

"저랑 잠깐만…… 잠깐이면 돼요. 시간 좀 내 주세요. 제발."

이미 마귀할멈만으로도 지쳐 있었다. 그러나 그를 닮은 눈이 애원을 하는 데는 방법이 없었다. 그래서 지금 현수는 갤러리 가까이 있는 작은 카페에서 재경을 마주 보며 종업원이 가져다줄 커피를 기다리고 있었다.

사람을 불러 놓고 커피가 서빙될 때까지도 입을 다물고 있는 재경을 보며 현수가 속으로 한숨을 쉬고 있었다. 도대체 무슨 말을 하려고 뜸을 들이는지 몰라도 제발 빨리 끝나기를 바라며 뜨거운 커피를 홀짝이고 있었다. 커피라도 없어지면 일어날 수 있을지 모르니까.

이혼할 거라는 이야기는 들었지만 설마 하소연을 하려는 건 아닐 거다. 제발 아니기를 빌었다. 지금은 그런 말을 들어 줄 여유가 없었다. 앞에 앉은 여자의 엄마 때문에 머릿속에 폭탄이 터지고 있었고 가슴 한쪽은 벌써 무너지고 있는 중이었다.

"제발, 오빠에게…… 말…… 좀 전해 주세요."

몇 번을 망설이더니 재경이 겨우 입을 열어 한다는 말을 이해 못해 현수가 되묻고 말았다.

"무슨 말을요?"

"그 사람이 엄마와 손을 잡았어요. 오늘 검사직을 관뒀어요. 곧 우리 회사 고문변호사로 갈 거라고."

결심을 한 듯 재경이 빠르게 본론으로 들어가서 또 다른 폭탄을 투여했다. 그러고는 마치 자신이 잘못한 것처럼 고개를 숙이고 탁자만 바라보고 있었다. 그녀의 말을 이해하느라 현수가 입술을 깨물고 시간을 벌었다.

"그래서 이혼하려는 건가요?"

얼마나 시간이 흘렀을까 생각지도 못한 현수의 질문에 재경이 놀란 눈으로 그녀를 보았다. 다른 이유도 있었지만 이혼을 결심하게 된 가장 큰 이유가 그래서였다.

"왜요? 그리고 왜 나죠?"

날카로운 눈매가 대답을 종용하고 있었다. 지연이는 재경을 만나면 얼마나 이 여자가 멍청한지 입이 닳도록 떠들었다. 별로 친하지 않음에도 끊임없이 그녀를 불러내는 이유가 뭔지 알고 있었다. 하지만 자신이 맞았다. 큰오빠가 만나는 여자는 멍청할 리 없었다. 그런 여자를 선택할 사람이 아니라는 것쯤은 알고 있었다.

"나는…… 아니, 나도 찬수 오빠도 큰오빠한테 빚이 있어요. 그래서 우리는 큰오빠한테 어떤 해로운 일도 할 수 없어요. 내가 할수 있는…… 일이 이거밖에 없어요."

'찬수 팔이 부러졌어. 여기저기 난 상처들은 별거 아니었는데 자전거랑 같이 구르면서 팔이 부러진 거야. 놀란 재경이가 울고불고 난리가 났었어. 그리고 부리나케 달려나온 그 여자에게 날 가리키며 내가 밀었다고 말했지.'

재경의 말과 맞물려 잊을 수 없는 그의 고백이 떠올랐다. 그때 앞에 앉아 있는 여자의 나이가 어떻게 되었더라? 나이를 따지던 현수의 눈이 커졌다.

하! 미치겠다.

흔들리는 재경의 눈이 모든 것을 말하고 있었다. 그때를 기억하고 있음을.

어디까지 기억하고 있을까? 아니, 어디까지 봤을까? 물어볼 수도 없는 일.

부모님이 돌아가셨을 때 현수의 나이도 5살이었다. 다는 아니어도 장례식장에 퍼지던 향 향기를 기억한다. 그리고 슬프게 울던 고모도 기억하고 있었다. 검은색 상복에 하얗게 빛나던 고모의 얼굴은 눈을 감아도 그릴 수 있을 정도로 확실하게 남아 있었다.

행복했던 기억은 스러지는데 아팠던 기억은 오래도록 남는 법이었다.

재경에게도 그렇게 남은 걸까? 도대체 마귀할멈은 얼마나 많은 사람의 가슴을 할퀴어 흉터를 남긴 건지 모르겠다.

　알고나 있을까? 제 새끼들까지도 이렇게 아파하고 있다는 것을?

　현수가 결국 재경의 눈을 외면하고 천장을 바라보았다. 자꾸만 치미는 눈물을 막고 가빠지는 호흡을 다스리려 애쓰고 있었다. 분노로 바들바들 떨리는 손은 그의 사진이 가득 담겨 있는 서류 봉투를 움켜잡으며 감추었다.

　"오빠가 웃었잖아요. 현수 씨를 보고 진짜 웃었으니까."

　마지막 질문에 대한 답을 해 주고 재경은 일어섰다.

　"전해 주세요. 현수 씨만 믿을게요."

　허리까지 굽히는 그녀를 막을 수가 없었다. 먼저 카페를 나서려는 재경을 이번에는 현수가 막았다.

　"잠깐만요. 난 안 해요. 직접 가서 말하세요. 그 사람보고 직접 말해요. 지금 나에게 했던 말 그대로 말하세요. 내가 도와줄 수 있는 건 여기까지예요. 나는…… 아무 말도 안 할 거예요."

　"나는…… 엄마 딸이잖아요. 오빠는 아마…… 안 들을 거예요. 그러니까 부탁해요, 제발."

　울며 애원하는 재경을 외면하는 일은 가슴 아픈 일이었다. 정말 울고 싶은 사람은 현수였지만 이번 일은 대신 해 줄 수가 없었다. 그녀의 말처럼 전해 줄 수는 있지만 남매니까 부딪치며 서로의 마음을 알아 갈 계기를 만드는 사람은 현수가 아닌 재경 본인이어야 했다. 그래서 현수가 눈물을 참으며 재경이 잊고 있는 사실 하나를 알려 주었다.

　"잊었나 보네요. 아니면 모르든가. 재경 씨는 회장님 따님이세요. 전무님과 한 아버지를 가진."

해 줄 말이 더는 없어 재경보다 카페를 먼저 나선 현수가 하늘을 보니 오늘따라 서럽게 파랗다. 그래서 너무 추워 그의 품이 그리워졌다.

마음이 복잡해 도저히 회사로는 갈 수가 없었다. 정처 없이 걷다가 현수가 마지막으로 찾은 곳은 그녀가 마음껏 하소연할 수 있는 곳이었다.

✳ ✳ ✳

부산에서 일을 끝내고 올라가는 찬영의 얼굴이 말이 아니었다. 아픈 아이에게 병문안 간다던 현수와 연락이 끊어져 애가 탔다. 혹여 무슨 일이 있는 것은 아닌지.

손 비서에게 연락하니 외근한다며 나가서는 안 들어왔다는 말뿐이었다. 외근이라니. 그런 변명이 통할 리가 없었다. 그와 동행하지 않는 외근이 있을 턱이 없으니까. 그래서 액셀에 올려놓은 그의 발이 떨어지지 않고 있었다.

잠깐이었다. 그녀와 떨어져 있던 그 잠깐 사이에 무슨 일이 있었던 걸까? 급한 마음에 한 실장에도 전화를 넣었지만 그는 모르는 일이라고 했다.

현수가 그에게 거짓말을 했다는 사실에 화가 나면서도 왜라는 생각이 먼저 떠올랐다.

무슨 일이 생긴 걸까? 도대체 그녀는 어디에 있는 걸까? 곁에 아무도 없는 그녀가 혹여 무슨 일을 당했다면? 그래서 연락이 안 되는 거라면? 갖가지 상상들이 그를 괴롭히며 심장을 조여 왔다.

"김현수. 아무것도 묻지 않을 테니까 무사하게만 있어. 그러면 이번에는 봐줄 테니까."

핸들을 움켜잡은 손에 힘이 들어가 경련이 오는 것 같았지만 그 느낌조차 무시하고 찬영이 기도처럼 중얼거리고 있었다. 어두운 경부고속도로에 찬영을 실은 차가 무서운 속도로 질주하고 있었다.

환하게 웃고 있는 고모를 보며 현수가 물어보았다.

"사랑은 아름다운 거라고 했었지? 그리고 아프게도 한다고. 그런데 고모, 난 예쁜 추억으로 남기기는 싫은데. 욕심이 나. 그 사람 곁에서 예쁜 추억으로 남는 게 아니라 그 추억을 공유하고 싶어. 끝까지 그 사람하고 같이 가고 싶어. 그런데 지금은 방법을 모르겠어. 그래도 나 잘 견뎌 낼 수 있겠지? 고모가 거기서도 기도해 줄 거니까. 그러니까 나 고모 믿고 나가 보려고. 해 보려고."

그의 곁을 지키고 싶었지만 마녀의 지팡이가 될 수는 없었다. 그렇다고 그를 놓고 싶지도 않았다. 그래서 사람에게 욕심을 내지 않으려고 했었다. 이렇게 모두 내어 주고 매달리게 될까 봐 사람을 피하며 테두리 안에서만 정을 주고 선을 넘지 않았다.

"그런데 고모, 내가 너무 하찮게 느껴져서 조금 슬프다. 내가 지금 뭘 할 수 있는지도 모르겠어. 내가 아무것도 아닌 것 같아서. 이렇게 말해서 미안해. 잠깐 그런 거니까 고모는 이해해 줄 거지? 곧 그 사람하고 같이 올게. 엄마 아빠께도 인사해야 하잖아. 추억으로 남을지 동행할 수 있을지 나도 몰라. 그래도 난 고모가 생명을 내주면서 지키려던 아이니까 다른 사람은 몰라도 고모에게는 꼭 보여 주고 싶어."

고모를 뒤로하고 나오니 환하던 밖이 금방 까맣게 물들어 있었다. 오전까지 서럽게 파랗던 하늘이 어두워지니 어쩐 일로 별님 하나 보이지 않았다. 아마도 눈이 오려나 보다. 얼마나 진이 빠졌는지 시간이 가는 줄도 모르고 돌아다닌 모양이었다. 일월 말치고는 꽤 따뜻한 날씨에 차라리 오늘은 펑펑 눈이 내려 세상의 모든 더러움을 하얗게 덮어 주었으면 싶었다.

　시간을 확인하려고 휴대폰을 꺼낸 현수가 길게 전원을 눌렀다. 마녀를 만나면서 꺼 놓았던 휴대폰이었다.

　역시 예상대로 작은 화면을 꽉 채우며 써져 있는 단어. 꽃돌이. 꽃다발이라고 놀리는 그를 놀리려 새로 바꾼 그를 지칭하는 단어.

　사이코, 윤 전무라는 문구를 확인하고 그녀를 노려보던 눈은 하나도 무섭지 않았다. 처음 그를 만났을 때의 얼음 같은 남자는 없었다. 얼음을 녹이니 그 안에는 세상에 다시없을 따뜻한 남자가 깨어나 현수를 따스하게 감싸고 있었다.

　피식 웃음이 나온다. 해가 바뀌어 그를 만난 지 2년째라지만 날짜로 따지면 이제 백여 일. 그런데 백 년은 알아 온 것 같았다. 그 시간 동안 그가 바뀌는 만큼 그녀도 변해 있었다.

　뭘 망설여? 바보같이. 숨느냐, 아니면 정면 돌파냐였다. 언제 숨었던 적이 있었던가? 깨지든 부서지든 어차피 겪을 일이면 빠르게 겪는 게 최고라는 걸 살면서 배웠다.

　"아자, 아자. 파이팅! 꽃다발."

　현수가 스스로에게 용기를 주며 꽃돌이에게 전화를 걸었다. 그녀 걱정에 까맣게 타고 있을 그 남자의 마음을 걱정하면서.

　― 너 죽을래?

벨이 제대로 가기도 전에 그의 음성이 터져 나왔다. 남들이 들으면 휴대폰 스피커라도 켜 놓은 줄 알겠다.

"안 죽을래요."

— 너…… 진짜. 어디 아픈 건 아니지?

점점 잦아드는 음성에 왜 눈물이 먼저 쏟아지는 걸까?

"어디예요?"

— 서울 다 왔어. 넌 어디야?

간신히 목소리를 내 물어 오니 곧바로 대답이 돌아왔다.

"나 고모 있는 데. 데리러 와 줄래요? 기다리고 있을게요. 천천히 와요. 운전 조심하고. 알죠? 우리 부모님이 어떻게 돌아가셨는지?"

— 우는 거야?

귀신같이 반응 하는 그에게 어떻게 감추려고 했는지 모르겠다. 이 남자 예민해도 너무 예민했다.

"추워서 감기가 오나 봐요. 천천히 와요. 시간 보고 너무 빨리 온 거면 알아서 해요. 운전 중에 통화가 너무 길었다. 기다리고 있을게요."

주소를 불러 주고 통화를 끝내니 그녀의 바람처럼 눈이 내리고 있었다. 송이송이 떨어지는 모양새가 함박눈으로 변할 것 같았다. 방금까지 눈이 왔으면 하고 바랐던 현수가 그를 생각하며 걱정이 앞섰다. 쌓이기 전에 오기를 바라면서 그가 오면 가장 빨리 발견할 수 있는 장소로 걸어가는 그녀의 어깨에 하얀 눈송이가 얹히고 있었다.

샤워를 끝내고 나오니 맥주 캔을 들고 야경을 바라보고 있는 그의 모습이 거울처럼 창에 비치고 있었다. 천천히 다가가 그의 허리에 팔을 둘러 안으니 기다렸다는 듯 뒤돌아 그녀를 품에 안았다.

"안 되겠다, 현수야. 이대로는 안 되겠어. 너 이제 내 옆에 두어야겠어."

얼마나 가슴을 졸였는지 목소리에 그대로 묻어나 현수의 가슴이 아파 왔다. 이 남자 도대체 그녀의 무엇을 보고 가슴에 담아 애달아하는 걸까.

"미안해요, 정말 미안해요. 연락했어야 하는데, 정신이 없어서. 다음에는 절대 안 그럴게요. 잘못했어요."

그의 등을 쓰다듬으며 현수가 몇 번이나 미안하다는 말을 반복하며 그의 마음을 달래 주려고 애를 쓰고 있었다.

"오늘 알았어. 네가 없으면 얼마나 불안한지. 네 목소리를 들으니까 숨이 쉬어졌어. 그러니까 너 내 옆에 있어라. 어디도 가지 말고."

얼마나 손을 내밀고 또 내쳐졌을까. 그래서 이 사람이 내미는 손을 밀어낼 수가 없었다. 그녀는 잡아 줘야 했다. 마치 그의 손을 잡아 주려고 자신이 세상에 태어난 것 같았다.

"내가 전에 그랬죠? 손을 잡는 것도 내가 먼저고 놓는 것도 내가 먼저라고. 나 오늘 고모한테 내 남자 손잡고 간다고 약속하고 왔어요. 그리고 난 약속은 지켜요. 그러니까 흡⋯⋯!"

거칠게 밀고 들어오는 그의 입술 때문에 다음 말은 목구멍으로 삼켜야 했다. 다른 날과 달리 처음부터 그녀에 대한 배려라고는 없었다. 현수를 삼키려는 사람처럼 쉼 없이 몰아대며 찬영은 모든 것을 내놓으라고 소리 없이 요구하고 있었고 그녀는 그의 요구에 말 없이 응해 주고 있었다.

이미 아무것도 없이 걸친 가운이 바닥으로 떨어짐과 동시에 준비도 안 된 그녀의 몸속을 밀고 들어온다. 미미한 통증이 먼저 찾아왔고 그다음에는 딱딱한 바닥이 여린 등에 배겨 왔다.

젖은 머리카락을 감쌌던 수건도 사라져 차가운 물기가 가득한 머리카락이 얼굴에 감겨 왔지만 무시했다. 지금 그녀 안에서 광폭한 야수로 돌변한 남자에게만 집중하며 오직 그를 믿고 그에게 맞춰 움직이고 있었다. 그녀가 할 수 있는 모든 것을 다해 그의 불안을 잠재우고 두려움을 지워 주려 노력했다.

폭발하는 그에게 맞춰 그녀는 비릿한 혈향을 혀끝에 느끼며 같이 폭발하고 있었다. 하나가 폭발하면 연쇄적으로 터지는 화산처럼 신음하는 그를 맞이하며 현수의 눈앞이 희미해지고 저절로 눈물이 흘렀다.

"사랑해요. 사랑해요."

저도 모르게 되뇌는 말에 찬영의 움직임이 멈췄다. 공중에서 헤매던 현수의 기분이 그가 멈추자 그대로 곤두박질치며 아래로 떨어졌다.

"다시…… 말해 봐."

신음처럼 들리는 그의 음성은 명령이라기보다 애원처럼 들려서 현수가 이번에는 확실한 목소리로 되풀이해 주고 그의 목에 매달렸다. 마치 그가 목숨을 건 동아줄이나 되는 것처럼.

"사랑해요, 아주 많이. 내 목숨보다 더 사랑해요."

"알아. 알아, 현수야. 알고 있었어."

안겨 오는 현수를 힘주어 품으며 찬영이 속삭였다. 그리고 다시 움직이는 그는 이번에는 부드러운 파도로 다가왔다.

거친 폭풍우는 물러가고 기분 좋은 바람에 밀려오고 밀려가는 파도가 되어 현수를 다시 한 번 하늘로 올려놓고 있었다.

아득한 하늘에서 찬영과 현수는 하나가 되어 환하게 피어났다.

거친 숨소리가 오피스텔을 가득 떠돌아다녔다. 지쳐 그녀의 위에 쓰러진 그를 쓰다듬는 현수의 손길에도 지친 기색이 역력했다. 그럼에도 현수는 웃고 있었다. 왜인지 자꾸만 눈물이 나오고 점점 등에 배겨 오는 바닥이 불편했으며 땀과 젖은 물기로 찰싹 달라붙은 머리카락도 거슬렸지만, 그래도 얼굴에는 환한 미소가 떠올라 있었다.

"왜 웃어?"

이 남자 그녀가 웃음소리도 내지 않았는데 뚱한 목소리로 따지듯 묻고 있었다.

"그거 알아요?"

"뭘?"

"난 다 벗고 있는데 당신은 다 입고 있다는 거?"

그랬다. 현수는 알몸으로 그의 밑에 깔려 있었는데 그는 바지만 겨우 무릎까지 내린 있는 상태였다.

"이런!"

이제야 깨달았나 보다, 이 남자.

"그리고 아직 당신이 내 안에 있다는 거?"

"이 여자 응큼한 거 봐라."

얼굴이 붉어진 건 따지지 않았다. 벌써 자신의 행동에 놀라 당황하는 기색이 역력했으니까. 이미 그가 당황하면 어떻게 말을 돌리

는지 누구보다 잘 알고 있었다. 들어올 때와는 달리 나가는 그는
아주 조심스러웠다. 혹여 그녀가 다쳤을까 봐 안달 내는 사람처럼.

"아팠어?"

그가 나갈 때의 느낌에 몸을 떠는 현수를 느끼며 찬영이 걱정스
럽게 물어 왔다.

"아니, 조금 허전해서."

"이젠 밝히기까지?"

"밝히긴 누가 밝혀요? 이 남자가?"

조금 전까지 그의 품에 있을 때는 몰랐는데 그가 떨어지니 갑자
기 공기가 서늘하게 다가와 가운을 찾던 현수가 어느새 그의 품에
안겨 침대로 옮겨지고 있었다.

"너 살 빠졌다?"

조심스레 침대에 누이며 찬영이 눈살을 찌푸렸다.

"어떻게 알아요?"

"너 전에 취했을 때 거기서 차까지 누가 안아 태웠을까?"

잠깐 생각에 잠겼던 현수가 살 좀 빼라던 그의 말에 기가 막혔던
기억이 떠올랐다.

"쳇! 당신 말 듣고 뺀 거거든요."

"한 마디를 안 지지?"

"지고는 못 살아서요."

현수를 아예 침대 위에 올려놓고 시트로 덮어 준 찬영이 부지런
히 옷을 벗으며 툴툴거렸다.

"그런데 뭐 해요?"

"나? 잘 준비."

"올라오지 말아요. 씻지도 않았잖아. 얼른 씻고 와요."

벌떡 일어난 현수가 급하게 시트로 몸을 감싸고 베개를 들어 그에게 던지며 소리를 질렀다.

"뭘 씻어? 이미 다 치른 마당에. 이리 와, 얼른."

냉큼 베개를 받아 든 찬영이 가볍게 그녀에게 던져 주고 현수처럼 벌거벗은 몸으로 침대에 올라오며 현수를 부른다.

"이 남자가. 느끼하게 정말 왜 이래. 저리 가요. 씻고 오라고요."

"나중에, 지금은 이게 더 급해서 안 되겠어."

씩 웃는 찬영은 나이와 어울리지 않게 개구쟁이처럼 보여 현수를 웃게 만들었다. 결국 백기를 든 사람은 현수였다.

그날 밤 현수는 그에게 수십 번의 사랑해라는 말을 들었고 또 그만큼 그 말을 반복해야 했다.

그리고 지쳐 그의 품에서 잠이 든 현수는 아주 예쁜 꿈을 꾸었다.

끝없이 펼쳐진 초원에 이름 모를 꽃들이 융단처럼 펼쳐져 있었고 예쁜 남자애와 곱게 양 갈래로 머리를 땋은 여자애가 손을 맞잡고 맑은 웃음소리를 내며 뛰놀고 있었다. 파란 하늘과 어울리는 아이들이 너무 사랑스러워 감은 두 눈에서 눈물이 흘렀다.

어느새 그녀의 볼을 지나 그의 팔에까지 눈물이 흐르고 있다는 것도 모르고 눈을 떼면 아이들이 사라질까 봐 한없이 바라보고 있었다.

품 안의 여자가 너무 예뻐 눈을 떼지 못하던 찬영은 슬그머니 입꼬리를 올리며 웃고 있는 현수를 보며 무슨 꿈을 꾸는지 궁금해졌다.

그녀가 웃고 있었다. 분명 좋은 꿈이리라. 입은 웃고 있는데 감은 눈에서 눈물 한 방울이 떨어진다. 어떤 꿈을 꾸고 있는 건지 정말 궁금해졌지만 너무 곤하게 자는 현수를 깨울 수는 없었다. 그래서 그가 그녀의 눈물을 입으로 받아 내며 젖어 있는 눈가에 대고 속삭였다.

"좋은 꿈꿔, 현수야. 사랑해."

그의 말을 들었을까? 그녀의 미소가 더욱 짙어지고 있었다.

* * *

다음 날 그의 손길에 눈을 뜬 현수가 버릇처럼 그녀의 머리카락으로 손장난을 하는 그를 흘겨보았다. 여기저기 안 쑤시는 데가 없었다.

"왜 그런 눈으로 봐? 그래서 어디 눈이 찢어지겠어?"

벌써 환한 햇빛에 눈이 부셔 온다. 몇 시지? 시간을 확인한 현수가 화들짝 놀라 그를 침대에서 밀어냈다.

"무슨 짓이야?"

"이러고 있으면 어떡해요? 지각이잖아요. 얼른 씻고 준비해요."

"어? 그러게. 시간이 벌써 이렇게 됐네."

"이 남자가?"

느릿느릿 일어난 그가 기지개를 켜고 참대에서 발을 내리며 등을 보이는 순간 환한 햇빛에 그의 흉터가 도드라져 눈에 들어왔다.

"왜 그래?"

갑자기 뒤에서 그의 목을 양팔로 감싸고 등에 얼굴을 묻자 놀란 찬영이 그녀를 보려 하지만 현수가 팔에 힘을 주며 풀지를 않는다.

"이 상처, 많이 아팠어요?"

뜻밖의 질문에 그의 어깨가 굳었다가 금방 스르르 힘이 빠졌다.

"많이 흉해? 보기 싫으면 수술할까?"

"안 흉해요. 하나도. 그냥 아플까 봐. 혹시 내가 아프게 할까 봐."

조심스러운 그의 목소리에 현수가 고개까지 저으며 부정했다. 하나도 흉하지 않았다. 그녀의 눈에는 이 흉터까지도 사랑스러웠다. 이 상처 하나만으로도 그가 얼마나 강한 사람인지 알 수 있었다.

"바보야? 안 아파. 그냥 좀 느낌이 없달까? 가끔 간지럽게 느껴지는 정도."

순간 찬영이 입을 다물었다. 아무리 느낌이 둔하다고 해도 정성 들여 그의 상처에 입술을 대는 그녀를 모를 정도는 아니었다.

그의 상처에서는 짭짤한 맛이 난다. 그에게만 있는 특유의 맛과 향도 같이 느껴졌다.

"너 나보고 출근하지 말라는 뜻이지?"

장난처럼 말하지만 그의 목소리가 떨리고 있다는 것은 알겠다.

"사랑해요."

촉촉하게 젖은 목소리가 찬영의 가슴을 적시고 있었다.

"사랑해."

낮은 음성이 너무 좋아 현수가 더욱 그의 등에 매달려 따스한 온기를 흡수한다.

"당연하죠. 그리고 하나 더. 나 오늘 출근 안 해요. 해야 할 일이 있어서요."

그녀의 팔을 쓰다듬고 있던 그의 움직임이 멈췄다. 그러나 곧 부드럽게 다시 쓰다듬는다.

"벌써 농땡이야?"

"잘난 남자를 둔 덕분에요."

"아픈 건 아니지?"

어째 이 남자와 자신은 서로가 아플까 봐 걱정부터 한다. 그래서 또 웃음이 나왔다. 딱히 병이 있는 것도 아닌데 말이다.

"안 아파요. 내가 이래 봬도 강골이거든요. 안 물어요? 무슨 일이냐고?"

"네가 하고픈 일이면 다 해. 무슨 일이든 상관없이 다 해. 그리고 다시 내 옆으로 돌아온다는 약속만 하면 돼."

이러니 이 남자를 사랑할 수밖에. 그래서 현수는 이 남자 손을 놓을 수가 없었다.

"내 자리가 여긴데 어딜 가겠어요?"

조금 더 물기가 담긴 음성에 찬영이 달래듯 팔을 쓰다듬던 손으로 톡톡 두드렸다.

"현수야. 힘들거나 아프거나, 또는 무서우면 내 뒤에 숨어. 지금처럼 꼭 숨어 있어. 그러면 내가 다 막아 줄게. 알았지?"

"그럴게요. 나 무서우면 당신 뒤에 숨어 있을 거예요. 그러니까 잘 지켜 줘야 해요."

결국 그날 찬영은 지각을 했고 현수는 커다란 그의 가운만 입고 출근하는 그를 배웅해야 했다.

그가 출근하고 난 후 현수는 가만히 앉아 한동안 꼼짝도 안 하고 눈을 감고 생각에 잠겼다. 얼마 후 깊은 한숨과 함께 눈을 뜨고 시간을 확인한 현수가 휴대폰을 들었다. 잠시의 통화가 끝나고 기다리니 문자 하나가 왔다.

부지런히 씻고 외출 준비를 서두르던 현수는 몇 벌 되지도 않는 옷을 살피다 포기하고 늘상 입던 옷으로 갈아입었다. 그녀는 거울 앞에 서서 옷매무새를 다듬었다.

"옷을 좀 사야겠다."

아무리 혼자 있어도 좀 꾸미라는 잔소리를 해 대던 미라를 떠올리며 현수가 혼자 중얼거렸다. 가끔 미라도 옳은 소리를 했다. 그러고 보면 같은 나이라도 미라가 먼저 어른이 된 거니까 말 좀 들을 걸 싶어지기도 한다.

머리는 다른 날과 달리 올리지 않고 그대로 풀어 내렸다. 머리 모양 하나 바뀐 것뿐인데 사람이 달라 보이는 걸 보니 신기했다. 그래서 미라가 그토록 현수의 올림머리를 싫어했나 보다. 거울을 이용해 전체적으로 점검을 끝낸 현수가 가방을 챙겨 다시 한 번 시간을 확인하고 집을 나섰다.

— 시간을 좀 만들어 주세요. 오늘 중으로. 부탁드려요.

윤대영 회장의 수석보좌관 한성민 실장은 뜻밖의 전화에 놀라 당황하고 있었다. 이런 일은 하면 안 된다는 걸 누구보다 잘 아는 사람이 부탁을 하고 있었다.

그러나 다른 사람이라면 몰라도 이 사람의 부탁을 들어줘야 했다. 이 사람에게는 커다란 은혜를 입었으니 갚아야 할 의무가 있었다.

남들이 보기에 수다스럽고 이기적으로 보이는 자신의 와이프를 소개해 준 사람이었다. 그 속에는 정에 약하고 모질지 못한 여자가 숨어 있다고 알려 준 사람이었다. 수다스럽지만 아무에게나 흘리고

316

다니는 사람이 아니라는 것도 알려 준 사람이었다. 그래서 지금 그는 눈에 넣어도 안 아픈 딸 서영이를 만날 수 있었다.

회장의 스케줄 표를 확인하던 그가 비어 있는 칸에 약속 하나를 만들어 적어 놓았다. 그리고 전화로 약속 장소를 예약했다.

이런 부탁을 할 때는 이유가 있는 사람이었다. 무슨 일로 회장님과의 만남을 원하는 건지는 알 수가 없었다.

요즘 들어 연락이 안 된다고 와이프가 걱정하던 말을 떠올리던 한 실장은 어제 다급한 목소리로 그 사람을 찾던 한 남자를 떠올렸다. 그 남자는 자신의 딸 이름까지 편하게 부르고 있었다.

근래에 사내에 윤 전무가 연애를 하고 있다는 소문이 돌고 있었다. 상대방이 누구냐고 다들 궁금해하며 수군거렸지만 특별히 신경 쓰지 않았다. 그 역시 그들만의 세상에서는 한발 떨어져 바라보고 있었다.

그런데 이제 앞뒤가 맞춰진다.

두 손 위에 턱을 괴고 생각에 잠겨 있던 한 실장이 검지로 코를 두드리다 결심한 듯 수화기를 들었다.

그리고 조용히 전화를 걸어 오늘 갑자기 생긴 회장의 약속 시간과 장소를 알려 주었다. 수화기를 내리며 속 깊은 한숨을 내쉰 그가 복잡한 머리를 식히기 위해 창문을 열고 찬바람에 얼굴을 맡겼다.

자신이 한 행동이 옳은 일이기를 바라며.

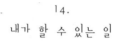

14.
내가 할 수 있는 일

방문을 열고 들어선 윤 회장은 만나기로 한 사람은 안 보이고 생각도 못 한 사람이 있자 한쪽 눈썹 끝을 올리며 의문을 표했다.

그러고 보면 버릇까지도 닮았다.

윤 회장의 발소리를 듣고 이미 일어서 맞이할 준비를 하고 있었던 현수가 그 모습에 그를 떠올리고 있었다.

"오늘 내 약속 상대가 김 실장, 자네였던가?"

"죄송합니다, 급한 마음에 제가 수를 부렸습니다."

잔잔한 음성을 들어서는 특별히 화가 나 보이지는 않았지만 현수는 이제 그를 믿지 않았다. 자식들의 상처가 곪아 터지고 있는데 아버지라는 사람은 뭘 하고 있었는지 묻고자 나온 자리였다. 그래서 우선 깊이 고개를 숙여 사과부터 올렸다.

"어허! 한 실장 못쓰겠네."

"제 탓입니다. 제가 떼를 썼습니다. 오래 알고 지낸 사이니 마지

못해 제 부탁을 들어주신 것뿐입니다. 이번 한 번뿐이니 용서해 주십시오."

한 번 더 고개를 숙이고 현수가 한 실장을 두둔했다. 그녀로 인해 그가 피해를 보게 할 수는 없었다.

"어차피 왔으니 무슨 일인지 들어나 볼까? 자네도 앉게나."

"차부터 올리겠습니다."

편하게 자리를 잡고 앉은 윤 회장을 확인하고 현수도 무릎을 꿇고 앉아 찻물을 달였다. 6년이나 모신 분이었다. 그의 취향은 눈을 감고도 외우고 있었다.

은은한 다향이 공기 중에 퍼질 때쯤 현수가 찻잔을 공손하게 그의 앞에 놓았다.

"머리를 내리니 훨씬 보기 좋구나."

"감사합니다."

"역시 네가 끓여 주는 차가 맛이 좋아."

한 모금 맛을 보고 윤 회장이 칭찬을 한다.

"감사합니다."

현수도 같은 말을 반복하며 고개를 숙였다.

"이제 말해 주겠나? 무슨 일인지?"

그의 물음에 현수가 준비해 두었던 서류 봉투를 그의 앞에 내밀었다. 다시 눈썹 끝을 올린 회장이 묵묵히 서류 봉투를 바라보다 천천히 안의 내용물을 확인했다.

가득 들어 있는 사진들은 그의 큰아들 찬영과 앞에 다소곳이 앉아 있는 아이, 현수의 모습을 담고 있었다. 환하게 웃고 있는 아들 옆에는 그를 보며 예쁘게 미소 짓는 이 아이도 있었다. 어떤 사진에는 찡그리는 현수를 달래는 아들이, 어떤 사진에는 주먹을 쥔 현수를 피해 고개를 뒤로 빼는 모습이, 어떤 사진에는 둘만의 비밀스러운 모습을 담은 사진이 있었다.

한 장씩 확인하는 그의 표정에는 아무런 변화도 없었다. 마지막 사진까지 확인한 윤 회장이 봉투 위에 사진들을 올려놓고 현수를 바라보았다.

"내게 이 사진을 보여 주는 이유는?"

"어떤 분이 제게 이 사진을 주셨습니다. 그러시면서 말만 잘 들으면 회장님의 큰며느리 자리를 주시겠답니다."

윤 회장을 마주 보는 눈에는 한 치의 흔들림도 없었다.

"너는 싫으냐?"

"싫습니다."

"싫어? 사진을 보면 안 그런 것 같은데?"

단호한 부정에 윤 회장이 고개를 갸웃하며 되물어 왔다.

"저는 회장님의 큰며느리가 아니라 그 사람을 대신하는 사람이 되고 싶습니다."

"무슨 뜻이냐?"

엄한 눈에는 있는 그대로 말하라는 무언의 압박이 담겨 있었다.

"아시다시피 전 아무도 없는 고아입니다. 그래서 무서울 게 없는 사람이었습니다. 저만 보고 저만 생각하면 되니까요. 그런데 요즘 무서운 게 생겼습니다. 어떤 사람 때문에요."

잠시 말을 끊고 현수가 말라 가는 목을 향긋한 차 한 모금으로 달랬다. 땀이 차는 손을 꼭 쥐고 다시 입을 열 동안 윤 회장은 묵묵히 다음 말을 기다리고 있었다.

"그런데 제가 가진 것이 없어 해 줄 것이 많지가 않습니다. 그래서 생각을 해 보았습니다. 제가 해 줄 수 있는 일이 무엇인지."

"답을 냈느냐?"

"제가 할 수 있는 일은 하나밖에 없었습니다. 그 사람 옆에서 대신 아파하고 대신 울어 주는 일이요. 제대로 울어 보지도 못했을 그 사람 대신 제가 울겠습니다. 아파도 아프다고 말 못 했을 그 사람 대신 제가 아프다고 말하겠습니다. 손 내밀어도 잡아 줄 사람이 없었던 그 사람 손을 제가 잡고 가겠습니다."

"그게 그 녀석을 위하는 거라고 믿느냐?"

"솔직히 모르겠습니다. 제 욕심일 수도 있습니다. 하지만 그 사람이 원하면 다 할 생각입니다. 있으라면 있을 거고, 가라면 가겠습니다. 다른 누구도 아닌 그 사람 말만 듣겠습니다. 그게 그 사람에게 해가 되는 행동이라도 그 사람이 원하면 그대로 하겠습니다."

그녀의 말이 끝났음에도 윤 회장은 아무런 말없이 그녀를 바라보고 있었다. 여전히 엄한 눈에는 녹록지 않은 세월이 묻어났다.

그래서 자꾸 눈을 돌리고 싶어졌지만 현수는 그 눈빛을 온몸으로 받아 내며 앉아 있었다. 벌써 심장이 터지려 하고 손톱 끝은 살을 파고들어 간다.

"평생 빛을 못 보고 살 수도 있어."

"각오하고 있습니다. 그 사람 옆에 있을 수 있다면 그늘에 숨어 살아도 상관없습니다. 그 사람이 괜찮다고 하면 저도 괜찮습니다."

얼마나 시간이 흘렀을까 나직한 음성으로 윤 회장이 으름장을 놓았지만 통하지 않았다.

"닮았구나. 넌 너무 닮아서 불안했었다. 그래도 보낼 수밖에 없었어. 아무것도 해 준 것이 없는 아비라서 널 보낼 수밖에 없었다."

혼잣말처럼 내뱉는 말에 현수의 머리가 복잡해졌다. 무슨 뜻인지 알 수가 없어 당황스러워진다.

"많이 아픈 놈이다. 알고 있느냐?"

"알고 있습니다. 그리고 회장님이 일조하신 것도 압니다."

"그 녀석 때문에 아끼는 사람을 잃었다고 생각해 미워했었지. 정작 그 사람이 소중한 것을 주고 갔는데 너무 늦게 눈을 떴더구나. 네 말이 맞다. 내가 그랬지. 그 녀석을 아프게 한 사람이 바로 나였어. 그러니 변명이라고 생각해 주련? 그저 주책없는 늙은이의 넋두리로 들어도 되고."

앞에 앉아 있는 이 아이는 너무 닮았다. 그가 잃어버린 소중한 사람과. 그래서 눈이 갔다. 차갑게 얼어붙은 아들놈을 녹일 사람으로 선택하면서도 내내 잘한 일인지 되물었다.

똑바로 자신을 응시하는 아들의 눈에서 소중했던 사람을 보았다. 그 사람이 자신을 대신해 그에게 소중한 선물을 주었다는 것을 뒤늦게 깨닫고 다가가려 애쓰던 어느 날, 그는 너무 늦게 깨달은 벌로 아들을 잃었다.

망가진 아들을 붙잡고 통곡이라도 하고 싶었지만 그럴 용기도 없었다. 아무리 불러도 대답 없는 아들을 머나먼 타향에 두고 오던 날 그는 그곳에 마음도 두고 왔다.

현수는 마지막 수였다. 너무 닮아 보내고 싶지 않았지만 아들놈을 위해 보냈고 결과는 사진이 증명해 주고 있었다. 아무도 해내지 못한 일을 얼마 안 되는 시간에 이 아이가 해냈다. 그러니 남은 짐은 자신이 지고 가야 할 것 같았다. 이제 훌훌 털고 자신이 끌어안고 가면 그만이었다.

"회장님. 자식은 그 사람만 있는 게 아닙니다. 알고 계십니까?"

현수의 말에 윤 회장의 표정이 달라졌다. 한 놈만 생각하느라 다른 놈들은 제쳐 두고 살아왔다는 것은 알고 있었다. 그러나 그 애들에게는 그가 아니어도 다른 사람이 있으니 괜찮다고 생각했었다. 그 애들에게는 다른 놈에게 없는 어미가 있었으니까 괜찮다고 생각했다.

먼 타국에서 혼자 외로울 한 놈을 생각하며 외면했다. 그 애들을 그가 돌아보면 그놈이 다시는 그에게 오지 않을 것 같았다. 그렇게 그는 남은 자식들에게 자신이 받아야 할 벌을 주고 있었다.

"그분이 어머니였을 거라고 생각하십니까?"

계속되는 질문에 결국 윤 회장이 이마를 짚고 고개를 숙였다. 이 아이는 사람의 아픈 곳을 제대로 찌르고 들어오는 것까지 닮아 있었다.

"나에게도 생각할 시간을 좀 주련? 오늘은 여기까지만 듣자꾸나. 다음에…… 다시 보자. 먼저 돌아가 일 보거라. 나는 조금 있다가 갈 테니."

어깨의 힘을 뺀 윤 회장은 평범한 나이 든 사내로 보였다. 여전히 이마를 누르며 고개를 숙이고 있는 회장을 보는데 왜 불쌍해지는 건지 모르겠다.

여기 앉아서 이 사람을 기다리는 내내 원망하고 미워했었는데 막상 마주 대하니 윤 회장도 그냥 사람이구나 싶어졌다. 수많은 실수를 하며 살아가는 평범한 사람이구나 생각이 들었다. 천천히 사진을 모아 소중하게 갈무리한 현수가 낯선 모습의 윤 회장을 슬픈 눈으로 바라보고 일어났다.

"그럼 물러가겠습니다."

그녀의 인사에도 윤 회장은 묵묵부답이었다.

"운이 좋으십니다."

"알고 있습니다."

방문 밖에서는 찬영이 그들의 대화를 듣고 있었다. 혹여 그녀에게 무슨 일이라도 생기면 뛰어 들어갈 생각이었다. 그러는 내내 찬영은 주먹을 쥐고 긴장하고 있었고 옆에는 그가 뛰어 들어가는 일이 발생하지 못하게 하기 위해 한 실장이 같이했다.

두 사람 다 현수의 용기에 놀라고 윤 회장의 담담함에 놀랐다. 더구나 현수를 그에게 보낸 것도 그의 뜻이었다는 사실에 놀라 서로를 바라봐야 했다.

대화가 끝났음을 알리는 회장의 말에 한 실장이 찬영에게만 들리게 작은 목소리로 축하를 해 주었다.

"신세를 졌습니다. 다음에 꼭 갚죠."

처음으로 한 실장은 찬영의 인사를 먼저 받았다. 정중하게 고개를 숙이는 그에게 당황하며 그도 같이 고개를 숙였다.

"아니요. 제가 갚은 겁니다. 이제 가십시오. 그럼 이만."

사람이 나오는 기척에 찬영이 소리도 없이 나가고 곧이어 방문이 열리며 하얗게 질린 현수가 보였다. 얼마나 긴장했는지 여실히 보여 주는 얼굴이었다.

"고맙습니다."

한 실장을 보고 현수가 아까 찬영이 했던 그대로 정중하게 고개를 숙여 인사를 한다.

"별말씀을요. 현수 씨, ……힘내십시오."

"감사합니다. 미라에게는 당분간……."

"걱정 마십시오. 하지만 나중에 몇 대 맞으실 각오는 하셔야 할 겁니다."

"네. 그럼 전 가 보겠습니다."

당찬 여자인 줄은 알고 있었지만 이 정도인 줄은 몰랐다. 창백한 얼굴임에도 현수는 흔들림 없는 걸음으로 그를 지나쳐 가고 있었다.

'저는 회장님의 큰며느리가 아니라 그 사람을 대신하는 사람이 되고 싶습니다.'

현수의 말이 아직도 귓가에 맴돌고 있었다. 그녀와 아버지의 대화만으로도 대충 짐작이 가는 일이었다.

"한심하긴."

머리를 거칠게 쓸어내리고 눈을 감는 그의 얼굴에 떠오른 건 자신을 향한 자책이었다. 누구보다 그가 더 잘 알고 있었다. 어떤 여자인지. 경고도 받았었다. 그의 여자를 잘 지키라고. 그런데 자신은 아무것도 한 것이 없었다. 오히려 그녀 혼자 모진 바람을 말 그대로 자신 대신 받아 내고 있었다.

그의 여자는 자신의 말을 충실히 지키고 있었는데 그는 그저 말로만 떠들고 있었다. 아프다는 말도 할 줄 모르고 힘들다는 말은 더 못 하는 여자가 현수였다.

무슨 생각을 하며 그 여자를 만났을까? 어떤 마음으로 그 자리에 앉아 아버지를 기다리고 있었을까?

그녀를 만나 그는 행복했다. 처음으로 마음껏 웃고 떠들고 사랑하는 감정이 어떤 것인지 알았다. 그런데 그녀는 그를 만나 당하지 않아도 될 일을 당했다. 그러나 웃고 있었다.

혹여 그의 마음이 상할까 봐 내색도 못 하고 웃었을 그녀를 알고 있기에 더 화가 나고 눈시울이 붉어져 왔다. 이러면 누구랑 다를 것도 없었다. 그의 여자 하나 지키지 못하다니.

"감히 내 여자를 건드려?"

이를 악물고 내뱉는 목소리에 얼음이 깔려 있었다. 현수를 만나고 녹았던 얼음이 다시 그를 덮어 가고 있었다. 한 사람만을 향한 냉기가 그를 차갑게 얼리고 있었다.

그리고 아버지. 무슨 생각으로 아버지가 현수를 그에게 보냈는지 모르겠다. 그러나 한 가지는 인정해야겠다. 이건 분명 그분에게 감사해야 할 일이라는 걸. 살면서 아버지에게 감사하게 될 줄은 몰랐다.

적어도 살면서 감사할 명분 하나는 주었으니 아버지라고 불러도 이제 거부감을 느끼지 않아도 될 것 같았다. 자기 자식 하나 보호하지 못하는 아버지라면 불릴 자격이 없다고 생각했다. 아버지라는 말을 뱉을 때마다 입에 가시가 돋는 것같이 느끼는 것도 그 때문이었다.

기억이 있는 순간부터 아버지라 불리는 사람은 너무 차가워 감히 손을 내밀 수도 없었다. 그를 향하던 눈에 정작 그는 없었다. 그래서 묻고 싶었다. 도대체 누구를 보고 있는지. 그러나 그것조차도 묻지 못했다. 그만큼 그는 너무 크고 거대해 보여 무서웠다.

그래, 이제는 인정할 때가 되었다. 어린 시절 그때, 찬영은 아버지가 무서웠다. 그리고 그 감정은 여전히 그의 안에 남아 있었다.

덕분에 그 여자가 무섭지 않았다. 이미 그에게 그 여자와는 비교할 수 없을 무게의 두려움으로 남은 사람이 있었기에 그 여자를 무시할 수 있었다.

하지만 현수 덕에 남아 있던 두려움마저도 털어 낼 수 있었다. 현수는 그를 만나 무서운 것이 생겼다고 했다. 그러나 찬영은 현수를 지키기 위해서라면 무서운 것이 없었다.

"무엇부터 시작할까? 그래, 그 성에서부터 끌어내려 주지. 발버둥 쳐 봐. 내 여자 생각은 할 수도 없을 테니."

회사에도 타격이 오겠지만 감수할 수 있었다. 그리고 회사가 받은 타격만큼 그 여자가 토해 내게 할 터였다.

살을 내어 주고 적의 뼈를 깎는다.

이 일로 그의 살도 파이리라. 그러나 파이는 양의 곱에 곱을 더해서 받아 낼 생각이었다. 겨우 파이는 살 받자고 벌이는 일이 아니었다. 그 여자에게서 흐르는 마지막 한 방울의 피까지 받아 낼 작정이었다. 그러니 적은 뼈만이 아니라 모든 것을 내놓아야 할 터였다. 그 여자가 가장 우습게 알았던 사람들에 의해서.

수화기를 들고 일을 진행하라고 지시하던 그가 잠깐이라는 말로 지시를 멈추었다. 자식이 그만 있는 것은 아니라는 현수의 말이 떠올랐다. 적어도 이 둘에게는 알려 줄 의무가 있었다.

현수의 눈에 그와 그들은 어떻게 보였는지 궁금해진다. 그녀가 무슨 뜻으로 그 자리에서 그들까지 입에 담았는지 묻고 싶었지만 나중으로 미뤄 놓았다.

속 깊은 그의 여자가 그들을 챙기고 있었다. 그래서 그는 처음으로 그들에게 먼저 손을 내밀고 경고를 해 주려고 한다. 원래 그의 계획에는 없는 일이었다.

태어나 처음으로 오빠의 전화를 받은 재경은 말이 없었고, 찬수는 당황했다. 그러나 둘의 반응은 같았다.

그가 만들어 내는 태풍이 올 테니 알아서 피하라는 말에 알았다는 짧은 대답이 돌아왔다.

*   ❊   *

구정을 얼마 남기지 않은 어느 날, 짧은 동영상이 인터넷에 올라왔다. 인터넷상의 작은 기사에 딸린 동영상이 대한민국을 떠들썩하게 만드는 이슈로 부각되기까지는 그리 많은 시간이 필요하지 않았다.

발 빠르게 대처하여 기사는 올라온 지 얼마 안 되어 사라졌지만 이미 기사를 읽은 사람들에 의해 전국으로 퍼지고 결국 텔레비전의 메인을 장식하는 기사로 커졌다.

덕분에 회사에도 불똥이 튀었고 비상이 걸린 회사 때문에 명절을 맞이하는 직원들의 얼굴도 즐겁지만은 않았다. 사실 따지면 임원들이 죽을 맛이지 일반 사원들이야 서로들 모여 수군대기 바쁘다는 말이 옳았다.

그래도 출퇴근 때마다 보이는 카메라는 부담스러웠다. 혹여 무슨 기삿거리라도 얻을까 기자들이 진을 치고 오고 가는 직원들을 붙잡고 인터뷰를 따내려고 난리였다. 그들을 피해 아예 주차장을 통해 출근하는 직원들이 늘어 가고 있었다.

현수는 다행히 그 동영상이 텔레비전의 메인으로 올라오기 전에 먼저 볼 수 있었다. 수다스러운 친구 미라가 발 빠르게 알려 주어 다른 사람들보다 조금은 빠르게 찾아보았다.

휴대폰 카메라로 찍은 동영상은 화질이 깨끗하지는 않았다. 그러나 누구라도 내용을 알 수 있을 정도는 됐다.

영상의 시작은 허름한 옷을 입은 어린아이가 넓은 홀을 뛰어다니는 것으로 시작되었다. 아이의 한 손에는 막대과자가 들려 있었다. 넓은 홀이 마음에 들었는지 아이는 비행기 놀이를 하며 즐거워하고 있었다.

너무 즐거웠던 나머지 홀을 지나는 어른을 못 보고 부딪쳤다. 넘어지지 않으려던 아이가 잡은 것은 흐릿한 영상으로 보아도 고급스러운 은회색 털로 감싼 코트였다.

거기까지는 특별할 것이 없었다. 그다음부터가 문제였다. 간신히 옷을 잡고 중심을 잡으려는 아이를 옷의 주인이 거칠게 밀쳐 버린 것이다.

허겁지겁 달려온 유니폼을 입은 여성이 저만큼 나가떨어져 놀란 아이부터 일으켜 세우고 옷의 주인에게 다가가 고개를 숙였다.

「저런 것들 이쪽으로 올 수 없게 하라고 했지?」

비명처럼 들리는 타격음과 함께 막 고개를 조아리던 여성의 얼굴이 사정없이 돌아갔다. 넓은 홀에 뺨 맞는 소리가 경쾌하게 울렸다.

휴대폰은 성능이 좋아 소리도 잘 잡았다. 아이가 놀라 눈만 껌벅이다 울음 터트려 시끄러운 와중에도 선명하게 들렸다.

「더럽게, 저것 좀 치워. 그리고 넌 시말서 써 와. 도대체 관리를 어떻게 하는 거야?」

손가락이 가리키는 건 울고 있는 아이였다. 그 말을 끝으로 옷의 주인은 아이가 잡았던 코트 끝자락을 털어 내고 제 갈 길을 간다.

아이의 울음소리를 함께 담으며 휴대폰은 옷의 주인을 따라갔다. 그리고 누가 보아도 알 수 있는 힌트를 남겼다.

기하학적인 도형처럼 보이는 커다란 건물. 아이의 얼굴도 폭행을 당한 여성의 얼굴도 모자이크 처리되었다. 옷의 주인은 물론이고 건물의 로고도 모자이크 처리되었지만 누구라도 알 수 있도록 친절하게도 영상은 주인공인 옷의 주인이 누구인지 그 건물을 찍음으로써 적나라하게 알려 주고 있었다.

마지막으로 영상에 갤러리 앞에 걸린 현수막이 커다랗게 찍혔다. 결식아동 돕기 바자회라는 단어가.

동영상을 확인하고 현수가 신음을 흘렸다. 그냥 넘어갈 일이 아니었다. 보는 순간 알았다. 그리고 발 빠르게 움직였다. 보호 본능이 발생한 현수는 바로 그의 집에서 그녀의 모든 물건을 챙겨 집으로 옮겼다. 자신도 아늑한 그녀의 집으로 돌아왔다.

물론 그에게 통보하는 것도 잊지 않았다. 당분간 그녀를 공적인 일로만 보게 될 거라는 말도 덧붙여서. 만약 명령을 어기면 그 대가는 상상을 초월할 거라는 협박도 덧붙였다.

회장님을 만나고 왔던 그날, 지쳐 잠이 든 현수는 그가 왔는지도 모르고 잠이 들었었다. 아무것도 생각하고 싶지 않았다. 그만큼 회장님과의 독대는 떨리고 두려웠다. 하고 싶은 말을 다 하고 나온 것도 아니면서.

눈을 떴을 때 여느 때처럼 그의 품이었다.

'왔어요?'

'뭘 하고 다녔길래 이렇게 지친 거야?'

'그냥, 여기 저기.'

아무 말도 없이 그녀를 응시하던 그가 천천히 그녀의 이마에 키스를 해 주었다. 그의 따뜻한 키스만으로도 긴장이 풀리고 안심이 되는 스스로가 웃겼지만 그의 품에 있으면 모든 것이 잘 될 것 같았다.

'현수야.'

'응?'

'현수야.'

'왜요?'

'현수야.'

'이 남자가. 뭐 하자는 거예요?'

계속 이름을 불러 주는 그가 좋았다. 그러나 점점 낮아지는 목소리가 불안했다. 무슨 일이라도 있었던 건가 싶었다.

'내가 그랬지? 힘들면 내 뒤에 숨으라고. 무서우면 내 등에 꼭 붙어 있으라고.'

'알아요. 그래서 무서운 게 없어요. 나는.'

'그러면 됐어. 내가 바람막이가 되어 줄게. 다 막아 줄게.'

정말 무슨 일이 있었나 싶어 걱정스러워 그의 얼굴을 보려고 했지만 아예 그녀의 가슴에 얼굴을 묻고는 보여 주지 않았다. 그래서 현수는 그의 등만 다독였다.

'오늘 힘들었어요?'

'아니, 전혀. 너한테 오려고 열심히 일했어. 처리할 건 다 하고 왔지.'

그날 밤 그는 다른 날보다 정성을 들여 그녀를 안았다. 그는 말이 아니라 온몸으로 그녀에 대한 사랑을 표현했었다.

그때는 이런 일이 있을 거라고 생각 못 했다.

'처리한 일이 이거였어요?'

그는 지금 그녀의 바람막이가 아닌 그녀를 위해 장애물을 모두 치워 내려는 사람처럼 일을 벌이고 있었다.

시간이 지나자 동영상 속의 여자가 누구인지 이제 대놓고 기사에 올라왔다. 이미 전 국민이 다 알고 있는 상황에서 그 여자의 정체가 모 기업 총수의 사모님이라고 말하는 것도 우스운 일이었다.

그녀에 대한 증언이 하나씩 올라오기 시작했다. 좋은 말은 하나도 없었고 그녀가 운영하는 갤러리뿐만 아니라 그녀와 관련된 모든 사람들이 도마에 올랐다. 불똥은 그녀를 아는 모든 사람에게 튀어 불씨가 되고 있었다.

갤러리는 탈세 의혹을 받았고 USM전자는 슬슬 불고 있는 온, 오프라인상의 불매운동에 긴장하고 있었다.

결국 윤대영 회장이 직접 나서서 90도로 고개를 조아리며 대국민 사과를 했다. 회장님이 어두운 얼굴로 모두 자신의 잘못이라고 고개를 숙이는 모습을 텔레비전을 통해 본 현수는 그 말이 진심임을 알았다.

그는 전 국민에게 그리고 자신의 아이들에게 고개를 숙이고 빌고 있었다. 모두 자신의 탓이니 돌은 자신에게 던지라고. 준비된

원고도 없이 화면을 향해 말하며 진심을 담아 고개를 숙이고 있었다.

사람들은 그를 향해 사과의 말만으로 이 사태를 모면하려는 술수라고 비아냥거렸지만 적어도 단 한 사람 현수는 알 수 있었다. 슬픈 눈에 가득 담긴 후회를. 그래서 현수가 대신 울고 있었다. 눈물조차 흘리지 못하고 있을 노년의 남자를 위해서.

그러나 당사자는 자신이 아니라고 벅벅 우기다 지병을 핑계로 병원에 누웠다. 덕분에 대국민 사과도 역풍으로 돌아오고 있었다.

그 결과 회사 앞에 일인 시위를 하는 사람만 늘어 갔다. 당사자는 사과하라는 피켓을 들고 시간을 정해 돌아가며 자리를 지켰다.

들끓는 여론은 시간이 지나도 식을 줄 몰랐다. 봄을 맞이하기 전에 마지막 기승을 부리는 겨울이 무색하리만치 뜨겁게 끓어올랐다.

그럴수록 찬영의 얼굴은 무섭게 굳어 갔다. 직원들은 눈치를 보며 요즘 들어 부드러워진 전무가 이번 사건으로 다시 지랄맞은 전무로 돌아갔다고 속삭였지만 실상은 달랐다.

그가 화를 내는 이유는 딱 한 가지였다. 모든 일이 자신의 생각대로 돌아가는데 오직 한 사람만 그의 생각을 비껴갔기 때문이었다.

그의 옆에 있겠다더니 일이 터지자 빛보다 빠른 속도로 그의 품에서 달아난 현수 때문에 찬영은 머리가 돌 지경이었다.

"이런 여우. 똑똑하면 이게 피곤하네. 내 발등을 내가 찍었지."

이성은 그녀가 옳다는 것을 알고 있었다. 현명한 그녀는 이번 일로 그도 주목받을 것이란 걸 깨닫자 자신부터 감추었다. 그냥 흉내만 내도 될 것을 아예 상사로서만 대하며 사적으로는 선을 긋고 넘어오지 말라는 엄포를 놓더니 정말 눈길도 주지 않았다.

보고 있어도 만질 수 없으니 미칠 지경이었다. 그는 욕구불만으로 미치기 직전인데 그 여자는 말간 얼굴로 제 할 일만 잘 하고 있었다. 그러니 *그가* 돌지 않는 게 이상한 일이었다.

'감수하고 시작한 일이잖아요. 분명 당신도 타깃이 될 거라는 거 알았을 거 아니에요. 내가 더할 필요는 없어요. 더구나 나도 지켜야죠. 나는 빼 줘요. 카메라 알레르기가 있어서 곤란하거든요.'

그녀의 전화를 받고 달려간 그에게 인스턴트커피를 내 주며 현수는 별일 아니라는 듯 새침한 얼굴을 하고 있었다.

'왜 나라고 생각해?'

'아니었어요? 그럼 누굴까? 누군지 그 사람 알면 휴대폰이 어떤 기종인지 좀 알아봐 줘요. 성능 너~무 좋더라. 이참에 바꾸게요. 지금은 괜찮지만 곧 있으면 당신 일거수일투족도 관심의 대상이 될 거예요. 그러니 그거 드시고 가 주세요. 피곤해서요.'

눈을 동그랗게 뜨는 그녀를 안고 그저 웃을 수밖에 없었다. 새침을 떨고 손짓으로 가라고 하는 그녀의 눈에서 찬영은 자신을 보았다.

이 여자는 또 자신을 위해 한 걸음 물러서 지켜 주려고 하고 있었다. 어느 순간이라도 빠르게 판단하고 대처하는 능력, 그의 여자에게 있는 슬기로운 본능이 그를 위해서 물러서라고 명령하고 있음이었다.

남들이 보면 자기만 살겠다고 내빼는 이기적인 모습으로 보일지
도 모르지만 찬영은 현수가 왜 이러는지 너무 잘 알고 있어 슬프고
또 그만큼 행복했다.

김현수라는 이 여자는 자신의 손을 잡은 그 순간부터 자신은 버
리고 오직 그를 위해 움직이고 판단했다.

지금 현수는 그의 등 뒤에 숨는 것이 아니라 그에게 돌아올 작은
더러움이라도 덜어 내고, 혹여 있다면 대신 맞으려고 하고 있었다.

그랬다. 한 실장의 말대로 정말 운 좋은 사내라는 걸 새삼 깨닫
고 떨어지지 않은 발걸음을 억지로 떼어 내며 그녀의 집에서 나와
야 했다.

무슨 일이 있으면 바로 연락한다는 그녀의 약속만 받아 냈다. 그
런데 이 약속을 지켜 줄지도 미지수니 애가 탔다. 좋은 일이면 몰
라도 자기 아픈 일이면 기를 쓰고 감출 사람임을 알아서 더 동동거
렸다.

"젠장! 괜히 일을 벌였나?"

문 너머로 제 할 일을 하고 있을 여자 대신 문을 노려보며 찬영
은 마음에도 없는 말을 내뱉고 있었다.

그의 오피스텔은 점점 그녀의 향기가 사라져 예전의 삭막한 집
으로 바뀌어 있었다.

부엌에도, 거실에도, 욕실에도 그녀가 있었다.

정말 그를 미치게 하는 건 혼자 자고 혼자 일어나야 하는 일이었
다. 손을 뻗으면 항상 거기 있었던 그녀가 없는 그곳은 집이 아니
라 그저 잠을 자는 공간이 되었다. 그래서 이제는 집에 들어가는
것조차 짜증스러울 정도로 그에게 현수의 빈자리는 컸다.

"김 실장, 들어와."

그러니 이렇게라도 봐야 했다. 오직 여기 자신의 사무실만이 안전하게 그녀를 만날 수 있는 곳이 되었다. 그러나 문을 열고 들어오는 사람은 곰탱이 손 비서였다.

"실장님은 식사하러 가셨습니다. 전화 드릴까요?"

곤란한 얼굴로 묻고 있는 그를 보니 한숨이 먼저 나왔다. 밥 먹는 걸 불러 올렸다가는 아예 사표를 내밀 위인이었다.

"됐어. 식당으로 갔나?"

"아니요, 약속이 있다고. 친구 분하고 만나셔서 조금 늦을 수도 있다는 말씀은 하셨습니다."

"알았어. 식사하고 와."

손 비서가 문을 닫자 찬영이 머리를 벅벅 긁었다.

"이 여우를 어떻게 우리에 가두지?"

요리조리 잘도 피해 다니는 그녀 때문에 더 죽겠다. 자신이 만든 상황이니 그에 걸맞은 그럴듯한 연기도 해야 했지만 현수 덕분에 연기는 할 필요도 없었다. 하루 종일 그는 험상궂은 얼굴로 돌아다니고 있었으니까.

"어떻게 이기겠어. 처음부터 승산이 없는데."

차라리 늙은 너구리 사냥이나 해야겠다. 굴속에 숨어 나올 줄 모르는 너구리를 잡으려면 불을 피워야 했다.

회사는 걱정하지 않았다. 타격이야 있겠지만 이 정도에 쓰러질 회사라면 진즉에 쓰러졌다. 그것도 시간이 지나면 다시 원상복귀시키면 그만이었다. 물론 망가진 이미지는 시간이 걸리겠지만 그것도 망친 사람이 살리는 게 맞는 법. 머리를 깎아 절에 보낼 수는 없으니 조용히 묻어 줄 수밖에.

이제 그는 서나 갤러리라는 같잖은 이름부터 바꿀 생각이었다. 주인이 바뀌면 당연히 이름도 바뀌는 게 이치였다.

현수 갤러리?

픽 웃으며 찬영이 얼른 머리에서 지웠다. 정말 그 이름을 쓴다면 발작을 할 사람이었다. 그리고 그 피해는 고스란히 그의 몫이었다.

현수는 그의 대신인 사람이 되고 싶다고 했었다. 그러나 그는 현수를 자신의 대신으로 쓰고 싶은 마음이 조금도 없었다.

그가 되고 싶은 것은 든든한 바람막이였다. 거친 풍파에 기댈 수 있고, 숨을 수 있는 그녀의 바람막이가 되어 줄 생각이었다. 앞으로도 영원히.

자, 이제 슬슬 대책위원회부터 움직여야겠다. 분주하게 움직이며 기사만 막는다고 소용 있을 리가 없었다. 회장님이 나선다고 해결될 일도 아니었다. 심지어 재경이 시댁도 납죽 엎드리고 있는 상황이었다.

원인 제공자가 고개 숙이고 빌기 전까지 이 일은 해결이 나지 않으리라.

빈다고 해결이 날까? 것도 아니었다. 모두 내려놓고 잘못했다고 빌어야 한다. 대한민국의 모든 사람들 앞에서.

자신이 하찮게 보았던 사람들 앞에서 무릎을 꿇게 하리라 다짐했었다.

현수를 봄의 신부로 만들려면 조금 더 바쁘게 움직여야 했다.

"그늘에 숨어 사는 여자라니, 내 여자를 그렇게 만들도록 두고 볼 것 같아? 감히 현수를?"

일어나 창밖을 보는 그의 눈에 풍경은 보이지 않았다. 오직 자기
만큼 예쁜 꽃다발을 들고 그에게 걸어오는 현수만 보이고 있었다.

"얘가 왜 이래? 너 애 가졌어?"

끊임없이 젓가락질을 하는 현수를 보며 미라가 인상을 쓰고 있
었다. 갑자기 불러내 한나는 짓이 점심부터 삼겹살집에 와서 벌써
3인분을 먹어 대는 것이었다. 그런 그녀에게 타박을 주는 미라의
말을 듣고, 현수는 막 입에 넣은 쌈을 열심히 씹다가 풋 하고 뿜어
버렸다.

"에이씨, 더럽게."

"그러게 왜 그런 말을 해서 사람을 놀래켜?"

"삼키고나 말해. 안 하던 짓을 하니까 그렇지."

한입 가득 물었던 쌈의 반을 미라에게 뱉어 낸 현수가 웅얼거리
자 미라는 아예 짜증을 냈다. 그런 친구를 보며 현수는 남은 반을
삼키고 물을 마셨다.

너무 맛있어 정신없이 먹고 있었으니 미라가 그런 말을 할 만도
했다. 초토화가 된 식탁 한쪽에 초라하게 남은 삼겹살 몇 점이 있
을 뿐이었다.

"며칠 굶었어? 무슨 거지가 씌었어? 엄청 먹어 대네. 너 그렇게
먹는 거 처음 봐."

미라의 잔소리를 흘리며 현수가 곰곰이 무언가 따지고 있었다.
사방이 시끄러워 신경을 곤두세우고 있느라 한 달에 한 번 늘 찾아
오던 손님이 늦어지고 있다는 것도 몰랐다.

설마? 에이, 설마.

스트레스가 심하면 조금씩 늦은 적이 있으니까 아마 그래서일 거라고 스스로를 달래며 고개를 저었다.

"너 원맨쇼 하니?"

아예 두 손에 턱을 괴고 미라가 현수를 보며 혀를 차고 있었다.

"아무튼 각설하고, 그 남자랑 어떻게 됐어? 잘돼 가는 거야? 나이도 있는데 웬만하면 튕기지 말고 올해는 시집가지?"

먹고 싶은 만큼 배를 채우니 슬슬 미라를 부른 것이 후회가 되고 있었다. 삼겹살이 당기는데 혼자 올 용기가 없어 일부러 밥 사 준다고 불러 놓고, 막상 미라의 질문이 시작되니 빠져나갈 구멍을 찾고 있었다.

"무슨 소리야?"

"아무튼 모르는 척은. 너 또 그 남자 앞에서 통통거리는 건 아니지? 너 지금 시집가서 애를 낳아도 늦은 나이야. 노산이라고. 생각해 봐라, 잘만 하면 올해 낳는 거지만 늦으면 해 넘겨 서른넷이다. 그럼 남자 나이를 따져 봐. 마흔에 아이를 가져야 하잖아. 엄마 나이도 중요하지만 아빠 나이가 더 중요해. 애가 스물이면 애 아빠가 예순이야. 그 나이에 대학 공부시키려면 뼛골 빠진다."

얘가 원래 이렇게 계산이 빨랐나?

"그런데 그 남자 잘생기긴 했더라. 가스나, 그 얼굴을 어떻게 데리고 살려고."

"뭔 소리야?"

역시 미라다. 진지한 이야기를 신나게 하다가 순식간에 옆으로 빠진다.

"여자 엄청 꼬일 얼굴이더만. 매일 감시할 수도 없고 어쩌려고."

"별걱정을 다 하십니다, 아줌마."

"만나고 있기는 하네."

아줌마 되더니 눈치만 늘었나 보다. 눈을 가늘게 뜨고 현수를 살피는 미라의 모습은 영락없이 앨리스에 나오는 체셔 고양이를 닮았다.

"시끄럽고. 나 들어가 봐야 해. 요즘 정신없잖아."

"하긴 그이도 정신없이 바쁘더라. 암튼 있는 것들이란. 벗겨 놓으면 다 똑같은 사람인데 뭐가 그리 잘났는지."

미라 정도면 그나마 양호한 표현을 쓰는 것이었다. 신랑이 그 회사를 다니니 대놓고 욕도 못 하는 걸 거다.

상황은 점점 심각해지고 있었다. 회사는 걱정하지 않았다. 이미지 깎이는 정도야 시간을 들이면 해결할 수 있을 것이다. 문제는 사람이었다. 이 일로 같이 다치게 될 사람들. 사람들은 너도 나도 마귀할멈뿐 아니라 그녀와 연결된 모든 사람들을 컴퓨터 자판으로 해부하고 있었다.

그도 예외는 아니었다. 이혼의 이유부터 그의 성격까지 왜곡되고 비틀어져 올라왔다. 그가 무슨 생각으로 이 일을 벌였는지 알고는 있지만 진즉에 알았다면 말렸을 텐데. 말도 없이 일을 벌인 그가 원망스러울 정도로 확인도 안 된 카더라 소문이 넘치고 있었다.

그의 옆에 있다가 같이 휘말리는 건 상관이 없었다. 그러나 자신으로 인해 넘치는 소문에 말을 보태게 할 수는 없었다.

그래서 생이별을 택했다. 그의 옆에서 지켜보는 일이 그녀가 할 수 있는 최선이라는 게 마음이 아프지만 그가 혹여 힘든 일이라도 있다면 언제든 달려갈 수 있도록 대기 중이었다.

지금 그녀는 제 마음대로 상의도 없이 일을 벌인 그를 벌주고 있는 중이었다. 더불어 스스로도 벌을 같이 받고 있다는 게 아이러니지만 말이다.

그녀를 보면 안달 내는 그를 알고 있었다. 톡 쏘아 다가오려는 그를 물리지만 사실 그녀도 외로워 말라 가는 중이었다.

밤마다 그의 품이 그리웠다. 혼자라는 외로움에 간신히 익숙해졌는데 그 남자가 덥석 들어오더니 다시 외로움 타는 예전의 그 꼬맹이로 만들어 버렸다.

차라리 모르는 척하고 그의 옆에 있을 걸 하는 생각을 하루에도 수십 번을 하고 있었다. 하루 종일 눈으로 그를 찾다가 막상 그가 오면 모르는 척하는 데도 질리고 있었다.

일을 벌인 당사자야 각오하고 있었다지만 그의 동생들은 어쩌고 있을지도 걱정스러웠다. 남동생은 잘 모르니 그렇다 쳐도 재경을 떠올리면 마음이 안 좋았다.

겁이 많은 눈동자와 죄의식에 움츠린 모습을 대하고 계속 신경이 쓰였다. 그때 만나고 한 번도 본 적이 없음에도 마음에서 떠나지 않는 이유는 금방이라도 스러질 것 같은 안쓰러움 때문이었다.

그의 손을 잡는 순간 현수 안의 시계는 그에게 맞춰져 돌아가고 있었다. 눈을 뜨는 그 순간부터 그를 떠올리고 눈을 감을 때까지 아니, 꿈속에서도 그를 찾는다. 그리고 그와 연관된 모든 것들을 걱정하며 그리워하고 있었다.

"왜 그러고 앉았어? 바쁘다며? 나보고 돈 내라는 거야? 먹기는 네가 다 먹고?"

미라의 타박에 정신이 들었다.

"아냐, 내가 사. 먼저 가. 계산하고 난 회사로 갈게. 오늘은 커피도 못 먹겠다. 고마웠어."

"암튼, 별일을 다 보네. 그래도 잘 먹으니 좋네. 서영이 때문에 먼저 갈게. 다음에도 밥 같이 먹을 사람 없으면 불러. 앞에 앉아 있는 거야 못 할까."

"고마워."

속이 따뜻한 친구였다. 그래서 현수는 미라가 좋았다. 툭 한마디 던지는데 그게 참 사람을 따뜻하게 하는 능력이 미라에게는 있었다.

친구를 먼저 보내고 회사로 들어가던 현수는 찬바람에 옷깃을 여미다 문득 눈에 들어오는 약국 간판 앞에 섰다.

미라의 말을 듣고 나니 계속 마음에 걸린다. 이런 일은 빠르게 확인하는 게 좋았다. 망설이고 있다가 실수를 하는 것보다는.

약국 문을 여는 현수의 표정이 그리 밝지만은 않았다. 임신테스트기를 사는 마음이 맞기를 바라는 건지, 아니면 틀리기를 바라는 건지 모르겠다.

우선은 확인이 먼저였다. 눈으로 확인하고 그다음에 자신의 마음을 들여다보자고 생각하며 계산을 끝냈다. 약국을 나오는 현수의 가방에 분홍색 포장지에 넣은 임신테스트기가 있었다.

그날 밤, 현수가 임신테스트기를 보고 놀라 눈이 동그래지던 그때 찬영은 바쁘게 연기를 피울 장작을 모으고 있었다.

그러나 마귀할멈을 치워 버린 것은 헨젤도 아니었고 그레텔도 아니었다. 마귀할멈은 신데렐라의 계모로 탈바꿈하였고, 그녀는 자신이 낳은 아이로 인해 무너질 운명이었다.

그들의 동화는 결코 아름답지 않았다. 마지막은 잔혹 동화로 달리고 있었지만 정작 그들은 모르고 있었다. 서로를 걱정하면서도 손 내밀지 못했던 그들이 그렇게 아픈 눈으로 손을 잡을 줄은 몰랐다.

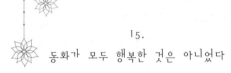

서울 한복판에 자리한 유일 종합병원. USM이 직원들을 위해 만든 병원이었다. 일반인들에게도 꽤 이름이 알려진 이 병원은 10층 건물로 되어 있었으며 USM의 계열사의 직원들까지 포함하여 서비스를 해 주었다. 말 그대로 직원들의 복지를 위해 회장의 지시로 만들어진 곳이었다.

당연하게도 그 병원에는 사주를 위한 병실이 특별실로 운영되고 있었다. 오직 사주의 가족들만이 이용할 수 있는 병실은 웬만한 호텔 수준을 자랑했다.

그런데 웬일로 거의 비어 있던 병실에 불이 켜져 있었다.

"그놈이야, 그놈밖에 없어. 감히 네놈이."

이를 갈고 있는 여자는 USM 총수 부인인 박선아 여사였다. 벌써 열흘째 감옥 아닌 감옥에 갇혀 밖으로 나가지도 못하고 있었다.

다른 때와 다르게 화장기라고는 하나도 없으니 나이가 그대로 얼굴에 나타나 있었다. 그러나 그런 것에 신경 쓸 틈이 없었다. 그녀는 헝클어진 머리에 환자복을 입고 창문 밖을 내다보며 잘근잘근 손톱을 씹고 있었다.

창문에 비친 그녀는 백설 공주를 죽이지 못해 안달 난 계모를 닮았다. 하얀 얼굴이 부각되며 거울과 다르게 어둡게 비쳐지는 잔영이 마치 귀신처럼 보이기도 했다.

아들이라는 놈은 얼굴 한 번 보이더니 잘하셨다는 말을 내뱉고는 코빼기도 보이지 않았다. 저런 아들이라도 밀어 주겠다고 애를 쓰고 있는 자신이 한심할 정도로.

미련하고 모자란 딸만 가끔 나타나 눈치를 보다 사라졌다. 어떻게 자식이란 것들이 그 모양인지. 자기 배로 낳았는데 닮은 곳이 없어 가슴을 치고 싶었다.

이대로 당할 수는 없었다. 우선은 갤러리에 가야 했다. 그곳에 모든 것이 있었다. 앞으로의 일을 장담할 수 없으니 그곳부터 청소를 해야 했다.

누구를 부른다?

여전히 손톱 끝을 깨물고 있던 박 여사는 그나마 미련해도 시키면 시키는 대로 하는 재경을 생각해 냈다.

"못난 것, 쓸모없는 것. 도대체 도움이 되는 자식이라곤 없으니, 원."

살면서 제 것을 뺏긴 적이 없었던 그녀였다. 그런데 하찮은 년 하나가 나타나 제 것이었던 남자를 뺏어 가더니 빈껍데기로 돌려주었다. 거기에 저를 닮은 조막만 한 놈 하나 들려서.

술에 취해야만 그녀를 안았던 남편이라는 작자를 생각하면 죽이고 싶었다. 감히, 그녀를 안으며 그년 이름을 부르던 그 인간은 그 순간부터 남편이 아니었다.

처음부터 빈껍데기는 필요 없었다. 그러니 그것만 빼고 모두 가져와야 했다. 그래야 분이 풀릴 것 같았다.

이를 악물고 여기까지 참고 참으며 왔는데 여기서 무너질 수는 없었다. 시간이 필요했다. 지금 시끄럽게 떠들어 대는 인간들은 시간이 지나면 자기가 무엇을 욕했는지도 잊어버릴 터였다.

그것들이 뭐라고 그녀를 단죄한단 말인가? 발아래 조아리며 떨어지는 떡고물이나 받아먹던 인간들이 감히 그녀를 입에 올리며 조롱하고 있었다.

"가만두지 않아, 절대로. 우선 네놈부터 주리를 틀어 주마."

휴대폰으로 딸을 부르는 여자는 이미 이성을 상실한 것처럼 불안해 보였다. 끊임없이 중얼거리며 이를 갈고 성질을 부리는 여자는 지금도 손톱을 깨물고 있었다. 얼마 전까지 발라져 있던 빨간 매니큐어를 대신하듯 손톱 끝에 빨갛게 피가 배어 나오고 있었다.

❋　❋　❋

재경은 엄마의 전화를 받은 그 순간부터 떨림이 멈추지 않았다. 당장 오라는 명령에 간신히 대답을 하고 휴대폰을 침대에 던져 버렸다.

"어쩌지? 어떡해야 하지?"

자꾸만 떨리는 몸을 스스로 달래듯 양팔로 감싼 재경이 50평이 넘는 아파트에서 유일하게 하나 있는 자신만의 공간으로 들어갔다.

그러고는 구석에 웅크리고 앉아 어떻게든 방법을 생각해 보려고 애를 쓰고 있었다.

'모지리. 어데 쓸데라고는 눈을 씻고 보아도 없는 것.'

어릴 때부터 수도 없이 듣고 자란 말이었다. 조롱하듯 한심하다는 눈으로 낮게 뇌까리는 말은 어느 순간 그녀의 안에서 머물며 자신은 하등 쓸모없는 인간이라는 생각을 하게 만들었다.

초등학교 때까지 야뇨증을 앓던 재경을 엄마는 절대 인정하지 않았다. 자신의 자식이 모자란 인간이라는 것에 기겁을 했었다.

젖은 바지를 들고 있는 그녀를 마치 더러운 것이라도 보는 것처럼 내려다보던 엄마 눈은 평생 지워지지 않을 생채기를 남겼다.

그날. 그 큰 집이 살이 타는 냄새로 가득했던 날. 그때부터 엄마가 무서웠다. 너무 놀라 구석에 숨어 눈을 감은 재경의 귀로 들려오는 소리는 지옥의 소리가 있다면 그것과 같을 거라 말할 수 있을 만큼 끔찍했다.

천둥처럼 울리는 아버지의 노성에 맞대응하는 엄마의 찢어지는 고성이 집 안을 부숴 버리기라도 할 것처럼 울려 퍼졌다.

귀를 막아도 그 소리는 여전히 재경을 좀먹고 있었다. 그 이후로 재경은 고기를 먹지 못했다. 고기 타는 냄새만 나도 경기를 일으켰다. 천둥이 치면 미친 듯이 구석을 찾아 숨어들었다. 그리고 그날 이후로 세상에서 가장 무서운 사람은 엄마가 되었다.

엄마가 시키면 해야 했다. 가서 알아보라면 알아봐야 했고 결혼을 하라고 해서 했다. 엄마가 택한 사람은 엄마만큼이나 차갑고 이기적인 인간이었지만 상관없었다. 그녀만 건드리지 않는다면, 그리고 엄마에게서 그녀를 데려가기만 한다면 아무런 상관도 없었다.

매사 가르치려 들고 무시하는 그를 보면서도 신경 쓰지 않았다. 신혼여행을 다녀오고 나서 그는 아예 그녀를 정신병자 취급을 했다.

하필 신혼여행으로 찾은 마닐라의 작은 섬에 태풍이 온 것은 그녀의 탓이 아니었다. 그 태풍 때문에 천둥이 울리고 근처에 내리친 번개가 부언가에 맞았는지 사방에 타는 냄새가 진동해 발작을 일으킨 것도 일부러 그런 것은 아니었다.

"그래, 찬수 오빠."

그녀가 급할 때 떠오르는 사람. 오빠가 얼마나 기를 쓰며 엄마에게 대들었는지 알고 있었다. 거의 대부분은 재경을 대하는 엄마의 태도 때문이었다. 결국 자신 때문에 찬수 오빠는 원한지도 않은 유학을 갔었다. 그녀를 가만히 놔두겠다는 약속을 받아 내고.

아니다. 오빠는 지금까지도 너무 많은 일을 해 주었다. 그럼 누구? 큰오빠? 아니면 그…… 사람?

얼마 전 처음으로 큰오빠의 전화를 받았다. 놀란 그녀가 아무 말도 못 하고 있을 때 낮은 음성으로 태풍이 올 테니 준비하라고 했다. 자신이 만든 태풍이 휩쓰는 동안을 대비하고, 그것도 힘들면 숨어 있으라고 알려 주었다.

그녀가 그런 짓을 했음에도 오빠는 말없이 그녀의 말을 들어 주었고 또 이번에는 대비하라고 직접 알려 주었다.

이번에도 들어 줄까? 자신의 말을?

그러나 매달릴 사람이 없었다. 손 내밀 사람이 없었다. 작은오빠에게는 너무 많이 손을 내밀어 염치가 없었고 큰오빠에게는 너무 큰 죄를 지어 내밀수가 없었다.

그렇다면 남은 건…… 붉게 충혈된 눈으로 그녀를 이해한다고 소리 없이 말해 주었던 사람. 그래, 그 사람이라면, 어쩌면.

덜덜 떨리는 손으로 재경이 명함첩을 뒤져 간신히 찾아낸 명함에는 김현수라는 이름이 쓰여 있었다.

전화 통화를 끝내니 조금 진정이 되었다. 이 정도면 운전할 수 있을 것 같았다. 엄마가 부르면 가야 했다. 한 번도 엄마 말을 어겨 본 적이 없는 착한 딸이 그녀였으니까. 그게 엄마가 대외적으로 보여 왔던 윤재경이었으니까 가야 했다.

✻ ✻ ✻

너구리를 잡으려고 준비하느라 회사에 있던 찬영이 현수의 급한 호출을 받고 그녀의 집에 도착하니 벌써 나와 냉큼 차에 올라탄다. 퇴근하고 편안한 옷에 두꺼운 패딩만 걸친 모습이 꽤 급해 보였다.

"무슨 일이야? 너 어디 아파? 어디로 가? 병원?"

흥분한 목소리로 급하다는 말만 하며 얼른 오라고 했던 현수였다. 큰일이 아니면 호들갑을 떨 사람이 아니었다.

"몰라요. 그리고 안 아파요. 병원은 맞아요. 유일 병원."

유일 병원?

"그 여자가 널 불렀어?"

아예 시동을 꺼 버리는 찬영의 목소리에 현수의 등에 한기가 흘렀다. 이런, 급한 마음에 요점 정리만 했더니 그를 걱정시키고 말았다.

"아니에요. 그분이 아니라 재경 씨를 보려고 가는 거예요."

"재경이? 재경이를 왜 만나? 그것도 거기서?"

아무래도 운전 연수를 받아야겠다. 생각나는 사람이 그밖에 없어 불렀더니 시간만 보내고 있었다. 이럴 때 차라도 있으면 얼마나 좋아. 이제 와 후회해도 늦었다. 쓸모없는 그린면허증은 여전히 그녀의 지갑에 있었으니까.

"우선 출발해요. 그럼 가면서 설명할 테니까."

왜 불안한지 몰랐다. 이런 불안감은 문을 두드리며 애타게 고모를 부르던 그날의 느낌과 닮았다. 그래서 마음은 급한데 이 남자, 움직일 생각을 하지 않는다.

떨리는 목소리. 아무런 설명도 없이 엄마가 불러서 지금 병원에 간다는 재경과의 짧은 대화. 전후사정 설명도 없는 말이 현수를 더욱 불안하게 만들고 있었다.

"어서요. 시동 걸고 출발해요. 안 그러면 나 내려서 택시 타고 갈 거예요."

현수의 으름장이 통했다. 그러나 그의 경직된 행동과 얼굴이 지금 이 상황이 전혀 마음에 안 든다는 것을 극명하게 보여 주고 있었다. 차가 출발하자 현수가 간신히 참았던 숨을 내쉬었다.

"말해."

큰 도로로 나서자 그가 차가운 목소리로 재촉을 했다. 어지간히 화가 난 모양이었다. 그러나 이제 그런 차가운 목소리 따위가 현수에게 통할 리 없었다.

"전화가 왔어요. 그분이 부른다고. 그래서 지금 병원으로 간다고."

"그래서?"

"그게 다예요."

"뭐?"

정말 할 말을 잃게 하는 대답에 현수를 보니 그녀는 똑바로 앞만 보고 있었다.

"앞에 봐요. 운전 중이잖아요."

현수의 지적에 찬영이 자동으로 고개가 앞으로 되돌아갔다.

"그게 이유야?"

"다는 아니에요. 그냥 불안해서. 목소리가……. 설명하기 힘들어요. 그냥 뭐랄까. 문 앞에서 내내 고모가 나오길 기다리던 그날처럼 불안해서 가만히 있을 수가 없었어요."

현수의 대답에 찬영의 얼굴도 심각해졌다. 그녀가 불안해하고 있었다. 그러니 가야 했다. 현수가 확인하고 안심할 수 있도록.

병원에 도착했을 때 재경은 없었다. 그 여자도 없었다. 병원 측에서는 따님이 와서 잠깐 외출한다는 말만 남기고 함께 나갔다는 말뿐이었다.

"어디로 갔을까요?"

왜 이리 가슴이 뛰는지 모르겠다. 별일 아닐 거라고, 그저 엄마와 딸이 외출을 했을 뿐이라고 속으로 되뇌었지만 현수는 불안해 죽을 것 같았다. 이런 느낌은 정말 싫었다. 가슴을 조이고 심장이 타들어 가는 느낌.

불안해하는 현수를 품에 안으며 찬영도 머릿속을 뒤졌다.

어디로 갔을까? ……그래, 거기밖에 없었다. 마녀는 지금 자신의 성으로 향하고 있음이었다.

"가자. 어디로 갔는지 알겠어."

현수의 손을 잡고 성큼성큼 걸어가던 그가 잠시 그녀의 손을 놓고 휴대폰을 찾았다.

"갤러리로 와. 재경이가 지금 그 사람하고 같이 있어."

짧게 말하고 끊어 버리는 그를 보며 잠깐이지만 현수는 웃을 수 있었다.

"누구예요?"

"찬수. 나보다는 걔를 더 편하게 생각할 거야."

"남매 맞네, 닮았어."

"뭐?"

"가요, 어서."

대답 대신 현수가 그의 손을 잡고 재촉을 했다.

알고나 있을까? 말투는 다르지만 방식은 같다는 것을?

제 할 말만 하고 끊는 전화를 보고 현수는 재경을 떠올리고 있었다. 재경도 그랬다. 자기 말이 끝나자 바로 전화를 끊어 현수를 당황시켰다.

그리고 다시 한 번 깨닫는다. 정말 자신의 눈은 정확했다는 것을. 이 남자 어떻게 따뜻한 심장을 얼음 속에 담그고 살면서 그 따뜻함을 잃지 않고 있었을까?

지금도 그는 자신이 아닌 재경의 마음을 살피고 있었다. 무뚝뚝한 음성에 숨겨진 속 깊은 마음. 사람을 배려할 줄 아는 이 남자의 손을 먼저 잡은 사람이 자신이라는 것이 얼마나 행운인지 알겠다.

현수가 손잡은 이 남자는 세상에서 가장 단단하고 또 든든한 사람이었다. 그래서 이 손을 놓을 수가 없었다.

그래서 잠깐만 비밀로 해야 할 것 같았다. 지금이라도 말을 해 주고 싶지만 얼마나 유난을 떨지 안 보고도 알 수 있었다. 그가 하고픈 일을 다 끝내면 그때 말해 줘야지. 그의 품에 안겨 귓가에 조용히 말해 줘야지.

그러니까 아가야, 너도 조금만 기다려 주겠니? 엄마가 아빠에게 말할 때까지 서운해하지 말고.

그의 손을 잡고 걸으면서 현수가 그가 들리지 않도록, 그녀의 목소리를 듣고 있을 누군가에게 속삭이고 있었다.

넓은 홀에 급한 발소리가 울렸다. 다다다 슬리퍼가 바닥을 지나가면 그 뒤로 또각또각 구두 소리가 따라간다.

이곳을 어두울 때에는 와 본 적이 없었다. 그래서 이렇게 을씨년스러운지도 몰랐다. 일이 터지고 갤러리도 문을 닫았다. 덕분에 싸한 냉기가 가득한 홀에는 축 늘어진 화초가 여기저기 놓여 있는 조각들과 더불어 음산한 분위기를 더하고 있었다.

생각대로 오늘의 엄마는 다른 날과 달랐다.

평상시 꾸미지 않으면 밖으로 나가는 것을 허락하지 않았다. 그래서 재경이 기억하는 엄마는 언제나 하얀 얼굴에 붉은 입술, 그리고 그림같이 꾸며진 머리스타일이었다.

화려하지만 차가운 도자기 같았던 엄마가 지금은 머리는 다 풀어 헤치고 환자복에 코트 하나 걸쳤으며 맨발에 덜렁 병원 슬리퍼를 신고 있었다.

그에 비해 그녀는 화장과 머리만 빼고는 엄마가 말했던 대로 완벽한 정장에 구두까지 갖춰 신고 있었다.

"빨리 와. 모자란 것. 어찌 행동도 더딘 거야? 하나라도 마음에 드는 데가 없어."

새된 목소리에 재경이 어깨를 움츠렸다. 넓은 홀에 한 옥타브 높은 목소리가 메아리를 치며 울리는 것이 섬뜩하게 느껴져서 저절로 두려움이 밀려왔다.

벌써 계단을 거의 다 올라간 박 여사는 급하게 사무실 문을 열고 들어가 불을 켜고 금고를 숨겨 둔 그림을 치웠다. 눈을 감고도 열 수 있는 금고였다. 빠르게 열어 안에 있는 서류들을 챙기기 시작했다.

"뭐 하고 있어? 책상 밑에 상자 있어. 얼른 다 담아."

하나부터 열까지 다 가르쳐야 움직이는 딸을 보면 속이 터졌다. 눈치라도 있으면 좋으련만 그것조차 없어 그녀의 속을 뒤집어 놓았다. 멍한 눈을 보고 있으면 저런 걸 왜 낳았나 싶어지곤 했다.

그동안 모아 놓은 채권부터 비밀장부까지 모조리 책상에 올려놓은 그녀가 멍하니 서 있는 재경을 향해 소리를 지르고 있었다.

기계처럼 책상 밑에서 상자를 꺼낸 재경이 그녀가 넘겨주는 것들을 상자에 차곡차곡 담았다.

"가자."

책상 서랍까지 뒤져 필요한 물건은 다 챙긴 박 여사가 재경을 앞세우며 사무실을 나서다 문 앞에 서서 수많은 일들을 처리해 왔던 사무실을 둘러보며 이를 악물었다.

잠깐 비우는 것이었다. 곧 돌아올 곳이었다. 그래서 단호하게 불을 끄고 문을 닫았다. 돌아서니 재경이 계단 앞에 서서 그녀를 기다리고 있었다.

그래도 분하고 억울했다. 이대로 당하고 있기에는 너무 화가 났다. 무슨 방법이 있을 텐데 생각이 나지 않아 미칠 것 같았다.

"그래, 있었어. 그 계집애."

갑자기 멈춰 서서 눈을 빛내는 엄마의 모습이 심상치 않아 재경의 신경이 곤두섰다. 어서 이곳을 나가고 싶은 마음뿐인데 무슨 생각인지 엄마는 주머니를 뒤지고 있었다. 그러고는 다시 사무실로 가더니 작은 메모지 하나를 들고 나왔다.

"휴대폰 내놔."

손을 내미는 엄마를 보며 재경이 흠칫했다. 별거 아닌 일인데 왜 싫은 건지 모르겠다.

"뭐 해? 휴대폰 내놓으라고."

"뭐…… 하시……게요?"

저절로 목소리가 떨려 나왔다.

"네가 알아 뭐 하게? 뭔 말이 그리 많아. 얼른 줘."

할 수 없이 휴대폰을 내어 주고 상자를 고쳐 안았다. 엄마의 대화에 귀를 기울이며.

"나다. 목소리 들으면 몰라? 일 하나 하자. 계집애 하나 손봐 줘. 김현수라고……."

텅! 촤르르.

"안 돼!"

상자가 떨어지며 계단에 온갖 서류가 날리는 소리와 재경의 비명 같은 목소리가 박 여사의 통화를 방해했다.

"너 뭐 하는 짓이야?"

재경이 정신없이 우선 휴대폰부터 그녀의 손에서 가져왔다. 순식간에 휴대폰은 박 여사의 손에서 재경의 손으로 자리를 옮겨 갔다. 그러는 사이 재경은 저도 모르게 녹음 버튼을 눌렀다. 여전히 휴대폰에서는 웅얼거리는 남자의 음성이 들리고 있었다.

"내놔. 당장."

딸을 향해 손을 내밀며 다가가는 그녀와 계단을 뒤에 두고 뒷걸음치는 재경의 모습은 보는 사람이 다 떨릴 정도로 위태로웠지만 정작 두 사람은 모르고 있었다.

결국 화가 머리끝까지 뻗친 박 여사가 성질대로 딸의 뺨을 올려붙였다.

순식간이었다. 그녀의 힘에 밀려 계단으로 미끄러지는 재경과 문을 열고 급하게 들어오는 찬영과 현수, 그리고 찬수가 비명을 지른 것은.

재경이 마지막으로 본 것은 오빠들의 놀란 얼굴과 입을 막고 우뚝 서 있는 현수의 모습이었다. 여전히 그녀의 손은 휴대폰을 꼭 쥐고 있었다. 그리고 마지막으로 들리는 소리는 갤러리를 울리는 엄마의 찢어지는 비명이었다.

한밤중의 유일 병원이 뒤집어졌다. 집에서 곤하게 자고 있던 각 과의 과장들이 모두 불려 나왔다.

응급실은 그야말로 벌집을 연상시키고 있었다. 환자보다 의사가 많은 경우도 처음 있는 일이었다. 각 과의 과장들과 레지던트와 인턴들로 인산인해를 이루고 있었다.

응급차로 실려 온 환자 하나 때문에 병원에 있는 의사들에게 비상이 떨어졌다. 인형처럼 망가진 여자는 살아 있다는 것이 신기할 정도였다. 꼭 쥐고 있던 휴대폰을 의사가 빼내 간호사에게 넘겼다.

곧바로 간단한 검사와 대책 회의 후에 수술이 결정되었다.

재경이 수술실로 들어갔을 때 그녀를 수술하기 위해 들어간 과장만 5명이었다.

정형외과와 신경외과, 그리고 일반외과, 마취과는 물론이고 위급한 상황을 대비해 내과 과장이 따라 들어갔다.

소식을 듣고 한달음에 달려온 윤 회장은 수술실 앞에 주저앉아 넋을 놓고 있었다. USM의 총수가 한없이 수술실 문을 바라보다 결국 눈물을 흘리며 고개를 떨구고 있었다. 그러나 그를 일으켜 세우는 사람은 아무도 없었다.

긴긴 밤을 그들은 한마음으로 한 사람의 무사함을 기원하며 새우고 새벽을 맞이했다.

장장 12시간의 수술이 끝나고 재경은 중환자실로 옮겨졌다.

중환자실 침대에 누운 그녀에게서 들어갔을 때의 모습은 찾을 수 없었다. 수술 때문에 머리카락은 다 밀었고 하얀 붕대가 그 자리를 대신했다. 온몸이 붕대로 감겨 마치 미라를 보는 것 같았다. 찬영과 찬수를 닮아 곱고 예쁜 얼굴은 퉁퉁 부어 알아보기도 힘들었다.

회장과 같이 온 한 실장까지 네 명의 남자와 한 명의 여자가 재경을 기다리고 있었다. 그리고 재경을 보고 울음을 터트린 것은 그 한 명의 여자였다.

울지도 못하고 이를 악물고는 붉어지는 눈가를 천장을 보며 감추는 사내들 속에서 현수만이 홀로 울고 있었다. 그들이 흘리지 못하는 눈물까지 모두 그녀가 쏟아 내고 있었다.

재경이 중환자실로 들어가는 것을 확인한 현수가 기어이 울다 지쳐 까무룩 정신을 놓은 것을 잡은 사람은 찬영이 아니라 옆에 있던 찬수였다.

눈을 뜬 현수가 처음 본 것은 하얀 천장이었다. 고개를 돌리니 그녀 옆에 앉아 기도를 하듯 두 손을 모아 이마에 붙이고 눈을 감고 있는 찬영이 있었다.

그리고 뒤이어 떠오르는 끔찍한 기억들.

하! 도대체 이들은 어떤 삶을 살아온 것일까? 남들이 다 부러워하는 모습으로 그들은 서로에게 지옥을 만들고 있었다.

적어도 현수는 축복 속에 태어났다. 고모는 항상 현수에게 엄마 아빠가 그녀를 만나고 얼마나 기뻐했는지 말해 주었다.

그녀가 태어난 날 아빠는 없는 살림에 하루 종일 가게에 공짜 손님을 받았다고 했다. 작은 음식점이 얼마나 북적거렸는지 모른다고도 했다. 그 많은 사람들에게 축복받은 아이가 현수라고 알려 주셨다.

엄마도 보물처럼 그녀를 품에 안고 자랑하고 다녔다고 들었다. 틈만 나면 고모에게도 이렇게 예쁜 아이를 본 적이 있냐며 자랑을 했다고 들었다. 그래서 얼마나 눈꼴셨는지 아냐며 고모는 웃었다. 비록 일찍 떠나셨지만 더한 사랑을 주고 가셨다.

엄마 아빠가 돌아가시고도 고모가 있어서 외롭지 않았다. 자신의 모든 것을 내어 주며 사랑해 주었던 고모 덕에 현수는 사랑받는 아이로 자라났다.

그런데 가진 것이 넘치는 이 사람들은 도대체 왜 이렇게 아픈 걸까? 무엇이 이들을 이토록 벼랑으로 몰고 있는 건지 묻고 싶어진다.

"깼어?"

현수의 움직임에 바로 찬영이 반응한다.

"재……경 씨는요?"

현수의 질문에 그의 얼굴이 어두워졌다. 그래서 대답을 듣기가 겁이 났다.

"아니야, 괜찮아. 수술은 잘됐어. 아직 깨어나질 못해서 걱정스럽긴 하지만."

다행이다. 정말 다행이었다. 다시 눈물이 흐르고 있었다. 무사해서 다행이었다. 만약 그녀가 잘못되면 남은 사람들은 어쩌라고. 이사람은 어쩌라고. 그래서 고마웠다. 살아 줘서 고마웠다.

"그만 울어. 너 이렇게 울보였어? 그러다 몸 상해."

그녀가 왜 우는지 모르지 않았다. 그래도 하얗게 질려 우는 얼굴을 보는 것은 그의 마음을 아프게 한다. 그래서 품에 안았더니 아예 그의 가슴을 눈물로 적셔 놓고 있었다.

그래, 너라도 울어. 나 대신 울어 줘. 지금만, 지금만 현수야. 잠깐 내 대신이 되어 줘.

그녀를 아예 품에 감추고 현수의 어깨에 얼굴을 묻은 찬영 대신 현수는 또 한참을 울었다.

그 사고가 있던 그때 재경이 그녀를 향해 달려가는 형제보다 먼저 그들 앞에 널브러졌을 때 찬수가 재경을 안으려는 순간 그를 막은 것은 찬영이었다.

"만지지 마. 현수야, 119. 얼른 119불러."

그의 음성에도 두려움이 잔뜩 깔려 있었다. 정신을 차린 현수가
구조 신고를 끝내고 그대로 주저앉았다.

심장이 터지려 하여 더는 서 있을 수가 없었다. 두려움, 미칠 것
같은 두려움에 눈물도 나오지 않았다.

"넌 저기 올라가 봐. 찬수야, 얼른."

넋을 잃고 재경을 내려다보던 찬수가 그의 말에 간신히 고개를
들어 계단의 난간에 매달려 벌벌 떨고 있는 그의 어머니라는 여자
를 보았다.

그리고 그의 말대로 미친 듯이 계단을 올랐다. 하얗게 질린 채
쪼그리고 앉아 난간이 생명줄인 양 붙잡고 있는 멍한 얼굴의 어머
니를 보는 순간 그의 안에 있던 어떤 선이 끊겼다.

"무슨 짓을 한 거야? 저 애한테 무슨 짓을 한 거냐고. 왜 당신
이 내 엄마인 거야? 당신이라는 여자가 왜 하필 내 엄마인 거냐
고."

찬수의 고통스런 목소리가 넓은 홀을 돌아 메아리가 되어 아프
게 현수의 귀에 닿자 그마저도 거부하듯 현수가 귀를 막아 버리고
눈을 감았다.

제발 신이 있다면 여기서 자신을 데려가 이 기억을 모두 지워 달
라고 매달리고 싶었다.

"재경아? 재경아. 제발, 제발 눈을 떠. 미안해. 오빠가 다 미안
해. 그러니까 눈을 떠."

아무것도 모르는 자신들이 손을 댔다가 그녀에게 해가 될까 봐

찬영은 동생 옆에 무릎을 꿇고 앉아 동생의 이름만 부르며 애원하고 있었다.

이걸 바란 것이 아니었다. 이런 결말을 원한 것이 아니었다. 왜 이 아이가 이런 모습으로 그의 모든 분노를 받아 내고 있는지도 모르겠다.

그러나 그걸 따질 틈이 없었다. 그는 제발 재경이 눈을 뜨기를, 살아 있기를 빌고 빌며 동생의 이름을 애달프게 불러 대고 있었다.

그의 기도가 이뤄졌음인가? 천천히 눈을 뜬 재경이 찬영을 확인하고 힘겹게 입을 열었다.

"내가…… 현수…… 씨…… 막아…… 그러………나 용……서해."

잦아드는 숨을 헐떡이는 그녀는 제대로 말도 잇지 못하고 다시 눈을 감아 버렸다.

"눈 떠, 재경아. 오빠가 미안해. 다 내가 잘못했어. 그러니까 제발 눈 떠."

애원을 해도 재경이는 더 이상 눈을 뜨지 않았다. 그래도 그녀는 약한 숨을 내쉬고 있었다. 금방이라도 끊어질 듯 약한 숨소리에 애가 닳고 심장이 타들어 가고 있었다.

눈을 감아도 그들의 아픔이, 숨죽인 두려움이 고스란히 귀로 흘러와 고통스러움에 결국 자신을 감싸 안고 무릎에 고개를 묻어 버렸다.

살려 주세요, 제발. 이번에는 들어주세요. 살려 주세요.

누군지도 모를 신에게 현수도 빌고 있었다. 고작 신을 찾으며 매달리는 일밖에는 현수가 할 수 있는 일이 없었다.

그때였다. 응급차 소리가 요란하더니 바쁜 발걸음과 함께 구조요원이 나타났다. 그들은 눈으로 빠르게 상황 파악을 하더니 일사천리로 움직이며 재경을 살피고 차 안에 있던 모든 물건을 동원해 그녀에게 응급처치를 하고 침대에 옮겨 응급차에 실었다.

재경을 따라간 사람은 찬영이었다.

"유일 병원. 거기로 가요. 얼른."

그를 따라갈 엄두도 못 내고 현수는 여전히 그 자리에 앉아 무릎을 꼭 끌어안고 고개를 묻고 있었다.

아주 오래전에 고모를 발견하고 그랬던 것처럼.

누군가 그녀에게 따뜻한 옷을 덮어 주고는 일으켜 세웠다.

"일어나세요. 바닥이 차요. 우리도 가야죠."

"사모님은?"

한마디를 내뱉는데도 숨이 찼다.

"사람을 불렀어요. 곧 병원으로 갈 겁니다."

찬수의 음성도 그녀만큼 떨리고 있었다. 그러나 그는 꿋꿋하게 그녀를 챙겨 다른 응급차를 기다려 그의 어머니라는 사람을 싣고 병원으로 향했다.

"내가…… 안…… 그랬어, 찬수야……. 그놈이…… 그래, 그놈이 그런 거야. 그놈이 그랬어. 내가 그런 게 아냐."

"하!"

응급차 안에서 그 여자는 끝까지 자신은 아니라며 부인하더니 이내 혼절했다. 그런 어머니의 모습에 결국 찬수는 고개를 숙이고 얼굴을 가려 버렸다.

재경이 손에 꼭 쥐고 있던 휴대폰으로 왜 이런 일이 벌어졌는지 알아버린 찬영도 무너져 내렸다. 단 한 번도 재경을 동생으로 대해 본 적이 없는 그였다. 그런데 그녀는 온몸을 던져 그를 지키려 했다. 그리고 그를 대신해 울어 준 사람은 현수였다.

　그날 이후 처음으로 현수가 그들을 대신해 이 여자를 찾았다. 횡설수설하는 여자를 병원에 입원시켜 놓고 아무도 돌아보지 않아 결국 현수가 나선 길이었다.

　"이쁜 언냐. 내 인형 봤어? 오빠가 준 인형이 안 보여. 어딨더라. 응? 내 인형 줘. 너지, 네가 가져갔지? 줘. 내 인형 달라고!"

　손가락으로 머리카락을 돌돌 말며 현수에게 인형을 달라던 여자가 갑자기 날카롭게 소리 지르며 현수에게 달려들었다. 그러나 그녀를 지키는 사내들에 의해 제지되고 간신히 현수는 그녀의 손에서 벗어날 수 있었다.

　발버둥을 치며 인형을 내놓으라고 떼를 쓰다 결국 주저앉아 울고 있는 여자는 나이를 의심하게 할 만큼 데굴데굴 구르며 소리를 질러 대기까지 했다.

　어디서 나타났는지 흥분한 그녀를 진정시킨 건 간호사가 놓아 준 진정제였다. 천천히 목소리와 움직임이 잦아들면서도 여자는 끝까지 인형을 찾고 있었다.

　잠이 든 그녀에게 가까이 다가간 현수가 아픈 눈으로 그녀를 보고 있었다.

　"당신은 끝까지 이기적이시군요. 남은 사람은 다들 지옥을 헤매는데 당신은 참으로 빠르게 도망가시네요."

자신의 뺨을 때리던 여자도 그녀를 깔아 보며 손가락질하던 여자도 여기에는 없었다. 그저 모든 진실을 잊고 자신만 편안한 세상으로 도망가 또 다른 세계에 살고 있는 늙은 여자만 있었다.

도대체 그들은 무엇을 두려워하고 또 무엇 때문에 벼랑에 몰렸던 걸까? 도대체 이 여자는 무엇을 욕심내어 결국 이런 모습으로 남았는지 도무지 알 수가 없었다.

"그래도 알고 계셔야죠. 당신 딸이 당신 내문에 죽을 뻔했다는 것을. 당신 때문에 당신 아들이 지금 어떤 마음으로 살아가고 있는지를."

침대에 누워 잠이 든 여자의 앞에 앉아 작은 목소리로 속삭이고 있는 현수의 눈에서 다시 눈물 한 방울이 뺨으로 흘러내렸다.

"그래요, 당신이 이겼습니다. 동화에서는 마귀할멈이 죽으면 다들 행복했다고 쓰여 있는데 현실은 아닌가 봅니다. 현실에서는 마귀할멈이 이기니 불공평하잖아요. 꼭 정신을 찾으세요. 그래서 기억하세요. 어떻게 자식들을 지옥으로 밀어 넣었는지 평생 기억하고 사세요."

그녀의 속삭이는 말에도 눈을 감은 여자는 편하게 새근새근 잠이 들어 있었다. 현수의 말 따위는 들을 생각이 없다는 것처럼.

그래서 잠깐, 아주 잠깐이지만 이 여자의 목을 조르고 싶다는 평생 생각해 본 적도 없는 독한 마음이 생겼다.

자신에게 놀란 현수가 얼른 그녀에게서 떨어져 저도 모르게 자신의 배를 보호하듯 감쌌다.

듣지 마. 그런 말은 듣지 마.

이 상황에서 자신이 무엇을 할 수 있을지 모르겠다.

＊　＊　＊

　재경은 수술하고 일주일이 되어 가는데도 눈을 뜨지 않아 사람들을 두려움에 떨게 만들고 있었다. 그런데 이 여자는 인형을 찾으며 혼자 즐거워하고 있었다.

　의사의 진단은 기억상실증이라고 했다. 말이 기억상실이지, 사실 정신을 놓았다는 말이 맞았다. 모든 것을 잊고 자신이 가장 행복했던 그날로 도망가 버렸다.

　모든 것을 기억하며 고통스러워하는 남은 사람들을 비웃듯이. 끝까지 이기적인 여자였다. 그녀에게 자식도 의미가 없었다. 이 여자는 오직 자신만 중요했던 여자였다.

　그 여자를 뒤로하고 나오는데 또 툭 하고 눈물이 떨어진다. 이놈의 눈물은 시도 때도 없이 나와 현수를 미치게 만들었다.

　재경의 병실로 돌아가는 길. 또 그녀의 병실 밖에 서로를 외면한 채 앉아 있을 찬영과 찬수가 떠올랐다.

　어떻게 뭉친 실을 풀어야 하는지 모르겠다. 이 사람들은 어디서부터 꼬여 버린 건지도 모르겠다.

　지금 가장 그녀를 힘들게 하는 것은 자신이 무엇을 해야 하는지 모르겠다는 거였다. 죄책감에 짓눌려 가는 그를 어떻게 끌어 올려야 하는지를 몰라 미치기 직전이었다.

　역시나 재경의 병실에는 들어가지도 못하고 복도 의자에 거리를 두고 앉아 있는 세 부자가 보였다.

　윤 회장은 10년은 더 늙었고 찬수와 찬영도 서로를 외면한 채 의자에 앉아 무릎에 팔을 올리고 고개를 숙이고 있었다. 암울함이 그들을 덮고 떠나지를 않았다.

그런 그들에게 눈도 돌리지 않고 현수가 재경에게 향했다. 아무도 그녀의 곁에는 다가가지 못하고 그저 밖에서 그녀가 눈을 뜨기만을 기도하고 있었다.

의사는 수술은 잘 됐다고 말했다. 단지 깨어나는 것을 그녀가 거부하는 듯하다고 했다. 지금 재경도 모든 것에서 도망가고 있었다. 그녀의 어머니와는 다른 형태로 무섭고 두려운 현실에서 도망가 있다는 소리였다.

시간이 지나면서 천천히 부기가 가라앉아 이제 재경의 얼굴이 제대로 보이고 있었다. 여전히 파리한 안색에 푸르게 올라온 멍 자국은 있었지만 제 모습은 찾았다.

"계속 자고 있을 거예요? 그곳이 더 편하죠? 알아요. 사람은 언제나 쉬운 방법을 찾으니까. 그래도 이만 일어나 주면 안 돼요? 밖에서 당신을 기다리는 사람들 조금만 불쌍하게 생각해 주면 안 돼요?"

여전히 그녀는 눈을 감고 있었다. 그러나 현수는 계속 말을 이었다.

"난 엄마 아빠가 없어요. 고모가 있었죠. 아주 어릴 때 엄마랑 아빠가 먼저 가셨거든요. 그래서 고모가 키웠어요. 우리 고모 정말 예뻤어요. 보면 놀랄걸요. 하얀 얼굴, 커다란 눈, 그리고 예쁜 입술. 항상 웃었어요. 날 키우느라고 힘들었을 텐데 행복하다고, 내가 있어서 행복하다고 웃었어요."

고모를 생각하면 늘 그렇듯 눈물이 먼저 차올랐다. 그래서 또 현수는 눈물을 흘리고 있었다. 그래도 말을 멈추지는 않았다.

"그거 몰랐죠? 이제 조금 있으면 재경 씨도 고모가 될 거예요. 나는 내 아이에게 그렇게 좋은 고모가 있기를 바라요. 만약 나에게 무슨 일이 생기면 편하게 맡기고 떠날 수 있는 고모가 내 아이에게 있기를 바라요. 그러니 일어나 줘요. 다른 사람들 때문에 싫더라도 내 아이를 위해서. 당신이 지켜 준 이 아이를 위해서요."

그때였다.

움직였다. 방금 그녀의 눈꺼풀이 파르르 움직였다. 잘못 본 것인가? 아니었다. 천천히 재경이 눈을 떴다. 그리고 다시 감더니 얼마 후 다시 뜬 눈이 천천히 맑아졌다.

또렷한 눈동자가 현수를 보고 있었다. 그래서 또 현수는 울었다. 사람들을 부를 생각도 못 하고 재경의 손을 잡고 고맙다는 말만 수십 번을 속삭이며 한참을 울었다. 그런 현수가 안쓰럽다는 듯 재경이 힘들게 손가락을 움직여 잡은 손을 부드럽게 쓰다듬는다.

그래서 결국 현수는 소리 내어 울었다. 그녀의 울음소리에 놀라 뛰어 들어오던 세 남자가 힘이 빠져 벽을 기대 넋을 잃고 두 사람을 보고 있었다.

재경이 눈을 뜨고 그제야 세 남자는 힘을 얻은 것처럼 보였다. 적어도 보이는 모습은 그랬다.

회사는 천천히 안정을 찾았고 대한민국을 강타했던 소문도 이번 사건이 알려지며 가라앉고 있었다. 눈물 많은 민족이 아니던가. 물론 아주 많이 각색이 되어 알려진 기사지만 사람이 죽을 뻔했다는 말이 그들의 마음을 움직였다.

결국 찬영이 벌인 일을 마무리한 사람은 재경이었다. 그녀의 목숨을 걸고.

사람들은 천벌을 받은 거라고 비아냥거렸다. 일부 악랄한 사람들은 살았으니 된 거 아니냐고, 벌이 약하다고 말하는 사람들도 있었다. 서로 심하다 약하다로 토론을 벌이다 결국 또 다른 사건들이 터지며 잊혀져 갔다.

16.
신데렐라의 청혼

"그놈 아직도 그 상태냐?"

"네."

"미련한 놈."

"누구를 많이 닮았습니다."

넓은 회장실에 이제는 어깨가 처져 허리가 굽어 보이는 윤 회장과 현수가 다향을 음미하며 대화를 하고 있었다.

"너는 욕도 야무지게 하는구나."

"감사합니다."

천애 고아라 무서울 게 없다는 이 아이는 부모가 다 있는 그의 아이들보다 강하게 자라났다. 자신 같은 부모가 없어서 도리어 잘 자란 건 아닌가 싶어졌다. 하긴 그의 기억 속의 그 사람도 고아였다.

이 아이의 말이 맞았다. 그놈과 그는 거울처럼 닮아 있었다. 좋아하는 여자까지 닮았다.

"왜 넌 내 탓이라고 말하지 않느냐?"

"알고 계시지 않습니까? 굳이 제가 말씀드릴 필요는 없으니까
요."

담담한 말투로도 제 할 말은 곧이곧대로 하고 있었다.

"이제 넌 내가 무섭지 않은가 보구나."

"네, 전에는 무서웠습니다. 제가 회장님으로 모실 때는."

"지금은?"

"지금은 더 무서운 사람이 있어서 회장님은 무섭지 않습니다."

조용히 빈 찻잔에 차를 따르며 현수가 대답을 한다.

"누구?"

"전무님이요."

현수의 대답에 오랜만에 윤 회장이 웃었다.

"아직도 전무인 게냐?"

"회사니까요."

무엇을 하든 똑 부러지는 아이였다. 처음 이 아이를 보았을 때
가슴이 뛰었다. 그 사람이 자신을 위해 보내 준 아이 같았다. 그 사
람과 닮은 이 아이를 보며 외로움을 견디라고. 그러나 그건 그의
착각이었다. 이 아이는 제 어미가 아들이 애달파 보낸 아이였다.
그래서 보내 주었다.

저승에서도 그 사람은 생명을 버리며 낳은 아들을 걱정하고 있
었던 것이다. 조만간 그놈에게 제 어미 이야기를 해 주어야 할 것
같았다.

자신의 죄를 다 뒤집어쓰고 괴로워할 아들놈을 알고 있었다. 이

미 떠난 그 사람을 놓았어야 하는 것을 너무 오래 잡고 있어 남은 사람들이 아파하고 있었다.

이 일의 원인은 모두 자신이었다. 그러니 결자해지라 이제라도 자식들에게 애비 노릇을 하려고 마음먹은 윤 회장이었다.

"그대로 둘 생각이냐?"

"이제는 진력이 나서 정신 차리게 할 생각입니다. 시간이 없어서요."

"시간이 없다?"

"네. 조만간 아실 겁니다. 먼저 그 사람에게 말해야 하는 일이라서 죄송합니다."

무슨 일인지 모르지만 이 아이라면 잘 해낼 수 있을 것 같은 믿음이 생긴다.

"그래, 네 마음대로 하려무나. 만약 그놈이 잘못하면 다시 올라와도 된다. 아직 비서실에 자리가 비었으니까."

"감사합니다."

사건이 일어나고 시간은 흘렀다. 이월이 언제 지나갔는지 기억에도 없는데 삼월이 코앞으로 다가왔다.

현수는 그동안 모아 두었던 휴가를 모두 찾아 쓰기로 마음먹었다. 어차피 여행 가려고 모아 놓은 휴가였다. 이제 여행은 당분간 포기해야 하니까 모두 찾아서 아예 재경이 옆에 붙어살았다.

그사이 빠르게 재경의 이혼이 결정되었다.

재경의 시부모는 수술이 끝나고도 한참 후에 곤란한 얼굴로 나타났다. 거만하게 괜찮냐고 묻는 얼굴을 보니 똥이라도 있으면 퍼서 쏟아붓고 싶었다.

그리고 남편이란 작자는 그다음 날 얼굴을 드밀었다. 무슨 사건을 조사 중이라 나올 수 없었다나? 그러더니 퉁퉁 부은 재경을 찡그린 얼굴로 바라보고는 곧 돌아가 봐야 한다는 소리나 지껄였다.

제법 매끈하게 생긴 인간이었다. 마치 유연하게 땅을 기어 다니는 뱀을 연상시키는 얼굴이었다. 이런 남자를 남편이라고 같이 살았을 재경을 생각하니 또 눈물이 흘러 감추느라 애를 먹었다.

그러나 그의 말에 주먹을 쥐고 노려보던 찬영이 한마디 하려는 찰나 찬수가 미친 듯이 그를 끌고 밖으로 나갔다. 찬영도 급하게 뒤를 따랐다. 물론 현수도.

그리고 그와 현수는 양 끝의 복도를 살피며 사람들을 막았다. 막 회진을 온 의사를 막고 찬수가 그를 알록달록 카멜레온으로 만드는 것을 도왔다.

엉망진창이 된 재경의 남편을 쓰레기처럼 질질 끌고 엘리베이터 앞에 던져 놓은 찬수가 당장 이혼장 들고 오라고, 안 그러면 다음에는 저세상에 있을 거라고 일갈했다. 그는 찬수의 말에 허겁지겁 엘리베이터를 타고 사라졌다.

'가만두지 말아요. 당신 잘 하는 그 방법 저기에 써요. 누가 했는지도 모르게 해요. 숨통이 조여지는 것도 느끼지 못하게 서서히 조여 줘요. 그리고 아예 끝장을 내요. 다시는 일어설 수 없도록.'

이미 닫힌 엘리베이터 문을 노려보며 현수가 이를 갈며 찬영에게 명령을 내렸다. 그리고 뒤돌아 재경의 병실을 향했다. 그녀의 기세에 놀란 두 남자를 내버려 두고.

휴가 기간이 끝나고 현수는 다시 그녀의 자리로 돌아왔다. 여전히 그녀는 그녀의 집에, 그리고 그는 그의 집에 있었다. 사람들의 시선이 무서워서가 아니라 그가 현수를 찾지 않았다.

이제 그가 상사로서 그녀를 대하고 있었다. 그래서 잠시만 그의 장단에 맞춰 주고 있는 중이었다. 그런 이유로 최근 회장이 자주 차를 마시자며 그녀를 불러올렸고 전무는 그녀를 달고 다니지 않았다.

오늘도 현수는 회장의 차를 달여 주고 있는 중이었다.

"그만 일어나야겠습니다. 할 일이 있어서요."

"그래, 그럼 수고하거라."

일어나 묵례를 하는 현수를 향해 윤 회장이 희미한 미소를 보이고 있었다. 곧 그놈도 정신을 차릴 거라는 걸 알겠다. 저 아이가 그대로 둘 사람이 아니니까.

"어쩐다."

"뭘 말입니까?"

회장실을 나와 엘리베이터 앞에 서 있던 현수가 낮은 목소리에 놀라 고개를 드니 그와 닮은 남자가 궁금한 얼굴을 하고 있었다. 이 인간들은 닮아도 너무 닮아 그녀의 가슴을 뛰게 만든다.

"안녕하십니까?"

"무슨 생각을 하시느라 사람을 앞에 두고 알아보지도 못하십니까?"

"웬일이십니까?"

찬수의 말을 무시하고 용건을 묻는 현수를 보며 그가 시선을 돌렸다.

"아버지께 드릴 말씀이 있어서요."

비끼는 시선을 따라 그의 얼굴을 살피니 살이 빠져 얼굴이 반쪽이 되어 있었다. 형제가 똑같은 모습으로 말라 가고 있었다. 여기에도 죄책감에 몸부림치는 인간이 있었다는 것을 깨닫고 현수가 포옥 한숨을 내쉬었다.

어째 모든 사람들은 스스로를 자책하며 시들어 가는데 원인 제공자만 행복했다.

불공평하잖아.

"저랑 얘기 좀 하죠. 따라오세요."

모른 척하고 싶었다. 아직은 이들과 어떤 관계로도 얽히지 않았으니까. 현수는 아직 찬영의 여자라는 타이틀만 있을 뿐이었다. 그러나 그녀는 찬수와 이야기를 나눠 보기로 결심했다.

그가 따라오는지도 확인하지 않고 현수가 옥상에 직원들을 위해 만들어진 작은 공원을 향했다.

커다란 유리문을 열고 나서니 싸늘하고 강한 바람에 숨이 막혀 왔다.

"그 옷 벗어요."

"네?"

"입고 계신 코트 벗으라고요."

봄을 시샘하는 바람은 칼처럼 에이지는 않지만 덜덜 떨릴 정도로 추웠다. 엉겁결에 벗어 주는 코트를 받아 날름 그녀가 입었다.

아직 남아 있는 그의 온기가 순식간에 추운 몸을 달래 주었다.

어디서든 임산부는 보호받아야 한다. 그러니 이러는 게 맞는 거라고 생각하며 현수가 먼저 공원에서 가장 좋아하는 곳으로 걸어갔다. 난간에 서 있으면 멀리 하늘까지 내다볼 수 있는 곳이었다. 곧 그도 옆에 섰다.

"어쩌시려고요?"

현수가 할 질문은 아니었다. 그럼에도 그녀는 알아야 했다. 이 사람의 선택을 알아야 그를 지킬 수 있으니까.

고개를 숙이고 난간만 보던 찬수가 침을 삼키고 어렵게 입을 열었다.

"미국으로 돌아가려고요. 어……머니와 재경이도 함께."

그래, 도망가는 것이 가장 편한 선택이지. 누구보다 현수가 가장 잘 알았다. 옆에 있는 남자는 자신이 그들과 떠나면 이곳에 남은 사람들은 편할 거라고 생각하나 보다.

"그래요. 선택은 자신의 몫이니까. 하지만 재경 씨는 빼 줘요. 재경 씨는 못 보내요."

"네?"

뜻밖의 말에 찬수가 놀란 눈으로 그녀를 보았다.

"왜요? 정신 놓은 어머니를 돌보고 아픈 동생을 돌보면서 죄책감을 덜어 보려고요? 그런데 어쩌죠? 그냥 어머니로 만족하세요. 재경 씨는 빼 줘요. 가뜩이나 힘든 사람에게 오빠의 죄책감까지 얹어 힘들게 하지 말아 줘요."

마주 보는 여자의 눈은 그를 꾸짖고 있었다. 정신 차리라고 혼을 내고 있었다. 그랬던가? 자신은 그들에게 자신의 죄책감을 떠넘기려고 하고 있었던 건가? 스스로에게 묻는 질문에 그는 아니라는 말을 할 수가 없었다.

얼마나 시간이 흘렀을까. 말없이 두 사람은 하늘을 바라보며 시간을 보냈다. 현수는 대답을 기다리고 찬수는 대답을 찾고 있었다.

"형은 정말 대단해요. 어디서 현수 씨 같은 사람을 찾았죠?"

"대단한 형님이 찾은 게 아니에요. 그 사람은 그저 누군가에 의해 내게 맡겨진 애물단지예요."

그녀의 대답에 눈이 커진 그가 갑자기 배를 잡고 웃었다. 그를 닮은 웃음소리가 하늘에 퍼지고 있었다.

그래서 또 현수는 눈물이 나려고 한다. 그의 웃는 목소리가 그리워서. 이제는 웃지 않는 그를 떠올리며.

"그 누군가를 알고 싶네요. 소개해 주세요."

"멀리 있지 않아요. 뭐, 곧 찬수 씨에게도 누군가를 보내 주겠죠. 그런 일에는 아주 정통한 것 같아요. 손 안 대고 코 풀기가 그분 특기니까."

"그래요, 기다리죠. 이곳에서 누군가가 보내 줄 사람을 기다려 볼게요."

대답을 들었다. 이쪽 인간들은 머리가 좋아 금방 알아들어서 다행이었다. 이제 남은 건 그 남자 하나였다. 이제는 끝을 봐야겠다. 자신을 위해서. 그리고 지금도 무럭무럭 자라는 아이를 위해서.

"자요. 더 있을 것 같으니까 입으세요. 전 내려갈 테니까."

그의 옷을 돌려주며 현수가 그를 남겨 두고 공원을 벗어났다. 문을 열다 잠깐 뒤돌아보니 그는 여전히 옷을 손에 들고 먼 하늘을 바라보고 있었다.

그러나 현수는 알 수 있었다. 거기서 모두 털어 내고 남은 찌꺼기도 곧 털어 버릴 거라는 걸 분명히 느낄 수 있었다.

"그럼 이제 왕자를 잡으러 가 볼까? 꼭 기다릴 필요는 없잖아. 신데렐라가 먼저 청혼한다고 누가 뭐라고 할 건데?"

사무실로 돌아온 현수는 가방에서 통장 하나를 꺼내 펼쳤다. 통장 잔고를 확인하고 현수가 가방과 옷을 챙겨 회사를 나서는 순간 일을 마친 찬영이 회사로 들어왔다.

"김 실장은?"

"외근이라고 나가셨는데요?"

전무실로 돌아오며 현수부터 찾던 찬영은 순간 눈썹 끝이 올라갔다. 그러나 아무 말도 없이 그의 사무실로 들어갔다.

책상에 아무렇게나 서류를 던져 놓고 찬영은 창가에 기대어 먼 하늘을 바라보았다. 현수가 틈만 나면 재경을 찾는 것은 알고 있었다. 아마도 재경을 만나러 갔으리라.

재경이 눈을 뜬 뒤로 한 번도 그녀를 찾지 않았다. 그러나 현수는 그의 사무실에 들어와 부지런히 오늘은 재경이 어떻게 지냈는지 수다를 떨었다. 뭘 먹고 얼마나 웃었는지. 기브스를 한 다리와 팔 때문에 힘들어한다는 말도 해 주었다.

그에게 같이 가자는 말은 한 번도 한 적이 없었다. 그럼에도 그는 알고 있었다. 지금 현수가 그 대신 그의 역할을 하고 있음을.

여전히 현수는 자신의 말을 충실히 지키며 그 대신 모든 일을 찾아서 하고 있었다. 정작 그는 그런 그녀가 고마우면서도 한 발 나가는 것도 힘들었다.

재경을 그렇게 다치게 하려고 벌인 일이 아니었다. 그러나 결국 재경이 다쳤고 모든 일의 해결도 재경이 한 꼴이었다. 그것도 자신을 지켜 주려고 다친 아이였다.

이번에 대한민국을 강타한 이슈는 정치인 비리였다. 그 가운데 서 있는 인물은 재경의 전 시부 서명훈이었다. 줄줄이 끌려 나오는 비리에 그 아들도 연루되어 있음이 밝혀지고 검찰 쪽으로 불똥이 튀었다. 게다가 심하게 다친 아내를 뒤도 안 돌아보고 버렸다는 이유만으로도 그는 대한민국 어디에서도 얼굴을 들 수 없는 나쁜 놈의 대명사가 되었다.

더불어 재경은 비련의 여주인공이 되었고 덕분에 이전의 이슈는 동정론으로 바뀌어 스러졌다.

모든 일은 자신이 벌였는데 결국 해결 본 사람은 현수와 재경이었다. 그러니 미안해 더욱 얼굴을 들 수가 없었다.

자신만 피해자라고 생각했다. 이를 악물고 견뎌 온 것은 자신뿐이라고 생각했다. 그러나 껍질을 까 보니 피해자 아닌 사람이 없었다. 죄의식과 그런 짓을 한 사람이 어머니라는 굴레를 얹고 살아온 찬수와 재경은 그보다 더한 상처로 물들어 있었다.

이기적인 사람은 자신이었다. 찬수와 재경이 아파하는데 그만 행복할 수는 없었다. 같이 아파해야 하는 게 맞았다. 그렇게 차갑게 외면했음에도 형이고 오빠라고 손을 내밀던 그들을 외면한 이기적인 인간이 자신이었다.

그리고 그의 죄의식은 또 현수를 괴롭게 하고 있었다. 알고 있는데도 그녀에게 손을 내밀 수가 없었다. 여전히 눈을 뜨면 그녀를 그리워하면서도 그는 도저히 자신의 손을 내밀 수가 없었다.

내밀면 잡아 줄 그녀지만 그의 양심이 그를 꾸짖고 있었다. 감히 어떻게 네가 그런 더러운 손을 내미냐고, 자격이 있냐고 묻고 있었다.

신은 없었다. 남은 사람들은 각자의 상처에 아파하는데 한 사람만 즐거웠다. 그래서 더 화가 났다. 적어도 그 사람만은 지금 피눈물을 흘려야 함에도 혼자만 행복하게 웃고 있었다. 그러나 이제는 더는 미워할 수도 없었다. 그 여자가 동생들의 엄마였으니까.

그가 그녀를 미워할수록 동생들이 괴로울 것을 알고 나서는 더는 그 여자도 미워할 수가 없게 되었다.

오랜 미움을 끝내는 일은 쉬운 것이 아니었다. 여전히 그 여자가 밉고 싫었다. 그럼에도 그는 천천히 그 사실을 인정하고 받아들이려고 노력 중이었다.

간단한 음으로 울리는 휴대폰의 존재감에 정신이 들었다. 문자를 확인하는 찬영의 얼굴이 어두웠다. 현수가 보낸 것이었다.

천천히 책상에 앉아 서류를 확인하는 찬영의 머릿속에는 현수가 보낸 문자가 떠돌고 있었다.

그녀가 먼저 밖에서 만나자고 한 일은 없었다. 그러고 보니 그녀와 제대로 된 식당에서 식사 한 번을 한 적이 없었다.

정말 그녀에게 자신이 해 준 일이 참으로 없다는 것을 지금에야 깨달았다.

또 시작은 현수가 하고 있었다.

"한심하긴."

정말 한심한 인간은 자신이라는 것을 누구보다 잘 알아서 현수를 잡을 수도 또 놓을 수도 없었다.

현수와 약속한 장소에 도착한 찬영은 조금 당황스러웠다. 작지만 제법 예쁜 이탈리아식 식당이었다. 그런데 모든 불이 꺼져 있었다. 심지어 간판 불도 꺼져 있었다.

장소를 잘못 알았나 싶어 문자를 확인하니 분명 이곳이었다. 아무래도 현수에게 전화를 해야 할 것 같았다.

그때 문 안쪽에서부터 작은 불들이 양쪽으로 켜지며 좁은 길을 만들었다.

무슨 이벤트가 열린 모양이었다. 어쨌든 영업은 한다는 말이니 들어갈 수밖에.

문을 열자 작은 방울 소리가 예쁘게 울렸지만 아무도 나타나지 않았다. 머뭇거리며 불이 안내하는 곳으로 따라가니 그의 움직임을 따라 이정표처럼 불이 늘어났다.

크리스마스트리에나 어울리는 작은 전구는 딱 자기만큼만 빛을 밝혀 주변을 제대로 보여 주지 않았다. 몇 걸음 더 앞으로 나가자 갑자기 불이 켜지며 잔잔한 피아노 선율이 들려왔다.

그리고 앞에 서 있는 현수를 보고 찬영의 눈이 커졌다.

단순한 디자인의 하얀 드레스를 입고 부드럽게 흘러내리는 머리는 그대로 두고 살짝 뒷머리만 올려 묶어 아름다운 목선이 그대로 나타났다.

지금 손에 웨딩 부케만 들고 있으면 당장 결혼식을 올려도 손색이 없는 모습이었다. 그러나 그녀는 손에 부케 대신 작은 상자 하나를 들고 있었다.

놀란 그가 멍청히 서 있자 한숨을 포옥 쉰 현수가 천천히 그의 앞으로 걸어오더니 한쪽 무릎을 꿇고 그에게 공물을 바치듯 공손히 그 상자를 내민다.

"좀 받죠? 팔 아픈데."

멍하니 그녀를 내려 보고 있는 그를 향해 현수가 이를 악물고 속삭였다. 그녀의 말에 정신을 차린 그가 손을 내밀어 상자를 받았다.

"너 지금 뭐 하니?"

"보면 몰라요? 프러포즈잖아요."

"뭐?"

기겁을 하며 상자를 보는 그에게 현수가 다시 목소리를 가다듬어 말을 이었다.

"생긴 건 멀쩡한데 조금 모자란 윤찬영 씨. 웬만하면 이제 저랑 결혼해 주시죠."

"김현수!"

"왜요?"

"하!"

졌다. 이 여자에게 어떻게 이길 수 있을까. 결국 그녀는 그의 마지막 역할까지 대신하고 있었다. 얼마나 답답하면 이럴까 싶으면서도 미안하고 또 미안하다.

"일어서."

"대답은?"

답도 없이 그녀를 내려다보는 그에게 다시 물었다.

"대답은요."

고집을 부리는 그녀를 일으켜 세워 그가 꼭 품에 안았다.

"알잖아, 당연히 예스지. 뭘 물어?"

"다행이다."

그의 대답이 떨어지자 어디서 나타났는지 그곳의 직원들이 나와 작은 폭죽을 터트리고 꽃가루를 날리며 축하해 주었다.

"뭔가 바뀌지 않았니?"

"뭐가요?"

"이건 내가 해야 하는 거잖아."

귓가에 속삭이는 목소리에 현수가 머뭇거리더니 다시 포옥 한숨을 내쉰다.

"하려고는 했어요?"

할 말이 없었다.

"정말. 내가 기다려 주려고 했는데요. 더 이상은 못 하겠어서요."

"뭘?"

품에 있는 현수를 떼어 내어 얼굴을 마주 보았다.

"제가 시간이 없어서요."

"어디 아파?"

그의 얼굴이 순식간에 굳어졌다. 그리고 현수의 안색을 살피고 여기저기를 살핀다.

"아픈 건 아니에요. 단지 요즘 혼자 병원 가는 거 지겨워서 다음에는 같이 가려고요."

"아프지도 않으면서 왜 병원을 가?"

그러면서도 찬영은 당장이라도 병원에 가자고 할 기세였다.

"산부인과에 남편도 없이 혼자 가는 여자는 나뿐이라고요."

"뭐?"

놀라 입이 벌어지는 그의 손을 잡아 그녀의 배에 올려놓았다.

"여기 당신 아이가 자라고 있어요. 아빠에게 소개시켜 주고 싶어서요."

마치 오늘 식사는 뭐냐고 묻는 사람처럼 편하게 말하는 그녀지만 속으로는 꽤 떨고 있었다. 이 남자의 반응이 걱정스러워 속이 타들어 갔다.

기뻐해 줄까? 아니면 당황할까? ……설마 싫어하지는 않겠지?

그녀의 타는 속도 모르고 말없이 그녀를 보는 그의 눈에는 아무 것도 보이지 않아 더 애가 탔다. 이렇게 알려 주면 안 되는 거였나 싶어 후회가 되려는 찰나 그녀는 보았다. 그의 눈에 물기가 어리는 것을.

천천히 손을 떼고 무릎을 꿇는 찬영이 그녀의 허리에 팔을 감고 아예 아이가 있는 그곳에 얼굴을 묻었다.

"사랑해. 아주…… 많이 사랑해. 고마워…… 정말 고마워…… 현수야. 너라서 정말 고마워."

대답을 들었다. 뜨문뜨문 떨리는 목소리에 잔뜩 배어 있는 물기 가 그가 얼마나 감동했는지 알려 주고 있었다.

"알아요. 알고 있었어요."

그의 머리를 쓰다듬는 손길은 부드러웠다. 그리고 현수의 목소리 에도 물기가 묻어 있었다.

"저기…… 하나 더 고백할 게 있는데요."

"뭔데? 다 말해. 뭐든 다 들어 줄게."

여전히 그녀의 배에 얼굴을 대고 그가 대답을 한다.

"그놈의 돌멩이가 왜 그리 비싸던지 돈이 모자라서 여기 빌리는 데는 당신 카드 썼어요. 미안해요."

"뭐?"

"나중에 월급에서 까세요."

황당한 눈으로 그녀를 보던 그가 결국 눈물이 빠지게 웃고 말았다.

"그렇게 웃으라고 한 말은 아닌데요."

일어서 그녀의 얼굴을 양손에 가득 담고 마치 마시기라도 할 듯 깊은 키스를 하자 현수는 순간 앞이 깜깜해지며 온몸이 달뜨는 것 같았다. 겨우 입술이 놓이자 백 미터 달리기라도 한 듯 숨이 찼다.

"내 거가 다 네 거야. 그러니까 마음대로 써. 상관없어. 나만 버리지 않으면 네 맘대로 해."

"하는 거 봐서요."

새침하게 웃는 그녀를 다시 품에 안으며 찬영은 오랜만에 큰 소리로 웃고 있었다. 이 여자가 있어야 웃을 수 있고 숨을 쉴 수 있었다.

현수는 그의 공기였다. 그러니 평생 그녀의 손을 잡고 갈 수 있게 된 그는 운 좋은 사내였다. 어쩌면 신은 있나 보다. 그를 위해 현수를 이 세상에 보내 준 것을 보면.

"사랑해."

"알아요. 그런데 나 배고픈데."

투정하는 투의 말에 또 그가 웃었다. 그래서 지금 현수는 행복했다. 앞으로도 또 많은 일이 있을 거고 눈물 흘릴 일이 있겠지만 이 손을 잡고 있으면 두렵지 않았다. 그래서 앞으로가 기대가 된다.

그들과 어울려 살아갈 그 날들이 기대가 된다.

"사랑해요."

작게 속삭이는 현수의 말에 찬영도 환한 미소를 보이며 대답을 한다.

"알아, 내 꽃다발."

에필로그

"아줌마~ 아줌마. 그거, 그거요."

"말을 해야 알아듣지. 그거, 그거 하면 알아?"

"아줌마가 저번에 해 주셨던 그 쑥⋯⋯개떡?"

"그건 왜?"

USM 본사 현관 구석에 청소를 하는 아줌마와 단발머리가 잘 어울리는 젊은 여인이 쪼그리고 앉아 대화 중이었다.

"그거 어떻게 만들어요?"

"왜, 만들려고?"

"네. 한번 해 보려고요?"

"뭐 하러? 내가 만들어 줄게."

그 말에 여자가 고개를 도리도리 저으니 단발머리가 따라서 찰랑찰랑 움직였다.

"아니에요. 매일 아주머니께 부탁할 수는 없잖아요. 그러니까 배워 보려고요."

"왜? 그게 그렇게 맛났어?"

"네! 그런데요, 그걸 아버님이 너무 좋아하세요. 정말 제대로 된 맛이 난다고."

"만드는 거야 어렵나. 그래도 맛내는 건 손인데 배워서 그 맛이 나올까?"

어디서 나타난 건지 머리가 희끗희끗한 다른 아주머니가 파란 청소부 유니폼을 입고 그 옆에 앉아 한마디를 보태셨다.

"그런가요? 제가 만들면 그 맛이 안 날까요?"

두 아주머니가 서로를 바라보다 어쩔 수 없다는 듯 고개를 끄덕였다. 금세 여자의 얼굴에 실망감이 떠올랐다.

"그래도 자꾸 하면 제대로 맛이 나오지 않을까?"

그 모습이 마음에 걸렸는지 아주머니들이 달래는 동안 멀리서 한 남자가 그녀를 확인하고 부지런히 다가왔다.

"뭐 하십니까, 형수님?"

"에구머니나!"

여자와 아주머니 두 분이 동시에 놀라 일어섰다.

"도련님, 놀랐잖아요."

가슴을 쓸어내리는 현수와는 다르게 두 아주머니가 급하게 인사를 하자 찬수도 같이 고개를 숙였다.

"그럼 우린 청소하러 갈게. 내가 알려 줄 테니까 집에 가서 해 봐. 그럼 저희는 이만."

현수를 대할 때는 옆집 새댁을 대하듯 편했지만 기획실장을 대하는 모습은 어려움이 가득했다.

"내가 그렇게 험하게 생겼어요? 보는 사람마다 나만 보면 긴장을 하네."

부리나케 도망치듯 멀어지는 두 아주머니의 뒷모습을 보며 찬수가 한숨 섞인 웃음을 지었다.

"사주의 아들인데 안 어려워요? 편하게 생각하면 그게 이상한 일이지."

"그러면 부사장님 사모님은 왜 편하신 건데요?"

그의 물음에 잠시 생각을 하던 현수가 답을 내놓았다.

"저요? 음…… 예쁘니까요."

"헐!"

"뭐예요, 그 반응. 무슨 뜻이죠?"

현수의 째려봄을 피하며 찬수가 헛기침을 했다.

"아니라는 건가요?"

"아니요, 예쁘세요. 전 어디에서도 이렇게 아름다운 임산부를 본 적이 없어요."

"어째 진심이 안 담긴 것 같지만 넘어가죠."

그러고 보니 현수의 배가 제법 나와 임산부라는 것은 알 수 있었다.

"형한테 오신 거예요?"

"아니요, 아버님이요."

"왜요? 이번에는 무슨 일을 꾸미시는 겁니까?"

둘이 나란히 엘리베이터를 향하며 대화를 주고받는 모습이 다른 사람에게는 예쁜 한 쌍으로 보일 정도로 잘 어울려 사람들의 시선이 절로 향하고 있었지만 정작 두 사람은 모르고 있었다.

"사실 사내 유치원을 만들어 볼까 하고요."

"오호! 나쁘지 않은데요."

"그렇죠? 내가 생각해도 난 참 기특해요."

여전히 자기 자랑 중인 형수를 보며 찬수가 큰 소리로 웃었다.

"왜 웃어요?"

"아니에요. 그런데 그런 건 형을 찾아가야죠. 어차피 대부분의 일은 형이 알아서 하는데."

"아버님더러 숨겨 놓은 쌈짓돈 내놓으라고 할 참이에요."

야무진 얼굴로 대답하는 형수를 보며 찬수가 다시 웃고 말았다. 이 여자가 형수라는 것이 좋았다. 언제나 사람을 즐겁게 하고 어떤 식이든 모든 사람들을 챙기고 있었다.

"그런데 어제는 어쩌다 늦으셨어요?"

"네?"

"그제는 외박하셨잖아요."

"일이 있어서요."

갑자기 서서 어제 행방을 묻는 형수에게 별일 아니라는 듯이 대답을 하고 걸어가는데 어째선지 형수가 따라오지를 않는다.

"왜요?"

"연락은요? 사람을 왜 기다리게 해요? 걱정했잖아요. 다음에는 연락이나 하세요."

"제 나이가 몇인데 일일이 연락을 해요?"

그를 따라 옆에 선 현수가 찬수를 째려보았다.

"나이가 어려도 미장가면 애예요. 그러니 어른에게 보고를 해야죠. 싫으면 장가를 가시든가."

"형수, 형수하고 저 나이가 같잖아요."

"그래서요?"

뭐라 말을 할까. 자신의 형수가 빤히 쳐다보면 더는 할 말이 없었다.

"네, 네. 형수님 말이 다 맞습니다. 그런데 두 웬수덩어리는 어쩌고요?"

"서영이한테 맡겼죠. 걔들이 내 말은 안 들으면서 서영이 말이라면 끔뻑 죽어요. 서운하게."

고집 세고 말썽쟁이인 두 녀석은 어른들의 사랑 속에서 무럭무럭 자라 사방팔방 사고를 치고 다녔다. 오래전 암울하고 싸늘했던 크기만 한 집은 이제 없었다.

결국 그 둘의 침입을 막기 위해 찬수의 방에는 자물쇠가 걸렸고 그렇게 하나둘씩 자물쇠가 걸리는 방이 늘었다. 이 녀석들은 둘이서 큰 집을 탐험한다고 모든 물건들을 깨트리고 떨구고 다녔다.

한 번은 형의 중요한 서류에 소변을 봐서 기함하게 만들었다. 그 후 형의 서재에도 잠금장치가 생겼다.

"이번에도 아들이면 어쩌죠?"

"딸이에요."

"어떻게 장담하세요?"

"아들이라면 치가 떨리니까요."

현수의 대답에 찬수가 결국 배를 잡고 웃었다. 걸작이었다. 자신의 형수는.

그녀와 형의 결혼식은 예고도 없이 집으로 사람들을 초대한 식사 자리에서 바로 치러졌다. 놀라는 눈들은 무시하고 둘만 좋아 죽었다.

그날은 병원에 있던 재경이도 함께였다. 커다란 집은 어디 한 곳이라도 좋은 기억이 없는 곳이었다. 그러나 지금은 그 결혼식 때문에 미소를 짓게 한다.

우선 한 실장의 사모님. 갑자기 회장댁에서 열리는 식사 초대를 받았다며 신나게 달려와 뜬금없는 친구의 결혼식을 보고 혼비백산하더니 그대로 형수의 등에 손자국을 남겼다.

'미친년, 어떻게 이럴 수가 있어? 한 번밖에 없는 결혼식을 이렇게 치르는 년이 어디 있어? 더구나 이런 대단한 집에 시집을 가면서. 거기다 말도 없이. 이년아, 아무리 돈이 많고 얼굴이 반반해도 이혼남이잖아. 뭔가 문제가 있으니 이혼을 한 거잖아. 따져는 본 거야? 이 미친년아!'

그곳에 모인 사람들이 그녀의 입담에 뒤로 넘어갈 뻔했다. 물론 형의 얼굴도 말이 아니었다.

그러나 정작 놀란 건 그 말에 대한 형의 반응이었다.

'죄송합니다. 제가 많이 모자란 사람인 건 압니다. 하지만 평생 이 사람만 보며 가겠습니다. 그러니 이번만 용서해 주시고 잘 봐주십시오.'

구십 도로 허리를 숙이고 사과를 하는 그의 모습이 낯설어 놀라기도 전에 또 한 목소리가 끼어들었다.

'왜 네가 난리야? 어련히 현수가 잘 골랐을까. 너 같은 줄 알아? 시끄럽게 왜 난리야?'

'엄마, 그래도 이건 아니지. 생각해 봐. 저 얼굴 보라고. 저 얼굴

에, 재력에 여자가 좀 꼬이겠어? 내 친구가 불구덩이로 간다는데 막아야지.'

'어휴, 이 진상아.'

'우리 신랑 봐 봐. 저 얼굴에 여자가 꼬이겠어? 거기다 총각이었 잖아. 사람은 좀 좋아? 사람을 골라도 어디서 저런 사람을.'

이게 신랑 자랑인지 아닌지 애매한 말에 한 실장만 얼굴을 붉혔 다.

그렇게 늦은 저녁 결혼식은 소란스러움을 안고 시작되었다. 막상 식이 시작되니 다들 눈이 붉어졌다.

하얀 새틴 드레스는 단순했다. 그러나 그 옷을 입은 신부는 너무 예뻤다. 그에 맞춰 하얀 턱시도를 입은 신랑도 그 못지않게 멋있었 다.

자그마한 부케를 들고 천천히 다가가는 신부를 맞는 신랑은 눈 도 떼지 않았다. 그리고 신부도 산랑에게 눈도 떼지 않고 망설임 없이 나아갔다. 오직 상대방만 담은 눈빛이 너무 예뻐서 사람들은 결국 저마다 손수건을 훔치며 눈물을 닦기 바빴다.

그렇게 형수는 무섭고 암울한 집에 새로운 추억을 채워 갔다. 이 제 그 집은 사람 사는 집 같았다. 피곤할 정도로. 조만간 그 집을 나와 혼자 살 계획을 세우는 건 그 집이 싫어서가 아니라 점점 사 람이 늘어나니 자신의 방을 내어 줄 생각이었다. 문제는 형수가 허 락을 했을 때에야 가능하다는 점이었다.

"아가씨에게 근사한 남자를 보는 눈을 길러 줘야겠어요."

"네?"

"저렇게 예쁜 사람을 혼자 살게 할 수는 없잖아요."

"하려고 할까요?"

제일 많이 변한 사람은 재경이었다. 사고 후 다시 걷는 데만 일
년이 걸렸다. 아직도 자세히 보면 약하게 절고 있는 것을 확인할
수 있었다. 그럼에도 재경이는 웃는 때가 많아졌다.

우울할 틈도 없이 현수가 옆에 앉아 온갖 잡다한 이야기를 하곤
했다. 형과 어떻게 만났는지, 얼마나 싸가지가 없었는지 등등.

형은 아니라고 빙빙 뜨고 형수는 맞다고 새침하게 말하며 사람
들을 웃겼다. 정신과 의사가 놀랄 정도로 재경은 많은 변화를 보였
다. 놀라는 그와 형에게 형수는 당연한 일이라며 한마디 했다.

'윤씨네 신경 줄은 강철이니까요.'

대화를 나누며 엘리베이터를 기다리고 있는데 로비에 찬영이 나
타났다. 수행비서인 정 실장과 전무와 함께 걸어오던 찬영이 찬수
와 현수를 발견했다. 그는 먼저 곁에 있던 두 사람을 보낸 후 그녀
의 옆으로 다가와 어깨에 팔을 둘렀다.

"어? 언제 왔어?"

찬수가 놀라 형을 보며 알은척을 했다.

"이제 오세요?"

그러나 찬수와 다르게 현수는 놀라지도 않고 당연하다는 듯 그
가 두른 팔에 고개를 얹는다.

"무슨 이야기를 하느라 사람이 가까이 오는 것도 몰라?"

"이런저런 얘기."

"왔으면 날 찾아야지. 여기서 노닥여?"

아내를 향해 엄한 얼굴을 하지만 통할 리가 없었다.

"오늘은 당신 만나러 온 거 아니니까."

"그럼 찬수야?"

"아냐, 형. 아버지한테 돈 뜯으러 오셨대."

찬수의 대답에 찬영이 현수를 돌려 시선을 맞추었다.

"사고 쳤니?"

"치려고요."

"내가 네 남편이잖아."

"내 남편이 힘들게 버는 돈을 어떻게 써요."

"그래? 그럼 마음대로 해."

두 사람의 대화를 듣고 있던 찬수가 기겁을 했다.

"우와, 닭살. 미치겠다. 나, 갈래. 도저히 눈꼴 시려 못 보겠다."

"그러게 장가를 가시라니까요."

두 사람을 뒤로하며 찬수가 싱긋 웃었다. 형수 같은 여자만 만나면 가지 말래도 간다고 생각하며.

"일하는 중 아니었어요?"

"누굴 보니까 놀고 싶어지네."

"가서 일 봐요. 난 아버님 뵙고 갈 테니까."

그의 손을 어깨에서 떼어 내어 등을 밀지만 꿈쩍을 안 한다.

"너 다시 일하면 안 돼?"

"내 배를 보고 말해요. 그리고 난 주부가 체질에 맞는 것 같아요. 너무 좋아요."

"다시 내 비서가 되면 매일 얼굴 보잖아. 그리고 딱히 주부가 체질인 건 아니라고."

"무슨 뜻이죠?"

그의 말에 현수의 눈이 커졌다. 그러자 뒷말을 이으려던 찬영이 얼른 고개를 저었다.

"아냐, 맞아. 넌 주부 체질이야."

음식만 빼고 말이야. 이 말은 빼 버렸다. 아줌마가 있는데 굳이 나서서 밥상을 차리고 눈을 반짝이는 그녀를 보면 누구도 맛없다는 말을 할 수가 없었다.

어쩔 수 없이 울며 겨자 먹기로 그 음식을 모두 먹어야 했다. 특히나 입이 까다로운 아버지까지도 맛있다며 드시는데 누가 거기서 맛이 없다는 진실을 말한단 말인가.

현수가 몸조리하는 동안에만 다들 살이 올랐다는 건 비밀이었다.

"아기는?"

"물론 건강하죠. 이번에는 딸이어야 하는데."

"나도. 그런데 아들이면 어쩌지?"

"또 낳아야죠. 딸 낳을 때까지 계속."

현수의 대답에 찬영이 복도가 떠나가라 웃어 댔다. 지나가는 사람들이 신기하게 힐끗거렸지만 신경도 쓰지 않았다.

"사람들 보잖아요. 창피하게."

"내가 열심히 노력해 볼게. 약속."

현수도 결국 피식 웃고 말았다.

"이번 갤러리 작품전 주인공이 영인 씨죠?"

"응. 재경이가 많이 신경 쓰고 있어."

"첫날 가야지."

현수는 영인과 금방 친해졌다. 사람들이 이상하게 보지만 알면 알수록 영인이라는 사람은 멋있었다. 모든 것을 내려놓고 그림에 열중하는 걸 보면 저도 모르게 존경심이 피어났다.

갤러리는 지금 재경이 운영하고 있었다. 그녀에게 그 일을 해 보라고 한 건 현수였다. 아픈 기억이 많다면 피하는 게 아니라 정면으로 맞서서 이겨 내라고. 그리고 그동안 그곳의 일을 도왔던 재경이니 누구보다 적임자였다. 그리고 그 생각은 정확히 맞아떨어졌다.

그녀의 결혼식 때 재경의 휠체어를 밀었던 손민호 비서가 지금 재경의 오른팔이 되어 움직이고 있었다.

그 자리를 원한 건 손 비서였다. 얼굴이 붉어져 자기가 그분을 모시면 안 되냐고 묻는 그를 당황하며 바라보던 찬영을 설득한 사람은 현수였다.

재경의 비서로 가면서 손 비서는 변했다. 살을 빼 샤프해진 모습에 보디가드까지 겸하느라 재경에게서 눈을 떼지도 않고 감시하는 수준이었다.

이제 재경도 그가 옆에 있는 것을 당연하게 느끼는 듯했다. 곰팅이며 순한 남자가 어느 순간 무엇인가 지켜야 한다는 사명감에 날카로운 사내가 되고 있었다. 물론 재경이 앞에서는 여전히 곰이었다.

"같이 가자."

"당연하죠. 얼른 가서 일 보세요. 난 아버님 만나고 애들하고 집에 갈게요. 일찍 와야 해요. 아버님 좋아하는 우럭 매운탕 끓여 놓을게요."

순간 찬영의 얼굴에 미묘한 기색이 떠올랐다. 그러나 언제 그랬냐는 듯 환하게 웃는다.

"그럼, 당신이 끓여 주는 매운탕이 최고야."

"당연하죠."

그를 배웅하고 돌아서 회장실을 향하는 현수의 머리에 지난 오 년이 스치듯 지나갔다.

이 년 전 그 사람은 불귀의 객이 되었다. 그토록 찾아 헤매던 인형을 찾아 옥상에서 떨어져 세상에서 사라졌다. 끝까지 기억은 찾지 못했다. 어떻게 옥상까지 올라갔는지도 몰랐다.

그녀를 찾아 옥상까지 올라갔던 사람들의 증언에 의하면 그녀는 마지막에 찾았다는 말을 끝으로 옥상에서 몸을 날렸다고 했다.

그 사람은 무엇을 찾아 그토록 기를 쓰며 살았는지 궁금했지만 이미 물을 수도 없는 사람이 되었다. 우는 사람은 한 명도 없었다. 다들 그녀의 죽음으로 해방감을 느끼는 것에 죄의식을 느꼈을 뿐이었다.

아직도 작든 크든 그녀가 남긴 상처들이 불쑥불쑥 튀어나와 여러 사람을 힘들게 했지만 그 기억들을 즐거운 추억들로 만들며 하나씩 지워 가는 중이었다.

"이번에 아버님을 만나면 도련님에게 맞는 짝이나 보내라고 해야지. 그건 잘하시니까. 아가씨는 찾을 필요도 없이 기다리기만 하면 될 테니까. 못 보면 살짝 알려 주지 뭐."

혼잣말을 하며 빙그레 웃는 현수는 짓궂은 놀이를 준비하는 작은 꼬마마녀처럼 보였다.

삶은 살아 볼 만했다.

"그렇지? 고모? 나 정말 잘 살고 있지?"

아무런 대답이 없음에도 현수는 느낄 수 있었다. 환하게 웃으며 고개를 끄덕일 고모를.

　그래서 오늘도 현수는 행복했다. 그리고 모든 사람을 행복하게 하는 계획을 짜며 혼자 즐거워한다. 엄마의 마음을 아는 것처럼 배 속의 아이가 살짝 발로 차며 대답을 해 줬다.

　"그래 삶은 살 만한 거야. 아자! 꽃다발 파이팅!"

　작은 현수의 샤우팅이 회사 복도에 울리고 있었다.

— The end

작가 후기

오랜만에 쓰는 글이었습니다.

쉬는 내내 머리에서 맴도는 아이들을 결국 세상에 내어놓습니다.

글을 쓰는 내내 같이 웃고 같이 울었던 내 아이들 같은 존재들을 놓아주며 그래도 이제는 정말 행복하리라는 생각에 웃을 수 있을 것 같습니다.

제 글을 읽으시는 분들도 잠깐의 힘든 일상에서 작게라도 웃으시기를 바라는 마음입니다.

제가 로맨스를 사랑하는 이유는 어른들의 동화 같아서입니다.

선과 악이 있고 힘든 일을 겪지만 이겨 내고 결국 해피엔딩으로 끝나며 착한 사람은 행복하고 나쁜 사람은 벌을 받는 이야기라서 사랑합니다.

우리 사는 세상도 그랬으면 좋겠습니다.

열심히 사는 사람이 행복해지는 세상이었으면 합니다.

착한 마음으로 살아가는 사람들이 많은 세상이었으면 합니다.

그래서 삶은 참 살아 볼 만하다고 느끼는 세상이었으면 합니다.

언젠가는 그런 세상이 올 거라 믿습니다.

그리고 그때까지 전 또 글을 쓰고 있을 겁니다.

글을 쓴다고 정신없는 엄마를 많이 도와준 내 아이들에게 정말 감사합니다. 그리고 많이 사랑한다는 말을 하고 싶습니다.

적어도 내 아이가 읽어도 재밌는 글을 쓰고 싶다고 생각하는데, 과연 어떤지는 모르겠습니다.

또한 글 쓰는 와이프라고 자기 손으로 밥 찾아 먹으며 제 식사까지 챙겨 준 신랑에게 정말 감사합니다.

가족들이 도와줘 제가 글을 쓸 수 있으니까요.

조금 있으면 봄이 올 겁니다.

따스한 햇볕에 새싹이 돋는 아름다운 세상이 오겠지만 전 이 겨울도 나쁘지 않았습니다.

아픈 일도 많은 한 해지만 기억할 일이 더 많은 해를 보내며 이제 다가오는 봄에는 정말 희망이 넘치는 세상이 되기를 바라 봅니다.

여러분 모두 행복하고 또 즐거운 한 해가 되세요. 저도 열심히 글을 써 또 다른 이야기로 뵙겠습니다.

항상 건강하십시오.

— 2015년 2월 하영 올림.

1판 2쇄 찍음 2015년 3월 20일
1판 2쇄 펴냄 2015년 3월 25일

지은이 | 하 영
펴낸이 | 정 필
펴낸곳 | 도서출판 뿔미디어

편집장 | 이재권
기획 · 편집 | 정시연, 이은정

출판등록 | 2002년 9월 11일 (제1081-1-132호)
주소 | 경기도 부천시 원미구 소향로 17, 303(두성프라자)
전화 | 032)651-6513 / 팩스 032)651-6094
E-mail | scarlets2012@hanmail.net
블로그 | http://blog.naver.com/dahyangs
홈페이지 | http://bbulmedia.com

값 9,000원

ISBN 979-11-315-6255-0 03810